dtv

»Das Böse hatte seine Hand im Spiel, der Ort war verflucht.« Eine Staumauer, so hoch wie der Eiffelturm, wirft ihre Schatten über das Tal. Im Walliser Bergdorf Plon soll die Moderne Einzug halten, und das geht nicht ohne Opfer ab. Das Seegut der Familie Rothen wird geflutet, und mit dem Bau des Kraftwerks verliert die Familie ihre Existenz. Andere profitieren, satteln um auf Tourismus und werden reich. Vierzig Jahre später schwimmt ein geheimnisvoller Taucher durch das Seegut, und plötzlich ertönen merkwürdige Hammergeräusche, die an eine alte Sage erinnern: den Graatzug, eine unheimliche Prozession Toter, die auf der Erde wandeln. Wer ist dieser Fremde? Und warum scheint er so versessen darauf, Rache zu nehmen?

Urs Augstburger, 1965 in Brugg geboren und aufgewachsen, lebt mit seiner Frau und zwei Kindern abwechselnd in Ennetbaden und in Disentis in den Bergen. In der Schweiz wurde er als Kulturjournalist bekannt, mit dem Schreiben begann er 1990. Von Augstburger sind außerdem erschienen: ›Für immer ist morgen‹ (dtv 20257), ›Chrom‹ (dtv 20605), ›Schattwand‹ (dtv 20983) und ›Gatto Dileo‹.

Urs Augstburger

Graatzug

Ein Bergroman

Deutscher Taschenbuch Verlag

Von Urs Augstburger
sind im Deutschen Taschenbuch Verlag erschienen:
Für immer ist morgen (20257)
Chrom (20605)
Schattwand (20983)

Ungekürzte Ausgabe
März 2009
Deutscher Taschenbuch Verlag GmbH & Co. KG,
München
www.dtv.de
© 2007 Bilgerverlag, Zürich
Umschlagkonzept: Balk & Brumshagen
Umschlagfoto: LOOK/Ulli Seer
Satz: Fotosatz Reinhard Amann, Aichstetten
Gesetzt aus der Bembo 10/12,25˙
Druck und Bindung: Druckerei C. H. Beck, Nördlingen
Gedruckt auf säurefreiem, chlorfrei gebleichtem Papier
Printed in Germany · ISBN 978-3-423-21125-3

Für Mo

> Tomorrow is the price for yesterday
> A billion waves won't wash the truth away
> Someday you'll be ordered to explain
> No one gets to walk between the rain
> *Bob Seger*

> Sometimes you get the best light from a burning bridge.
> *Don Henley*

Hinein. In die Dunkelheit.

In die Wasserschleier, die Staubschwaden.

Unterwelt.

Es gibt nichts anderes hier. Nur den Stollen... und draußen die Baracken. Unsere klebt an der Felswand, gestützt auf Balken, darunter Leere. Wie bei der Wasserleitung an der Blanken Platte. Vaters Leitung für Julias Garten. Für deinen Garten, Mutter. Die Baracke würde dir nicht gefallen. Schmutzig ist sie und stickig und eng. Rundherum Schnee, Schlamm und Sumpf, wenn es taut. Die Schicht dauert von Dunkelheit zu Dunkelheit. Keine Nacht endet, kein Tag bricht an. Aber im Berg fühlen wir uns geborgen. Hier sind wir alle gleich. Ob Arnold Rothen oder Faverio Buonfatto, ob Italiener oder Walliser, alle sind Arbeiter. Da, das Echo der Bohrer, hörst du es, Mutter? In der Ferne? Noch übertönt vom Rumpeln und Scheppern der Wägelchen im Gamplüter Stollen. In den Berg fahren sie uns. Ins Herz des Plonmassivs.

Ins Verderben.

Zum Wohl der Allgemeinheit.

Wir tun, was wir jeden Tag tun. Sieben in der Gruppe. Die Toten zähle ich immer mit. Freunde sind wir. Gefährten. Schau dir Faverio an, Mutter! Wie er dasitzt, im Wägelchen, sinnend, in sich zusammengesunken. Hab ich dir von ihm erzählt? Damals, auf der Bank, vor dem Seegut... im Sommer.

War ich bei euch, im Sommer?

Er schwimmt durch das Küchenfenster ins Haus.
Die Stille hat nichts Bedrohliches. Xeno ist hier zu Hause. Die Großmutter steht am Herd neben der Küchentür, wie jeden Abend. Sie setzt eine rußgeschwärzte gusseiserne Pfanne auf das Herdloch, streicht eine Haarsträhne hinter das Ohr. Ihr Seufzer beim Bücken ist kaum hörbar. Zwei Holzscheite nimmt sie. Es sind immer zwei. Die Klappe an der Stirnseite des Herdes fällt zu. Die Holzkellen liegen bereit. Großmutter rührt in der Pfanne. Gleichmäßig, im Takt des Merkhammers. Sie greift in die Schublade des Gewürzkastens. Xeno schnuppert nach dem Lorbeerduft, die Tauchbrille saugt sich an sein Gesicht. Großmutter ist tot. Seit Jahren schon. Er ist kein Junge mehr. Und der Merkhammer oben in der Wasserleitung ist verstummt.
Nur der Herd steht noch hier.
Seine Flossenschläge haben Schlick aufgewirbelt, Schmutzpartikel tanzen lautlos im Lichtkegel der Lampe. Der bläuliche Schimmer des Tageslichts, der Xeno bis zum Seegrund begleitet hat, reicht nicht bis ins Haus. Die Kälte spürt er nicht. Frühsommer im Tal, die Zeit des Schmelzwassers. Überall ist es ihm in den Weg gesprungen während der Wanderung. Bäche, die einst jenen See gespeist haben, der dem Hof den Namen gab.
Jetzt liegt das Seegut unter dem Wasserspiegel.
Zum Wohl der Allgemeinheit, zürnt der Großvater auf der Ofenbank, den Mund gefüllt mit gedörrten Apfelschnitzen. Sein einziges Laster. Manchmal hat er Xeno mitessen lassen. Seinen einzigen Enkel. Xeno wischt Schlick vom Ofen. Kei-

ner aus Giltstein, einer der wenigen Ofen mit Kacheln hier in der Gegend. Der Stolz von Pius Rothen. Das blaue Muster auf weißem Grund ist Xeno noch immer vertraut.

Weil er sich erinnern will.

Silvan setzt das Fernglas ab. Die Spur, die der Taucher mit seinen Flossenschlägen ins Wasser gezogen hat, leuchtet neonhell auf, bevor sie zerschäumt, und das Spiegelbild der Bergriesen sich wieder glättet. Silvan ist unsicher. Hat er sich getäuscht? Kaum, es war ein Taucher gewesen. Was sucht der Mann dort? Seit Silvan wieder auf der Furgg lebt, trifft er Amateurtaucher im Sommer und wahnwitzige Profis beim Eistauchen im Winter. Aber einer allein, in jenem hintersten Winkel des Sees ...

Der Schatten der Plonspitze nähert sich der Staumauer. Die Boote liegen vertäut am Steg, keines fehlt. Der Mann muss also vom Ufer aus losgeschwommen sein. Silvan geht links und rechts grüßend über die vollbesetzte Terrasse zwischen dem Gasthaus und der Bergstation der Seilbahn. Er wird hinfahren und den Taucher zur Rede stellen. Nein, wird er nicht. Er will nicht so werden wie der Vater. Er ist bloß der Erbe. Der Sohn vom Bohrersepp. Der Künstler, ein Luftikus, eine halbe Portion nur, im Vergleich. Einige Ploner lassen ihn das oft genug spüren. Silvan durchquert die Eingangshalle der Seilbahn. Unwillkürlich fragt er sich, ob die Feriengäste ihn wirklich mögen oder ob sie sich nur etwas willkommener fühlen, wenn sie ihren Gastgeber beim Vornamen nennen dürfen ...

Diese ewige Zerrissenheit! Er hätte auch in Zürich bleiben können, damals. Vaters Königreich wäre allmählich vergammelt ... und er selbst glücklicher.

Vielleicht.

Stattdessen ist er zurückgekehrt. Aus dem vagen Gefühl heraus, er müsse etwas zurückgeben. Fragt sich nur, wem, fragt sich nur, was, verdammt! Bis heute weiß er es nicht. Fröstelnd zieht er die Schultern hoch. Die Sonne verschwindet hinter den Bergspitzen, die Abkühlung ist spürbar. Silvan bleibt stehen. Er hat keine Zeit für Ablenkungen. In drei Tagen beginnen unten in Plon die Verhandlungen über die Eröffnung des neuen Kraftwerks, über die ausgleichenden Umweltmaßnahmen und über das geheime Projekt. Der »runde Tisch« ist auf seine Initiative hin entstanden. Eine echte Bohrer-Idee, hat Franz Pfammatter gelobt und die Finanzierung besorgt. Etliche der Geladenen kommen heute an. Höchste Zeit für letzte Absprachen. Die Eröffnungsrede ist auch noch nicht geschrieben, weshalb also verschwendet er seine Gedanken an einen Taucher? Silvan geht weiter. Er kennt die Antwort. Er ist Filmemacher, nicht Geschäftsmann. Nie gewesen. Jener Unbekannte, seine Gründe für den Tauchgang, seine Geschichte – das ist interessanter als der endlose Streit zwischen den Naturschützern und den Elektrischen, spannender als Pfammatters neuste Winkelzüge zum Vorteil der Ploner Stausee-Gesellschaft.

Silvan tritt ins Büro des Campingplatzes. Tante Selmas Blick irrt ratlos zwischen dem Computer und der alten Magnettafel mit der Platzeinteilung hin und her.

»Nimm die Tafel, Selma, ich gebe die Daten später ein.«

»Er macht es nicht.«

»Was macht wer nicht?«

»Der Computer. Platz acht, Studers aus Unterägeri – hier der Name, anklicken: zwei Zweierzelte, der eckige Pfeil. Er nimmt es nicht.«

»Doppelklicken, Selma. Klick zweimal mit der Maus. Schnell hintereinander.«

»Jetzt macht er es. Vorher hat er es nicht gemacht, *Herrgottstiiful!* Weshalb hat er es vorher nicht gemacht?«

Behutsam nimmt Silvan Selma die Computermaus aus der Hand. »Vergiss es! Hör zu: Ich muss bald ins Tal zu den Gesprächen, du wirst auch ohne Computer alle Hände voll zu tun haben. Benütz die alte Tafel. So wie früher. Albin kann den Computer machen, wenn er hier ist.«

Selma schüttelt erbost den Kopf. »Albin ist vierzehn, er braucht weder Computer noch Großtante, er braucht einen Vater. Du hättest ihn nicht kommen lassen dürfen. Nicht jetzt.«

»Sag das seiner Mutter! Ich muss froh sein, wenn ich ihn überhaupt sehen darf, das weißt du. Nach den Gesprächen werde ich mir Zeit nehmen.«

»*Woort?*«

»Ja.«

Selma schaut ihn eindringlich an.

»Was?! Ich hab dir doch gerade mein Wort gegeben. Himmel, man möchte meinen, du wärst meine Mutter!«

»Dann hätte ich dich ganz anders an die Kandare genommen«, erwidert sie, wie jedes Mal.

»Tatsächlich?« Silvan drückt ihr einen Abschiedskuss auf die Wange.

Von draußen schaut er durch das Schalterfenster. Selma starrt bereits wieder auf den Computer.

Die Tür zur hinteren Kammer zerfällt geräuschlos, als Xeno dagegen stößt. Hier begann ein Leben, hier endete eines. Der Strahl seiner Lampe geistert über die Wände. Die Holztäferung ist an verschiedenen Stellen aufgequollen.

Jesus hängt noch immer am Kreuz. Großmutter hat es so gewollt, gegen den Willen des Vaters.

Versündige dich nicht, Arnold.

Hat er uns geholfen? Hat er Greth gerettet? Weg damit!

Xeno gleitet näher zur Wand. Ohne Kraftaufwand zieht er das Kreuz vom Nagel. Vierzig Jahre hat es gehalten, scheinbar unbeschadet. Er betrachtet den Gekreuzigten. Bereust du deinen Entscheid? Hättest besser mich behalten und Mutter hiergelassen! Jetzt ist die Rache mein.

Mit sanften Bewegungen zerbricht er das Kruzifix in kleine Stücke. Sie schweben langsam zu Boden.

Lena mag es nicht, dieses Gefühl der Verlorenheit. Am liebsten würde sie einige Zeilen nach Hause schreiben, nur ist dort niemand. Sekundenlang presst sie ihren Nasenrücken zwischen Daumen und Zeigefinger zusammen, holt tief Luft, stemmt sich aus dem Sessel. Zeit für die Zimmerbesichtigung. Was heißt hier Zimmer? Ihre Suite! Damit will man sie doch nur bestechen. Die kratzbürstige Vertreterin der *GreenForce* milde stimmen! Im Hotel Bohrer zu Plon. Frisch renoviert ist es, und zugegeben: Lena hätte eher ein Arvenzimmer erwartet. Stattdessen ist sie von unverputzten Betonwänden umgeben, setzt sich in verchromte Möbel, öffnet mondäne Flügeltüren, die auf den Balkon gehen. Der spannt sich über die ganze Länge des Gebäudes. Lena stützt sich mit den Ellbogen auf das Metallgeländer. Unter ihr der Hotelgarten mit dem nierenförmigen Swimmingpool, daneben ein angenehm altmodisches Badehaus und eine große Pergola, wie sie sie in jeder toskanischen Stadt erwartet hätte, aber nicht hier in den Walliser Alpen. Das Blätterdach beschattet Granittische. Lena richtet sich auf. Der Balkon gewährt freien Blick auf die gegenüberliegende Talseite und den Furggkamm. Letzte Sonnenstrahlen lassen die Fenster der Gondel aufblitzen, die eben den obersten Masten passiert, der Furgg entgegenstrebt. Gleich neben der Bergstation erkennt Lena im bläulichen Schatten der Plonspitze den charakteristischen Betonkeil, eingezwängt zwischen zwei Bergflanken: die Staumauer. Wie viele Tausende von Tonnen Zement hat die Bahn dafür hochgeschafft? Damals, vor bald vierzig Jahren ... Das hat Zeit, Lena! Mit Stausee-Geschichten und der Gesellschaft wirst du dich noch früh genug herumschlagen müssen. Bis dahin: drei Tage Ferien. Sämtliche Wellness-Angebote des Hotels werden getestet, beginnend mit einer Massage! So tun, als sei sie tatsächlich bestechlich. Das Haus Bohrer kann sich doch viel mehr leisten. Im Dorf hat sie den Namen auf jedem zweiten Geschäftsschild gefunden. Obwohl nur noch ein Bohrer in Plon lebt.

Sie misst mit großen Schritten ihren Balkonabschnitt aus. Sieben Meter von Trenngitter zu Trenngitter. Platz zum Vergeuden, hätte ihre Mutter gesagt – nachdem sie bescheiden geworden war. Lena schaut durchs Trenngitter ins benachbarte Zimmer, es scheint unbelegt. Sie geht zurück, lässt sich auf der einen Seite des Doppelbetts in die Matratze sinken. Diese verdammte Leere neben ihr.... »Wir haben für Sie und Ihren Partner ein Doppelzimmer im Hotel Bohrer, dem besten Haus am Platz, reserviert.«

Das Doppelbett kommt zwei Jahre zu spät, *hüereverflüecht!* Trotzig legt sie sich quer über beide Matratzen.

Vor dem Tor zum Campingplatz schwingt Silvan sich auf seinen Minitraktor. »Quad« nennen sie die jetzt in der Restwelt, das hat er kürzlich durch eine Fernsehsendung erfahren. Machen es zum Trendvehikel und bescheren ihm eine zusätzliche Verdienstmöglichkeit. Die Schotterstraße rund um den Ploner Stausee ist wie gemacht für Quads. Sobald er die Versicherungsfragen geklärt hat, wird er zwei weitere zur Vermietung anschaffen. Schon jetzt hat er täglich Anfragen von abenteuerlustigen Campern.

Xeno klappt die Gliederstangen seines Zeltes aus. Die Staubwolke auf dem Ufersträßchen nähert sich. Er steckt die beiden Stützstangen in die Ringe an den Ecken des Zeltbodens, das entstandene Bogenkreuz verschnürt er mit der Spitze des Innenzeltes. Kaum sind die Ösen eingehakt, entfaltet er das Außenzelt, wirft es über die Stangen. Mit wuchtigen Tritten rammt er die Heringe in den Boden, die Spannleinen straffen sich. Was noch herumliegt, fliegt ins Zelt, die Taucherausrüstung hinterher. Xeno sichert den Reißverschluss mit einem Vorhängeschloss. Er wirft den grotesk ausgebeulten Rucksack über die Schulter. Der Motorenlärm am See unten wird lauter. Xeno steigt langsam Richtung Julias Garten den Hang hinauf. Von oben beobachtet er Silvans Ankunft. Er erkennt den Mann sofort, ein typischer Furggbohrer. Dann verschwindet er zwischen den Felsen.

Die kleinen Schmucksteine auf Lenas nachtblauen Zehennägeln bilden einen seltsamen Kontrast zu den Trekkingsandalen und den khakifarbenen Wandershorts. Wunderbare Idee, Lena! Das hoteleigene Nailstudio als Trost für den ausgebuchten Masseur... Wenigstens fällt ihr seltsames Styling nicht auf. Gegensätze sieht sie in Plon, wohin sie blickt: Neben dem behäbigen Sportgeschäft Bohrer beispielsweise, gleich gegenüber der Seilbahnstation, liegt eine exklusive Boutique...

Ja, sie suche etwas Bestimmtes, das Kleid müsse exakt zu ihren Zehennägeln passen.

Eine Verzweiflungstat, geboren aus Langeweile. Kaum ist sie vollbracht, stopft Lena das teure Stück Stoff resolut in den Rucksack. Die Verkäuferin zuckt mit keiner Wimper und lässt den eleganten Karton verschwinden. Wahrscheinlich begegnet ihr solches Barbarentum häufiger.

Lena spaziert durch den unteren Dorfteil. Die Appartementblöcke zwischen den wettergegerbten Holzhäusern vermehren sich. In einem davon ist die Buchhandlung, die sie von früheren Aufenthalten her kennt. Auch diesmal kann sie nicht daran vorbeigehen. Ein Buch in der Auslage sticht ihr ins Auge. Die weißhaarige Frau auf dem Einband erinnert sie an ihre Großmutter. Das sei die Autorin, erklärt ihr die Buchhändlerin hilfsbereit, Selma Bohrer! Bohrer? Ja, die Schwester vom Bohrersepp. Der Titel *Vo Tämperchind und annr Gschichtä vam Aabusitz* heiße so viel wie »Von Quatemberkindern und andere Geschichten aus der abendlichen Erzählrunde«. Quatemberkinder seien besonders hellsichtige Wesen. Tatsächlich? Lena sagt nicht, dass ihre Großmutter Plonerin war, verschweigt, dass sie selbst ein Quatemberkind ist, bedankt sich und bezahlt.

Außerhalb des Dorfes mündet das geteerte Sträßchen in einen Wanderweg. Er schlängelt sich durch die Dorfwiesen, schmiegt sich dann in den Schatten des Bannwaldes. Nach einer guten Viertelstunde öffnet sich der Blick zur Schlucht unterhalb der Staumauer. Sie bleibt beeindruckt stehen. Die Plon springt über unzählige Felsstufen ins Tal herab. Zumindest das Restwasser, das die Stausee-Gesellschaft den Plonern und ihren Touristen gönnt.

Nur die obersten Bergspitzen glühen noch in der Sonne. Durch die Wiesen gelangt Lena zurück an den oberen Dorfrand. Sie setzt sich auf einen großen Findling, blickt zur Staumauer auf der Furgg hoch. Die größte der Schweiz, ergänzt durch ein unterirdisches Stollennetz, das seine Tentakel in drei benachbarte Täler bohrt und deren Wasser absaugt. Lenas Blick folgt den beiden gewaltigen Druckleitungen, die von der technologischen Wahnsinnstat zeugen. Sie stürzen parallel zu den Plonfällen ins Tal herab, enden im alten Kraftwerk, das fünfzig Meter oberhalb des Dorfes steht. Lenas Blick schweift zurück zum Dorf. Im Grunde hat sich hier gar nicht viel geändert, seit die ersten Walliser auf die Idee gekommen sind, das Wässerwasser umzuleiten, ihre Äcker fruchtbar zu machen. Jetzt dient dasselbe Wasser einfach der Stromerzeugung, und die alten Leitungen, die Suonen, sind in den Boden verschwunden. Suonen ... Ein seltsames Wort. Erinnert sie jedes

Mal an finnische Sportler. Sie blättert in ihrem neuen Buch, auf den hintersten Seiten findet sie ein Glossar. *Süen/Süön/ Suän* – walliserdeutsch für Hauptwasserleitung. Führt das Wässerwasser zu den Feldern. *Suon* zudem: althochdeutscher Ausdruck für Sühne. Sie wird dieses Buch lieben, weiß Lena im selben Moment.

Enttäuscht starrt Silvan hinauf. Einen Moment lang hat er geglaubt, er sehe den Taucher zwischen den Felsblöcken. Eine Täuschung, letzte Sonnenstrahlen haben wohl das helle Flimmern verursacht. Er nähert sich dem Zelt. Nichts zu sehen von einer Taucherausrüstung. Hat er sie drinnen verstaut? Nass wie sie ist? Oder gehört das Zelt einem anderen? Freies Campieren ist doch hier verboten! Silvan belächelt seinen Anflug von Entrüstung. Aber ja, Herr Bohrer, da könnte jeder kommen! Wenn er nicht achtgibt, ähnelt er seinem Vater bald mehr, als er gewollt hat. Scheiße, soll doch jeder tun und lassen, was er will! Er wird hier nicht den Sheriff spielen. Silvan bückt sich. Aus dem Gras klaubt er zwei gedörrte Apfelschnitze. Sofort schiebt er einen in den Mund. Wann hat er so was zum letzten Mal gegessen? Muss Jahrzehnte her sein. Damals im Salflischer Tälchen vielleicht, als er mit Primo und den andern seine ersten Filme gedreht hat. Diesen Hang hoch und ein Stückchen weiter ins Tälchen hinein, dem Gletscher zu. Sinnend schaut er hinauf. Die Luft über dem See wird diesig, Schatten werfen ihr Blau auf die Felswände. Silvan rührt sich wieder, blickt zur Gegenseite hinüber. Wahrscheinlich ist die letzte Gondel von Plon zur Furgg herauf bereits unterwegs. Keine Zeit für Kindheitserinnerungen, die eintreffenden Campinggäste wollen ihre Plätze zugewiesen haben. Trotzig steckt er sich auch den zweiten Apfelschnitz in den Mund. Sein Geschmack stimmt ihn wehmütig.

Lange wirst du dich an deinem Erbe nicht freuen können! Xeno beobachtet Silvan aus der Ferne. Das seltsame Gefährt passiert die Brücke über dem Austritt des Gamplüter Wasserstollens. Bohrers Sohn. Ins Tal zurückgekehrt, der große Künstler!

Wen kümmert's.

Eine erste Felswand. Xeno klettert senkrecht hoch. Ruhig. Griff für Griff, Tritt für Tritt. Er kennt jede Rinne. Zwei Meter unterhalb der Kante wechselt er die Richtung, quert auf einem handbreiten Sims die Wand.

Da ist er: Julias Garten! Heute nur noch eine magere Bergwiese, schon im Frühsommer ausgetrocknet. Hörst du das Lied des Merkhammers? Das Wasserrad läuft, der Hammer schlägt. Öffne die Schleuse, kleiner Xeno! Renn mit dem Bächlein, über den Acker, die Wiese, hinab in den Garten! Spring mit dem Wasser, über die Kartoffeln und Tomaten, hinweg über die Salatköpfe ... wir haben noch immer alles selbst gepflanzt, was wir auf dem Seegut brauchen!

Ja, Großmutter.

Schau, Xeno: Arnold kommt mit der *Sägessa*. Heute wird gemäht!

Vater hat nicht gemäht.

Und Großvater ist verstummt. Schwer sein Mut. Nichts geblieben. Nur das Echo. Togg. Togg. Togg.

Lenas Blick folgt den Windungen der Plon unterhalb des Dorfes bis zum Flischwald. Dort hat der Fluss immer Ruhe vor menschlichem Zugriff gefunden. Jetzt nicht mehr. Mitten hinein ins Naturschutzgebiet hat die Ploner Stausee-Gesellschaft ihr Erweiterungswerk gestellt. Mit Hilfe eines Regierungsrates, dessen Geldgier noch größer ist als sein übersteigertes Selbstwertgefühl. Politik auf sizilianische Art. Wenigstens ist das Kraftwerk in den Fels hineingebaut. Lena braucht sich keine Vorwürfe zu machen. Die Wälder und Maiensäße oberhalb des Erweiterungsbaus der Ploner Werke sind unberührt. Das ist auch ihr Verdienst. Mehr hat die *GreenForce* nicht erreichen können. Die neuen Druckleitungen sind in Felstunnels versteckt. Ebenso die kilometerlangen Zuführstollen vom Damm her. Ein gigantisches Bauprojekt, während Jahren die größte Baustelle im ganzen Land, von der Öffentlichkeit unbeachtet, ständig kontrolliert hingegen durch die *GreenForce*. Keine Zugeständnisse hatten sie gemacht, Lena und ihre Freunde, selbst damals nicht, als die Ingenieure der Gesellschaft Druck aufgesetzt, von geologischen Schwierigkeiten und Sicherheitsrisiken gesprochen hatten. Sie waren hart geblieben, hatten die Ploner mobilisiert, Gegendruck erzeugt. Mit Erfolg: Bis auf das Kraftwerkgebäude selbst ist die Landschaft unberührt geblieben. Scheinbar. Nächstes Wochenende wird die gewaltige Schleuse in der Staumauer geöffnet, das Wasser fließt von dort fünf Kilometer zum Wasserschloss Felsegg hinüber, bevor es 1800 Meter tief, fast im freien Fall, auf die drei Riesenturbinen stürzt. »Das Risiko einer Katastrophe wird mit unterirdischen Rohren nicht kleiner.« Biners Worte. Der verantwortliche Ingenieur. Das Geschwätz eines schlechten Verlierers! Lena schultert ihren Rucksack. Am Lötschberg und am Gotthard wird derzeit der ganze Alpenkamm durchbohrt, was soll da bei diesem einen Stollen passieren!

Xeno lässt Julias Garten hinter sich. Steiler wird der Hang jetzt, er ist durchsetzt mit Felsblöcken und Bergföhren und endet am Fuß der Blanken Platte, dem großen Hindernis. Sie trennt Julias Garten vom Salflischer Tälchen, vom Wasser. Zuoberst im Tälchen, knapp unter den ersten Firnfeldern hat er die Gletschermilch gefasst, der Großvater, hat den Boden bis zu den Holzkänneln gefurcht. In sanftem Gefälle führten sie das Wasser allmählich auf die Schulter des Salflischer Tälchens und zur Blanken Platte. Nur drei mittlere Kännel breit ist diese, aber sie stürzt fünfzig Meter tief ab. Senkrecht, kein Halt. Damals, vor dem Krieg, ein schier unüberwindbares Hindernis. Heute würde ein gesicherter Bergsteiger die Löcher für die Tragbalken der Leitung mühelos in den Fels bohren oder sprengen. Eine Arbeit von zwei, drei Tagen. Xeno weiß es. Er hat es weitergeführt, das Erbe des Großvaters! Hat dasselbe getan wie Pius Rothen, in der Fremde, in Chile: frei schwebend, siebenhundert Meter über Boden. Nichts weiter dabei, mit den heutigen technischen Möglichkeiten. Xeno ist Ingenieur und Bergsteiger. Er weiß, was Großvater hier in jahrelanger, zermürbender Arbeit geschaffen hat. Er braucht nur das Mahnmal anzuschauen. Ein verwittertes Stück Holz, vierzig Meter über ihm ragt es aus dem Fels. Der letzte Tragbalken der alten Wasserleitung.

Suon heißt Sühne.

Als Vater seinen Irrtum eingesehen hat, war es zu spät gewesen. Mineur Arnold Rothen... Der Berg hat ihn nicht mehr hergegeben. Die Geschichte darf sich nicht wiederholen. Die Zeit ist reif. Das Wohl der Allgemeinheit kann Xeno gestohlen bleiben. Er nimmt den Zickzackweg neben der Blanken Platte, biegt dann ins Salflischer Tälchen ein, folgt der jungen Plon. Eine halbe Stunde später setzt die Dämmerung ein. Er sieht im Halbdunkel besser und findet bald, was er gesucht hat. Unweit der Überreste von Großvaters altem Kiessammler, der die Leitung sauber gehalten hatte, zweigt ein schmales Bächlein ab. Es irrt munter durch eine Wiese, bevor es den Weg zurück ins Bachbett findet. Xenos Gesicht spiegelt sich im Wasser. Er erkennt es nicht.

Togg. Togg. Togg.

Hört her, ihr alle, auf der Furgg, in Plon, im Salflisch, im Gamplüt: Die Kännel sind geflickt, das Wasser läuft, der Merkhammer schlägt wieder!

Schlägt eine letzte Warnung.

Julia Rothen schob zwei Holzscheite in den Herd und blies kräftig in die Glut. Die Flammen züngelten hoch. Sie starrte hinein. Die Seitensprossen der Krippe waren damals zuletzt verglüht. Das namenlose Kind. Julia schloss die Ofenklappe mit einem Ruck. Bald kreiste ihre Holzkelle wieder im Topf. Sie bekreuzigte sich vor dem Marienbild und stellte dann zwei Schüsseln bereit. Alles würde gutgehen. In zwei, drei Tagen war die schadhafte *Süen* an der Blanken Platte geflickt, der Merkhammer würde es künden, dem Leben auf dem Seegut wieder den gewohnten Takt vorgeben.
Nein.
Sie machte sich etwas vor. Verdrängte, was auch ihr Mann nicht wahrhaben wollte: Die Stausee-Gesellschaft würde die Mauer bauen, den Plonersee stauen. Es war nicht zu verhindern. Der Furggbohrer hatte wahrscheinlich schon verkauft. Julia konnte es ihm nicht verdenken, Karl Bohrer war alt und krank, aber listig genug, noch das Beste für seinen Sohn, den Josef, herauszuholen.
Ihr Mann hingegen würde sich nicht beugen. Pius nicht. Eher zerbrechen. Täglich erwartete Julia den Besuch der Elektrischen. Sie mussten mit ihnen verhandeln. *Konterggöör*, wie sie im unteren Plontal sagten. Das Möglichste herausholen, einen Tauschhandel vielleicht. Widerstand führte zur Enteignung. Das Wort war ihr noch nicht geläufig, es traf sie ins Herz: Sie würden ihnen nehmen, was ihr Eigen war. Das stattliche Seegut, seit Generationen das Heim der Familie Rothen. Pius würde es nicht verkraften. Arnold... Arnold schon. Ihr Sohn schwankte, sie sah es. Er konnte das Leuchten in seinen

Augen nicht verbergen, wenn vom Stausee gesprochen wurde, *vo dr Müüra*. Noch unterdrückte Arnold seinen Ärger über den väterlichen Starrsinn. Auch an diesem Morgen. Wie immer im Frühling waren sie aufgebrochen, die Wasserleitung zu reparieren. Nach einer Woche Vorbereitung arbeiteten sie jetzt oben an der Blanken Platte ...

Ein spitzer Schrei riss sie aus den Gedanken. Draußen vor dem Haus wälzte sich Xeno am Boden, schleuderte Holzstückchen fort, das Gesicht verzerrt und dunkelrot. Sie hob ihn auf. Er verkrampfte sich, zitterte. Die Wutanfälle häufen sich, dachte Julia, während sie auf und ab ging, ihren Enkel sanft wiegend. Der geringste Anlass genügte, schon verlor er die Beherrschung. Kein Grund zur Besorgnis, die üblichen Trotzanfälle eines Dreijährigen ... Oder eine Folge der schweren, der traurigen Geburt? Auf dem Boden hatte Xeno mit seinen *Totzjini* eine Zickzacklinie gelegt. Sein Lieblingsspiel, seit ihm der Großvater die Leitung im Salflischer Tälchen gezeigt hatte. Die Linie brach just vor einem Steinbrocken ab. Die restlichen Holzstücke lagen in weitem Bogen verstreut.

Das Sicherungsseil spannte sich. Arnold Rothen stemmte die Beine gegen einen Felsen. Vorsichtig blickte er über den Rand des Abgrundes. Sein Vater seilte sich mit ruhigen Bewegungen ab. Er hatte einen Drittel der Blanken Platte hinter sich, erreichte jetzt den ersten Tragbalken der Wasserleitung. Aus der Distanz sah der Balken so unversehrt aus wie der Kännel, den er trug.

»Stand!«, rief Pius hinauf. »Der Stein.«

Arnold ging zwei Meter zurück und knotete das Seil, mit dem er den Vater gesichert hatte, um einen Felsbrocken. Der erste Stein, halb so schwer wie sein Vater, lag im Tragnetz bereit. Arnold wuchtete es an den Felsrand. Sein Vater balancierte bereits über den ersten Kännel. *Chepfisch wie geng!* Es war ein unnötiges Risiko, das sie hier eingingen. Die Elektrischen wollten einen schnellen Vertragsabschluss, Vater könnte bei den Verhandlungen alles verlangen: neue Weid- und Ackerflächen beispielsweise, etwas höher im Salflischer Tälchen gelegen zwar, dafür mit Bewässerungssystem. Stattdessen ... turnten sie hier an der Blanken Platte herum!

Schluss! Jetzt war nicht der Moment, er musste sich konzentrieren.

»*Pass üff!*«

Ruckweise sank das Netz abwärts. Sein Vater saß bereits auf dem zweiten Kännel. Das hieß, dass nur der dritte Tragbalken beschädigt war.

»Genug!«, rief es von unten. Vater hatte das Netz erwischt.

Arnold hielt das Seil straff, bis er den nächsten Ruf hörte. Etwas später zog er das leere Netz hoch. Als er wieder über die Kante blickte, lag der Stein auf dem zweiten Kännel.

»*Hü!*«, tönte es herauf.

Der Vater würde sie noch umbringen mit seiner Hetzerei! Und wofür? Dutzende von Kilometern Felsstollen wollte die Stausee-Gesellschaft schon bald in den Berg sprengen, eine großartige Baustelle, ohne Vergleich in der Schweiz! Und sie reparierten ihren kümmerlichen Kännel. So wie es Pius Rothen seit zwanzig Jahren gewohnt war. Weil er es gewohnt war. Diesmal mussten sie allerdings ohne die Hilfe der Nachbarn auskommen. Karl Bohrer kränkelte. Und von Josef, Bohrers Sohn und Arnolds Freund, war keine Unterstützung zu erwarten. Bloßes Trotzen sei das doch, hatte Bohrers Sepp dem Vater gesagt. Mitten ins Gesicht! Auch ein Pius Rothen könne die Zeit nicht aufhalten, veraltet sei seine Leitung, die habe ein für allemal ausgedient, jetzt breche ein neues Zeitalter an.

Arnold hatte dasselbe gedacht, aber nichts gesagt. Sich nicht getraut. Der Bruch mit dem Vater würde früh genug kommen.

»Da, schau, Xeno, das Arbeitsbrett! *Maria gebenedeijuti!*«

Der Junge blickte verständnislos auf den Finger seiner Großmutter, der zur Blanken Platte hochzeigte.

Julia setzte Xeno ins Gras. Der Junge suchte seine Holzstücke zusammen, als sei nichts gewesen. Sie ließ sich auf die Bank vor dem Seegut fallen, lehnte sich schwer an die sonnenwarmen Bretter der Hauswand. Der See lag still zu ihren Füßen, wie ein langer, grüner Spiegel, zwischen Plonspitze und Gamplüterkamm gegossen. An seinem unteren Ende konnte sie den Furgghof erkennen, dort, wo sich die Plon übermütig ins Tal hinabstürzte. Die Perlen des Rosenkranzes liefen durch ihre Finger, ihre Lippen bewegten sich lautlos. Wie oft hatte sie schon hier gesessen, gewartet, gebetet, gewartet ... Einsame Tage sonder Zahl, gerade im Sommer. Sie hasste den Sommer. Pius und Arnold mit dem Vieh auf der Salflischer Alp, sie allein auf dem Seegut. Die Angst, wenn sie die Männer auf den schmalen Felsbändern beim *Faggsen* wusste! Was taten sie bloß alles für das bisschen Heu. Die Einsamkeit, wenn ein Unwetter aufzog, wenn Blitze die Nacht zum Tag machten und die Felswände den Donner vervielfachten. Der Anblick geschlossener Stalltüren, verwaister Werkzeuge. Keine Axtschläge, kein Scheppern der Milchkannen, kein Meckern der Geißen, nur Stille.

Bis auf das Jahr mit Greth. Der eine helle Sommer. Zu zweit hatten sie auf dem Seegut gearbeitet, sie und die Schwiegertochter. Eine Frau endlich! Ihre Gesellschaft hatte alles verändert. Die Arbeit zu zweit im Garten, in der Küche, beim Heuen – alles ging leichter von der Hand. Und die Gespräche. Vor allem die Gespräche! Zum ersten Mal hatte sie über alles reden können: über ihre Träume, ihre Alpträume. Über all die Kinder, die nicht kamen. Das eine, das zu früh gegangen war. Arnolds Schwesterchen.

Sie hatten nicht geahnt, dass es der einzige gemeinsame Sommer bleiben würde.

Julia stemmte sich energisch hoch. Noch ist Frühling. *Üstag.* Die Firnfelder unterhalb der Plonspitze und über der Salflischer Alp züngelten weiß und frisch herunter, erst die Julisonne würde sie unerbittlich auszehren. Noch zogen ihre Männer nicht auf die Alp, sondern kehrten am Abend zurück. Ein bisschen fahrig vielleicht von der Konzentration, von der Anstrengung, oder übermütig, wenn sie weiter vorangekommen waren als vorgesehen. Auf jeden Fall hungrig. Julia ging in die Küche zurück zu ihrer *Mineschtra*. Xeno, wieder ganz in sein Spiel vertieft, blickte nicht mal auf.

Zwei Steine beschwerten jetzt das eine Ende des Arbeitsbrettes. Das andere ragte ins Leere, reichte gerade bis zum losen dritten Balken. Pius prüfte den Knoten des Sicherungsseils, bevor er sich auf das Brett hinauswagte. Zentimeter für Zentimeter rutschte er vorwärts, dem Gewicht der Steine vertrauend, die ihn in der Balance halten würden. Und dem Sohn, der ihn sicherte. Diesmal noch. Er ahnte, was in Arnolds Kopf vorging. Es zog ihn fort, den Himmelstürmer! Das Tal war einem wie ihm zu eng. Seine Schuld? Ließ er den Sohn nicht atmen? *Ä ba!* Hatte er ihm etwa nicht die richtigen Werte vermittelt, den Blick für das Wichtige, die Liebe zur Natur? Doch Arnold war von der neuen Technik so fasziniert, dass er nicht sah, was verlorenging. Das Tal unter Wasser, Wiesen, die über Generationen dem Berg abgerungen worden waren, geflutet.

Der kristallklare Plonersee in einem Betonsarg.

Würde er die Kraft aufbringen, noch einmal neu anzufangen? Pius wusste die Antwort: Nicht ohne Arnold! Nicht allein. Zu viel ging verloren, wenn die Elektrischen ihre verfluchte Mauer bauten. Und sie würden es tun, er konnte sich sperren, wie er wollte. Trotzdem. Er würde es ihnen nicht einfach machen. Tag für Tag kämpfen, wie heute, wie jetzt. Die Wasserleitung war sein Stolz. Sein Werk. Sein Protest.

Der Merkhammer durfte nicht länger schweigen.

Pius hatte das Ende des Bretts erreicht. Er prüfte jeden Zentimeter des dritten Tragbalkens. Das Holz hatte glücklicherweise keinen Schaden genommen. Nur einige der Keile, die den Balken im Felsloch hielten, waren unter dem Druck eines Schneerutsches oder durch Steinschlag herausgesprungen. Der Tragbalken war zwanzig Zentimeter abgesunken, die entstandene Spannung hatte die Bretter des Kännels auseinandergerissen.

»Keile braucht's und einen neuen Kännel!«, rief Pius hinauf. »Ich beginne mit den Keilen.«

Er rutschte zurück auf den zweiten Tragbalken, wählte vier Holzkeile aus, hängte den Hammer am Gurt ein. Das Brett richtete er etwas direkter auf die Keilstellen aus. Bevor er sich wieder hinauswagte, schloss er die Augen. Er dachte zu viel, konzentrierte sich nicht. Reparaturen an der Blanken Platte vertrugen keine Nachlässigkeit.

»Sichru!«

Das Sicherungsseil straffte sich. Auf den Knien kroch er diesmal hinaus, das Brett unter ihm bog sich leicht. Es würde gefährlich nachfedern, wenn er zu heftige Bewegungen machte. Am Ende des Brettes brachte er sich in Position. Den einen Fuß stemmte er gegen den senkrechten Fels, stabilisierte sich und das Brett. Noch einmal kontrollierte er den Tragbalken. Er war älter als sein Sohn, der ihn oben sicherte. Einen Winter lang hatte er damals gebrütet, bis er zur einfachstmöglichen Konstruktion gelangt war. Sie hatte sich bewährt, alle drei Tragbalken waren bis heute unversehrt geblieben. Nur die Verankerung im Fels war stets die Schwachstelle gewesen. Deshalb hatte er in den letzten Tagen Keile verschiedenster Dicke vorbereitet. Er nahm einen mittleren, setzte ihn an den unteren Rand des Loches, das er einst frei schwebend mit Hammer und Meißel in den Fels gespitzt hatte. Bevor er zum ersten

Schlag ausholte, zog er zweimal kurz am Sicherungsseil. Es straffte sich sogleich. *Sakkerdies!* Wenn es galt, konnte er sich auf den Träumer da oben verlassen! Pius schlug mit dem Hammer zu, der Keil rutschte weg, schlug Sekunden später am Fuß der Blanken Platte auf. Pius fluchte leise. Der Tragbalken hing schräg in der Verankerung und versperrte die Lücke, in die er den Keil schlagen wollte. Arnold würde den Balken anheben müssen.

»*Ä Wegg, ä mittlere!* Und lass das Hilfsseil herunter!«

»Dann muss ich dich irgendwo festbinden.«

»Tu das!«

Kurz darauf kamen der Keil und das Hilfsseil herunter. Er packte es und verknotete es um das hinausragende Ende des Tragbalkens.

»Zug!«

Mit einem feinen Knirschen hob sich der Tragbalken aus seiner Schieflage. Als er wieder im ursprünglichen rechten Winkel vom Fels abstand, war es ein Leichtes, den Keil in die Lücke zwischen Fels und Tragbalken zu hämmern.

»Nachlassen!«

Das Seil wurde lockerer, der Tragbalken senkte sich auf die neue Auflage.

»Hilfsseil hoch, neu sichern!«

Pius wartete, bis das Seil über der Felskante verschwunden war und Arnold ihn wieder aus der Hand sicherte. Dann hämmerte er zwei weitere, dünne Keile in die Ritze zwischen Balken und Felsverankerung.

»*Obacht!* Ich stehe auf.«

Der Zug des Sicherungsseils half ihm auf die Beine. Ohne Zögern vertraute Pius sein Gewicht dem frischverankerten Balken an.

Xenos Plaudern wurde plötzlich von einer tieferen Stimme unterbrochen. Julia schreckte auf. Sie eilte durch Küche und Diele. Neben Xeno kauerte ein junger Mann. Die frischen Farben seines Hemdes, die Falten in der Hose und die neuen Schuhe verrieten, dass er sich erst kürzlich ausstaffiert hatte.

»Frau Rothen, nehm ich an? *Güete Tag!*«

Julia nahm die Hand erst, nachdem sie die ihre sorgfältig an der Schürze getrocknet hatte.

»Franz Pfammatter. Ich möchte mit Ihrem Mann sprechen.«

»Warum?«

»Ich komme von der Stausee-Gesellschaft und im Auftrag der Kantonsregierung.«

»*Pfammatter? Z'Alfonsch Botsch va Plon?*«

»*Exakkt.*«

»*Und chüm volljäärig scho ä Elektrische?*« Julias Tonfall ließ keinen Zweifel offen, was sie von der Gesellschaft hielt. Und von jenen Plonern, die für sie arbeiteten. »Sie sind umsonst gekommen, mein Mann arbeitet den ganzen Tag an der Blanken Platte.«

»An der Wasserleitung?«

»Ja.«

»Aber wir haben ihm doch angeboten, die Leitung direkt in den Fels zu sprengen.«

»Den Brief hat er zerrissen. Das ist wohl seine Antwort!« Julia deutete zur Blanken Platte hinauf.

»Ich habe es befürchtet. Vielleicht kann ich ja Ihnen erklären, was die Gesellschaft anbietet. Sehr großzügig, unter uns gesagt.«

»*Unner iisch?* Wollen Sie mir weismachen, Sie stünden auf unserer Seite!«

»Hören Sie mich doch erst mal an, Frau Rothen.«

»Weshalb sollte ich? Sie nehmen uns unseren Boden, unser

Haus, unser Leben – und wir sollen freundlich sein!« Julia hob Xeno hoch und wandte sich zur Haustür.

»Sie haben keine Wahl, Frau Rothen. Und ich auch nicht. Ich mache nur meine Arbeit. Die Regierung hat entschieden, das Volk zugestimmt, der Bundesrat seinen Segen gegeben – wenn Sie hier im Tal bleiben möchten, müssen Sie mit uns reden. Tun Sie's, das rate ich Ihnen im Guten! Sie können viel gewinnen. Jetzt noch. Ich werde Ihnen dabei helfen.«

»Warum?« Julia Rothen drehte sich um. »*Schlächts Ggwisse?*«

»Ich weiß, wie schwer es Ihnen fällt. Das Kraftwerk unten in Plon – es wird auch auf unserem Land gebaut.«

»Ihr habt genügend davon.«

»Ja? Mein Bruder übernimmt Werkstatt und Hof. Ich wollte auf dem restlichen Land eine Pferdezucht aufbauen. Das geht jetzt nicht mehr. Ich musste mir eine andere Arbeit suchen.«

»Im Krieg nannte man solche Leute Verräter!«

Pfammatter wurde bleich. »Es ist nicht Krieg, Frau Rothen, es ist ein Volksentscheid zum Wohl der Allgemeinheit. Besser, man akzeptiert, was nicht zu verhindern ist. Deshalb bitte ich Sie nochmals, hören Sie mich an!«

»*Ich hä ja nid d Weli!*« Julia machte eine Handbewegung zum Haus hin.

Pius atmete auf. Er saß rittlings auf dem neu verankerten Tragbalken und nagelte den mittleren Kännel auf den neu verkeilten Balken, während Arnold das Arbeitsbrett hochzog. Wenn keine Probleme auftauchten, war der dritte Kännel bald eingepasst, und sie konnten vor dem Abend den Humus zum Abdichten streuen. Eine Methode, die er den welschen Leitungsbauern in der unteren Plonebene abgeschaut hatte. Seit Jahrzehnten leerten sie dort sackweise Walderde in die Kännel. Sobald das Wasser floss, nahm es den Humus mit, verwandelte ihn in einen zähen Schlamm, der in den Fugen und Ritzen hängen blieb, sie abdichtete. In die breiteren Fugen würde er kleine Weißtannenzweige stecken, eine weitere Methode, die Wasserleitungen zu dichten. Ersonnen mit jenem Sachverstand, der von Generation zu Generation gewachsen war – vor allem in den Tälern, die noch stärker als sie von den Leitungen abhängig waren. Was brauchte er Sprengtruppen, die ihm den halben Fels in die Luft jagten? Arnold verstand das nicht: Jeder Eingriff in die Natur hatte Folgen. Irgendwann. Wer garantierte, dass die Blanke Platte sich nach einer Sprengung nicht rächte? Mit Steinschlag. Oder mit Rüfenen! Nein, nein, seine Leitung genügte vollauf. Sie hatte den Boden in Julias Garten fruchtbar gemacht, und der lieferte, was sie brauchten. Manchmal mehr. In den Kriegs- und Nazijahren war er für seine Lieferungen gelobt worden. Sie hatten es ihm damals schriftlich bestätigt, *d meeru Heeru* in der Kantonshauptstadt. Jetzt wollten sie sein Tal ersäufen. Das Seegut. Die Gräber der Großeltern, der Eltern und der namenlosen Tochter. Das Grab von Greth. Deine Frau, Arnold, sie schänden ihre letzte Ruhestätte! Siehst du das nicht? Weshalb willst du nicht verstehen? Er donnerte mit dem Hammer auf das Holz des Kännels. Schade, hatte sich die Walliser Tradition des *Mazza*-Zuges nicht erhalten. Er wäre der Erste, der seinen Nagel in einen Wurzelstock schlagen würde ... Da unten, die Holzbrücke: gebaut vom Großvater, restauriert vom Vater, mit der Hilfe eines kleinen Jungen, der noch kaum ein Brett hochheben konnte. Er, Pius Rothen. Er würde nicht weichen! Anders als der Furggbohrer. Wie geschwächt musste der schon sein, dass er sich auf einen Handel mit den Elektrischen einließ! Oder hatte er nicht mehr selbst bestimmen wollen und das Feilschen seinem Sohn Josef überlassen? *Das Hasi!* Frech war der ihm kürzlich gekommen ...

Arnolds Freund.

»Was ist?« Arnold schaute besorgt über die Kante.

»Wir machen weiter, Arnold. Immer weiter.«

Als wäre alles schon geschehen!

Verstört starrte Julia auf das Bild, das Franz Pfammatter auf den Tisch gelegt hatte. »Retuschieren nennen sie das. Sie nehmen eine Fotografie des Tales, wie es jetzt ist, und bringen irgendwie den See und die neuen Bauten hinein. Aber lassen Sie sich vom Stausee nicht irritieren, das Wichtigste kommt noch.«

Julia schämte sich für ihre Neugier. Das Vergrößerungsglas, das Franz Pfammatter ihr anbot, nahm sie erst, nachdem sie für den zappelnden Xeno ein Bilderbuch geholt hatte. Pfammatter legte ein zweites Bild auf die Tischplatte. Es zeigte die neue Uferlinie: Das Seegut war verschwunden, vom Wasser verschluckt, dafür stand dort, wo das Salflischer Tälchen sich zum See hin weitete, ein neues Haus. Bis in Einzelheiten dem alten Seegut nachempfunden.

»Schauen Sie: Ihr Garten bleibt erhalten, er liegt oberhalb des neuen Wasserspiegels. Und das Haus, kann ich Ihnen versichern, werden die Elektrischen nach Ihren Wünschen bauen. Stattlicher und schöner als das alte oder genau gleich. Wie Sie möchten. So gesehen können Sie eigentlich nur gewinnen.«

»*Chabis!*«

»Wie bitte?«

»Das Haus dahin zu stellen! Nur einer, der nichts, aber auch gar nichts weiß, würde ein Haus direkt in einen Lawinenzug bauen. *Äs Grüezi, vermüetli!*«

Franz Pfammatter konnte sein Lachen nicht unterdrücken. »Daran haben die Ingenieure selbstverständlich auch gedacht. Sie werden das ganze Tälchen mit Lawinenverbauungen und einem Damm sichern. Die Gesellschaft hat sich vertraglich dazu verpflichtet.«

»Das soll uns beruhigen?«

»Ja. Moderne Lawinenverbauungen sind wirksamer als unsere Bannwälder.«

»Das glauben Sie doch selber nicht. Mein Mann wird diesen Vorschlag ablehnen, so sicher er Pius Rothen heißt.«

»Dann ... werden Sie umgesiedelt.« Julia sah, wie Pfammatters Augen gefroren. »Sie müssen das Tal verlassen und erhalten irgendwo in der Plonebene ein neues Zuhause.«

Julia sprang erregt auf. »Das ist nicht recht, Pfammatter, und Sie wissen es!«

»Aber nicht zu ändern.« Sein Mund lächelte, die Augen blieben kalt. »Das ist halt auch Demokratie – dass sich der Einzelne opfern muss für die anderen. Überlegen Sie es sich in Ruhe, zusammen mit Ihrem Mann. Das Angebot ist mehr als großzügig. Das Land, das Sie hier unten verlieren, wird Ihnen ersetzt. In derselben Größe, weiter oben im Salflischer Tälchen. Die Elektrischen kaufen es der Tal-Genossenschaft ab und schenken es Ihnen.«

Julia senkte den Kopf. »*Äs isch nid rächt*«, sagte sie wieder, diesmal leise.

Arnold hatte zwei Seile an den dritten Kännel gebunden, damit er sich in der Luft nicht drehte. Stück für Stück ließ er ihn hinunter. Immer wieder kontrollierte er mit einem Blick das Sicherungsseil des Vaters, das wieder um den Felsbrocken vertäut war. Normalerweise ließen zwei Männer den Kännel hinab und der dritte sicherte den in der Wand. Heute waren sie zu zweit. Dem Vater war es zu danken, wenn es ein Unglück gab. *Schii verflüechti Hooreidi!* Die beiden Seile, die durch seine Hände liefen, verbrannten ihm die Haut, das Gewicht des Kännels riss ihm fast die Arme aus.

»Halt! Zwei Schritte links!«

Er befolgte den Befehl und spürte ein Rucken am Seil. Der Vater auf dem dritten Tragbalken hatte das Ende des Kännels erwischt. Sogleich ließ der Zug auf seinem linken Arm nach.

»Links gut, rechts halten!«

Vorsichtig ließ er das schlaffe Seil los, holte das andere beidhändig etwas ein, trat gleichzeitig nach vorn an die Felskante. Der Vater schaute herauf. Arnold brauchte keinen weiteren Befehl. Mit schmerzenden Armen ließ er das andere Ende des Kännels hinab, bis es auf einen Felsvorsprung am Rand der Blanken Platte zu liegen kam. Vorsichtig löste er das Seil.

»*Hantli!*«, rief der Vater.

Eilends stieg Arnold den Zickzackweg hinab, der bei jeder zweiten Kehre an die Blanke Platte stieß, bis er seinem Vater gegenüberstand. Der Vorsprung, auf dem der Ersatzkännel auflag, war jetzt in Arnolds Reichweite. Er packte den neuen Kännel und senkte ihn behutsam auf die Anschlussstelle, die Fuge war keinen halben Zentimeter breit.

»Passt genau!«

»Ich mach ihn fest.« Der Vater hatte die Stifte bereits zwischen den Lippen, mit ausholenden Schlägen nagelte er den neuen Kännel auf den Tragbalken. Dann betrachtete er zufrieden sein Werk. Sie waren gut vorangekommen.

»Steig hoch und lass mir die Erdsäcke herab! *Und ä Tschifra.*«

»Lass gut sein, Vater. Wir sollten nicht übertreiben!«

»Wenn ich schon in der Wand bin! Willst du morgen nochmals abseilen, sichern und alles? Nein, nein, die Erde haben wir schnell verteilt, und morgen öffnen wir die Schleuse!«

Arnold schluckte hinunter, was ihm auf der Zunge brannte. Er stieg den Weg hinauf.

Pius blieb auf dem neuen Kännel stehen. Sein Blick schweifte über See und Hof tief unter ihm. Ein Mann, den er aus dieser Distanz nicht erkennen konnte, entfernte sich gerade vom Seegut. Vielleicht doch Bohrers Josef, der helfen wollte ... Nein, der wäre direkt heraufgekommen. Ein Fremder.

»Die Erde!«

Pius blickte hinauf. Der Sack kam direkt auf ihn zu.

»*Eela. Piano!*« Er griff danach und machte eine leichte Bewegung zur Seite. Einer der Elektrischen gar? War es schon so weit? Sein Fuß stieß an den Tragbalken. Pius strauchelte, verlor das Gleichgewicht, ließ im letzten Moment den Sack los. Nur nicht Arnold mitreißen, schoss es durch seinen Kopf, als er schon fiel, mit einem Arm am Kännel einhängte, sich halten wollte und nicht konnte und erst schrie, als das Sicherungsseil wie heißes Eisen in sein Fleisch schnitt.

Damals, auf der Bank vor dem Seegut . . . im Sommer, habe ich dir da von Faverio erzählt, Mutter? Ich erinnere mich kaum. Hier drinnen verblasst alles. Zuerst die Farben. Das Gesicht von Faverio, im Schein der Karbidlampen: grau. Wird schwarz sein nach der ersten Sprengung. Und bald weiß. Wächsern. Faverio hustet. Wir husten alle, wenn wir aus dem Berg kommen. Husten und spucken.

Es ist der Berg, der in uns eindringt, nicht umgekehrt.

Der Staub zerfrisst uns. Faverio . . . Faverio wendet sich ab, wenn er spuckt. Wir sollen das Blut nicht sehen. Silikose. Ein schöner Name, Mutter. Der Name einer Blume.

Der Todesblume.

Davon haben sie nichts erzählt. Damals.

Faverio arbeitet seit fünfzehn Jahren im Berg. Immer im Vortrieb. Ruhig. Bedächtig. Von den andern wartet keiner, bis die Wasserfontänen den Staub der Sprengung zähmen, sie rennen sofort nach vorn, nehmen den Pickel, das Stemmeisen, legen sich mit einem widerspenstigen Brocken an, wuchten ihn heraus, springen den nächsten an. Die Ingenieure sagen, wir sollen warten. Nach Vorschrift. Bis das Wasser den Staub gefangen hat. Auf der anderen Seite zahlen sie Prämien, wenn wir schneller vorankommen.

Verstehst du das, Mutter? Wir sind schneller. Kein Merkhammer hier, der den Takt schlägt. Wir stürmen durch den Berg und verdienen gut. Faverio schickt alles Geld nach Hause, nach Italien.

Drei Kinder hat er. Ohne Vater bald.

Und Xeno? Fragt er nach mir? Ich weiß, wie er beim Abschied ausgesehen hat. Mein Sohn. Er gleicht seiner Mutter immer mehr. Trägt Greths Gesicht weiter durch die Zeit.

Hier vergeht sie schneller.

Noch halb im Schlaf lauscht Silvan in die Ferne. Hat er sich getäuscht gestern? Nach Mitternacht ist er aus dem Bürohäuschen getreten, hat wie jeden Abend den Kopf zurückgelegt und in die fast aufdringliche Sternenpracht geblickt. Eines der Rituale, die ihn von den Vorzügen des Berglebens überzeugen sollen. Gestern ist die Stille von einem Geräusch unterbrochen worden. Er hat keine Erklärung dafür gefunden, obwohl ihm das ferne Klopfen seltsam vertraut schien. Wieder horcht er. Nichts stört die morgendliche Stille über dem Plonersee. Beruhigt schlurft er ins Bad.

Fünfzehn Minuten später kontrolliert er Albins Zimmer. Alles bereit. Auch die zusätzliche Stromschiene für Albins Grundversorgung: Handy, *Playstation, iPod* und *Powerbook*. Das Geschenk liegt gut sichtbar auf dem Bett: *Finalcut Pro HD*. Ein professionelles Filmschnittprogramm mag etwas anspruchsvoll für einen Vierzehnjährigen sein, doch kaum für Albin, seinen Digital-Freak! Silvan schließt die Verbindungstür zu seinem Zimmer. Wie lange soll dieses Provisorium noch dauern? Die stets wiederkehrende Frage. Er hat sich nach Vaters Tod alles ein wenig anders vorgestellt, nur eine kurze Szenenfolge: Zurück nach Plon, das Erbe veräußern und mit dem Erlös seinen Traum verwirklichen: ein Spielfilm. Der Film würde so großartig nicht, hat er bei den Gesprächen mit Vaters Finanzberater festgestellt. Der Besitz ist auf den ersten Blick stattlich: drei Hotels, eine Pension, zwei Restaurants, das Berggasthaus, ein Campingplatz, das Sportzentrum mit Minigolf, das Sportgeschäft, das Modegeschäft, zwei Ferienchalets, wirklich rentabel sind aber nur das Berggasthaus und der Campingplatz. Bei einem Verkauf würde das wacklige Konstrukt aus verflochtenen Querfinanzierungen wie ein Kartenhaus in sich zusammenfallen. Mit unabsehbaren Folgen für Plon. Das Dorf kann vom Tourismus allein nicht leben, es hängt am Tropf der Stausee-Gesellschaft. Er, der Alleinerbe von Josef Bohrer, ebenso. Das Gefühl der Freiheit war von kurzer Dauer gewesen. *It seems like I'm caught up in your trap again / It seems like I'll be wearing the same old chain. Because... I'm trapped.* Wo immer das Leben ihn hinführt, Springsteen ist schon da gewesen. Und vor Springsteen Josef Bohrer. Sein Vater.

Die erste Gondel fährt eben los, als Silvan die Camping-Cafeteria betritt. Selma macht für zwei Wanderer Lunchpakete.

»Gut geschlafen, Selma?«

»Kein Auge hab ich zugetan. *Ä schlächts Zeiche, bigoscht!*«

Silvan beschließt, ihr zuzuhören. Immerhin hat Selma ihn schon seit Wochen nicht mehr mit unheilvollen Verkündungen erschreckt.

»Erzähl mir nicht, du hättest ihn nicht gehört!«

»Wen gehört, Selma?«

»Den Merkhammer!«

Sie hat recht. Verdammt! Dieses regelmäßige Toggen... Bloß... die meisten hölzernen Wasserleitungen waren vor seiner Geburt ersetzt worden, ihre Kontrollhämmer schon lange verstummt. Weshalb ist ihm das Geräusch bekannt vorgekommen?

»Ein böses Zeichen, Silvan.«

»Ach was, Mutter!«

»Ich bin nicht deine Mutter. Die Hämmer sind verstummt, kaum stand die Staumauer. Jetzt, da das neue Werk eröffnet werden soll, erwachen sie wieder!«

»Der Weckruf der Merkhämmer? Unsinn. Hörst du sie noch?«

»Um Mitternacht der erste Schlag, um drei Uhr der letzte. Wie in der alten Sage vom ...«

Silvan stoppt sie mit einer Handbewegung. »Du hast für jedes Geräusch zu jeder erdenklichen Uhrzeit eine Sage bereit. Es wird eine simple Erklärung geben.«

»*Wola!* Jetzt hast du dich verraten: Du hast es auch gehört.«

»Da kommt Arbeit, Tante Selma. Studers aus Unterägeri wollen Frühstück.«

Seidenweich umströmt das Wasser Lenas Körper. Sie taucht zum Poolboden. Er quert ihre Bahn an der Wasseroberfläche. Sie dreht sich auf den Rücken. Kleine Luftbläschen perlen seinem Körper entlang. Kurz darauf taucht Lena an der Stirnseite des Pools auf. Sie bleibt in der seichten Randkuhle liegen, lässt ihn nicht aus den Augen. Er wechselt vom Crawl- zum Bruststil. Seine Bewegungen werden langsamer. Drei Meter neben ihr wendet er. Das nächste Mal sind es noch zwei Meter, er wendet gemächlicher. Betrachtet unter Wasser ihren Körper, sie fühlt es, hat das eine Bein leicht angezogen, lasziv, die Muskeln gespannt, ihre Fingerspitzen liegen wie zufällig am Saum ihres Bikinihöschens. Sie schielt auf ihr Oberteil, benetzt es unauffällig, der orange Stoff klebt an der Brust. Sie zieht ihn ein wenig nach unten, gibt mehr Haut frei. Der Mann kommt zurück. Er wendet nahe bei ihr. Sie streckt den Arm aus, fragt sich noch während der Bewegung, wo sie sich den Mut dazu angelesen hat. Ihre Finger streifen seine Hüfte, sein Bein. Er schwimmt weiter. Braucht Bedenkzeit. Sie... sie hätte eine Gelegenheit zur Flucht. Die letzte. Er wendet nach halber Länge. Lässt sich zurück an den Rand treiben, dicht neben ihr dreht er sich auf den Rücken. Jetzt traut er sich nicht mehr zu schauen, stellt Lena aus dem Augenwinkel fest. Sie bewegt sanft ihre Füße, damit ihr Körper an der Wasseroberfläche bleibt. Ihre Hände werden flink, ziehen ihm den Badeslip hinunter. Kaum ist er nackt, stemmt sie sich aus dem Wasser, steht über ihm. Zum ersten Mal wendet er sich ihr zu.

Er hat kein Gesicht.

Der Schlüssel dreht sich im Schloss. Lena schreckt auf, zieht das Laken hoch, fährt durch die Haare. Das Zimmermädchen entschuldigt sich verlegen für die Störung.

Deine Fantasie macht Kapriolen, Lena! In letzter Zeit. In dieser Hinsicht. Nun gut. Sind ja nur Träume. Kein Gesicht, *hüereverflüecht!* Sie geht auf den Balkon hinaus, zum zweiten Mal an diesem Morgen. Eingekuschelt in den Bademantel, beobachtet sie den einsamen Schwimmer unten im Pool. Er beendet gerade sein Programm und klettert aus dem Wasser. Ein seltsames Vergnügen, in der morgendlichen Kühle! Sein Körper ist so sehnig wie in ihrem Wachtraum. Den er ausgelöst hat. Jetzt trocknet er sich mit einem schäbigen, rostfarbenen Frottiertuch ab.

Das Zelt ist weg, vom Taucher keine Spur. Silvan schaut sich ratlos um. Seine Idee hat ihn eigentlich überzeugt, deshalb ist er auch hergefahren: Der Merkhammer muss ein PR-Gag sein. Eine Aktion der *GreenForce* beispielsweise, die vor den Verhandlungen am runden Tisch das Klima in Plon beeinflussen will. Wer immer den Merkhammer schlagen lässt, kennt die Ploner und ihren Hang zum Aberglauben. Der Filmemacher in ihm klatscht Beifall. Wie heißt sie doch gleich? Amherd! Lena Amherd. Die Vertreterin der Umweltschützer. Er kennt sie nicht persönlich, weiß nur um ihren guten Ruf bei den Plonern. Um den Respekt, den ihr alle zollen, weil sie sich wegen des Erweiterungswerks mit dem Dorfkönig angelegt hat.

Mit Vater.

Und jetzt droht sie ihm mit dem Merkhammer? Silvan setzt sich auf das Geländer der Holzbrücke. Das Entstehungsjahr ist in den mittleren Geländerpfosten geschnitzt: 1965. Das Jahr, in dem die Mauer fertig wurde. Als die letzten Merkhämmer verstummten. Silvan verbindet das Geräusch noch immer mit dem Taucher. Die Tatsache, dass er spurlos verschwunden ist, bestärkt ihn in seiner Vermutung. Vielleicht hat er sein Zelt jetzt weiter oben im Salflischer Tälchen aufgeschlagen. Wo er dann nachts auf ein Stück Holz hämmert? Im Auftrag der *GreenForce*? Unsinn.

Silvan zögert. Eine halbe Stunde bleibt ihm noch, dann muss er zurück. Er hat Karin versprochen, Albin diesmal vom Postauto abzuholen. Trotzdem geht er weiter. Die junge Plon verzweigt sich im moorigen Talgrund so oft, dass sie sich verliert. Im Salflischer Tälchen hat er einen großen Teil seiner Kindheit verbracht. Die »Super-8-Tage« nennt er sie nach den zittrigen, verblassten Filmbildern, die er aus jener Zeit noch hat.

Der Junge in der Felswand, Berghose, kariertes Hemd. Eine Nahaufnahme zeigt kurzgeschorene Haare, einen entschlossenen Gesichtsausdruck, einen zielgerichteten Blick. Die Hände krallen sich am Felssims fest, der eine Fuß rutscht weg, sucht verzweifelt Halt. Zu spät, der Junge fällt. Schnitt auf das grotesk verbogene Bein, dann das schmerzverzerrte Gesicht, die Tränen. Überblendung ins Krankenhaus, eine Montage als Zeitraffer: Zwei Monate in dreißig Sekunden. Kurze Schwarzblende auf die Terrasse vor dem Gasthaus: Der Junge mit Gipsbein, bewegungslos, ein Mann tritt hinzu. Josef Bohrer. Sein Vater stellt ein Geschenkpaket auf den Tisch, der Junge reißt es auf, wickelt eine Filmkamera aus dem Papier ...

Silvan hockt sich an eines der Nebenbächlein. Er hält seine Hand ins glasklare Schmelzwasser, bis es in seinen Fingerspitzen kribbelt. Ab jenem Zeitpunkt sind seine Erinnerungen an den Rändern gestanzt wie ein Filmstreifen. Die ersten Geschichten hatte er allein drehen müssen, dann bekam er Hilfe von den Schulfreunden aus Plon. Winnetou im Salflischer Tälchen, der Schatz vom Plonersee, Bud Spencer und Terence

Hill in Julias Garten. Zu guter Letzt Silvans Version des großen Klassikers: Das Lied vom Tod, gespielt von Primo auf der Mundharmonika. Zuerst nur für die Tonaufnahmen. Primo Sacripanti war Italiener, wie Ennio Morricone. Silvan hingegen war einsam und ein Rächer. Wie Charles Bronson. Die Hauptrolle gebührte also ihm. Erst ein exaktes Studium von Sergio Leones Eröffnungssequenz überzeugte Silvan davon, dass die Arbeit des Regisseurs spannender war als die des Stars. Angenehmer ohnehin. Was lockt die Fliege ins Gesicht des Schauspielers? Zucker? Ruhig, Primo, die Wespe tut dir nichts! Honig? Der Saft eines Steaks? Halt still, Primo, verdammt, ich seh jedes Zucken im Tele! Wespen? Hier oben gibt's keine Wespen!

Silvan bleibt lächelnd stehen. Seine Ambitionen waren unendlich viel größer als sein Können. Aber was ist später passiert? Wo hat er die Abzweigung nach Hollywood verpasst? Sein Weg hat ihn ins Tal zurückgeführt. Der offensichtliche Grund war das Geld. Die Alimente für Albin ... Sein Wanderschuh köpft eine Margerite. Karin hatte früher an ihn, an sein Talent als Filmemacher geglaubt. Hatte ihn unterstützt, auch finanziell. Wir teilen Tisch und Bett und Hungertuch. Ihre Worte in besseren Zeiten.

Jetzt will sie nur noch das Geld teilen.

Silvan kehrt um. Die Suche nach dem Hammer ist hoffnungslos. Und die Landschaft erinnert ihn bloß an das, was hätte sein können. Keine Zeit für Nostalgie, Albin soll nicht warten müssen. Dem Merkhammer kann er immer noch nachjagen, falls er wieder schlägt. Fast wünscht er es sich. Egal, wer oder was dahintersteckt, die Idee gefällt ihm wirklich.

Er setzt sich auf den Quad, der Motor stottert nur. Etwas später hört Silvan am Telefon ganz deutlich, dass sich Selma das Lachen verkneift.

Xeno schaut in den Spiegel. Auch wenn es für ihn nicht sichtbar ist, das Schwimmen hat ihn erfrischt. Sein Zelt hängt zum Trocknen über dem Balkongitter. Xeno zieht den Rucksack heran, nimmt zwei Schnellhefter heraus, legt sie auf das niedrige Tischchen am Fenster. Den einen steckt er in das Kuvert für Lena Amherd. Er schnürt den Rucksack ganz auf, nimmt vorsichtig erst die abgegriffene Ledermappe mit Vaters Briefen heraus, dann das Blechauto. Minutenlang hält er es in der Hand, die Finger streichen sanft den verbeulten Konturen entlang. Sein Blick fällt durch das Fenster auf die Ausläufer des Plonmassivs und den Furggkamm. Er schließt die Augen, um den Berg besser sehen zu können. Sein Inneres: die Felsstollen, die Rohre, das Gefälle, der Wasserdruck. Es ist noch nicht zu spät, Vater, keine Sorge! Sie wiegen sich in Sicherheit. Rechnen den Profit aus, den die neue Leitung einbringen wird. Fünfunddreißig Jahre nach Ende des Mauerbaus, vierzig Jahre nach deinem Tod. Sie zählen schon das nächste Blutgeld: fünfzig Millionen Franken Gewinn pro Jahr. Aber die Elektrischen haben die Rechnung ohne uns gemacht, Vater. Fünfzig Millionen Verlust ist der Umkehrschluss. Jedes Jahr. Das Ende der Gesellschaft.

Er nimmt den ledernen Ordner und blättert in den vergilbten Seiten. Die Schrift von Arnold Rothen. Mehr ist nicht geblieben. Beim Lesen schließt er die Augen.

Das Gesicht von Faverio, im Schein der Karbidlampen: grau. Wird schwarz sein nach der ersten Sprengung. Bald weiß. Wächsern.

Xeno kennt jeden Satz, jede Andeutung, er weiß, wie es für den Vater gewesen ist. Die anfängliche Euphorie, der Schmerz dann, die Angst.

Er kennt die Schuldigen.

Den Ladyshave findet Lena neben den Gartenwindrädchen. Sie legt ihn in den Einkaufskorb. Auch die Körpermilch hat sie zu Hause gelassen, fällt ihr ein. Sie findet ein Gestell mit Pflegeprodukten, zu ihrem Erstaunen sind diese nicht umstellt von Tischbomben und Grillzündhölzern. Wenn es um die Hygiene geht, hält man selbst hier im Ploner Krimskramsladen Ordnung. Als sie das Päckchen mit Kondomen in ihrem Korb liegen sieht, wundert sie sich doch ein bisschen. Reicht ein erotischer Traum bereits? Entzugserscheinungen, Lena? Torschlusspanik eher... Oder kehrt einfach dein Optimismus zurück? Wird auch Zeit, hört sie ihre Basketball-Freundinnen lästern, zwei Jahre Selbstzerfleischung reichen, der Typ ist es nicht wert. Sie haben recht, nur hat Lena mit dem Typen, der es nicht wert ist, acht Jahre lang zusammengelebt. Bis sie ein Kind wollte.

Letzte Woche ist die Geburtsanzeige gekommen. Mit der Neuen hat er gewollt.

Lena legt ihre Einkäufe aufs Band. Bei den Kondomen piepst der Strichcodeleser etwas lauter.

Draußen drückt sie auf den Autoschlüssel. Der Mini zwinkert ihr zweimal zu und entriegelt die Tür. Tröstliche Wunder der Technik. Sie hält den Schlüsselknopf gedrückt, wie von Geisterhand gesteuert öffnet sich das Dach und verschwindet im Heck des Fahrzeugs. Ihre Plastiktüte wirft sie auf den Beifahrersitz. Dunkelblau mit orangen Streifen. »Hot Orange« hat es der Autoverkäufer genannt.

Mit irgendwas hat sie ihr Single-Dasein ja versüßen müssen.

Gut fünfzehn Minuten braucht sie für die Serpentinen zwischen Plon und dem Flischwald. Beim Parkeingang stellt sie den Wagen ab, geht einige Schritte, die Welt wird lindgrün und still. Sie macht es sich auf den Nadelpolstern unter einer Föhre bequem, schlägt Selma Bohrers Buch auf. Vom *Chinntu* liest sie, von *Graatzig* und anderen *Boozugschichte*. Und über ihresgleichen: »Quatemberkinder haben ein Sensorium für übersinnliche Phänomene. Die Rede ist von Kindern, die in einer Quatemberwoche geboren sind. Vier solche gibt es pro Jahr, im März, Juni, September und Dezember. Die entsprechenden Daten verschieben sich jeweils, gemeint ist nämlich die Woche nach dem ersten Fastensonntag, nach Pfingsten, nach der Kreuzerhöhung am 14. September und die Woche nach dem ersten Adventssonntag.«

Lena lehnt sich gegen den Baumstamm. *Iisches Tämperli* hat die Großmutter sie liebevoll genannt. Für sie war der Ausdruck unverständlich gewesen, hatte eher nach einem Weihnachtsgebäck geklungen. Und Mutter hatte Großmutters Geschichten ohnehin immer belächelt. Abergläubischer Humbug sei das, der brauche nicht von Generation zu Generation neu aufgewärmt zu werden, *Heilandsakrament!* Lena lächelt unwillkürlich. Das Fluchen hat sie von ihrer Mutter übernommen, mehrstufig und halb im Walliser Dialekt, der klingt kerniger. Sie blättert weiter, vor und zurück, bis sie bei Selma Bohrers Erzählung über das Tanzverbot von 1680 hängen bleibt. In jenem Schicksalsjahr habe man nach wiederholten Überschwemmungen *äs scharpfs Gelibte*, ein strenges Gelübde, abgelegt: Ein halbes Jahrhundert wolle man jegliches Spielen und Tanzen unterlassen. Das sollte den Mattmarksee zur Ruhe bringen. Was den See offensichtlich wenig beeindruckt hatte und den heißblütigen Wallisern schlecht bekommen war. Selma Bohrer berichtet von Burschen und Mädchen, die »schier aus der Haut fuhren und früh vergreisten«. Diese Vorstellung entlockte Lena wieder ein Lächeln. Also griffen einige endlich zur Selbsthilfe, versteckten ihren ängstlichen Geiger in Strohbündeln und schleppten ihn auf eine Alp. Drei Tage und Nächte wurde dort getanzt wie in einem »hölzernen Himmel«. Und als das Lampenfett ausging, zündeten die Tanzenden Schnee an, der prompt aufflammte und ihnen den Platz erleuchtete. Was bewies, dass der Böse seine Hand im Spiel hatte und der Ort verflucht war. Verflucht wie die jungen Paare, die sich nach ihrem Tod in den *Graatzug* einreihen und auf ihrem Weg ins ewige Eis, in die ewige Verdammnis, um Vergebung tanzen mussten.

Lena klappt das Buch zu. Sie spaziert weiter, macht auf dem Holzsteg über die Plon zwei verwegene Tanzschritte. Heute bändigt eine Mauer den Mattmarksee. Nicht alle Stauwerke sind des Teufels, Lena Amherd! Sie sieht den Metallzaun um das Kraftwerkgebäude. Das Ziel ihres Spaziergangs ist ein Schandfleck in der unberührten Natur: der Parkplatz, das eiserne Eingangsportal, die in den Fels gegossene Betonplatte, darunter der gähnende Schlund des Wasserausflusses. Einen Verstoß gegen die baulichen Vereinbarungen zwischen Stausee-Gesellschaft und Umweltverbänden kann sie jedoch nicht erkennen. Lena macht auf dem Absatz kehrt, da hält ein Wagen neben ihr.

»*Ma che!* Was tust denn du hier? Warum hast du mir nichts gesagt, Lena?«

Primo Sacripanti steigt aus und schüttelt ihr überschwänglich die Hand.

»Die Arbeit, Primo!«

»Der runde Tisch?«

»Genau.«

»Und ... bist du zufrieden mit dem, was du hier siehst?«

»Scheint alles wie geplant. Oder nicht?«

Primo zögert mit der Antwort. Lena wird neugierig. Primo arbeitet seit Jahrzehnten für die Elektrischen, ist zwar loyal, aber ein überzeugter Gewerkschafter. Er liebt das Tal, denkt pragmatisch, hat keine Scheuklappen. Diskret hat er Lena im Kampf um den umweltgerechten Bau des Erweiterungswerks unterstützt und gelegentlich gar mit Informationen versorgt.

Einen Rest Firmentreue wird er nie ablegen, das weiß Lena, doch er ist einer der wenigen in Plon, denen sie vertraut.

»Arbeitest du jetzt hier? Nicht mehr auf der Furgg?«

Primo nickt. »Ich habe lange genug den Mauerwärter gemacht. Seit dem Tod von Josef Bohrer bin ich hier.«

»Ist er schlimm, der junge Bohrer?«

»Ach was, der doch nicht! Ich kenne ihn seit frühester Kindheit. Der ist in Ordnung, er weiß nur nicht, was er will ... und er hört auf die falschen Leute! Nein, mein Wechsel hat nichts mit ihm zu tun. Ab nächster Woche, wenn das Kraftwerk läuft, leite ich hier den Kontrollraum. Ich würde dir alles zeigen, aber heute ist Pfammatter im Werk. Er wäre wohl nicht so erfreut, wenn ich dich mitbringe ...«

»Pfammatter? Franz Pfammatter? Das ist nicht dein Ernst! Der sollte doch Ende Jahr pensioniert werden.«

»Sollte, ja. Aber er bleibt Direktor der Stausee-Gesellschaft, bis sie ihn in Holz packen. Jetzt sowieso, er gefällt sich als Erbe des Königs.«

»Erbschleicher wohl eher. Aber vergiss die Führung, Primo, die hohen Herren werden uns am Wochenende alles zeigen. Wie geht's den Kindern?«

»Sie werden lauter. Alba, die Kleinste, kommt Ende Sommer in die Schule.«

»Und Chiara?«

»Sie wird dann wieder arbeiten. Kennst du die Modeboutique beim Sportgeschäft?«

»Bin kürzlich dran vorbeigegangen.« Etwas verlegen streicht sich Lena die Haare aus der Stirn.

»Ein bisschen Schickimicki, ich weiß, aber da hat sie eine Teilzeitstelle in Aussicht. Doch, doch, wir sind zufrieden. Und du, wie geht es dir?«

»Es muss. Sag mal, Primo – soll ich mir vor den Gesprächen irgendetwas genauer anschauen?«

»Du wolltest doch zum neuen Biotop, nicht?«

Primo schaut über ihre rechte Schulter in die Ferne. Wie früher, wenn er unerlaubte Andeutungen gemacht hat. Das Biotop? Wenn Lena sich richtig erinnert, sollte es nach Zeitplan bereits fertig sein. Die Stausee-Gesellschaft hatte sich verpflichtet, mit Aushubmaterial des Felsstollens den alten Baggersee im Flischwald, eine ihrer früheren Umweltsünden, zu renaturieren.

»Das wollte ich mir tatsächlich anschauen.«

»Kann nicht schaden. Ich muss zur Arbeit. Telefonieren wir?«

Sie nickt und verabschiedet sich, dann folgt sie der Schotterstraße, die vom Kraftwerk Richtung Biotop führt.

Silvan stürmt ins Restaurant der Talstation. Albin sitzt an einem Ecktisch in seiner typischen, gekrümmten Spielhaltung, den Gameboy in den Händen. Weiße *iPod*-Ohrstöpsel leuchten in den dunklen, verstrubbelten Haaren. Silvan betrachtet seinen Sohn. Seit dem letzten Mal sind vier Wochen vergangen. Er hat Albin mehr vermisst, als er sagen könnte. Vielleicht scheut er gerade deshalb gekünstelte Begrüßungsworte und ungelenke Umarmungen.

»Hei! Tut mir leid, der Traktor hat den Geist aufgegeben. Meine SMS hast du gesehen?«

Weil er Albin vorsorglich den einen Ohrstöpsel herausgezogen hat, fällt die übliche Verzögerung bei der Antwort weg.

»Welcher Traktor?«

»Der ... ja nun: der Quad.«

»Du hast einen Quad? Cool. Schau, Paps: Ich habe gerade das fünfte Level geschafft!«

»Zeig her.«

Silvan hat den Kampf gegen die elektronischen Konkurrenten längst aufgegeben, macht sich im Gegenteil die Fertigkeiten seines Sohnes in Computerdingen zunutze. Manchmal erlaubt er sich Vater-Sohn-Träume der kitschigen Art: Wenn Albin so weitermacht, ist er eines Tages Filmcutter. Dann werden sie zusammenarbeiten, er inszeniert, Albin schneidet. Und im Abspann ... die beiden Namen nebeneinander.

»Wie war die Fahrt?«

»Kurz vor Brig hab ich das vierte Level geschafft.«

»Komm. Ich habe eine Überraschung für dich. Hast du den Laptop mitgenommen?«

»Klar. Kaufen wir ein neues Game?«

Albin schaut ihn erwartungsvoll an. Silvan zieht ihn an sich.

»Etwas Besseres!«

Pirmin Pfammatter, der Besitzer des Fotogeschäfts, erklärt Albin die wichtigsten Funktionen der Videokamera gleich selbst. Silvan steht geistesabwesend daneben. Ein Irrsinn, dieses Geschenk, und überhaupt: Dein Sohn hat erst in zwei Monaten Geburtstag! In Gedanken kontert Silvan bereits Karins telefonische Vorwürfe. Mit schlechtem Gewissen hat das nichts zu tun, Karin, und du siehst immer nur die eine Seite! Kamera und Schnitt-Software gehören zusammen. Es ist ein Versuch, begreif doch! Nein, das hat nichts mit mir zu tun! Ja, ja – ich sehe die Welt nur durch die Kamera, das hast du mir schon tausendmal gesagt. Nein, ich will ihn nicht nach mir formen. Vergiss mich mal einen Moment lang, das tust du sonst ja auch. Du wirst staunen, was Albin alles zustande bringt. Er wird eigene Filme drehen und schneiden, er wird etwas Vernünftiges tun mit seiner Zeit. Er ist ein Digital-Freak. *So what? Wir leben im digitalen Zeitalter!* Die einen sind am Computer kreativ, die andern am Klavier. Wirst sehen, Karin: Sogar seine Games wird Albin für eine Weile vergessen.

Das hofft Silvan zumindest.

Lena drückt ein paar Zweige beiseite. Die Gesellschaft hat Wort gehalten. Spät zwar, aber immerhin. Von der neuen Bepflanzung sind erst Schösslinge zu sehen, doch sie kann sich vorstellen, wie das Biotop in einigen Jahren aussehen wird. Die künstlichen Aufschüttungen passen sich in die natürliche Umgebung ein. Ein Nebenarm der Plon mäandert durch das neue Gelände. Weshalb also hat Primo sie hierhergeschickt? Sie übersieht etwas. Lena klettert auf den ersten Hügel, bemüht, die oberste, noch lockere Humusschicht nicht zu verletzen. Auf der Kuppe schaut sie sich um. Die Landschaft wird sich durch die schnell wachsende Vegetation bald verändern. Sie dreht sich um. Da! Unter ihr stehen Bauprofile. Die Größe des ausgesteckten Gebäudes ist für eine Architektin unschwer abzuschätzen. Was geht hier vor, *hüereverflüechtundsakrament?* Von Bauten ist nie die Rede gewesen. Den Umrissen nach ... ein Bauernhof? Nein. Aber was soll dieser niedrige, langgezogene Kubus? In einem Neunziggrad-Winkel dockt er an das größere, quadratische Gebäude an. Als wär's ein ... ein Pferdestall?

Lena nimmt ihren kleinen Rucksack von der Schulter. Sie fotografiert sämtliche Bauprofile, bevor sie nachdenklich zurückwandert.

Xeno hat die Helikopteraufnahmen vom Wasserschloss Felsegg vor Augen. Es liegt zweihundert Höhenmeter tiefer als die Staumauer und sechs Kilometer von ihr entfernt. Dann die Innenaufnahmen des Stollens zwischen der Felsegg und dem Kraftwerk Flischwald. Eine riesige Maschine hat den fast senkrechten Stollen in den Fels gefräst. Ein Kinderspiel. Keiner ist dabei gestorben, kaum eine Lunge verstaubt. Anders als vor vierzig Jahren, im Vortrieb des Gamplüter Stollen. Vater, Faverio, die Walliser, die Italiener: voller Leidenschaft für die unmenschliche Arbeit, die man von ihnen verlangte. Am Anfang. Hatten sie die Geschichten ihrer Mineure gekannt, jene Vorarbeiter? Jene Ingenieure? Die mehrbesseren Direktoren? Hatten sie Bescheid gewusst über die Gedanken hinter den verdreckten Stirnen? Gedanken, die dem Stollenlabyrinth entflohen, zurück ins Gmuttertal beispielsweise, über die Grenze nach Italien oder nur bis zum Plonersee. In die frische Luft jedenfalls. Zum mutterlosen Kind, zur Familie oder zur Geliebten. Um zu überleben, waren sie gekommen, nicht um zu sterben. Doch das hatte die Vorarbeiter, die Ingenieure, die Direktoren nicht interessiert. Hingegen die Meter und Zentimeter Vortrieb pro Tag, pro Gruppe, pro Stollen. Dieser künstliche Wettbewerb: Mannschaft Gmutt gegen Mannschaft Plon. Und den Schnelleren die Prämie gezahlt. Es schreitet voran, das große Werk, schneller als geplant, schneller als erhofft, Herr Regierungsrat! Und: Die Geologie ist auf unserer Seite, verstehen Sie? Noch! Wir wollen nicht zu früh jubeln, man weiß nie, wir müssen auf alles gefasst sein, aber im Moment, Herr Regierungsrat, schlagen wir alle Rekorde. Zum Wohl und Prosit, auf unseren Stausee!

Auf die Mineure hat keiner getrunken. Auf die Arbeiter an der Mauer. In den Stollen. Verschleißmaterial. Menschliches Verschleißmaterial. Bei einem solchen Werk, bei diesen Ausmaßen, bei zehn Jahren Bauzeit sei mit soundso vielen Toten zu rechnen.

Die Rechnung ist aufgegangen.

Jeder weiß, für wen. Und für wen nicht. Jene sind vergessen. Xeno öffnet die Augen. Man wird sich erinnern, Vater! Diesmal wird die Rechnung nicht aufgehen.

Pius stemmte sich mit dem gesunden Arm im Bett hoch. »*D' Tannazwikk, Arnold!* Vergiss sie nicht!«

Arnold nickte. Er ging hinaus, nahm in der Diele den Hut vom Haken, trat in die Küche. Seine Mutter packte das Essen in seinen Rucksack.

»*Schaafligji und Broot. Und pass üff!*«

»Mach dir keine Sorgen, Mutter. Es fehlt nur noch die Erde in den Känneln, dann öffne ich die Schleusen.«

»Du wirst in die Blanke Platte steigen?«

»Das wird nicht nötig sein.«

»Und falls doch?«

»Hol ich Bohrers Josef zum Sichern.«

»*Woort?*«

»Es wird nicht nötig sein, Mutter! Die Leitung ist geflickt, der Rest ein Kinderspiel. Ich geh jetzt. Grüß Xeno, wenn er aufwacht.«

In der Haustür herzte Julia ihn etwas ungeschickt. Die erste Umarmung seit Greths Tod.

»Geht's?«, fragte Arnold überrascht.

»Es ist nur... Der Vater macht mir Sorgen. Die Wunde vom Seil bessert nicht. Und seit er die Bilder von Pfammatter gesehen hat...«

»Lass mich jetzt gehen, Mutter. Wenn er den Hammer schlagen hört, wird er schnell gesund, glaub mir.«

»Er spürt, dass du fortwillst.«

»Ich komm euch ja nicht abhanden, Mutter. Ich werde mit ihm sprechen. Bald.«

Bei der Blanken Platte fand Arnold alles so, wie es nach dem Unfall liegen geblieben war. Zehn Tage waren seither vergangen. Der Ploner Doktor hatte Vaters Schulter und den Ellbogen mit einem Verband fixiert. Der Arm werde vielleicht ein wenig steif bleiben... Diese Bemerkung machte Arnold mehr Sorgen als die eiternden Scheuerwunden. Für die gab es Penicillin. Aber was würde aus seinen Plänen, wenn der Vater den Arm nicht richtig gebrauchen, nicht mehr mit ganzer Kraft arbeiten konnte? Drei, vier Monate blieben noch. Im Frühherbst begannen sie mit den ersten Arbeiten, hatte ihm Josef erzählt: drei verschiedene Transportbahnen auf die Furgg hinauf, die Arbeiterbaracken, die Kabelkräne, die Steinbrecher – alles Dinge, die Arnold sich nicht mal vorstellen konnte. Den Gamplüter Stollen, drüben auf der anderen Seite der Plonspitze, würden sie in Angriff nehmen, sobald es an der Mauer zu kalt zum Betonieren wurde. Der Gamplüter Stollen sollte seine Baustelle werden! Deshalb musste er bald ins Tal, zum Pfammatter Franz. Josef wollte die Verabredung für ihn machen. Aber wegen Vaters Unfall war jetzt vieles in Frage gestellt. Arnold schob seine Befürchtungen beiseite. Wenn er seine Pläne verwirklichen wollte, musste er als Erstes das Wässerwasser zum Fließen bringen. Er packte den ersten Leinentuchsack mit Walderde. Gänzlich unversehrt hatte er ihn zu seinem Erstaunen unterhalb der Blanken Platte gefunden. Er band ihn an ein Seil, ließ ihn bis auf den Kännel hinab, zurrte das Seil fest. Dasselbe tat er mit dem zweiten, dem dritten Sack. Einen kleineren, gefüllt mit Weißtannenzweigen, hängte er sich um. Davon würde er nicht viel brauchen. Als Sicherung schnürte er sich ein weiteres Seil um den Bauch und diagonal über die Brust, das Ende knöpfte er um jenen Felskopf, den er schon oft dafür gebraucht hatte.

»Am Abend kommt der Vater zurück«, tröstete Julia ihren Enkel. »Schau: Also schickt der Meister das Wässerchen aus, es soll das Feuer löschen. Doch Wässerchen will nicht Feuer löschen, Feuer will nicht Steckchen brennen, Steckchen will nicht Hündchen schlagen, Hündchen will nicht Joggeli beißen, Joggeli will ...«

»... nicht Birnen fallen!«, kürzte Xeno ab. Er studierte aufmerksam die aufgeschlagene Seite des ramponierten Bilderbuches. Die Wortwiederholungen beruhigten ihn. Julia kannte jeden Vers, ihr Blick klebte an der winzigen Gestalt oben bei den Känneln. Natürlich war keiner zu sehen, der ihn sicherte. *Ä hooreidä Zipfel!* Arnold hatte Vaters Starrsinn geerbt und schlimmer noch: Er liebte die Gefahr. Manchmal fragte sie sich, ob er auf diese Weise Greths Nähe suchte. Er hatte ihren Tod nie verarbeitet, die Trauer verdrängt. Julia bekreuzigte sich und drückte ihr Gesicht in Xenos Haare. Greths Haare. Dunkel, dicht und weich. Die Ähnlichkeit zwischen Kind und verstorbener Mutter war für sie tröstlich, für Arnold unerträglich. Mehr als einmal hatte sie ihn dabei ertappt, wie er Xeno gequält angeschaut hatte, als mache er den Kleinen verantwortlich für Greths Tod. Ein schrecklicher, aber verständlicher Gedanke. In der ersten Zeit hatte er keinen Zugang zu seinem neugeborenen Sohn gefunden. Noch heute wich er ihm aus ... innerlich zumindest. Julia würde ihn darauf ansprechen. Schon bald. Der Sommer kam. Wieder ein Sommer ohne Greth. Arnold musste Xeno mit auf die Alp nehmen, wochenweise zumindest! Sie könne nicht auch noch für den Bub schauen, solange der Vater krank sei, würde sie ihm sagen. Das musste Arnold verstehen. Dieses Mal würde sie nicht nachgeben, beschloss sie. Dieses Mal nicht.

Pius hatte zu viel Zeit und die Bilder stets vor Augen, die der Elektrische hiergelassen hatte. Das war nicht sein Seegut. Die Heimat stahlen sie ihm. Was kümmerte ihn die Schulter, der

Ellbogen, die Wunden – es war die Mauer, die ihm alle Kraft nahm! Schon Ende Sommer begannen sie mit dem Bau. Mit der Infrastruktur, wie im Brief der Elektrischen gestanden hatte. Zu Deutsch: Lärm, Dreck und Fremde zuhauf.

Er konnte nichts dagegen tun. Der Cousin im fernen Bern hatte ihm zurückgeschrieben. Hoffnungslos sei der Fall, er solle sich bloß nicht dagegenstemmen, alles sei rechtens, Pius könne nur schauen, dass er einen guten Handel mache. Cousin Res war der Studierte in der Verwandtschaft, er musste es wissen.

Ob der Arnold sorgfältig arbeitete, oben an der Platte? Dachte er an die Weißtannenzweige? Es war so viel zu tun, und er lag hier... Er müsste die Ränder der Leitung schroten, *d Tretschboorti* flicken, die Verteiler richten. Die Sohle der Leitung hatte er zum Glück bereits gereinigt und das dabei gewonnene Gesteinsmehl war als Dünger ausgestreut. Aber Arnold... er ahnte, was sein Sohn vorhatte. Er würde ihn verlieren. Erst das namenlose Kind, dann Greth, jetzt sein Erstgeborener.

Wofür sollte er sich noch wehren? Wozu neu anfangen?

Ein bisschen verstand er Arnold ja. Auch er war damals gegangen. Gegen den Willen des Vaters war er ausgebrochen, hatte die Freiheit gesucht, sich in jener Spinnerei im Welschen verdingt und im Rhythmus der Webmaschinen gearbeitet. Doch die vermeintliche Freiheit war schon bald zum Alptraum geworden: keine Luft, kein Licht, die schroffen Anweisungen der Vorarbeiter, die eintönige Arbeit, der Lärm. Sein Stolz hatte ihn zuerst durchhalten lassen, dann Julia. Hätte er sie nicht getroffen, wäre er früher zurückgekehrt. Aber Julia musste ihr Haushaltjahr beenden. Die Villa der Mehrbesseren war für sie ein ähnliches Gefängnis gewesen wie die Spinnerei für ihn. Die einzig mögliche Freiheit für Bergler wie sie lag in der Selbstbestimmung, das hatten sie damals gelernt. Das Leben auf dem Seegut war voller Entbehrungen, im Sommer wie im Winter. Dafür war hier keiner, der befahl, zurechtwies, strafte. Nur die Natur gab vor, was zu tun war. Wie sie es taten, war allein ihre Sache. Es ging nicht nur um den Hof und die Felder, die Elektrischen nahmen ihnen auch die Freiheit, die sie sich über Jahrzehnte erarbeitet hatten. *Dr verflüechti Hütbläzz!* Pius drehte sich stöhnend auf die andere Seite.

Arnold kam schnell voran. Die Walderde war ausgestreut. Vater zuliebe drückte er auch noch die Weißtannenzweige in die Fugen. Danach balancierte er bis zum Ende des Kännels, der oberhalb von Julias Garten in der Wiese endete. Er löste das Sicherungsseil, ließ es in die Felswand zurückschwingen, prüfte die Eisenstäbe, mit denen die Kännel im Boden verankert waren. Das hölzerne Rad, das den Merkhammer beim Wasserverteiler antrieb, drehte ruhig in der Aufhängung, als er es anstieß. Er hob es heraus und legte es neben die Leitung ins Gras, dichtete noch die Fugen des Verteilers ab, bevor er über den Zickzackweg wieder zur Abrisskante der Blanken Platte hochstieg. Oben angekommen, zog er die leeren Humussäcke und das Sicherungsseil hoch, rollte die Taue ein. Erst jetzt gönnte er sich eine Pause. Er nahm das getrocknete Schaffleisch aus dem Rucksack.

Die verbliebene Erde würde er am Nachmittag in die Kännel des Salflischer Tälchens streuen. Sobald die Schleuse geöffnet war und der Merkhammer schlug, hatte er seine Pflicht getan und konnte nach Plon, zum Pfammatter Franz. Sie würden ihm Arbeit geben, daran zweifelte er keinen Moment. *Und Choscht und Loschii derzüe.* Er musste das Tal verlassen. Hier kann ich nicht mehr leben, Greth, das verstehst du doch? Hier begegne ich dir auf Schritt und Tritt. Wir bekommen ein Kind! Da, auf diesem Stein sitzend, hast du es mir gesagt. Und heute Nachmittag muss ich wieder an unserem Moorweiher vorbei. Nur dort waren wir ungestört. Die Wände im Haus sind dünn, jedes Geräusch hat man in der anderen Kammer gehört. Wie soll ich den Schmerz aushalten, Tag für Tag? Es ist besser, wenn ich gehe.

Ich werde dich nie vergessen, Greth, aber ich will mich nicht jeden Tag erinnern müssen.

Xeno... Arnold wusste, dass er seinen Sohn vernachlässigte. Wenn der Kleine in Wut geriet, furchte sich seine kindliche Stirn. Genau wie bei Greth. Seine Gesichtsausdrücke, seine Bewegungen – ihr Abbild. Durfte er ihn hierlassen? Nur... für zwei, drei Jahre, beruhigte er sich. In diesem Alter braucht er die Großmutter, sie weiß mit ihm umzugehen. Nur sie kann ihm die Mutter ersetzen. Ich kann es nicht.

Später vielleicht, Greth! Sein Gesicht... du solltest sein Gesicht sehen.

Mein Versprechen habe ich nicht vergessen, ich werde für ihn da sein. Aber sie beginnen mit dem Bau, Greth, sie bringen die Welt ins Tal. Widerstand ist sinnlos. Der Vater sperrt sich, er sieht die Möglichkeiten nicht, die sich eröffnen. Die Bohrers schon! Josef baut mit, baut an seiner Zukunft. Das ist doch kein Verrat, wenn sich einer mit dem Unvermeidlichen abfindet! Josef denkt weiter, er hat einen Plan. Einen Teil seines Landes hat er abgetreten, dafür bauen sie ihm das Restaurant. Die Arbeiterkantine. Dazu der Pachtvertrag für die Seilbahnstation! Wer weiß, was sein wird, in zehn, in zwanzig Jahren! Nur eines ist sicher: Josef Bohrer wird König der Furgg.

Arnolds Blick schweifte vom Salflischer Tälchen über die steilen Wände der Plonspitze und den Plonersee bis zur Furgg. *Tüe di Gglezz üf!*, befahl ihm Josef immer wieder. Dann bemühte er sich, das Tal mit dessen Augen zu sehen: Der See bereits aufgestaut, eine riesige blaue Fläche, in der sich die weißen Segel der Boote verlieren. Die Wanderer auf den Uferwegen, die Kletterer in den Wänden, die Ausflügler auf der

Terrasse des zukünftigen Berggasthauses ... Die mächtige Staumauer würde die Fremden anziehen, hatte Josef gesagt. Weshalb sie nicht willkommen heißen, ihnen etwas bieten? Dumm wärt ihr, Arnold, auf das Geld zu verzichten, das sie herauftragen werden! Nur wegen der Tradition, wegen dem armseligen bisschen Heu und Vieh? Die Worte seines Freundes, nicht seine. Er stand dazwischen, verstand seinen Vater, dem die geplante Mauer jeden Weitblick raubte, und bewunderte zugleich Josef, der sich schon jetzt auf ihre Krone schwang und in die Zukunft schaute.

Lieferant der Furggbohrer? Dem sei Gott vor! Pius richtete sich mühsam auf, griff mit der gesunden Hand umständlich nach den Kleidern am Wandhaken. Da konnte er sich ja gleich an die Elektrischen verkaufen! So wie der junge Bohrer. *Vertätscher! Bludra!* Er brauche auf der Furgg Milch, Käse, Gemüse, Brot, von allem viel mehr, als das Seegut liefern könne. Dreihundert Arbeiter, die ernährt sein wollten, er solle sich mal die Möglichkeiten vor Augen führen! Er, Josef Bohrer, werde zu verhindern wissen, dass nur die Ploner im Tal unten von der Mauer profitieren. Denen fließe schon genug in die Taschen mit den Abschlagszahlungen: das Zehnfache an Gemeindeeinnahmen, auf alle Zeit hinaus. Rothen solle doch nicht päpstlicher als der Papst sein, wenn er es geschickt anstelle, könne er aus dem neuen Seegut machen, was immer er sich wünsche. Einen bäuerlichen Großbetrieb beispielsweise, wie es keinen zweiten auf dieser Meereshöhe gab, oder ein Berggasthaus oder eine Skistation mit Sessel- und Skiliften ...

... oder weiterhin jeden Morgen mit ruhigem Gewissen in den Spiegel schauen!, war Pius ihm ins Wort gefallen. Sein Blick fiel auf das Kreuz neben dem Kleiderhaken. Mit einer raschen Handbewegung nahm er es vom Nagel, ließ es in die Schublade der Kommode fallen, schob diese zu. Kein Blitz, der einschlug, kein Donner, der den göttlichen Zorn verkündete, stellte er fest. Er solle schauen, dass er fortkomme, und seinen Boden künftig nicht mehr betreten, hatte er Josef gesagt. Zu hart waren seine Worte gewesen, das wusste er. Seine Zweifel, was richtig war und was falsch, hatte er sich nicht anmerken lassen. Er konnte einfach nicht anders. War nicht so wendig wie der junge Bohrer... und nicht so schwach wie der alte. Noch nicht, dachte er, als ihm das Hemd zum zweiten Mal aus der Hand fiel. Die Frau wollte er deswegen nicht rufen. Julia brauchte seine Hilflosigkeit nicht zu sehen, seinen Hader mit sich und dem Schicksal. Nachdenklich hatte sie das gefälschte Bild angeschaut und gemurmelt, wenn die Lawinenverbauungen wirklich halten würden, wäre nur schon das eine Erleichterung! Vielleicht könne man sich an das neue Haus gewöhnen oder gar einen Anbau planen, für Arnold und Xeno! Pius hatte nicht geantwortet, war einfach hinausgegangen und hatte draußen noch gehört, was sie Arnold sagte. Er müsse den Vater verstehen, der brauche Zeit, der könne nicht so weit denken, aufgeregt wie er sei.

Ihre Worte hatten seine Wut genährt. Als würde er nicht jede Sekunde an die Zukunft denken! Das war das Wesen seiner Arbeit: Nur was gepflegt und bewahrt wurde, lebte weiter. Alles, was er anpackte, trug später Früchte. Alles, was er nicht tat, rächte sich. So war es mit den Äckern, den Weiden, der Wasserleitung...

Herrgottstiiful, weshalb mussten sie diese Mauer hier bauen, in seinem Tal! Er hatte sich die verbleibenden Jahre anders vorgestellt. Arnold nach und nach alles übergeben, Xeno nachziehen und den Kleinen dem Vater halt über die Arbeit näherbringen, wenn es anders nicht ging. Schlimm genug, dass Xeno keine Mutter mehr habe, wenigstens ein Vater könne er ihm sein, hatte er Arnold vor wenigen Tagen erst gesagt. *Kappittlet* eher! Falsch sein Ton auch dieses Mal, aber was sollte er tun? Sobald die Rede auf Xeno kam, bockte Arnold. Verschloss sich. Bei allem Verständnis – seit Greths Tod waren drei Jahre vergangen! Irgendwann musste genug sein mit der Trauer. Arnold war vierundzwanzig. Alt genug, sollte man meinen. Aber sein Sohn würde vor der Verantwortung flüchten, die Begeisterung für das große Bauwerk als Ausrede.

Xeno schaufelte die kleingeschnittenen Bratkartoffeln in den Mund. Julia schaute ihm zu. Sie hatte keinen Hunger. Die Geräusche aus der Schlafkammer machten ihr Sorgen. Seit einiger Zeit redete ihr Mann laut mit sich selbst. Sogar Xeno hatte es bemerkt. In regelmäßigen Abständen fragte er, mit wem der Großvater spreche. Er denke nur laut, war ihre übliche Antwort. Auch jetzt wieder. Worauf Xeno wissen wollte, was »denken« eigentlich heiße.

»Nimm das ... *ds Wildmannli* zum Beispiel, mit dem du vorher gespielt hast. Beim Wegkreuz unten. Das hast du dir ausgedacht, das war ja nicht wirklich da.«

»Doch!«

»Wo ist es denn jetzt?«

»Draußen im Stall, bei der kranken Kuh, was meinst denn du?«

»*Natiirli.*« Sie schaute ihren Enkel nachdenklich an. Manchmal hatte sie das Gefühl, Xeno unterscheide nicht zwischen dem, was er sah, und dem, was er erfand. Völlig normal bei Kindern in seinem Alter, beruhigte sie sich und zugleich fiel ihr auf, wie regelmäßig sie sich genau dies einredete.

»*Groossmüetter?*«

»Ja.«

»Wenn denken das ist, was man nicht sagt, warum sagt dann der Großvater, was er denkt?«

»Ich weiß nicht, Xeno. Vielleicht ... vielleicht will er hören, was er sagt, damit er versteht, was er denkt.«

Diese Erklärung akzeptierte Xeno – allerdings nur, weil sie ihn gleichzeitig auf den Arm nahm und ins Schlafzimmer trug. Sie hingegen hatte niemanden, der sie von ihren Sorgen ablenkte. Pius wurde alt. War nur noch ein Schatten jenes Mannes, der nach dem Lawinenwinter, kurz vor Arnolds Geburt, das zerstörte Seegut alleine wieder aufgebaut hatte. Ohne Klage ... und vor allem ohne jeden Zweifel. Diesmal aber ... War denn alles so schlimm? Jedes Mal wenn sie die Bilder von Franz Pfammatter betrachtete, schien ihr der Vorschlag der Elektrischen sinnvoller. Ein ähnliches Haus, vielleicht noch etwas größer. Und der alljährlichen Angst vor der Salflischer Lawine endlich ledig. Der Garten bliebe erhalten. Die neuen Landstücke im Tälchen oben wären nicht mühsamer zu bewirtschaften als jene, die sie an den See verloren.

»*Ds Gibätt!*«, verlangte Xeno, kaum lag er in seinem Bett. »*Liit und Vee...*«, begann er sogleich, Julia stimmte ein:
»*erhalt nisch gsund*
jedi Nacht- und Tagesschtund
Louwine und Wassernoot
und dr schrecklich gääjiu Tod
tüe di laa veruberzie.
gib de armu Seele d Rüe!«
»Amen«, murmelte Xeno schon halb im Schlaf.

Julia küsste ihn auf die Stirn und ging nachdenklich in die Stube zurück. Ein Vorschlag Pfammatters ging ihr nicht aus dem Kopf. Die Bauarbeiter konnten ihnen eine Wasserleitung direkt in die Blanke Platte sprengen. Ohne Gefahr wäre sie danach zu warten! Nicht wie jetzt. Den halben Morgen hatte sie am Seeufer vor ihrem Marienaltar gesessen, zur Muttergottes gebetet und hinaufgestarrt und Arnolds Bewegungen bange verfolgt. Bis er, *Maria sig Daich*, die hängenden Kännel endlich verlassen hatte.

Vielleicht sollte sie die Sorgen einfach beiseiteschieben,

hatte sie der Muttergottes gesagt. Und tatkräftig dafür sorgen, dass Pius sich mit den Elektrischen arrangierte. Sonst würden sie ihren Sohn verlieren, und Xeno nach der Mutter den Vater.

Arnold schritt im blauen Schimmer der Dämmerung den obersten Kännel ab, den Sack mit Walderde so weit gekippt, dass diese gleichmäßig verstreut in die Leitung fiel. Beim Moosweiher hatte er nicht aufgeblickt. Das Bild des kleinen Teiches, umrahmt von Tannen und Lärchen, konnte er trotzdem nicht aus seinem Kopf bannen. Vielleicht hatten sie Xeno ja hier gemacht, am Wasser, auf den weichen Moospolstern, die noch an den heißesten Sommertagen Kühle abgaben.

»Wie viele Kinder möchtest du?«

»Zwei.«

»Was? Nur zwei?« Greth hatte ihn fast empört angeblitzt, ihr aufgestütztes Kinn in seine Brust gebohrt.

»Das Seegut kannst du gut durch zwei teilen, wenn es mehr sind, bleibt für den Einzelnen nicht viel.«

»Herrgott, du bist wie dein Vater. Du denkst an das Erbe der Kinder, noch bevor du sie machst.«

Er hatte ihren Vorwurf sofort widerlegen wollen und ihr die Bluse aufgeknöpft.

Nein, daran durfte er nicht denken.

War er tatsächlich wie sein Vater? Nicht mehr. Er hätte die *Süen* gar nicht geflickt, stattdessen den Kontakt gesucht zu einem Sprengmeister oder Ingenieur oder wer immer bei den Elektrischen für solche Dinge zuständig war. Womöglich lernte er das Sprengen auf der Baustelle am Gamplüter Stollen! Die Instandstellung der Leitung führte er dieses Jahr nur zu Ende, um sich anderes leichter zu machen.

Das Gewissen zuerst.

Er hatte die Schleuse erreicht und leerte die überschüssige Walderde ins Gras. Trotz allem lief ihm ein Schauer über den

Rücken, als er den Griff des Schiebers in der Hand hatte. Und er bedauerte, dass sein Vater bei diesem feierlichen Augenblick nicht neben ihm stand. Vielleicht öffnete er die Schleuse zum letzten Mal!

Er bekreuzigte sich, wie Vater es immer getan hatte, zog den Schieber hoch, hakte ihn ein. Das Wasser drückte gurgelnd in den ersten Kännel, wirbelte den Humus auf, trug ihn mit. Arnold eilte der Leitung entlang, die Fließgeschwindigkeit verringerte sich. Hatte er an alles gedacht? Er wartete, bis die schmierig gewordene Erde die Fugen abgedichtet hatte, bevor er einen weiteren Schieber öffnete, dem drängenden Wasser den Weg freigab. Abschnitt um Abschnitt näherte er sich so der Blanken Platte: Staute, ließ den Humus absinken, öffnete den nächsten Schieber. An anderen Orten übernahmen die Männer des Dorfes die Aufgabe der Schleusen, stellten sich in die Kännel, stemmten sich auf Kommando des *Sanders* gegen das Wasser, hielten es mit ihrem Körper so lange wie nötig auf. Vater hatte immer zugesehen, dass er möglichst vieles ohne Hilfe bewältigen konnte. Sein System der unzähligen Schieber kam Arnold jetzt zugute. Das Wasser schäumte schmutzig braun durch den ersten hängenden Kännel, den zweiten, den dritten, erreichte drüben sicheren Boden. Arnold umging die Blanke Platte, rannte zum Wasserverteiler, und reinigte die Austrittslöcher in den Querbalken. Das Schaufelrad, das den Merkhammer in Bewegung setzte, lag neben der Leitung bereit. Vorsichtig ließ er die Radachse in die Aussparungen an den Tragpfosten gleiten. Das Rad begann sich im Wasser zu drehen, eine Schaufel stieß an das Stielende des Hammers, hob ihn an, kopflastig fiel er auf das tönende Brett, wurde von der nächsten Radschaufel angehoben, fiel wieder.

Das Gefühl tiefster Befriedigung, als das vertraute Toggen erklang, passte so gar nicht zu Arnolds Entschluss, das Tal zu verlassen.

»Keersch, Vatter?« Julia rannte aufgeregt ins Haus. »Pius! Der Hammer schlägt! Jetzt kommt alles ins Lot, wirst sehen!«

Doch das Lächeln, das Pius Rothens Gesicht beim Erklingen des Hammers erhellt hatte, war schon wieder verschwunden.

In bewegter Trauer nehmen wir Abschied von unserem hochgeschätzten

Sprengmeister Karl Albisser.

Von Mineur Arnold Rothen

und von den Mineuren
> *Faverio Buonfatto*
> *Renzo Augustini*
> *Giuliano Massori*
> *Mario Mela*
> *Adriano Sacripanti*

Sie gaben ihr Leben für ein großes Werk, im Dienst und zum Wohl der Allgemeinheit.

In ihrem Angedenken und mit Gottes Segen werden wir es vollenden.

Ploner Stausee-Gesellschaft, Plon, 23. Februar 1960.

Das Schmökern in Selma Bohrers Geschichten ruft Erinnerungen wach. *Vor de Tootu brüücht mu kei Angscht z hä, aber vor de Läbunde schoo!* Großmutters beruhigender Satz beim sonntäglichen Grabbesuch. Lena findet ihn fast wörtlich in einem Kapitel über Gratzüge wieder. Aber wie hätte sie sich damals vor den Toten weniger fürchten sollen als vor den Lebenden? Kaum brach die Nacht an, schwelgte Großmutter in Geschichten über arme Seelen und lehrte ihrem *Tämperchind* das Gruseln.

Lena drückt den Startknopf ihres Laptops. Mit geschlossenen Augen lässt sie sich auf das viel zu breite Bett fallen. Als Kind hat sie mehr als einen Gratzug gesehen. Die Mutter aber glaubte ihr nie und hinterfragte ihre Schilderungen so lange, bis Lena sie selbst als Traumbilder und Hirngespinste abtat. Jene vollmondgrünen, leuchtenden Schleier, die wie Nebelfetzen und in Windeseile an den Bergkämmen entlangglitten... Aber was war mit den Geräuschen? Diesem raunenden Chor aus Wehklage, Gesang und Gemurmel, der den wandelnden Verstorbenen vorauseilte? Nur Einbildung? Nur der Wind, der vielstimmig durch die Balken der alten Holzhäuser zischelte?

Manchmal bedauert Lena, dass ihre Mutter kein Geheimnis unerklärt gelassen hat. Dafür schlägt ihre Fantasie jedes Mal Purzelbäume, wenn sie nach Plon zurückkehrt.

Lena schiebt die Speicherkarte der Fotokamera in den Laptop-Adapter. Sie muss hinter die Bedeutung der Bauprofile im Flischwald kommen. Was immer ihr Zweck ist, sie dürften dort nicht stehen. Sie wird den jungen Bohrer zur Rede stellen. Wie einst dessen Vater, den König von Plon. Seine Bonsai-Majestät... Denk nicht schlecht über die Toten, Lena! Ja. Jaja. Charmant ist er gewesen, der Josef Bohrer, zugegeben. Ein charmantes Arschloch. Überfordert von ihr, *däm Üsserschwyzer Ribiise*, das seine Entscheidungen angezweifelt, ihm die Stirn geboten, Kompromisse abgerungen hat. Sie lächelt. Wenn du wüsstest, Bohrer, wie viel ich von dir gelernt habe! Das eine vor allem: Nicht weichen. Zur eigenen Meinung stehen, trotzdem verhandeln, pragmatisch, ohne idealistischen Ballast. Und intrigieren, wenn nichts anderes hilft! Sie hat in jenen Wochen in Plon mehr Erkenntnisse gesammelt als während ihres gesamten Architekturstudiums. Und der Lohn? Du hast dich verändert, Lena! Marcels Worte kurz nach ihrer Rückkehr. Verwundert und wehleidig zugleich hat seine Stimme geklungen. Männer reden so, wenn sie ihren Abgang vorbereiten. Reden sich so zu. Reden sich ein, dass ja nicht sie selbst schuld... vergiss es, Lena! Es lohnt sich nicht. Wieder beugt sie sich über den Computer. *Hüereverflüecht!* Was supponieren bloß diese Profile? Lena konzentriert sich. Ignoriert das Stimmengewirr unten auf der Terrasse, das Zwitschern der Vögel, die Handymelodie im Nachbarzimmer. Wäre ja gelacht!

»Selma? Nein, nein, aber sprich ein bisschen lauter, mein Handy ist... der Computer? Aber weshalb hat Albin... gib ihn mir!«

Silvan nimmt mit der freien Hand ein Fläschchen Mineralwasser aus der Minibar. Er klemmt das Handy zwischen Schulter und Kinn, setzt den Flaschenöffner an.

»Albin? Wo liegt das Problem?«

Während Albin erklärt, dass er die Tabelle der Zeltplatz-Belegung neu gestaltet hat, hantiert Silvan mit Fläschchen und Öffner. Seine Hand rutscht ab, die Flasche zerschellt auf dem Boden. Verdutzt starrt er auf die Scherben.

»Scheiße!«

»Silvaaaan?«

Silvan verzieht das Gesicht. Es irritiert ihn, wenn sein Sohn seine Exfrau imitiert.

»Mir ist was runtergefallen.«

»Tatsächlich? Beim neuen Programm muss Tante Selma nur noch das Feld anklicken, das sie vermieten will, dann kann sie den Namen der Camper gleich hineinschreiben.«

»Und das begreift sie nicht?«, fragt Silvan. Im Badezimmer zieht er ein rostfarbenes Frottiertuch von der Stange. Ziemlich ausgebleicht, das gute Stück. So fadenscheinig wie all seine Ausreden, die er für den runden Tisch einübt. Doch er kann sich schlecht über die Tücher beschweren, er hat selber entschieden, dass sie noch eine weitere Saison gebraucht werden. Natürlich nur vom Personal. Zu dem auch er gehört, wie das Zimmermädchen oder die Gouvernante mit feinem Gespür erkannt hat.

»... aber sie verwechselt immer die beiden Ebenen. So findet sie das richtige Datum zur richtigen Parzelle nie und...«

»Albin! Tante Selma ist achtundsechzig...«

»Und?«

»Und? Als sie noch jung war, hingen die Mäuse nicht an Computern. Und wer sie fing, wurde belohnt. Vielleicht müssen wir wieder zum alten Kärtchensystem zurück, sie hat noch nicht mal das begriffen... Albin?«

»Ja.«

»Kannst du... deine Änderungen rückgängig machen?«

»Mann!«

»Ich weiß, vergiss es. Ich werde Selma sagen, sie soll noch ein paar Tage mit der Tafel arbeiten. Bis ich wieder auf der Furgg bin. Was hast du heute vor?«

»Filmen natürlich.«

Silvan horcht auf. »Wirklich? Wo?«

»Im Salflischer Tälchen. Ich hab schon den Titel für den Clip: *Der Merkhammer des Teufels.* Wie in der Sage. Weil jetzt ja wieder jede Nacht der Hammer schlägt...«

»Ein Clip über einen Merkhammer?«

»*Ubr dr Graatzug.*«

»*Graatzug?*«

»Bist du schwer von Begriff! Der Umzug der armen Seelen.«

»Selma«, sagt Silvan resigniert.

»Sie hat mir alles genau geschildert. Stell dir vor, wie man das aufnehmen könnte: Eine richtige Zombie-Parade. Ein Untoter nach dem anderen wankt dem Gletscher, der ewigen Verdammnis entgegen. Darunter Technomusik. Ab Mitternacht raven sie beim Merkhammer, drei Stunden lang, bevor sie...«

»Weshalb sollten sie das tun?«, unterbricht Silvan. Er geht mit dem klatschnassen Frottiertuch unschlüssig erst ins Badezimmer, dann auf den Balkon hinaus. »Schlagen die mit dem Hammer den Technorhythmus?«

»Paps! Die locken uns Lebende, ist doch klar!«

»Aha. Klingt ganz nach Tante Selma. Woher nimmst du die Statisten für den Totenumzug?«

»Brauch ich nicht. Ich filme nur das Tal, animierte Zombies finde ich sicher irgendwo im Netz.«

»Nimm *Thriller* von Michael Jackson.«

»Da gibt's Bessere. Die lade ich über Limewire herunter, stanze sie heraus und kopier sie in die Salflischer Originalaufnahmen.«

»Logisch. Aber... Albin... ich würde es besser finden, wenn du nicht allein ins Tälchen hochgehst. So gut kennst du dich...«

»Seb kommt mit.«

»Wer?«

»Zeltparzelle acht. Sebastian Studer.«

»Aus Unterägeri«, ergänzt Silvan unwillkürlich.

»Er ist cool.«

»Dann viel Spaß. Ehrlich gesagt: Am liebsten würde ich mitkommen und beim Dreh helfen.«

»Kannst du später noch. Zombies können wir immer gebrauchen.«

Xeno gleitet in den Schatten einiger Föhren, setzt den Rucksack mit dem sperrigen Stahlzylinder ab. Drüben öffnet einer der Bergführer, Abgottspon wahrscheinlich, die Stahltür, die ins Gebäudefundament unterhalb des Wasserschlosses Felsegg eingelassen ist. Die andern folgen Abgottspon mit geschulterten Seilen hinein, zuletzt ein Ingenieur. Er trägt das Ultraschallgerät. Xeno schließt die Augen. Er sieht sie die verwinkelte Treppe in den Stollen hinabsteigen, sie endet auf dem Laufsteg über dem ersten Druckrohr. Das Mannloch für den Einstieg befindet sich gleich unterhalb des Drosselklappengehäuses. Xeno kennt das Prozedere: Inspektion mit Magnetpulver und Ultraschall. Und er kennt das Resultat, es wird die hohen Herren von der Gesellschaft beruhigen. Alles sei bereit, werden sie verkünden, sich in Superlativen überschlagen und die Drehzahl der drei Riesenturbinen im Flischwald betonen, damit auch jeder versteht, was sich ohnehin keiner vorstellen kann: 1200 Megawatt Leistung. So viel wie bei einem Kernkraftwerk. Immer lieferbar, auch zu Spitzenzeiten, über Mittag, wenn alle Herde eingeschaltet sind, der Strom rar wird, teurer, und die Kassen schneller klingeln. Wen interessieren da Risse in den Schweißnähten! Sind nur Haarrisse. Haarspaltereien! Wie damals, nach den ersten Tests. Da haben sie auch keinen interessiert. Keine Reaktion. Macht nichts, genau das wird ihm nützlich sein. Nach der Katastrophe werden alle nachfragen. Die Medien, der Untersuchungsrichter... Wann denn die Schweißnähte zum letzten Mal geprüft worden seien? Wann die letzte Druckprobe ... Tatsächlich, so kurz vor der Eröffnung? Und irgendeiner wird sich an jene ersten Haarrisse erinnern, wird fragen, was hier vertuscht worden ist. Was ... und von wem.

Sind die noch zu retten? Verfluchte Walliser *Schtieregrinde*, hinterfotzige, Kriminelle allesamt! Lena knallt den Deckel des Laptops zu. Ein Golfplatz! Setzen einen Golfplatz samt Driving Ranch in den Flischwald. In eines der letzten Naturparadiese der Schweiz! *Hüereverflüechtundheilandsakrament!* Was fällt diesen granitschädligen Bergasseln ein?! Wie Schuppen ist es ihr plötzlich von den Augen gefallen. Die seltsam proportionierte, künstliche Hügellandschaft, unbewachsen noch, weil frisch angelegt. Die ... die Bunker, genau, das ist das Wort! So nennen die Neureichen ihre Sandkästen! Hier sind sie erst in Vorbereitung, Mulden ohne Sand, die Greens noch braun. Sonst hätte sie die Umgestaltung der Landschaft sofort mit der Anordnung der Bauprofile in Verbindung gebracht. Der langgezogene niedrige Anbau wird die Abschlagplätze decken, nicht Pferdeställe, wie sie zuerst gedacht hat. Das Haupthaus ist das Clubhaus, es hat die Ausmaße eines britischen Landschlosses. Primos Worte. Sonst war er beim Telefongespräch kurz angebunden gewesen.

»Ich weiß, du kannst nicht sprechen. Brauchst nur ja oder nein zu sagen, Primo. Ein Golfplatz?«
»Ja.«
»Das Clubhaus so groß wie das Bundeshaus?«
»Ein britisches Landschloss.«
»Und der Bauherr ist der Sohn des Königs?«
»Ja.«
»Und die Mehrheit der Untertanen findet es gut?«
»Ja. Nein.«

»Danke, Primo. Ich melde mich wieder.«

Lena dehnt ihre Nackenmuskeln, aus denen die stämmige Hotelmasseurin gerade erst den Stress geknetet hat. Die Anspannung und die Folgen einer hundsmiserablen Körperhaltung, so deren subtile Formulierung. Lena zwingt sich zur Ruhe. Bohrer junior tritt ein illegales Tourismusprojekt los, und sie als Vertreterin von *GreenForce* erfährt erst jetzt und zufällig davon. Das kann nur bedeuten, dass sehr viele Ploner für den Golfplatz sind. Davon profitieren, mit anderen Worten. Sonst wäre die Sache nicht geheim geblieben. Oder hast du einfach geschlafen, Lena? *Heilandsakrament!* Hast gedacht, mit den Vereinbarungen zwischen der Stausee-Gesellschaft und der Gemeinde Plon sei alles geregelt. Hast dich in Sicherheit gewiegt. Der Tod des Dorfkönigs hat die Informationsbeschaffung nicht erleichtert. Im Gegenteil. Wie immer der junge Bohrer es anstellen mag, er hat weniger Feinde als sein Vater.

Noch!

Die Luft im Zimmer ist stickig. Gewöhn dich schon mal dran, das hilft später bei den Wallungen, Lena! Sie schmunzelt über ihre Wehleidigkeit. Auf dem Balkon saugt sie Bergluft in die Lungen. Ihr Blick fällt auf das Frottiertuch, es hängt vor dem Nebenzimmer über dem Balkongeländer. Exakt jenes schäbige, einst orange Stück Stoff, mit dem sich ihr Traumschwimmer abgetrocknet hat. Der ist also ihr Zimmernachbar! Lenas Lächeln gerät ein bisschen schief. Der Mann bringt sie auf absonderliche Gedanken: Sie wird jetzt gleich ihren neuen Ladyshave ausprobieren. Über Bohrer ärgern kann sie sich später.

Silvan schiebt die Unterlagen beiseite. Die Wände seines Hotels sind zu dünn, stellt er fest. Der Rasierapparat des Zimmernachbarn raubt ihm den letzten Nerv. Blödsinnige Idee, sich hier einzuquartieren! Zimmer 311, wie immer, doch in letzter Zeit hat ihm nicht mal mehr seine Glückszahl Glück gebracht. *Tant pis*, er kann es nicht ändern, seine Anwesenheit hier ist unumgänglich, auch wenn er viel lieber oben auf der Furgg wäre und mit Albin ins Salflischer Tälchen hinaufsteigen würde. So wie er selbst, früher, mit Primo und den anderen. Die Momente, wenn er mit dem Sohn seine eigene Kindheit noch einmal durchstreift und die Orte der schönsten Erinnerungen besucht, entschädigen für vieles. Früher haben sie das häufig getan. Er und Albin. So oft, bis Karin sich wohl ausgeschlossen gefühlt hat.

Silvan stopft die Baupläne für die Driving Ranch in die Tasche. Am runden Tisch wird er auf ernsthaften Widerstand stoßen. Zum ersten Mal. Wird berechtigte Einwände, die er ebenso gut selber anbringen könnte, abschmettern müssen. Sie haben es nicht anders gewollt, wird er sich rechtfertigen. Sie haben unsere Pläne zerstört, in Bern, wir waren zu allen Konzessionen bereit, hätten uns für den Nationalpark auf den Kopf gestellt. Aber wenn der Staat sich solche Pärke nicht leisten will, wie sollen wir es hier in der Gemeinde, im Kanton können? Silvan massiert seinen Nasenrücken. Alles Ausflüchte, er kann sich nichts vormachen. Sein Ersatzplan für den Nationalpark ist die absolute Antithese zu allem, was er einst vertreten hat. Die Golfplatzidee ist ihm vor wenigen Monaten erst gekommen, geboren aus Wut. Ein paar Telefongespräche und ein Ortstermin später war eine deutsche Hotelkette bereit, die Bohrer-Hotels zu übernehmen. Einzige Bedingung: der Bau eines Golfplatzes. So einfach ist das: Etwas grüner Rasen macht die Braut plötzlich begehrenswert. In Kürze kann Silvan alles verkaufen, hat endlich das finanzielle Polster für einige Jahre künstlerischer Arbeit.

Diese Aussichten ersticken seine Skrupel. Silvan blickt durch das Fenster zur Furgg hinauf. Gleich als Erstes will er das alte

Maiensäß des Großvaters oben im Salflischer Tälchen renovieren. Vater hatte es vor Jahren als Ausgangspunkt für die Hochjagd benutzt, seither verfällt es. Ihn hatte der Vater als Fünfjährigen einige Male mitgenommen, selber erinnert er sich nicht daran, Selma hat es erzählt. 1965 war das gewesen, im Jahr, in dem der Bau des Stauwerks abgeschlossen worden war. Ein Jahr nach der Flucht der Mutter zurück in die Heimat, an den Genfersee. Nur fort aus dem Schatten der Plonspitze, der ihr Gemüt so verdüsterte, dass sie sogar ihr Kind zurückließ. Ihn. Sie habe es sich nicht leichtgemacht, bei Gott nicht... Selmas Trost in all den Jahren. Sie habe nicht anders gekonnt, wäre sonst eingegangen hier, wie die zarten Talblumen, die sie auf der Terrasse der Arbeiterkantine gepflanzt hatte. Sie wollte etwas Farbe in den Dreck, in den Lärm der Baustelle bringen, hat Selma erzählt, er müsse sich die Furgg vorstellen, wie sie damals gewesen sei: ein einziges Schlamm- und Dreckloch, das Berggasthaus ein behelfsmäßiger Aluminiumbau, mit Massenschlägen für ungeschlachte Mineure und Maurer und Zimmermänner. Nichts für ein mittelständisches Alabastergesicht aus Lausanne. Der Lärm des großen Steinbrechers, der ganze Felsen zu Bauschotter zermalmte, habe die Liebe zu ihrem Mann halt erstickt... Nicht aber die Gefühle für jenen gutaussehenden Ingenieur aus Genf. Auch nicht die Aussicht auf ein angenehmeres Leben... Seine Mutter hatte damals nicht wissen können, was aus ihrem Mann noch werden würde. Ein König, nicht weniger. Silvan lächelt. Keiner hatte Bohrersepps Visionen ernst genommen, auch nicht die Elektrischen, die ihm das Gasthaus für ein Butterbrot abgegeben hatten. Die Arbeit half Josef Bohrer über die Flucht seiner Frau hinweg. Zeit für Ausflüge mit dem Sohn zum Maiensäß blieb da keine mehr. Gelegentlich war Silvan noch mit Selma hinaufgestiegen. Auch das hatte Vater ihr übertragen. Wie schon bald alles andere, was seinen Sohn betraf.

Silvan gibt sich einen Ruck. Hat keinen Zweck, sich in der Vergangenheit zu verlieren: Ohne Golfplatz geht es nicht. *I'm trapped / But I'll teach my eyes to see beyond these walls in front of me / And someday I'll walk out of here again.* Der Weg ist vorgezeichnet, aus den Erinnerungen muss er endlich etwas Neues formen. Im besten Fall einen Film. Dem Wiederaufbau des Maiensäßes käme dann symbolische Bedeutung zu. Eigenhändig will er es restaurieren, in den Ferien vielleicht, mit Albins Hilfe. Der Quad als einzige Verbindung zur Außenwelt. Er am Tischchen vor dem Haus, bei der Arbeit an seinem Drehbuch ... Woher nimmt er den Strom? Lässt sich ein Computer auch mit Generatorenstrom aufladen? Silvan lächelt. Was zählt, ist die Idee. Der große Gedanke! Für Spitzfindigkeiten ist es später früh genug.

Xeno knüpft Seile an die Zeltplane, spannt sie über seinem Kopf zwischen zwei Bäume. In der Nacht wird es gewittern. Elektrizität knistert in seinem Körper. Die Inspektionsmannschaft wird das Druckrohr nicht vor dem Abend verlassen. Sie schicken die Schallwellen durch den Stahl, wieder und wieder, untersuchen jede Schweißnaht auf Haarrisse. Sie werden keine finden. Sie suchen zu früh. Und danach nicht mehr, wenn das Werk vollbracht ist. Xeno streichelt den Hydraulikarm der Presse. Seine Erfindung. Spezialanfertigung. Sie wird ihre Aufgabe ein einziges Mal erfüllen, wird dann mitgerissen ins Tal, unter Tonnen von Schlamm begraben. Keiner wird sie finden. Und wenn sie einer findet, wird niemand ihren Zweck erraten können. Vergeblich werden sie nach dem Unfall Fragen stellen.

Bei Vater hat keiner gefragt. Damals. Wieder sieben Tote? Die armen Teufel. Siehst du, der Fortschritt fordert seinen Tribut. Das Jahrhundertwerk!

In bewegter Trauer nehmen wir Abschied von unserem hochgeschätzten Sprengmeister Karl Albisser.

Scheinheilige Lügner, diesmal seid ihr dran. Die ersten zwei Zeilen. Darunter, abgesetzt, der Name seines Vaters. Und erst dann, eine Klasse tiefer, die Italiener, die Zweitmenschen, das Verschleißmaterial, auf dem der Fortschritt des Landes gebaut ist.

Faverio Buonfatto
Renzo Augustini
Giuliano Massori
Mario Mela
Adriano Sacripanti

Sie gaben ihr Leben für ein großes Werk, im Dienst und zum Wohl der Allgemeinheit.

Der Allgemeinheit?
  Hat die Allgemeinheit Villen gebaut?
  Hat die Allgemeinheit im Geld gebadet?

In ihrem Angedenken und mit Gottes Segen werden wir es vollenden.
Ploner Stausee-Gesellschaft, Plon, 23. Februar 1960.

Die Trauer der Sklavenhändler. Und einer bereits vergessen: Stefan Cornaz. Der war schon früher gestorben. Ein kleinerer Unfall, ein einzelner Toter, ein Arbeiter nur, lohnte die Anzeige nicht.

Aber ich werde ihnen helfen. Bald werden sie das Einzige, das ihnen wichtig ist, betrauern: die ausbleibenden Gewinne. Fünfzig Millionen Franken pro Jahr. Mindestens. Er ist Ingenieur, er kann noch ganz andere Dinge errechnen. Wie viel

Druck die Schweißnähte der Rohre vertragen, beispielsweise. Wenn der Druck von der Seite kommt. Unerwarteterweise! Und was geschieht, wenn das Wasser den Riss findet.

Lena versucht die Symmetrie des Dreiecks wieder herzustellen. Sie trimmt die Haare auf der einen Seite, gleicht auf der anderen aus ... Bikinizone heißt das Schreckenswort. Kosmetikerinnen lassen es sich auf der Zunge zergehen. Möchten veröden, wegschweißen, was auch immer es an Methoden und Moden gibt. Schmunzelnd betrachtet sie ihr Spiegelbild. Sie hat sich nie groß um solche Dinge gekümmert, noch nicht mal einen Wellness-Urlaub zustande gekriegt. So wenig wie jetzt ein gleichschenkliges Dreieck. Ein weiterer Tiefpunkt in ihrer einst so verheißungsvollen Architektenkarriere. Sie dreht sich um die eigene Achse ... Was soll das, Lena Amherd? Schadensaufnahme? Das Resultat von sechsunddreißig Jahren Schwerkraft begutachten? Unnütz, ist eh keiner da, bei dem du dich beschweren kannst.

Die Garantie ist abgelaufen.

Sie erstickt die aufkommende Mutlosigkeit. Wer sagt denn, dass es immer ein Dreieck sein muss? Schwimmst doch auch sonst nie mit dem Strom! Einige Minuten später wischt sie letzte Haarreste von der Haut. Fremd fühlt sie sich plötzlich, und ein bisschen verrucht gar.

Die Hälfte der Buchhaltung ist geschafft. Silvan dehnt seinen Rücken, spaziert durch das Zimmer, bläst den Staub vom Kreuz an der Wand. Deine Wege sind paradox, Herrgott! Der Golfplatz widerspricht Silvans Überzeugungen, zugleich ist er der einzige Weg, zu seinen Überzeugungen zurückzufinden. Er geht einige Male im Zimmer auf und ab, tritt auf den Balkon hinaus, geht hinein und wieder hinaus. Ein schlechtes Gewissen wird er sich erst wieder leisten, wenn er sein kleines, wackliges Imperium verkauft hat. Ist doch nicht seine Aufgabe, den Salflischer Wald zu retten! Trotzig stützt er die Arme auf das Balkongeländer. Sein Blick fällt durch die Flügeltür ins angrenzende Zimmer. Kunstvoll lackierte Zehennägel bewegen sich sachte, sie ziehen seinen Blick weiter hinauf, sein Atem stockt...

Xeno legt sich auf den Rücken. Diese unvorstellbare Wucht: Eine Wassersäule von 1500 Metern Höhe würde hochschießen, wäre das Rohr nicht tief in der Erde. Unter Fels, Gestein, Schlamm. Das Wasser wird alles durchdringen, in Bewegung bringen, der Hang wird rutschen. Nachgeben. Nein, kein Nachgeben, es wird ein Aufbegehren sein. Der Berg wird die Blähungen, die ihm eingepflanzt worden sind, ausfurzen. Einfach so. Xeno lacht lautlos. Die Vorstellung gefällt ihm.

Lach doch ein bisschen, Xeno! Das Leben ist schön, wie kann man tagaus, tagein so düster sein!

Jetzt lach ich, Großmutter, siehst du? Und ich werde tanzen, wenn hier der halbe Berg ins Tal rutscht, der Schlamm, das Geröll, die Felsen, turmhoch! Vielleicht wird unten im Tal die Plon gestaut, stell dir vor, Großmutter! Dann haben sie noch einen Staudamm. Einen neuen! Und ich werde darüber fahren mit meinem kleinen, verbeulten Blechauto... Warum hast du mir die Briefe vorenthalten, Großmutter?

Zufällig, am Tag nach ihrer Beerdigung, hat er die Wahrheit erfahren. Der Mann vom Brockenhaus hatte den größten Teil von Großmutters Habseligkeiten bereits auf den Lastwagen geworfen. Den Gewürzkasten konnte Xeno im letzten Moment retten. Der sollte auf Großmutters Wunsch mit ihr verbrannt werden. Erst da hatte er gemerkt, dass der Kasten randvoll war: Geschriebenes, Fotos, Zeichnungen, Urkunden. All ihre Erinnerungen, im Gewürzkasten, nach Lorbeer duftend. Die Briefe seines Vaters. Ihres Sohnes.

Xeno hätte früher wissen müssen, was wirklich geschehen war! Das Seegut, Pfammatter, der Großvater, die Gründe für das Unglück im Berg, und wer die Schuldigen waren. Er hätte doch nie...sein Leben wäre...niemals wäre er in den Dienst der Stausee-Gesellschaft getreten. Jetzt weiß er, weshalb sie ihn nach Chile abgeschoben haben. Beförderung haben sie es genannt...Xeno setzt sich auf. Wegbefördert haben sie ihn, den letzten Rothen. Könnte gefährlich werden, der Rothen! Hat sich ein bisschen zu sehr für die Vergangenheit interessiert, der Rothen, sich zu oft in den Archiven herumgetrieben, der Herr Ingenieur.

Er richtet sich unter der Zeltplane ein. Zieht die Ledermappe aus dem Rucksack. Vaters erster Brief. Geschrieben in einer der Baracken auf der Furgg, bevor er zum Gamplüter Stollen gewechselt hatte.

Sie brauchen die Arbeiter zuerst hier, Mutter. Sie haben mit der Mauer begonnen. Viele der Männer sind aus Italien gekommen. Faverio zum Beispiel. Er wird mein Freund. Wird mit mir arbeiten, Seite an Seite, im Gamplüter Stollen. Er weiß Bescheid, über alles, hat sein Leben lang nichts anderes getan. Aber einen Monat lang bleiben wir noch hier, Mutter, komm doch bald mal herauf auf die Furgg! Wenn du das alles siehst: die Seilbahnen, die Kabelkrane, den riesigen Steinbrecher. Es entsteht, das große Werk! Hier fühlt jeder den Stolz. Jeder, der dabei sein darf. Jetzt schon, kaum haben wir den Berg in Angriff genommen. Stell dir vor, sie haben Stahlseile über die Furggerlücke gespannt, an den Seilen hängen die Betonkübel, hoch über unseren Köpfen.

Wann haben sie dir die Begeisterung genommen, Vater? Wie lange haben sie dich hinters Licht geführt? Xeno blättert in den pergamentenen Papieren. Vergilbt sind sie, bräunlich gefleckt. Über vierzig Jahre sind vergangen, seit Arnold Rothen sie beschrieben hat. Seine Lebensjahre, sein Leben. Durchschaut hat er alles erst, als es zu spät war. Die Andeutungen in den letzten Briefen... Vom verzweifelten Hoffen auf den Frühling. Da hat er schon mit dem Schlimmsten gerechnet, Tag für Tag, gefangen im Berg, Sklave der Gesellschaft. Xeno will nach seinem Lachen von eben tasten, seine Hand findet das Gesicht nicht, wie meist.

Wohin Pius auch flüchtete, die Stille war unwiderruflich dahin. Selbst hier, in der Abgeschiedenheit am Salflischer Stotz hörte er das Grollen der Baustelle. Auf dem Seegut ohnehin, sogar in der Nacht! Weil sie auf der Furgg, so hatte Arnold letzthin erzählt, mit starken Lampen die Nacht zum Tag machen, die unermüdlichen Arbeiter. Pius wetzte seine Sense. Unermüdliche Arbeiter? Zu viel der Ehre. Gedungene waren das, Reisläufer der Elektrischen, Heimatmörder! Hiesige Verräter, heraufgekrochen aus dem Plontal, und Ausländer: Italiener. Konnten sich hier gut ins Tal wühlen, in den Fels sprengen, den wunderschönen Ploner Bergsee einsargen, war ja nicht ihrer, *Herrgottstiiful*, war ja nicht ihr Tal, das sie zuschanden schaufelten! Für einen Judaslohn, mit dem sie ihre Kinder durchfütterten, weil der eigene Boden zu wenig hergab. Wahrscheinlich waren sie mit dem nicht besser umgegangen.

Pius verbot sich jeden weiteren Gedanken. Zu gerne hätte er seine Sense in gewohnt weiten Schwüngen geführt, den Ärger abgearbeitet. Aber der Arm, die Schulter... Jedes Mal, wenn das Blatt in die Halme fuhr, schrie er lautlos auf. Verzweifelt zog er jetzt die Bänder der Steighilfen an seinen Schuhen fest, nahm sich das nächste Stück vor, suchte Stand im steil abfallenden Hang, ließ die Sense sirren. Eine Dummheit war es, hier oben allein zu *faggsen*. Jetzt gestand er sich ein, was er beim Aufbruch Julia gegenüber abgestritten hatte. Früher... früher waren sie alle miteinander zum *Wildheuwet* den Salflischer Stotz hinaufgekraxelt: er und Arnold und Julia, Karl Bohrer mit seiner Therese und mit Josef, als der noch bei Verstand gewesen war. Julia hatte den ellenhohen, gusseisernen

Schnitzelofen mitgenommen, hatte eingefeuert mit drei, vier kleinen Scheiten, und etwas Nahrhaftes gekocht. Nach dem Mähen hatten die Frauen gezettelt und gerecht, die Männer ihre *Füetertüecher* vollgepackt, eines nach dem anderen zur Abstoßstelle gebracht, bis ihnen schier die Knochen barsten und der Haufen haushoch war. Worauf sie ihn mit vereinten Kräften ins Rutschen brachten, am *Boozuloch* vorbei, hinab zu Julias Garten, wo sie wie jedes Jahr das *Trischtbett* und darauf die *Trischte* bauten. Ein Heuturm, so hoch wie das Seegut. Die Technik dafür hatte Pius einst in einem Austauschsommer im Bünderischen gelernt. Das alles... das musste er jetzt selber schaffen. Allein die Gebete sprechen, die armen Seelen besänftigen, Gott erbarm sich ihrer, dort unten, wo das Heufuder den Weg des *Graatzugs* querte. Vielleicht würde er sich schon bald selber einreihen, mit den Verstorbenen hinaufziehen zum Gletscher, in die ewige Firnis.

So weit war es noch nicht. Aber ein Winter... ohne Arnold? Wie wollte er das Heu holen? Die Triste aus dem Schnee graben, den Schlitten beladen, steuern auf dem steilen, stets neu vereisenden *Heuwschleif*... Er zwang seine Gedanken in eine neue Richtung. Bereits fand der steinerne Riegel ein Fundament, versperrte den Talausgang, würde bald der Plon ihren stiebenden Sprung ins Tal hinab verwehren und den See ertränken. Wer tat schon so etwas: einen See ertränken! Pius richtete sich auf, zog den Schleifstein aus dem Lederhalfter. Sein Blick wanderte der Flanke der Plonspitze entlang. Wenigstens ließ sich der Berg nicht aus der Ruhe bringen, stand in alter Gelassenheit über dem Tal, unberührt vom lauten Treiben auf der Furgg. Was glaubten sie zu erschaffen, in ihrem Übermut? Seit Generationen lebten sie hier von dem Wasser, das ihnen der Berg zugestand. Jetzt wollten sie es ihm mit Gewalt abtrotzen. Mit ihrer riesigen Mauer. Doch wie hoch war sie denn wirklich, von weitem und im großen, göttlichen

Ganzen betrachtet? Bergkette staffelte sich hinter Bergkette, so weit Pius sehen konnte, eine mächtiger als die andere. Ihr Mäuerchen dagegen... Was immer der Mensch planen mochte, welche Maschinen er dafür auch ersinnen würde, nie ließe sich das, was natur- und gottgegeben war, ersetzen.

Auf der Furgg-Baustelle verstand man sein eigenes Wort nicht.

»Was?« Arnold blickte zu Josef Bohrer hinüber. Josef bedeutete ihm, er solle die Metallbrücke überqueren. Sie passierten den einen Steinbrecher. Arnold beobachtete fasziniert, wie meterdicke Felsbrocken im Schlund der Maschine verschwanden, das Moränenmaterial wurde scheinbar mühelos zermalmt.

»Was sagst du jetzt?«, fragte Josef etwas später, als sie zum Mauerfundament hinabstiegen.

»Äs isch so... enorm.«

»Und lüt! Ma verschteit sich eigete Woort nid. Komm, wir müssen vorwärtsmachen, wenn du vor dem Treffen mit Pfammatter auch nur einen Teil der Baustelle sehen willst.«

Josef zog Arnold mit. Sie wichen einem Bagger aus, dessen Schaufel mit fünf mächtigen Betonvibratoren bestückt war, umgingen die gestapelten Gitter aus Armierungseisen, bahnten sich einen Weg durch Schalbretter und Richthölzer. Arnold stolperte, weil er dem Betonbehälter über ihren Köpfen nachstaunte. Der hing an einem der Kabelkrane, die über die Furggerlücke gespannt waren.

Josef blieb in der Mitte des Mauerfundaments stehen. »Schau, von hier aus siehst du den ganzen Ablauf! Die Seilbahn transportiert den Zement von Plon herauf. Tausend Tonnen pro Tag, stell dir das vor! Der Zement landet drüben im Betonsilo. Und die Laufbänder bringen das Moränenmaterial von den Steinbrechern zum Turm. Wenn der Beton gemischt ist, bringen ihn die Betonbusse, das sind die Lastwagen da drüben, auf die Laderampe. Dann werden die Krankübel gefüllt. Von denen fasst einer allein sechzehn Tonnen! Siehst du: Kaum voll, steuert der Kranführer den Behälter auf die Baustelle hinaus und setzt den Beton auf der Baustelle ab, wo er gebraucht wird.«

Josef strahlte vor Stolz, als hätte er die Arbeitsabläufe selbst geplant. »Alles läuft hier so, wirst sehen, ein Rad greift ins andere, wie im Militär. Zum Beispiel der Mann mit den Kopfhörern: Er dirigiert den Kranführer per Funk, der kann von oben nicht sehen, wo er den Beton ablädt. Jeder hier ist auf den anderen angewiesen, auf jeden muss Verlass sein, sonst wird es gefährlich und mit der Prämie wäre dann auch nichts.«

»Wofür gibt es Prämien?«

»Zwei Schichten arbeiten rund um die Uhr. Jeder Arbeitstrupp, der das vorgegebene Ziel übertrifft, wird belohnt. Siehst du irgendwo einen herumstehen? *Ä Lamaaschi?* Wir haben schon jetzt einen tüchtigen Vorsprung. Ich sag dir, hier wird nur in eine Richtung gearbeitet: Vorwärts!« Josef lachte und deutete zum Himmel: »Oder besser gesagt: *Äbrüf!* Hinauf bis zur Dammkrone.«

Er zog Arnold zur Seite, ein Bagger rumpelte an ihnen vorbei. Der Vorarbeiter der Maurergruppe winkte Josef hinüber. Arnold setzte sich auf einen Stapel Bauholz, dankbar für die Pause. Dieser Lärm! So himmelweit entfernt von der Stille des Seegutes. Er neigte den Kopf zur Seite, lauschte. Nein, es war kein Lärm! Mehr ein Lied... das Lied vom gemeinsamen Schaffen. Josef hatte recht: Alles griff ineinander, Verstand, Planung, Muskelkraft. Die Arbeit ein Konzert: Der Kranführer stimmte an, die Betonmischer legten den Grundton, das Rattern der Fließbänder gab den Rhythmus vor, das Kreischen der Felsbrocken, die im Steinbrecher zermalmt wurden, setzte Kontrapunkte, wie auch die knappen Rufe der Arbeiter. Sie gingen fast unter im Stakkato der Vibratoren, die den Beton verdichteten, sobald der von den Baggern hergerichtet und damit eine neue Strophe angestimmt war. Folgte der Applaus der Hochdruckschläuche, mit denen die Arbeiter zischend ein fertiges Mauerstück reinigten, das wiederum nur darauf wartete, bis es ein nächstes tragen durfte, und ein nächstes, auf dass sie wachse, die Mauer! Verschwindend klein fühlte Arnold sich, mitten auf der grandiosen Baustelle, mitten im großen Konzert. Klein und unbedeutend.

Aber nicht allein, wie sonst immer.

Julia lauschte auf das silberhelle Dengeln. Sie hatte Pius die *Wildheuwwet* nicht ausreden können, jetzt hämmerte er oben am Salflischer Stotz bereits die ersten Kerben aus dem Blatt der Sense. Er mähte allein, weil er nicht hatte warten können. *Dä Grindjig!* Das Gras sei jetzt trocken, das Wetter heute schön, nichts werde auf morgen verschoben, nur weil der Arnold zum Ploner Doktor rennen müsse, obwohl ihm nichts fehle.

Hätte sie sagen sollen, wo Arnold wirklich war?

Xeno spielte oberhalb ihres Gartens mit dem Restholz, das die Männer für Reparaturen beim Verteilerkasten deponiert hatten. Julia wandte sich ihren Blumen zu. Vorsichtig wickelte sie das feuchte Tuch auf: Die Wurzeln des Gletscherhahnenfußes schienen unverletzt. Wenn die schlichten Blumen die Umsiedlung überstanden, schlossen sie eine weitere Lücke im Felsgärtchen. Gemeinsam hatten Greth und sie es geplant und begonnen, in jenem Sommer... Die wenigen Monate, in denen sich erstmals jemand auch für ihre Probleme interessiert hatte. Jemand, mit dem sie wirklich reden konnte, selbst über die Krämpfe, und über das Monatsblut, das ihr manchmal die Beine hinab bis in die Schuhe lief.

Der Frauensommer.

Pius hatte den Kopf geschüttelt: Blumen brächten außer Arbeit gar nichts. Aber er hatte es ihr nicht verboten. Seit Greths Tod stand ein Kreuz mitten in der sommerlichen Pracht des Felsgärtchens. Julia drückte den Hahnenfuß sanft in ein bisschen Erde zwischen zwei Felsplatten. Dort würde sich die zähe Pflanze festkrallen, zusammen mit dem purpurnen Hauswurz und dem weißen Steinbrech die kleine Felsverwerfung erobern. Mit der Zeit. Rundum blühten Margeriten, Arnikas, Silberdisteln und Enziane sonder Zahl, der dunkelblau blühende Schnee-Enzian, Greths Lieblingsblume. Julia drückte die Hände in ihr schmerzendes Kreuz und richtete sich auf.

Jünger wurde sie nicht.

Sie betrachtete die Umrisse der Bergspitzen im tiefblauen Himmel. Nichts deutete auf einen Wetterumschlag hin. Aber Verlass war nie, die Angst vor Sturm und Blitzschlag allgegenwärtig, wenn sie beim Heuen waren. Sie? Wenn einer allein am Stotz herumkletterte, korrigierte sie sich. Das hatte es noch nie gegeben. Pius war seinem Vater zur Hand gegangen, der Großvater dem Urgroßvater, der Nachbar dem Nachbarn. Jetzt arbeitete Pius ohne Hilfe, *där Muffjig!*

Und Arnold begann ein neues Leben.

Die fahrigen Bewegungen, mit denen sie das Werkzeug einsammelte, verrieten ihre Unruhe. *Maria gebenedeijuti...* sie kniete einen Moment lang nieder, hielt lautlose Zwiesprache mit ihrer Beschützerin, schlug das Kreuz, stand wieder auf. Zeit, aufs Seegut zurückzukehren. Sie wollte noch waschen, der große Zuber, die Kübel, die Holzasche für die Lauge – alles stand bereit. Die Betttücher waren überfällig, das halbe Jahr seit der letzten Weißwäsche längst vergangen. Sie rief Xenos Namen, sah den Bub nicht mehr, nur einen Sturzbach! Wasser schwallte ihr entgegen, überschwemmte den Felsgarten, die Blumen, ihre Füße bis über die Knöchel.

»Xeno!«

Julia hastete los, das Wasser spritzte hoch, der Rock klebte an ihren Waden. Beim Verteilerkasten begriff sie, was geschehen war. Xeno stand neben dem Kasten, *watschnass*, sein Blick leicht abwesend, der Mund, sie hätte es beschwören können, spöttisch verzogen. Sämtliche Löcher in den Holzbalken des Verteilerkastens waren mit einem Brett versperrt. Bis auf jenes, das den Kännel zum Blumengarten speiste, die ganze Wassermenge drängte dort hindurch. Julia riss das Brett heraus, sofort verteilte sich das Wasser.

»*Um Himmlsherrgottsdonnerwillu, Xeno!*«

Sie starrte auf den Verteilerkasten. Es war doch nicht möglich, dass ein Dreijähriger ein Brett so zielgerichtet einsetzen konnte.

»Was hast du getan?«

»Gespielt.«

»Was gespielt? Damit darfst du doch nicht spielen!«

»Doch. Papa auch.«

»Mit Papa hast du das gespielt?«

Ihr Enkel nickte. »Stausee gespielt.«

Julia seufzte. »Stausee?«

Xeno nickte wieder.

»Dann komm! Schau, was du angerichtet hast, Xeno! Schau da!«

Sie zog ihn mit harter Hand hinter sich her. Wie befürchtet, hatten die frischgepflanzten Blumen dem Wasserdruck nicht standgehalten.

»Schau, was du angestellt hast, Xeno! Der Garten deiner Mutter...«

Xeno patschte begeistert durch die Verwüstung.

Julia fischte einige Steinbreche aus der schlammigen Erde.

»Woher hat er das, Greth?« Tränen standen ihr in den Augen. »Warum macht er immer alles kaputt?«

»So hoch wie der Eiffelturm, sagst du?« Arnold wandte sich zu Josef. »Den hab ich noch nie gesehen. Weißt du, der Mauer traue ich schon, Sorgen macht mir das Fundament. Erinnerst du dich an den kleinen Damm, den wir mal im Tälchen hinten gebaut haben, kurz vor dem ersten Kännel? Der Damm selber hätte ewig gehalten, aber das Wasser hat ihn unterspült, hat sich seitlich vorbeigefressen und neue Wege gefunden, bis alles zusammengefallen ist.«

»Dafür gibt es den Injektionsgang, den du gerade gesehen hast«, erklärte Josef. »Er steigt auf beiden Talseiten dem Felsen entlang hoch. Von dort aus impfen sie der Furgg Beton ins Herz. Einen ›Dichtungsschirm‹ nennen das die Ingenieure. Er reicht unter der Mauer zweihundert Meter in die Tiefe, und seitlich hundert Meter in den Felsen. Dreißigtausend Meter Bohrungen mit einem Durchmesser von jeweils drei Zentimetern. So wird das Fundament undurchlässig, nicht wie bei uns im Tälchen. Der Beton wird mit der Furgg verwachsen, als hätte die Mauer schon immer hier gestanden. Komm jetzt, Pfammatter wartet!«

Arnold folgte ihm mit zwiespältigen Gefühlen. Er brannte auf das Gespräch, zugleich fürchtete er Pfammatters Fragen, die das Seegut betrafen. Zum Beispiel, ob es der Vater wirklich zur Enteignung kommen lassen wolle ...

»Sag, Josef: Wann zieht eigentlich deine Welsche hierher?«

»Amélie? Ihre Eltern bocken. Verheiratet oder nicht, das hier sei nicht die richtige Umgebung für ihre Tochter.«

»Und was sagt ... Amélie?«

»Sie wollte gleich nach der Hochzeit mitkommen, jetzt haben die Schwiegereltern sie mit ihrem Geschwätz verunsichert. Aber sie kommt, sobald mein Gasthaus in Betrieb genommen wird: Das Grandhotel Furgg!« Mit großer Geste umfasste Josef den Aluminiumbau, der in drei Wochen die hölzernen Arbeiterbaracken ersetzen sollte. Er hatte Arnold durch den Bau geführt, kaum war dieser auf der Furgg angekommen. Sein zukünftiges Berggasthaus! Etwas kühl und zweckmäßig war es Arnold erschienen. Das sei ein Speisesaal für dreihundert Leute, keine Arvenholz-Gaststube, hatte Josef erwidert. Gemütlich werde alles früh genug, wenn die Mauer mal stehe und er sein Grandhotel für die Touristen umbaue. Die Arbeiter wären schon glücklich, aus ihren schimmligen Massenschlägen in die trockenen Vierbettzimmer ziehen zu dürfen. Firlefanz brauche von denen keiner, die Kochkünste seiner Schwester Selma seien eh das, was alle am meisten schätzten.

»Willst du wirklich im Gamplüter Stollen arbeiten und nicht hier? Das macht doch alles noch komplizierter auf dem Seegut!«

»*Ä ba!*«

»*Da hie wärsch doch...*«

»*Embrüücha isch ds Alpfäscht gsii*«, hatte Arnold ihn unterbrochen. »Vor fünf Jahren. Als ich Greth zum ersten Mal getroffen habe... das weißt du doch!«

Josef hatte nicht weitergefragt. Auch jetzt gingen sie schweigend nebeneinander her, wichen Betonbussen und Baggern aus, bis sich Josef räusperte.

»Pfammatter wird dich wegen des Seeguts fragen.«

»Schon klar. Wie hast du denn eigentlich deinen Vater überzeugt?«, fragte Arnold.

»Das war nicht nötig. Du weißt, wie es um ihn steht. Er war froh, dass er nicht selber entscheiden musste.«

»Ich glaube, Mutter hätte gar nichts gegen einen neuen Hof!«

Josef blieb überrascht stehen. »Julia? Das hätte ich ihr nicht zugetraut!«

»*Schii isch nid blindi!* Aber gegen den Vater auflehnen wird sie sich deshalb nicht.«

»Wart nur.« Josef packte Arnold an der Schulter. »Stell dir mal vor, was sich alles machen ließe, wenn ihr es gescheit anstellen würdet. Was wir gemeinsam aufbauen könnten! Mit Ski- und Langläufern im Winter und Wanderern im Sommer und Booten auf dem See, Wassersport und was alles noch. *Hüere Mischt!* Wenn dein Vater nur nicht so starrsinnig wäre.«

Julia holte im Scheitschopf den Eimer mit Holzasche, die sie seit ihrer letzten Weißwäsche gesammelt hatte. Bedächtig trug sie ihn zum See hinab. War es eines der letzten Male, die sie die Leintücher hier wusch? Xeno spielte in einem Haufen schmutziger Betttücher. Julia legte noch einige Scheite in das Feuer unter dem Waschzuber. Wie die Sprossen der Krippe glühten sie auf... Julia riss den Blick von den Flammen los. Es war schon richtig gewesen, damals, alles zu verbrennen. Pius hatte es so gewollt. Sie leerte Asche ins große Sieb. Pius hatte ihr zwei Holzleisten auf den Zuber genagelt, die als Auflage für das Sieb dienten. Julia schob es hin und her, die Asche fiel ins siedend heiße Wasser. Bald schwammen erste Schaumkrönchen obenauf. Weshalb aus Asche und heißem Wasser Seifenlauge wurde, hatte Julia nie verstanden. Ist auch nicht wichtig, dachte sie, als sie etwas später den Aschebrei wieder aus dem Zuber schaufelte. Sie tauchte die ersten drei Betttücher ins seifige Wasser, der Stoff beulte sich auf. Julia rief Xeno. Der machte sich mit einem Stock, dick wie sein Arm, daran, die Tücher ganz ins Wasser zu stoßen.

»Genau so, Xeno. Ertränk sie, *di Boozna*. Aber das Wasser ist heiß, hörst du? Heiß!«

Neben dem unterfeuerten Zuber hatte sie einen zweiten aufgestellt. Eimer um Eimer füllte sie diesen mit klarem Wasser aus dem See. Dabei fragte sie sich, ob man beim neuen Seegut nicht einen Brunnen bauen könnte. Gleich in der Nähe des Hauses, gespeist von der Plon, vielleicht durch eine unterirdische Zuleitung, die nicht gewartet werden musste. Die Elektrischen brachten so was doch mühelos zustande! Der Gedanke beschäftigte sie, während sie die Betttücher aus der Lauge zog, im Kaltwasser-Zuber walkte und knetete, sie wieder herausnahm, ausbreitete, hartnäckige Flecken nochmals bearbeitete, bis sie das Leintuch schließlich in einen der bereitstehenden *Cheerb* legen konnte.

Julia schämte sich für all die Begehrlichkeiten, die in letzter Zeit in ihr erwacht waren. Aber vieles, was Pfammatters Franz ihr erzählte, machte schon Sinn. Weshalb nicht profitieren, wenn sie das alte Seegut ohnehin aufgeben mussten? Sie warf die nächsten Leintücher in die Lauge, Xeno begann einen neuen Kampf gegen die Tuchgeister. Ein Unterschied zwischen ihr und Pius trat immer deutlicher zutage: Sie war die Zugezogene, auch nach dreißig Jahren noch. Wie fast alle Bauernfrauen. Sie war auf einem anderen Hof, in einem kleinen Dorf aufgewachsen, konnte sich deshalb auch vorstellen, an einem neuen Ort Zufriedenheit zu finden. Ihr Herz hing weniger am Land als an den Menschen. An Arnold und dem ungetauften Mädchen, an Greth, an Pius natürlich. Der hingegen ... Pius schöpfte seine Kraft aus seinen Wurzeln.

So einfach war das. So schwierig.

Sie warf das blendend weiße Leintuch über die Wäscheleine, zog es auf der anderen Seite zur Hälfte herab, der Seewind blähte es sanft. Sie befestigte das Tuch mit Klammern aus ihrem Beutel und nahm das nächste Laken. G.I. für Greth Inderbinen war sorgfältig ins Tuch gestickt. Fast behutsam hängte sie es auf die Leine.

Die Aussteuer hält ein ganzes Leben lang.

Manchmal länger.

Sie verstand Arnold. Die Unstimmigkeiten zwischen Vater und Sohn waren so schlimm nicht und könnten ausgeräumt werden. Der wirkliche Grund für Arnolds Flucht war die

Trauer, die ihn seit Greths Tod gefangen hielt. Sie konnte ihm nicht helfen, beim besten Willen nicht. Sie war so machtlos, dass sie nicht mal wusste, ob sie Arnolds Entscheidung richtig oder falsch finden sollte. Akzeptieren musste sie sie ohnehin. Sie war seine Mutter. Nur... ach, Maria hilf! Warum sieht Pius nicht ein, wie sich alles fügen könnte? Sie bräuchten nur zu unterschreiben, das neue *Heimet* würde im nächsten Frühjahr entstehen und Arnold würde auf der Baustelle erkennen, was er an seinem Zuhause hatte. Pius wiederum könnte dank Arnolds Verdienst etwas ruhen, seine Gebresten auskurieren, zugleich das neue Seegut nach seinem Gutdünken planen.

So einfach war das. So schwierig.

Pius schwang das volle *Füetertüech* auf den großen Haufen, das Heu blieb glücklicherweise oben liegen, als er den Stoff wegzog. Diese Schmerzen! Er kippte vornüber auf die Knie, die eine Hand umklammerte den verletzten Arm. Mal für Mal hatte er nach dem Heuen und Zetteln den Stotz gequert, im Tuch einen riesigen Heuballen. Einen um den anderen hatte er auf den wachsenden Haufen geworfen. Selbst ein Junger und Gesunder ging darob in die Knie. Jetzt war genug, letzte Grasreste mussten liegen bleiben.

Die Kraft reichte nicht mehr.

Niemals zuvor hatte er sich dieses Eingeständnis gemacht. Er blickte niedergeschlagen zum See hinab. Nicht mal, als die Mutter gestorben war, weit vor ihrer Zeit, und ihn zurückgelassen hatte, mit dem kantigen rauen Vater und dem stillen, bald ganz verstummenden Bruder. Er hatte weitergearbeitet. Am Tag, als sie den Bruder ins Heim gebracht hatten, auch. Am Tag nach Vaters Tod genauso. Hatte fortgeführt, was vorgegeben war. Alleine meist. Die Kraft in seinen Armen der einzige Garant dafür, dass auch ein nächster Winter überstanden wurde, Gottvertrauen die einzige Versicherung. Jetzt blieb nur noch das Vertrauen, und jede Detonation drüben an der Furgg erschütterte es von neuem. Pius wunderte sich, dass er die Verantwortung erst jetzt auf sich lasten fühlte, hatte er sie doch durch ganze Jahrzehnte getragen, ohne es zu merken.

»Und wenn sich dein Vater noch immer weigert, im nächsten Herbst?«, fragte Franz Pfammatter über den Lärm des Steinbrechers hinter seiner Bürobaracke hinweg. Er blickte Arnold forschend an. »Haben wir dann das neue Seegut vergeblich gebaut?«

Arnold schwieg.

»Diese Möglichkeit hast du sicher bedacht.«

»Schon, nur weiß ich nicht ... Was würde in einem solchen Fall geschehen?«

Franz Pfammatter querte sein kleines Büro. Der Bretterboden knarrte unter seinen schweren Schuhen. »Wir hatten einen ähnlichen Fall, drüben im Gsondertal. Der Vater hat sich geweigert, der Sohn hat das Gut übernommen. Allerdings musste er einen Kredit aufnehmen, um dem Vater etwas Neues im Flachland zu kaufen. Der ist im alten Haus geblieben, bis sie ihn geholt haben.«

»*Wär?*«

»*D Schmiri.*«

»*Das ... so wiit wird's dä nit ...*«

Pfammatter streckte Arnold drei Finger ins Gesicht. »Drei! Drei Polizisten mussten den Alten bändigen. Also täusch dich nicht bei deinem Vater. Es ist trotzdem die einzige Lösung – ein Kredit, meine ich.« Pfammatter klopfte Arnold auf die Schulter. »Wenn es nicht anders geht!«

»Also ... dann machen wir es so.«

»Falls die Gesellschaft auf den Handel eingeht!«, schränkte Pfammatter ein. »Und du musst unterschreiben, was du eben versprochen hast.«

»Ich unterschreibe, wenn du mir die Arbeit verschaffst, die ich will.«

»Und was willst du?«

»In den Gamplüter Stollen. In den Vortrieb!«

Pfammatter betrachtete Arnold verblüfft. »In den Stollen? Warum bleibst du nicht hier, *um Gottswillu?* Die Arbeit an der Mauer ist viel weniger gefährlich, der Lohn ist fast ebenso hoch und du wärst schnell daheim.«

»Nein, ich will in den Stollen.«

»Ich steh keinem vor dem Glück.« Pfammatter trat näher an die Landkarte. Sie deckte die ganze Wand hinter seinem Schreibtisch ab. »Der Gamplüter Stollen, sagst du? Der längste von allen, schau: Er bringt das gesammelte Wasser aus drei Tälern und wird die Ausläufer der Plonspitze quer durchstoßen. Dreißig Kilometer lang wird er. Stell dir das vor: Das sind Gotthard- und Simplontunnel zusammengenommen. Unvorstellbar, was wir da in den nächsten zehn Jahren erschaffen werden, findest du nicht?«

»Ist das abgemacht? Im Gamplüter Stollen, im Vortrieb?«

»Wenn du meinst. Die Arbeiten dort beginnen erst im Herbst. Die Mineure, die schon angestellt sind, bleiben bis dahin auf der Furgg. Für kleinere Tunnels und Durchbrüche. Da könnten sie dich anlernen.«

»Wann kann ich anfangen?«

»*Tuschuur. Wier brüüche jede Ma.*«

Würde er ihn ohne Hilfe überhaupt ins Rutschen bringen? Pius betrachtete den Heuhaufen auf der Abstoßstelle. Zwei Meter hoch und vier Meter lang war er geworden. Er lehnte sich einige Male dagegen. Der Haufen bewegte sich nicht, er drückte nur das Heu stärker zusammen. Pius wuchtete die Heugabel in die untere Hälfte, benutzte sie als Hebel, stemmte sich gleichzeitig mit dem Rücken gegen den Haufen. Er hätte ihn teilen können, in drei oder vier kleinere, die hätten noch immer genug Eigengewicht besessen, wären hinabgerast zu Julias Garten. Aber noch war er nicht so weit. Das Stechen in seiner Brust hatte ja nachgelassen. Ein weiteres Mal ließ er sich gegen den Haufen fallen, schickte ein Stoßgebet zum Himmel, hob seine Gabel etwas an, gerade genug: Der Haufen kam ins Rutschen. Ein letzter Schmerzensschrei, das Heu gewann an Fahrt, rutschte in den *Schleif,* der den Stotz mit Julias Garten verband, glitt hinab, ließ sich auch von Felsbrocken nicht stoppen, bevor die Rinne unten sanft auslief, dort, wo die Triste hinkam.

Der unverhoffte Erfolg schenkte Pius neue Kraft. Er sammelte das Werkzeug ein, stieg so schnell er konnte hinab. Beim Bau der Triste war weniger Kraft als Weitsicht und Erfahrung gefragt. Diese Arbeit schreckte ihn nicht mehr. Zuerst suchte er den idealen Platz. Etwas weiter unten als letztes Jahr, eine Stelle, die flach genug war und leicht windgeschützt. Keine Schneeverwehungen würden das Heuholen im Winter zusätzlich erschweren. Er betrachtete die Heumenge und rechnete einige zusätzliche Ballen von den kleineren, umliegenden Wiesenhängen dazu. Dann legte er den Durchmesser der Triste fest, überschlug die resultierende Höhe, korrigierte den Radius.

Die Arbeit im Winter, war ihm eingefallen, musste auch einer allein schaffen.

Er rammte die Triststange in den Boden, band eine Schnur daran, maß eineinhalb Meter ab. In diesem Abstand umrundete er die Stange, furchte die Begrenzung der Triste in die Erde. Daneben blieb gerade genügend Platz, damit er die *Heuwschleipfa* noch im Flachen beladen konnte. Er begann die entstandene Form mit einer ersten Schicht Heu zu füllen. Schon bald reichte es ihm zur Hüfte, bildete einen kreisrunden Kuchen. Ein tröstlicher Anblick. Pius bekreuzigte sich. Nur flüchtig, das musste genügen.

*S*pürst du ihn, Mutter, den Druck in den Ohren? Keine Detonation, nur die Ankündigung entgegenkommender Wagen, beladen mit Ausbruchmaterial. Sind ja nur Steine, Brocken, Schotter... Ist ja nicht die Seele, die wir dem Berg entreißen.

Hoffentlich.

Da, die Lichter des Vortriebs! Im Stollen ist jedes Licht ein Trost, ein Gefährte. Und die Luft verändert sich. Du kennst sie nicht, diese Luft, Mutter! Dick und zähflüssig ist sie. Wir atmen sie ein und schwitzen sie schwarz aus. Es ist nicht dieselbe Luft wie bei uns.

Im Tal. Auf dem Hof. Ich schaue bald vorbei.

Es wird Frühling.

Vater wird sich fangen, seine Schwermut ablegen, glaub mir. Wird wieder arbeiten, auch auf dem neuen Hof, auf den neuen Feldern. Habe ich es dir schon gesagt, Mutter? Seit Tagen höre ich ihn. Im Kreischen der Bohrer, im Zischen des Wasserstrahls, im Hämmern der Pickel: den Merkhammer. Sein Toggen. Unablässig. Gleichmütig. Und tröstlich. Vaters Merkhammer im Wasserkännel bei der Blanken Platte. Wir werden die Leitung flicken, das Wasser wird fließen, der Hammer schlagen. Im Frühling. Vater und ich. Dein Garten, Mutter, soll wieder blühen! Julias Garten.

Und Greths Blumen.

Er hat lange genug gewartet.

Vierzig Jahre.

Die Ingenieure haben die Felsegg verlassen. Die Untersuchung ist abgeschlossen, der Weg ist frei. Endlich kann er seinen Stollen ungestört bis ganz an die Druckleitung vortreiben – Monate nachdem er mit den Bohr- und Sprengarbeiten begonnen hat.

In der Morgendämmerung steigt er vom Wasserschloss zum Fenster 3 ab. Fenster 4 wäre besser erreichbar gewesen, aber bei Fenster 3 liegen die Druckrohre weniger tief im Boden und der Fels ist weicher. Toniger und sandiger Schiefer. Drei passt ohnehin besser, Vater. Dreifache Sühne für drei Generationen: Die Rothens bereiten die Endabrechnung vor!

Beim Stolleneingang in der Felswand angekommen, entfernt Xeno die Zweige und das Tarnnetz. Er stellt den Rucksack mit der hydraulischen Presse zur Kiste mit dem Sprengstoff. Sein Blechauto kommt an den gewohnten Ort auf den Felsvorsprung. Er knipst die Arbeitslampe an, geht tiefer in den Stollen hinein. Das Bodenwasser vor seinen Füßen gleißt schwarz. Gut zwanzig Schritte bis zum hinteren Ende. Die Sprenglöcher sind bereits gebohrt. Eine letzte Explosion wird reichen. Oder was meinst du, Faverio? Keine Angst, nur eine kleine, eine begrenzte. Wir wollen ja nicht gleich die Druckleitung sprengen. So einfach mach ich es ihnen nicht. Auf Sabotage wird keiner kommen. Anklage gegen unbekannt? Könnte ihnen so passen. Eigenes Verschulden wird das Urteil sein. Fahrlässigkeit. Die Gesellschaft wird zahlen. Nicht die Rothens, wir sind ausgeblutet. In der letzten Generation ... begraben.

Von unerklärlichen Erdbewegungen werden die Geologen sprechen und sich wundern. Meine hydraulische Presse, Faverio, wird es richten! Ich habe alles genau berechnet, habe Jahre gebraucht, bis ich die Lösung gefunden habe. Die Presse wird die Druckleitung deformieren, unerbittlich, sanft. Der Wasserdruck wird den Rest besorgen und sie vollends zerreißen. Dann dringt das Wasser in den Stollen ein, in jede Ritze, hier und hier und hier!

Xeno geht zurück zum Ausgang. Selbstverständlich muss auch der Stollen verschwinden. Keine Spur darf zurückbleiben. Deshalb die unzähligen fingerdicken Löcher, die er in den brüchigen Fels der Seitenwände gebohrt hat. Kein Zement wird er dem Fels einimpfen, kein Schutzschild errichten wie damals, nein: Hier findet alles sein Gegenteil.

Er wird zum Klang des Merkhammers das Rad der Zeit zurückdrehen.

Wird dem Berg das Wasser zurückgeben.

Für einige Momente, in jenen unverschämten Mengen, die ihm gestohlen worden sind. Der Berg wird das Wasser nicht mehr halten können, es wird die vorgegebenen, die freigebohrten Wege suchen und die Bergflanke auseinanderreißen.

Silvan versagt sich alle Nachforschungen, macht einen weiten Bogen um die Rezeption. Er will nicht wissen, wen er gestern Nacht vom Balkon aus beobachtet hat. Bei Tageslicht wäre der Anblick vielleicht... Es soll ihm nicht so gehen wie jenem Mann, der während Wochen jeden Abend eine halbnackte Frau bei ihren Tai-Chi-Übungen angehimmelt hat. Aus großer Distanz, über die Straße hinweg. Im erleuchteten Fenster im fünften Stockwerk, im verheißungsvollen Ungefähren. Was die Fantasie des Mannes auf so unerhörte Weise beflügelte, dass sich seine erotischen Träumereien zum Liebeswahn auswuchsen, und er...

»Silvan!«

Perplex bleibt Silvan vor Irma Abderhalden stehen. Die Blumen! Die hat er vollkommen vergessen. Er küsst Irma zur Begrüßung, ihre Wangen berühren sich wie jedes Mal etwas zu lange. Was beide nicht stört, Jugendlieben haben oft schlimmere Folgen. Silvan führt Irma erst in den Bankettsaal, dann in den Konferenzraum.

»Es sieht einfach zu kühl aus, Irma!«

»Das hättet ihr euch überlegen sollen, bevor ihr diesem Flachlandarchitekten den Umbau gegeben habt.«

Silvan versteht den Vorwurf. »Ich hätte deinen Mann genommen, das weißt du. Aber für diesen Entscheid darfst du mich nicht verantwortlich machen, das war vor meiner Zeit.«

»Schon gut. Ich habe deinem Vater bei der Einweihung übrigens denselben Vorwurf gemacht.«

»Und was hat er gesagt?«

»Josef?« Irma Abderhalden kramt in ihrem Rucksack und fördert ein edles, in Holz gebundenes Notizbuch zutage. »Ich solle bloß nicht klagen, hat er gemeint, wenn die Architektur nicht genüge, gäbe es für mich mehr Dekorationsaufträge.«

»Typisch Vater.«

»Genau. Wie viel darf es kosten?«

»Siebenhundert.«

»Du willst wirklich Eindruck schinden!«

Silvan lässt sich auf einen der Stühle fallen, die um den großen, runden Tisch aufgestellt sind.

»Es geht immerhin um unsere Zukunft.«

»Glaubst du noch immer, die Deutschen sind die richtige Lösung?«

»Leider«, sagt Silvan wenig überzeugt. Er beobachtet Irma, die ihrerseits den Konferenzraum betrachtet, mit dem Bleistift tippt sie an ihre Unterlippe. Ihr Gesichtsausdruck erinnert ihn an früher. Ob sie ahnt ... Den Film hat er entgegen aller Beteuerungen nie vernichtet. Die alte Wäschekammer auf der Furgg, sie mit dem Rücken zu ihm, Handkamera, die *Steadycam* war damals noch nicht erfunden. Auf dem Objektiv ein dünner Film Vaseline. Die Tricks des Tüftlers. Hat den Weichzeichner ersetzt, das fehlende Licht aber nicht wettgemacht. *Bilitis* war in Plon eben etwas grobkörniger.

»Im Dorf rumort es, Silvan. Am Montag wird das Werk eröffnet, und auch der Letzte hat mittlerweile vom Merkhammer gehört.«

»Ein Bubenstreich!«

Irma zieht spöttisch eine Augenbraue hoch, wie immer, wenn sich eine Antwort erübrigt.

»Ein Werbegag der Grünen«, schlägt Silvan vor.

»Eher. Aber rede mit Selma, dann weißt du, was die Leute hier denken.« Sie steckt Notizbuch und Bleistift weg. »Ich muss weiter.«

Silvan führt sie zum Ausgang. Wieder spürt er ihr Gesicht an seinem.

»Und nimm dich vor der Amherd in Acht.«

»Wie kommst du auf die? Ich kenne sie gar nicht.«

»Ich schon.« Sie schwingt ihren Rucksack über die Schulter. »Auf solche Frauen bist du anfällig!«

»Woher willst du das wissen?«

»Woher wohl?« Sie lacht und geht. Silvan schaut ihr noch nach, als sie bereits um die Ecke verschwunden ist.

Der liebeskranke Voyeur in seinem Drehbuch damals... Nach Wochen hat er sich getraut und ist hinübergegangen: Die Tai-Chi-Künstlerin am Fenster entpuppte sich als drahtige, fast siebzigjährige Frau.

Silvan geht zurück in die Hotelhalle. Der Kurzfilm war nie zustande gekommen. Es war ein Ding der Unmöglichkeit gewesen, die Rechte für die Geschichte zu kaufen, denn der Drehbuchautor, das fand er erst kurz vor Drehbeginn heraus, hatte sie bei einem amerikanischen Schriftsteller ausgeborgt. Vor der Rezeption verlangsamt er seine Schritte. Er müsste nicht mal fragen, er ist ja der Chef hier, das vergisst er immer wieder. Er könnte in die Zimmerliste schauen, ganz einfach. 310 ist die Nummer des Zimmers neben seinem...

Wäre auch er enttäuscht?

Das Handy reißt ihn aus seinen Gedanken.

»Wir haben ihn gefunden!«, schreit ihm Albin aufgeregt ins Ohr.

Natürlich ist sie noch aufgewühlt. *Verflüecht!* Er hat es anscheinend genossen, ihr Traumschwimmer. Und mit dem Klicken des Feuerzeugs hat er seine Anwesenheit auf dem Balkon kundgetan. Auch eine Art, um Erlaubnis zu fragen... Sie hat sie ihm gegeben, keine Frage, sie hätte ja auch ins Bad verschwinden können... Egal. Es ist... es war zumindest spannender als die kleinen Ausbrüche ihrer Freundinnen. Die singen in der monatlichen Über-30-Disco *Feel* von Robbie Williams mit und bestätigen sich so, wie jung und unartig und intensiv sie eigentlich wären, wenn sie nur könnten. *I wanna feel real love*... Aber die Kinder, Lena, du weißt ja!

Nur zu gerne würde sie mitjammern.

Lena verabschiedet sich von ihrem Spiegelbild. Es gibt Wichtigeres als unregelmäßig gezupfte Augenbrauen. Den Golfplatz beispielsweise. Gleich nach dem Aufstehen hat sie die Zentrale in Zürich angerufen. Keiner hatte abgehoben. Beim zweiten Versuch etwas später hatte sie ihre Strategie überdacht, der Sektionspräsidentin nur angedeutet, in welche Richtung ihre Vermutungen gingen, sie zugleich überzeugt, dass man noch früh genug an die Öffentlichkeit gehen könne. Bei den Verhandlungen erreiche sie mit der bloßen Drohung vielleicht mehr. Solches Taktieren hat sie damals dem alten Bohrer abgeschaut. Was sie wirklich tun wird, weiß sie selbst noch nicht. Ihrem Instinkt folgen ... Ist ihr Traumschwimmer einer der Teilnehmer am runden Tisch? Schnell überfliegt sie die Liste. Der einzige Name, zu dem ihr ein Gesicht fehlt, ist Alain Breitmoser, der Pressesprecher der Gesellschaft. Der asketische Voyeur im Dunkeln ein Pressesprecher? Kaum.

Lena legt sich wieder ins Bett, vertieft sich von neuem in Selma Bohrers Geschichten. Das Buch wirkt Wunder. Liest sie einige Zeilen darin, vergisst sie alles um sich und fühlt sich geborgen wie einst in der holzgetäferten Stube, auf der warmen Ofenbank, am Holundersirup nippend, während die Großmutter neben ihr an Socken und Geschichten strickte.

Xeno sitzt im Stolleneingang und kaut mit leerem Mund. Als er Stimmen hört, spannt er das Tarnnetz auf. Er verharrt, beobachtet. Drei sind es, eine Frau und zwei Männer. Er sieht sie unter der Felswand die Lichtung queren. Alphirten, ihrer Kleidung und Ausrüstung nach zu urteilen, wohl auf dem Weg zum Maiensäß. Die drei Alphütten stehen auf einem Kamm, gerade mal hundert Meter über dem Stollen. Xeno schließt die Augen, sucht das Bergprofil ab. Wenn die drei Glück haben, bricht der Hang unterhalb der Alp ab. So geht mit Gott und bestellt ihm die Grüße seines ungehorsamen Dieners. Wenn euch etwas geschehen sollte: Tut mir leid, ich kann nicht auf alle Rücksicht nehmen. Habt ja auch profitiert von der Mauer!

Er wartet, bis die drei verschwunden sind. Die letzte Sprengung wird er ungeachtet ihrer Anwesenheit zünden. Er muss hoffen, dass sie keinen Verdacht schöpfen, für den Knall und die Erschütterung eine natürliche Erklärung finden. Oder kann er es sich leisten, einen weiteren Tag zu verlieren? Lass gut sein, Vater, mach dir keine Sorgen. Wenn wir nachts sprengen, werden sie die Explosion verschlafen. Oder den Knall einem Gewitter zuordnen. Nach der Sprengung wird er nicht mehr ins Hotel zurückkehren können. Wenn er jetzt ginge? Zwei Stunden Abstieg bis nach Plon, alle Spuren beseitigen, wieder herauf, und bevor der Morgen dämmert, die Zündung. Das müsste reichen. Er verschlingt den letzten Bissen getrocknetes Schaffleisch, das ihm die Großmutter in den Rucksack gepackt hatte.

Wie groß du geworden bist, kleiner Xeno!

Und wie geschickt, Großmutter! Bis ins Letzte ist alles durchdacht. Keiner wird ahnen, was hier wirklich geschehen ist. Bis auf Lena Amherd. Beinahe hätte er sie vergessen! Sie ist auf unserer Seite, Vater, auch sie kämpft gegen die Gesellschaft, das weißt du doch! Aber kann er ihr wirklich trauen? Er muss es herausfinden.

Auf dem Fußweg zur Seilbahn läuft Silvan Franz Pfammatter in die Arme. Er versucht ihn abzuwimmeln. Er müsse sofort seinen Sohn treffen, der habe doch tatsächlich den Merkhammer gefunden!

»Wo?«

»Im oberen Salflischer Tälchen.«

»Damit können wir dem Geschwätz ein Ende machen«, sagt Pfammatter. »Ich würde gerne mitkommen, aber ich muss ins Werk. Der letzte Dichtungstest der Rohre.«

»Wir sehen uns am Abend, beim Essen. Sind die Bewilligungen aus Brig endlich gekommen?«

»Nein, aber mach dir keine Sorgen, das ist eine Formsache. Bis später. Und die Geschichte mit dem Merkhammer besprechen wir noch.«

Pfammatter reicht ihm die Hand. Silvan schaut zur Furgg hoch. Die Gondeln kreuzen sich beim Mittelmast, er wird früh genug an der Talstation sein.

Pfammatter hat wohl recht. Von Kantonsseite droht dem Golfplatz keine Gefahr. Zwei der fünf Regierungsräte sitzen im Verwaltungsrat der Stausee-Gesellschaft, ein dritter in derselben Partei wie Pfammatter. Der Filz, den er immer verachtet hat, ist ihm jetzt nützlich. Der Bund hat sich vom Nationalparkprojekt zurückgezogen, nun definiert der Kanton die Art des Naturparkes. Dessen Interessen und jene der Stausee-Gesellschaft decken sich. Problematisch wird es, wenn andere ins Spiel kommen, die *GreenForce* beispielsweise. Glücklicherweise wissen vom Golfplatz erst jene, die davon profitieren werden. Und ein paar Ploner, die im Kaffeesatz lesen können. Der Aufschrei der Umweltschützer wird zu spät kommen... und hoffentlich schnell wieder verklingen.

Bevor er Silvan daran erinnert, dass er ja mitschreien müsste.

Der Golfplatz wird nur ein Zwanzigstel der Fläche des Flischwaldes beanspruchen, beruhigt er sein Gewissen. Die Stausee-Gesellschaft bietet dafür andere Renaturierungsgebiete an. Und Golfer... Golfer sind sanfte Touristen, die Aufschläge ihrer Bälle hinterlassen kaum Spuren. Eine Pointe, die dem Vater gefallen hätte. Sie stammt von Pfammatter... Übernimmt er nun schon dessen Zynismus? Silvan tritt verdrossen in die Seilbahnstation. Er braucht sich nichts vorzumachen, in diesem Film steht er auf Seiten der *bad guys*.

Lena schlägt gespannt die Seite um. Diese Geschichte über die Walliser Wässerwasser kennt sie nicht. Schalkhaft erzählt Selma Bohrer von einem Spaziergang Gottes und Petrus', bei dem sie erschrocken feststellen, wie ausgedörrt das ganze Wallis ist. Ob er etwa vergessen habe, es hier regnen zu lassen, will Gott wissen. »*Po woll, Herrgott*«, antwortet Petrus sogleich und etwas servil, wie aus sicherer Quelle berichtet werden könne... Noch keine Woche sei seit dem letzten geplanten Regen vergangen, aber hier im Wallis passiere immer das Gleiche: Der Wind vertreibe jede Wolke. Die beiden wandern weiter, wo sie auch hinkommen, dasselbe Bild: verbrannte Matten, dürre Äcker. Endlich stoßen sie auf einen armen Bauern, der mit einem Kessel Wasser seine Matte wässert. *Dr Liebgott* verspricht ihm, er lasse es sofort regnen. Ob aus Güte oder aus seinem schlechten Gewissen heraus, bleibe dahingestellt. Wider Erwarten ist der Bauer wenig dankbar. Es reiche durchaus, meint er, wenn Gott genügend Wässerwasser schicke, weil das richtige Wässern, das überlasse Gott besser ihnen, davon verstünden sie hier mehr. Petrus will das vorlaute Bäuerchen abmahnen, Gott verhindert es lächelnd. *»Wenn är mit Gwalt will wässere, so soll är halt wässere!«* Denn schließlich erwarte er von einem Walliser nichts anderes ...

... als Starrsinn, schließt Lena. Eine gescheite Frau, diese Selma Bohrer. Sie kennt ihre Pappenheimer. Die Ploner sind Granitschädel. In schwierigen Zeiten mag ihre Sturheit lebenserhaltend gewesen sein, hier und jetzt führt sie nur zu fatalen Fehlentscheiden. Das beweisen ihre ersten Recherchen. Der junge Bohrer beispielsweise macht seinem Namen alle Ehre. Hat ein Päckchen geschnürt, runder als ein Filzball! Selbst die Nutzungsgemeinschaft Flischwald, eingeschlossen deren Gemeindevertreter, unterstützt das Golfprojekt »im Sinne unserer Bemühungen um einen sanften Tourismus in der Plonebene«. Erst bei hartnäckigem Nachfragen hat Lena erfahren, weshalb die Argumente von Bohrer alle überzeugen: Die Elektrischen sind Teilhaber am Golfplatz, als Gegenleistung für das Land werden sie eine halbe Million Franken jährlich in die Nutzungsgemeinschaft einschießen. Damit würde der Naturpark plötzlich denkbar – wenn auch nur mit kantonalem Siegel versehen. Und um die Fläche des Golfplatzes verkleinert.

Diese Bohrers, *hüereverflüecht!*

Dagegen kannst du doch nicht sein, Lena, würde der alte Bohrer sagen und ihr gönnerhaft auf die Schulter klopfen. Der

Spatz in der Hand ist doch immer noch ein Vogel! Und überhaupt: Ihr lustiges Cabrio passe erstens gut zu ihrem Minikleid und fahre zweitens auch nicht mit Apfelmost... O nein, Bohrersepp, dein Sohn wird sein blaues Wunder erleben! Lena kämpft sich aus den Kissen. Sie ist nach Plon gefahren, um die Stausee-Gesellschaft an ihre Verpflichtungen zu erinnern. Nicht mal dreißig Prozent der versprochenen Umweltmaßnahmen, die den Bau des Erweiterungswerkes flankieren sollten, sind fertiggestellt worden. Die wichtigste Auflage, das Biotop beim Flischwald, inmitten einer Schutzzone, funktionieren sie in einen Golfplatz um... Und keiner, der protestiert!

Würde der junge Bohrer ähnlich argumentieren wie sein Vater? Morgen am runden Tisch, heute Abend beim Diner? Sie legt ihren Kopf mit Nachdruck auf die eine, dann auf die andere Seite. Ihr Nacken ist bereits wieder verspannt.

Albin nimmt den Rucksack von der Schulter. »Erinnerst du dich an die alten Wasserleitungen im Salflischer Tälchen?«

»So weit oben? Was wolltet ihr dort?«

»Wir haben Landschaftsbilder für den Film gesucht, plötzlich ruft mich Sebi zu sich. Er hatte keine Ahnung, was er da gefunden hat.«

»Komm, wir setzen uns drüben auf die Bank!«

Silvan zieht Albin quer über den Platz vor der Talstation. Der packt die Kamera aus, spult erst rückwärts, lässt das Band laufen und gibt ihm die Kamera. Auf dem Monitor ist ein seltsames Gebilde zu sehen. Silvan friert das Bild ein, betrachtet es genauer. Im Gegensatz zu den alten hölzernen Schaufelrädern, die einst die Merkhämmer angetrieben haben, ist dieses aus Metall. Es hängt in einem Gestell, seine Schaufeln knapp über dem Wasser, oben treibt es ein zweites Rad an, erst dieses kommt in Kontakt mit dem Hammerstiel. Der Hammer sieht aus wie die Originale im Dorfmuseum.

»Seltsam«, murmelt Silvan.

»Was?«

»Das zweite Rad. Völlig überflüssig. Es macht alles nur komplizierter, schau, sie mussten den Hammer sogar verkehrt herum montieren. Gegen die Fließrichtung des Bachs. Wozu also das rückwärtslaufende Rad? Und dieses Kästchen an der Seite, was ist das?«

»Zeig ich dir gleich«, sagt Albin stolz. Er nimmt ihm die Kamera aus der Hand, spult das Band vorwärts. »Das Kästchen ist eine Zeituhr. Ich hab sie für die Aufnahmen verstellt. Schau genau hin!«

Silvan beobachtet neugierig das Rad. Erst geschieht nichts. Dann hört er ein leises Klicken auf dem Band, zugleich senken sich beide Räder in der Schienenführung, kaum erreichen die Schaufeln des unteren das Wasser, beginnt es zu drehen, die Schaufeln greifen ineinander, das obere Rad dreht mit, hebt das Ende des kopflastigen Hammers, er fällt zurück auf das Brett, das Toggen klingt selbst aus dem winzigen Kameralautsprecher sehr laut.

Silvan schaut auf. »Lass mich raten: Die Zeituhr ist so eingestellt, dass die Räder um Mitternacht zu drehen beginnen und um drei Uhr morgens wieder angehoben werden.«

»Logisch. Coole Idee. Und ein simpler Mechanismus.« Albin klappt den Monitor wieder ein.

»Irgendwer hat sich da ziemlich Mühe gemacht, um die Leute zu erschrecken. Konntest du die Aufnahme kopieren?«

»Easy. Eingelesen, zusammengeschnitten und auf eine Mini-DV-Kassette gespielt.«

Albin reicht sie Silvan, der klopft ihm anerkennend auf die Schulter.

»Nicht schlecht. Ich habe damals ewig gebraucht, bis ich die ersten Aufnahmen richtig exportiert habe... Übrigens: Was hast du mit der Zeituhr gemacht?«

»Alles wieder wie zuvor. Sollen wir das Ding abbauen?«

»Nein, nein. Mir ist es lieber, wenn ihr nicht mehr da hinaufsteigt. Wer weiß ...«

»Was?«

»Nichts, vergiss es. Was hat eigentlich Selma gesagt?«

»Wörtlich? Ich sei wie du, ich suche am falschen Ort.«

»Und dieser Hammer hier, was bitte ist das?«

»Was immer ich finden würde, sagt sie, der Hammer habe einen tieferen Grund. Das hätten schon die alten Sagen gekündet.«

»Natürlich.«

»Also ... ich muss wieder hoch. Seb wartet schon.«

»Worauf?«

»Studers nehmen mich mit auf den Stausee, dann drehen wir einige Piratenszenen auf dem Wasser.«

»Piraten? Ich dachte, es wird ein Zombiefilm?«

»Beides. Eine Mischung.«

Silvan schaut seinen Sohn zweifelnd an.

»Mann, Paps: *Pirates of the Caribbean* mit Johnny Depp – haben wir sogar zusammen geschaut.«

»Stimmt. Ein *Graatzug*, wie er im Buch steht. Dann ab mit dir, die Gondel fährt gleich.«

Xeno schaut durch den Türspalt. Lena Amherd liegt unter einem Frottiertuch entspannt auf der Pritsche. Er wartet, bis sie eingeschlafen ist.

Silvan versucht einzuordnen, was er eben erfahren hat. Das zweite, rückwärtslaufende Rad irritiert ihn nachhaltig. In Gedanken versunken betrachtet er den Schaukasten des Verkehrsvereins beim Fotogeschäft. Ein schwarzweißes Plakat wirbt für das Dorfmuseum. Das ... das wäre eine Möglichkeit! Genau, so kann er diejenigen elegant auflaufen lassen, die hinter der

Hammeraktion stecken. Wer immer es ist! Kurz entschlossen betritt er den Fotoladen. Pirmin Pfammatter lässt sich erst überreden, als Silvan ihn sanft daran erinnert, wer sein Vermieter ist. »Ich wollte den Schaukasten ohnehin neu einrichten«, lenkt er ein.

Silvan drückt ihm die Mini-DV-Kassette in die Hand. Er solle ein Endlosband daraus machen, den erklärenden Text unter dem Bildschirm werde er ihm schnellstmöglich schicken.

»Warum geben wir ihn nicht gleich ein?« Pirmin legt schon die Finger auf die Computertastatur.

»Ja, warum nicht! Etwa so: ›Werte Kurgäste, viele von Ihnen mögen sich fragen, weshalb wie in alten Tagen das Hämmern eines Merkhammers im Tal erklingt. Immer nur nachts allerdings. Auf diesen Videobildern sehen Sie, wie wir das Geräusch erzeugen. Und weshalb es nur zu bestimmten Zeiten zu hören ist. Einer der kleinen Scherze, die sich die Bohrer-Hotels in loser Folge leisten, um auf die reiche Geschichte von Plon und Umgebung aufmerksam zu machen. Und eine Aufforderung an Sie, sich damit auseinanderzusetzen.‹ Zeig mal, Pirmin, irgendwas fehlt ... Ja, genau: ›Wenn Sie mehr über die alten Wasserleitungen, die Suonen, erfahren möchten, empfehlen wir Ihnen einen Besuch in unserem Dorfmuseum.‹«

Pirmin schaut Silvan fragend an.

»Was noch?«

»Soll das ... ich meine ... setze ich deinen Namen darunter?«

»Ach so. Musst du wohl. Schreib: ›Silvan Bohrer, Schrägstrich, Bohrer-Hotels.‹«

Lena erwacht, schreckt auf. Fieberhaft sucht sie ihre Uhr. Kein Grund zur Panik, es bleibt genügend Zeit, sich in Kampfmontur zu stürzen, noch eine gute Stunde bis zum Willkommensdiner. Zur ersten Runde. Sie streckt sich, gähnt. Auf ihrer

Zunge spürt sie einen pelzigen Belag, wie immer, wenn sie zu Unzeiten eingeschlafen ist. Vorsichtig bewegt sie ihren Nacken. Sie staunt. Sosehr sie die Masseurin des Hotels beim ersten Mal verflucht hat, so dankbar ist sie ihr heute, ihre Hände haben Wunder bewirkt. Noch jetzt spürt sie ein sanftes Prickeln und wohlige Wärme auf der Haut. Oder... war es die Berührung ihres Traumschwimmers?

Spinnst du jetzt völlig, Lena?

Was kann sie dafür, er hat sich schon wieder in ihre Träume gestohlen. Diesmal hat er direkt neben ihr gestanden, und ihr ist, als hätte er gesprochen. Über ihren Vater. Oder über seinen? Oder ist er stumm geblieben? Sie kann sich nie an ihre Träume erinnern. Mit einem belustigten Kopfschütteln rutscht sie vom Massagetisch. Den großen Briefumschlag, den die Masseurin auf ihren Kleidern liegen lassen hat, legt sie gut sichtbar auf ein Sideboard, schlüpft in den bereitliegenden Bademantel. Draußen ist die Lampe noch immer defekt. Die Notbeleuchtung taucht den Hotelkorridor in ein fahles Grün, diffuse Schatten vervielfachen Lenas Silhouette auf den Wänden. Die bizarren Figuren begleiten Lena höflich bis zum Lift, sie ist fast ein wenig erleichtert, als sich die Tür auf Knopfdruck sofort öffnet.

Irmas Blumenarrangements sind schön geworden, Silvan ist fast ein wenig stolz auf sein Hotel. Die Gäste sind pünktlich, nur Lena Amherd fehlt noch. Franz Pfammatter löst sich von Breitmoser, dessen unterwürfige Leutseligkeit Silvan schon bei der Begrüßung genervt hat, und gesellt sich zu ihm. »Gute Idee, das mit dem Video im Schaufenster. Ich habe noch kurz im Fotogeschäft vorbeigeschaut. Mein Sohn hat mir alles erzählt.«

»Pirmin war sofort einverstanden...«

»Jetzt wollen wir sehen, ob das Gerede im Dorf nicht verstummt.«

»Kaum. Selma zum Beispiel hat meinem Sohn erklärt, dass es für alles einen tieferen Grund gibt.«

»Einen möglichst unerklärlichen wahrscheinlich! Manchmal bin ich froh, dass sie mich nicht erhört hat, vor vierzig Jahren...«

»Du gehörst auch zu Selmas Verschmähten?«

»Nummer dreizehn, wir haben mal nachgezählt. Aber unter uns: Wer zum Teufel baut einen so komplizierten Mechanismus zum Scherz?«

»Vielleicht sollten wir das Lena Amherd fragen.«

»Du meinst, die Grünen...« Pfammatter bricht ab, sein Blick ist an der Tür zum Bankettsaal hängengeblieben. »Wir können sie gleich selber fragen.«

Silvan schaut auf. »Das ist sie?!«

»Sie kann manchmal auch anders... aussehen, meine ich.«

Pfammatter geht Lena entgegen, küsst ihre Hand. Ihr Gesichtsausdruck zeigt, was sie von seiner Galanterie hält. Silvan tritt hinzu, sein Name wird mit einem eisigen Lächeln quittiert. Er aktualisiert sein Bild von grünen Aktivistinnen. Etliche von ihnen kennt er aus seiner Filmer-Zeit, aber Lena ist die erste in einem solchen Kleid. Während Pfammatter aufgeregt Champagner holt, fragt Silvan, ob sie mit dem Zimmer und dem Hotel zufrieden sei. Ihre Antwort hört er nicht mehr, sein Blick hängt an ihren Zehennägeln. Er kann nicht glauben, was er sieht: Nachtblau sind sie, kunstvoll bemalt. Lena Amherd! Ausgerechnet sie. Ihre Füße hat er gesehen, bevor... bevor er in seinem Zimmer aufgeregt Zigaretten und Feuerzeug geholt hat und wieder herausgetreten ist und sich unauffällig auf das Balkongeländer gestützt hat, hinübergeschaut hat, auf diese Hand, die das Tattoo auf der Hüfte liebkoste, auf die zierlichen...

»Feuer?«

Pfammatters Frage wirft ihn in die Realität zurück. Auch

Lena Amherd schaut ihn an, als erwarte sie eine Antwort. Der Rauch seiner Zigarette traut sich nicht in die Nähe ihrer eisgrauen Augen.

»Entschuldigung, ich war gerade ...«

Sie hat die Geduld verloren, wendet sich ab, küsst Primo Sacripanti zur Begrüßung auf die Wangen. Den natürlich schon, denkt Silvan. Den emsigen Gewerkschaftsvertreter. Hat bereits in der Schule alle um den Finger gewickelt mit seinen italienischen Glutaugen und dem Charme des Waisenbuben! Dabei konnte Primo nicht mal anständig Mundharmonika spielen. Verdammt, wer war nun Charles Bronson?

Xeno wirft einen Blick durch die halboffene Tür des Konferenzraumes. Das Gesicht des jungen Furggbohrers sieht er sofort. Als er den weißhaarigen Mann daneben erkennt, muss er an sich halten. Wenn er könnte, würde er Pfammatter ... mitnehmen. Er stellt sich so, dass Lena Amherd ihn nicht sehen kann, beobachtet weiter. Unwillen zeigt sich auf Bohrers Gesicht, als Pfammatter sich etwas sehr jovial zu ihm lehnt. Dir fällt gerade auf, dass du dich mit den falschen Leuten eingelassen hast, Silvan, nicht? Mach dir nichts draus, Großmutter hat Pfammatter auch nicht gleich durchschaut. Und mein Vater hat ihm gar vertraut, die Vertragsklauseln und die Kreditbestimmungen für das Seegut blind unterschrieben.

Es wird nicht zum Schlimmsten kommen, Mutter, glaub mir. Der Vater schickt sich hinein, sobald das neue Seegut gebaut ist, wirst sehen. Mancher muss sich vom Altgeliebten trennen, um einen Schritt weiter zu kommen. Manchem wird dabei nicht mal die Wahl gelassen, du weißt es, Mutter, du vermisst Greth fast so sehr wie ich. Hier im Stollen ist sie bei mir, ohne dass mich die Trauer drückt. Faverio sagt, er vermisse seine Frau nie, sie sei immer bei ihm. Vier Monate hat er sie nicht mehr gesehen, kennt sein jüngstes Kind noch gar nicht, zufrieden ist er dennoch. Sein Leben ist so. Und meins, Mutter? Wann beginnt mein Leben wieder?

Xeno dreht sich abrupt um und stolpert. Steh hier nicht rum, Faverio! Und du, Adriano, komm jetzt! Ich weiß ja, dein Primo sitzt da drin. Reiß dich los, du willst doch nicht, dass er herschaut. Du kannst ihn nicht mitnehmen, Adriano, bist du verrückt?! Wir müssen los. Den Grat hinauf zur Felsegg!

Julia schaute Pius besorgt hinterher. In jeder freien Minute stapfte er neustens zum Holzschopf, Xeno auf den Fersen. Sie wusste nicht, was die beiden da drin anstellten. Ihr Mann veränderte sich, das fiel ihr auf. Sein Gang war zögerlich, ohne Zuversicht, als sei ihm die Bestimmung abhanden gekommen. Seine Haltung war nicht mehr aufrecht. Das hatte nichts mit dem Unfall zu tun. Sie redete sich ein, es sei das Alter.

Julia faltete Arnolds Brief zusammen. Die erdigen Flecken an den Rändern ließen ahnen, wie es in den Baracken tatsächlich aussah. Der erste Brief, der nicht himmelhochjauchzend klang. Es mochte am Herbst liegen. Das Licht schwand und mit ihm der sommerliche Glanz. Sie störte das nicht. Sie war immer dankbar gewesen, wenn mit dem Sommer auch ihre Einsamkeit auf dem Seegut ein Ende gefunden hatte, weil Pius und Arnold dann von der Salflischer Alp zurückgekommen waren. Diesmal hatte Arnold die Alp allein betrieben, bis er auf der Furgg zu arbeiten begonnen hatte, worauf Pius bis zum Ende des Alpsommers hinaufgegangen war. Die beiden Männer hatten nicht mehr miteinander gesprochen.

Arnold habe sich gegen das Seegut entschieden, sagte Pius. Gegen die Familie.

Julia trug Zuber und Waschbrett zum Seeufer. Am Wegkreuz hielt sie inne. *Maria gebenedeijuti*... Sie wusste ja auch nicht, wie es sein würde... Der vergrößerte See, der Hof am neuen Ort... Aber zumindest gab sie sich Mühe, sich alles vorzustellen. Da, wo sie jetzt kniete, beispielsweise, neben ihrem großen Waschstein, würde man in Zukunft schwimmen müssen. Hier und da und dort: Wasser, bis hoch hinauf ins Salflischer Tälchen. Sie tränkte das erste Hemd, seifte es ein, zog es mit kräftigen Strichen über das Brett, wieder und wieder, bevor sie es auswusch. Seifige Wolken trübten das kristallklare Wasser. Sie schlug das Hemd einige Male über den Fels, wrang es aus, nahm das nächste. Es waren nicht mehr viele. Bei allen täglichen Verrichtungen wurde sie an Arnold erinnert. Ein Drittel der Wäsche fehlte. Arnold fehlte. Er war irgendwo im Gamplüter Tal drüben, auf der anderen Seite der Plonspitze. Hatte sich zu den Eroberern gesellt, zu jenen, für die genug nie genug war. Sie schrieben von übergeordneten Interessen in ihren Papieren, *d meeru Heeru*, Pfammatter betete es nach. Sie verlangten *Zämmundhalt*, und Pfammatter betonte dasselbe. Sie redeten zu und versprachen, Pfammatter versprach ein Quäntchen mehr. Der wurde allmählich elektrischer als die Elektrischen! Aber sie mussten mit ihm verhandeln. Wenigstens war er ein Ploner, trotz allem, er kannte das Tal, den See, ihre Berge. Die Elektrischen hatten ihm den Fall Rothen zugeteilt. Die Sache Rothen Pius vom Seegut ob Plon. Welche Vermerke standen in der Akte? Widerspenstig? Halsstarrig? Uneinsichtig?

War Pius so?

Sie teilte seine Meinung nicht, aber sie verstand ihn. Pius gehörte nicht zu den *Komooden*, die stets Rückenwind haben, weil sie die Richtung schnell genug wechseln. Er war Bewahrer, nicht Eroberer. Sie ... sie war keines von beiden. Vielleicht lag darin das Schicksal der Frauen: Die Männer überließen ihnen immer die Mitte. Bohrers Sepp und Arnold verdingten sich bei den Elektrischen, wollten mitstürmen in die neue Zeit, Pius ging in die entgegengesetzte Richtung, weniger stürmisch, aber noch beharrlicher. Und sie, die Frau, die Vermittelnde wurde wie immer hin und her gezogen, dass es sie schier zerriss.

Sie wrang Pius' Arbeitshemd aus, kontrollierte die Flicken,

mit denen sie es nach dem Unfall in der Blanken Platte an Arm und Schulter ausgebessert hatte. Dabei wäre alles nicht so schwierig! Die Männer stellten immer die Sache aufs Podest, nie den Mensch. Was war das schon, ein Haus? Ein Haus war schnell neu gebaut, Pfammatter brüstete sich ja stets damit: Zwei Monate Bauzeit, Frau Rothen, das reicht, die wissen, was sie tun! *Dische Plagööri!* Wie lange es brauchte, um ein Leben neu zu bauen, rechnete er nicht aus. Leben und Haus waren für Pius nicht zu trennen. Julia warf die letzte nasse Schürze in den Bottich. *Hü jetz!* Das Studieren brachte nichts, sie würde sich nur hintersinnen.

Arnold hatte sich die Baracken geräumiger vorgestellt. Soweit es das kleine Felsplateau zuließ, waren die einstigen Geißunterstände ausgebaut worden, erbärmlich eng blieben sie trotzdem. Kein Platz für die Ellbogen, und wenn er sich umdrehte, stand er schon vor der gegenüberliegenden Wand. Nach den Wochen im »Grandhotel« auf der Furgg mit seinen geräumigen Viererkammern fiel ihnen die Umstellung nicht leicht. Wollte er in einer der wenigen freien Minuten der Mutter schreiben, musste er sich neben Faverio auf die untere Pritsche des Kajütenbettes setzen. Mangels Zeit entstanden ihre Briefe stückweise. Seine waren ans Seegut adressiert, Faverio schrieb nach Hause. Jedes neue Lebenszeichen ersehnten sie dort, die Frau und die drei Kinder, in einem kleinen Bergdorf im nördlichen Apennin.

Genau wie Mutter. Der Vater allerdings ...

Ein paar Worte rangen sie sich jeweils ab, die Augen rot vom Staub, von der Übermüdung. Die Briefe dienten mehr der Vergewisserung, dass es zwischen ihren beiden Welten eine Verbindung gab, auch wenn das hier kaum vorstellbar war. Schon gar nicht jetzt, da die Tage kürzer wurden, Nebel und Wolkenschlieren ihre Baracke sanft erstickten. Die Arbeiter hockten nach Schichtende meist dicht gedrängt in der kleinen Kantine. Die Italiener spielten *Briscola*, die Schweizer jassten, an einigen Tischen mischten sich die Nationalitäten. Nie aber die Arbeitsgruppen! Deren Rivalität konnte sich Arnold schwer erklären. Das werde er dann schon verstehen, sagte Faverio. Bald. Im Vortrieb! Noch war es nicht so weit. Arnold schielte zu seinem neuen Kollegen hinüber. Cornaz, Stefan Cornaz aus Plon. Er hielt sich etwas abseits. Dachte vielleicht, er sei etwas Besseres, der Studierte! Aber spätestens morgen, im Stollen, würde sich weisen, was er taugte! Bloß kein Vorurteil. Vielleicht war er ja nur schüchtern. *En Schwiiger*. Arnold solle ihn in die Korrekturarbeiten einweisen, hatte ihm Zenruffinen, ihr Ingenieur, befohlen. Und angesichts von Arnolds Ernüchterung: Das sei jetzt eben die Lehrzeit, das hätten die Italiener ihnen schon voraus, die Arbeit im Vortrieb komme früh genug.

Die Luft in der Baracke war stickig. Die Fenster erblindeten, selbst die grob gehobelten Holzwände schwitzten. Unannehmlichkeiten, die Arnold bisher nicht aufgefallen waren, zu aufregend war der Neubeginn gewesen. Der Altweibersommer hatte die ersten Tage hier oben erhellt, ihnen gar einige freie Stunden draußen ermöglicht. Auf dem einzigen flachen Stück Land, rund siebzig Meter unterhalb der Baracken, war er in die Geheimnisse des *Boccia* eingeweiht worden. Wenn er mit ihnen arbeite, müsse er die wirklich wichtigen Dinge im Leben kennen: *Boccia, vino, spaghetti* und *minestrone*.

So anders als ihre *Mineschtra* klang das nicht.

Insomma, sagte Faverio außerdem ständig. Wenn er nicht weiterwusste. Wenn er sich seinen nächsten Satz zurechtlegte, oder, wie meist, mit Reden gleich wieder aufhören wollte. *Insomma*. Faverio war wie Arnold eher ein Stiller. War bedächtig, aber nie zögerlich. Das konnte bei dieser Arbeit tödlich sein. Eine Felsplatte, die sich löste, eine schlafende Sprengladung, ein Bohrer, der ausschlug, eine Unachtsamkeit bei den Stollenwagen – die Arbeit im Vortrieb war ein bisschen wie das Werken an der Wasserleitung in der Blanken Platte. Eine falsche Reaktion...

Sonst richten wir uns ein, wie's geht, Mutter, mach dir keine Sorgen! Faverio und ich sind erfinderisch, mit dünnen Seilen haben wir Halterungen für die Stiefel geknöpft, die hängen jetzt, Sohlen nach oben, an der Wand, dort, wo sie keinen Platz wegnehmen, direkt unter den Ölpelerinen und den Arbeitshosen. Sogar Duschen werden installiert, sagt die Bauleitung, im Frühling, jetzt habe es nicht mehr gereicht. In der Zwischenzeit hilft der Bach, der kleine Wasserfall hinter der Baracke ist Gold wert. Wenn es friert, wird sich eine Lösung finden. Dann schmelzen wir halt Schnee. Man muss sich zu helfen wissen. Und helfen lassen, von den anderen, das lernt man hier als Erstes. Dr Zämmundhalt! Der ist hier so wichtig wie in jedem Walliser Dorf. Nur gemeinsam kommt man im Fels vorwärts. Vater hätte das auch gesagt, Mutter! An der Blanken Platte. Früher. Sag ihm... ja, sag ihm: Wir sind guten Mutes.

Pius horchte der Sprengung nach, ihr Schall rollte von der Furgg herab.

»Hörst du es, Xeno?« Er stützte sich schwer auf den Hobel. »Sie wollen ihn kaputtsprengen, den Berg. Sie werden sich noch wundern!«

Oder doch nicht? Er war sich nicht mehr sicher. Zu Beginn der Arbeiten oben hatte er nur darauf gewartet, dass die Natur aufbegehrte. Mit Fels- oder Steinschlag, mit Rüfenen, Wassereinbrüchen... Nichts. Bald musste er auf den Winter hoffen. Auf die Furgger *Louwena*. Zumindest würden sie die Arbeiten an der Mauer einstellen. Sie konnten ja wohl nicht weiterbetonieren, wenn die Temperaturen sanken! Die Technik war der Natur nicht gewachsen.

Pius vertiefte sich in seine Arbeit. Er setzte den Hobel an. Das Brett, das er bearbeitete, war zwei Meter lang. Mit bloßem Auge waren keine Unebenheiten mehr zu sehen. Pius zog den Keil aus dem Hobel, verschob das Messer so, dass es den Werkzeugboden kaum mehr überragte, blockierte es dann wieder. Mit schräggelegtem Kopf prüfte er die Oberfläche, Xeno machte es ihm nach. Pius legte die Hand auf eine Stelle, setzte dort den Hobel an, schob ihn mit wenig Druck ein paar Mal darüber. »Wenn die Zeit gekommen ist, Xeno«, murmelte er, »wirst du dasselbe tun wie ich. Wie mein Vater und seiner davor.«

Xeno reagierte nicht auf seine Worte, ihm fiel das nicht auf. Er reichte dem Enkel einige Späne, die dieser als Spielfutter für seine geschnitzten Kühe, Geißen und Schafe benutzte. Pius strich mit der flachen Hand über das Brett. Begann er zu früh damit? Waren sich sein Vater und sein Großvater sicher gewesen, damals, als sie sich in den Holzschopf zurückgezogen hatten? Julia reagierte ja ganz anders auf die Ereignisse. Er wusste, wo sie die Baupläne versteckte, er hatte sie selbst studiert, hätte bei groben Fehlern vielleicht sogar protestiert. Aber im Grunde interessierte es ihn nicht mehr, wie das neue Seegut ausschauen würde. Keine Kraft mehr, der Mut fehlte. Zeichen genug, Vaters Brett aus dem hintersten Stapel zu ziehen.

Ds Aarveholz.

Es war noch dunkel, als Arnold keuchend die letzten Kehren von den Baracken zum Stolleneingang hinaufeilte, den Neuen im Schlepptau. Stefan Cornaz war schuld an ihrer Verspätung, er hatte nicht begriffen, wie er die tellergroße Batterie der Stirnlampe am Gurt der Überhose befestigen musste. Jetzt hing sie an seinem Hintern, wie es sich gehörte, das Kabel lief über den Rücken zum Helm hoch.

Im Stolleneingang stand Zenruffinen. Ausgerechnet heute.
»So kommst du nie in den Vortrieb, Rothen!«
»Tut mir leid ... es ...«
»Es ist meine Schuld, *Müssiö* Zenruffinen. Arnold hat mir mit der Lampe helfen müssen.«
Arnold schaute überrascht zu Cornaz hinüber. Die ungewohnte Anrede klang frech. Der Widerschein der Stollenlampen erleuchtete dessen Gesicht. Nein, er schien sich nicht lustig zu machen. Vielleicht hatte er sich ja getäuscht. Auf jeden Fall rechnete er es seinem neuen Kollegen hoch an, dass er die Schuld für die Verspätung auf sich nahm.
»Gut, weil es dein erster Tag ist, Cornaz ... Aber lass dir mal das Prämiensystem erklären! Dann wirst du von selbst schneller. Hockt auf, der Zug fährt gleich.«
Zenruffinen deutete mit dem Daumen über seine Schulter. Arnold schwang sich auf das Querbrett des vordersten Wagens, fast gleichzeitig berührte Cornaz' Schulter die seine. Die Wagen der Stollenbahn setzten sich in Bewegung. Arnolds Herz schlug schneller, wie jeden Morgen, wenn sie einfuhren.
»Ist der öfter so?«, rief ihm Cornaz ins Ohr.
»Ja.«
Dann war ihnen nicht mehr ums Reden. Die Luft wurde dicker. Daran muss er sich erst gewöhnen, dachte Arnold. Bei ihm war es nicht anders gewesen. Als würde man die Luft trinken, nicht atmen. Der Stollenausgang war der einzige Abzug, jetzt lag er schon weit hinter ihnen und Frischluftzufuhr gab es erst im Vortrieb. Sie ruckelten tiefer in den Berg hinein. Für Arnold jedes Mal ein ungeheures Wunder, wenn er sich vorstellte, was über ihnen war. Die Plonspitze, *Herrgottstiiful!* Die er Fels für Fels schon bestiegen hatte, bis hinauf zum Gipfel, der alle anderen rundum überragte. Und sie bohrten, sprengten, wühlten sich einfach hinein in den Viertausender, nahmen den Kampf an, denn es war ein Kampf, vor allem im Vortrieb,

wie Faverio ihm immer wieder sagte. Er konnte es nicht erwarten mitzukämpfen. An der vordersten Front.

Vorläufig aber kam er nicht weiter als der Zug, der mit einem letzten Ruck stehen blieb. Der Vortrieb war hundertfünfzig Meter weiter vorn. Sie konnten das Hämmern der Bohrer hören, es mischte sich in das Rattern des Förderbandes. Dieses transportiere den Geröllschutt nach hinten zu den Kippwagen des Zuges, erklärte Arnold Cornaz. Die randvollen Wagen würden dann in einen Seitengang zurückrangiert und der Schutt aus dem Felsfenster Stafel hinab auf die Moräne des Gampelgletschers gestürzt, wo es höchstens die Gämsen interessiere, ob da noch ein bisschen mehr Geröll herumliege.

Mit einer Kopfbewegung forderte Arnold Cornaz auf, ihm zu folgen. Sie gingen zwanzig Meter weiter ins Berginnere, bis zu der Stelle, wo die Arbeiter der Nachtschicht Bohrer und Werkzeug deponiert hatten. Hier mussten sie alle Unsauberkeiten der Vortriebsmannschaften beseitigen. Wirklich eine ideale Vorbereitung für seine zukünftige Aufgabe, gestand sich Arnold trotz seiner Ungeduld ein. In den nächsten Stunden zeigte er Cornaz alle nötigen Techniken. Vorstehende Felsbrocken entfernten sie mit mächtigen Presslufthämmern, die noch stundenlang in den Händen nachvibrierten.

»*Kei Schläkk!*«

»*Was hesch du gedeicht?*«

»*Nix, dummerwiis.*«

Wo die Felsoberfläche zu glatt war, bohrten sie Löcher und rissen die Oberfläche mit einer Viertelstange Sprengstoff auf. Worauf Rauchpfropfen den Stollen auf dreißig, vierzig Meter Länge vernebelten und ihnen stundenlang das Atmen erschwerten, bis der Rauch endlich abzog. Immer öfter beschwerte sich Cornaz über die Hetzerei. Arnold erklärte ihm das System: Die Leistungsprämien würden die Mannschaften vorne so sehr anspornen, dass sie bis zu vier Meter Vortrieb pro

Tagesschicht schafften, dieselbe Stollenlänge mussten Arnold und Cornaz in der gleichen Zeit säubern. Zu ihrer Aufgabe gehörte es außerdem, die Abflussrinne für das Wasser in den Boden zu meißeln. Hier hinten hatte keiner Lust auf nasse Füße. Davon gab es im Vortrieb genug, dort töteten sie Rauch und Gase mit ständiger Wasserberieselung, was den Boden in eine einzige Pfütze verwandelte.

»Und deine Frau, was sagt die?« Cornaz' Frage beim Mittagsbrot war für Arnold wie ein Peitschenschlag.

»Sie ... ist gestorben.«

»Tut mir leid. Wann?«

»Vor drei Jahren.«

»Erzähl mir von ihr.«

»Sie ist bei der Geburt meines Sohnes gestorben. *Voilà*.«

»Und weiter?«

Arnold schaute seinen neuen Kameraden misstrauisch an. Einen wie den hatte er noch nie getroffen. Es war nicht Brauch bei ihnen, so zu fragen. *Bolzggrad üssa!* Stumm schüttelte er den Kopf.

Cornaz zuckte mit den Schultern. »Vielleicht ein andermal.«

»Vielleicht.«

»Was stinkt hier so?«

»Sie betonieren die Sockel für die Förderbänder. Der Betonmischer wird mit Benzin betrieben, die Abgase vergiften die Luft. Du wirst es bald merken.«

»Was?«

»Wenn du in dieser Luft isst, rebelliert deine Verdauung. *Dr Tuzzwit!* Haben hier alle.«

»Dann frag ich mich nur ...«

»Was?«

»Weshalb sich das alle antun. Die Arbeit hier!«

»Du ja auch! Warum bist du hier?«

»Geflüchtet.«

»Was?«

»Zu viel auf Leitern gestiegen. Und ein Mädchen ist zu lang am offenen Fenster gestanden, wenn du verstehst, was ich meine! Anna Abderhalden, die Tochter des verstorbenen Ploner Schmieds. Das Kind kommt schon bald zur Welt. Ein Mädchen, sagt die weibliche Verwandtschaft, wegen des spitzen Bauches.«

Halungg! Gut, wenigstens übernahm er jetzt die Verantwortung, hatte Arbeit gesucht, und nicht die leichteste gewählt. »Sobald du genug verdient hast, wirst du sie heiraten können. Im Nachhinein halt.«

Cornaz schaute ihn belustigt an. »Weiterstudieren werde ich mit dem Geld, so wie im letzten Jahr. Heiraten? Warum sollte ich?«

Arnold verwirrte diese Sorglosigkeit. Oder erinnerte sie ihn daran, wie sehr er seine eigenen Pflichten vernachlässigte?

»Ja ... und das Kind?«

»Lena soll sie heißen.« Cornaz wiegte belustigt den Kopf. »Den Namen haben sie schon. Wenn es wirklich ein Mädchen ist. Es wird wohl bei ihrer Großmutter aufwachsen.«

»So simpel?«

»*Fiiwoll!* Die Witwe Abderhalden ist doch froh, wenn sie endlich wieder etwas zu tun hat. So bekommt alles seinen Sinn.«

Arnold sah seine Mutter mit Xeno vor sich ... wie sie ihm beim Abschied nachgewinkt hatten. Er konnte Cornaz nicht widersprechen. Er zuletzt.

Julia hatte die Baupläne, die sie hinter den großen Schüsseln im Küchenschrank versteckte, hervorgeholt. Das Angebot war nicht zu verachten, bei allem, was recht war! Sie konnten sich nicht beklagen. Wie viel schlechter ging es da anderen Familien ... Viele der Walliser Mineure seien keine zwanzig Jahre alt, hatte Arnold verwundert geschrieben, die wären schon auf Baustellen in der halben Schweiz gewesen! Was glaubte der Bub wohl? Schickten die Eltern ihre Jungen gern an solche Orte? Sie gehorchten nur der Not: das Haus voll Kinder, aber kaum ein Einkommen... In ihrem Dorf daheim ging es vielen so. Wohl ein halbes Dutzend ihrer Neffen war auf Wanderschaft, kaum einer freiwillig. Sie ließ die Holzkugeln des Rosenkranzes durch ihre Finger gleiten. Es war widersinnig... Selbst jetzt noch, lange nach dem Krieg, musste man hoffen, dass der Kindersegen ausblieb. So gesehen war ein Großunternehmen wie der Mauerbau fast ein Segen, es verschaffte vielen Jungen aus den verarmten Walliser Seitentälern ein Auskommen. Doch hier begann der Teufelskreis: Auf der einen Seite die Arbeit, auf der anderen Seite brachte die neue Nutzung der Wasserkraft die Täler wieder ins Hintertreffen. In den Städten wurde modernisiert und elektrifiziert, der Strom trieb Maschinen an, die Maschinen ersetzten Menschen, Arbeitsplätze gingen wieder verloren. Und plötzlich tauchten auch hier Fremde auf, *Züeggluffni*, die den Hiesigen die Arbeit strittig machten.

Die Beschleunigung in allen Lebensbereichen war unaufhaltsam. *Tampi*, wie die Welschen sagen. Im Gegensatz zu Pius sah sie in all dem auch eine Logik. Ihre Altvorderen hatten einst gesiedelt, wo die Verhältnisse es erlaubten. Nach und nach waren sie kühner geworden, bauten Dörfer an Orten, die nur dank den *Süenen* fruchtbar gemacht werden konnten. Die Nutzung der Wasserkraft zur Stromerzeugung war nur die logische Fortsetzung dieser Entwicklung. Statt durch hölzerne Kännel leitete man die heiligen Wasser bald in einen großen Stausee. Der Felstunnel, an dem Arnold mithilft, hatte sie Pius letzthin gesagt, das sei doch nur eine Fortführung seiner Installation an der Blanken Platte. Die Elektrischen bräuchten mehr Wasser hier im Plontal, also holten sie es sich im Gamplüt. So wie er es für ihren Garten aus dem Salflischer Tälchen geholt habe!

»Aber sie haben jedes Maß verloren!«

Das stimmte. Sie strich die Baupläne glatt. Die einzig wichtige Frage blieb: War es recht? Oder machten sie sich mitschuldig, wenn sie von der Mauer profitierten und sich ein größeres *Heimet* bauen ließen? Mitschuldig an der Maßlosigkeit? Es blieb ihnen doch keine Wahl. Der Umzug hinab in die untere Plonebene war keine Alternative. Von der Pension der Elektrischen zehren, bis wir sterben, *Maria gebenedeijuti?* Dagegen ermöglichte das Angebot auf dem Tisch eine Zukunft für Arnold und Xeno! Sie mussten nur einwilligen. Pfammatter drängte zwar nicht mehr. Fast ein wenig verdächtig fand sie das. Er war sich wohl schon völlig sicher, dass der Neubau gemacht würde. Bei ihren Gesprächen hatte er ihr nur das Modernste empfohlen. Elektrisch, Warmwasser, ein Parkett statt währschafter Riemenböden, als ob er dereinst gleich selber einziehen wollte! Sie planten doch kein Ferienhaus, das man nur in Wollfinken betrat, hatte sie ihm vorgehalten, und Pfammatter hatte eingelenkt. Sie habe natürlich recht, und solche Dinge könne man durchaus auch später noch einbauen ...

Sie horchte hinaus. Der Merkhammer war verstummt! Sie wollte hinauseilen, als sie durchs Fenster sah, dass ihr Mann bereits auf dem Weg zum Garten hinauf war, Xeno an der Hand. Das Bild berührte sie seltsam. Seit Arnold nicht mehr da war, steckten Großvater und Enkel viel öfter zusammen. Nur wusste sie nicht, ob sie sich darüber freuen sollte.

Zenruffinen machte ein Zeichen, Arnold stellte den Presslufthammer ab.

Cornaz ließ den Pickel, mit dem er die Abflussrinne erweiterte, einen Moment ruhen.

»Habt ihr es gehört? *Haglwätter!* Wir bleiben heute Nacht im Stollen. Die Sturmböen sind zu gefährlich. Das Essen kommt bei Schichtwechsel herein.« Er klopfte Stefan Cornaz beim Gehen auf die Schulter. »Und du kannst sogar deine Verspätung vom Morgen aufholen. Ich hab eine kleine Zusatzarbeit für dich. Komm!«

Cornaz schaute Arnold fragend an, der zuckte mit den Schultern. Cornaz hob ergeben die Hand zum Gruß und folgte Zenruffinen. Bald schluckte der Staub den Schein ihrer Stirnlampen.

Trotz des Entsanders war ein faustgroßer Stein ins Kännelwasser gelangt, er verklemmte eine Schaufel des Wasserrades. Pius zeigte Xeno, wie man den Hammer ausklinkte und die Radnaben aus ihren Stützen hob. Der Rest war leicht: Xeno fischte den Stein heraus, dann ließ Pius ihn das Rad wieder einhängen, sie rückten den Hammer in die richtige Position, das Rad drehte sofort und hob den Hammer an. Sein Toggen hallte durchs Tal. Xeno wippte im selben Rhythmus in den Knien, tanzte bald vor Freude. Pius schaute ihm zu, ein Lächeln umspielte die Mundwinkel und verlor sich in den Fältchen seines ledernen Gesichts.

»*Müüra. Seetscha!*« Xeno zeigte auf den Verteilerkasten.

»Wo siehst du eine Pfütze? Ah... stauen willst du? Nicht jetzt.«

Er hob Xeno auf den gesunden Arm. Kaum hatte er einen ersten Schritt Richtung Seegut gemacht, tobte der Kleine los. Pius lenkte ein und kehrte um. Er ging aber am Verteilerkasten vorbei, was seinen Enkel zum nächsten Ausbruch bewegte. Unbeirrt stieg Pius weiter. Er querte den Hang oberhalb der Blanken Platte, bis sie ins Salflischer Tälchen kamen. An einem schmalen Seitenarm der jungen Plon setzte er Xeno ab.

»Hier kannst du stauen.«

Mit Feuereifer suchte Xeno Steine zusammen, warf sie alle an derselben Stelle in den Bach. Mit energischen Handbewegungen forderte er Pius auf, etwas zu tun. Widerwillig machte der mit, verkeilte einen großen Brocken, füllte die Lücken mit kleineren Steinen, die Xeno anschleppte. Er baggerte einige Handvoll angeschwemmten Kiessand in die Ritzen. Bald bildete sich ein Seelein. Xeno schleppte Riesenkerbel heran.

»Was willst du damit?«

Xeno deutete auf die Mauer.

»Abdichten? Hat der Vater das gemacht?«

Xeno nickte. Pius drückte die Blumen zu Ballen zusammen und stopfte sie in die Ritzen.

»Zufrieden?«

Xeno strahlte.

Als Pius den Damm betrachtete, überkam es ihn. »Schau!«

Va barär Wüet, mit einem einzigen Tritt, zerstörte er das Mäuerchen. Das zurückgehaltene Wasser schoss durch die entstandene Lücke, schäumte auf, riss den Rest mit. Xeno schaute ängstlich zu Pius auf. Einen Moment lang blickten sich die beiden an, dann streckte Xeno beide Arme begeistert in die Luft. Sein *Jüzzer* hallte vom Stotz zurück. Pius lachte ebenfalls, ungeachtet seines schlimmen Armes hob er Xeno hoch, warf ihn ein ums andere Mal in die Luft.

»Siehst du, Xeno, nichts steht ewig.«

Faverio wollte beim Essen wissen, wie sich der Neue angestellt hatte. Cornaz schien immer noch am Felsfenster Stafel zu sein. Seltsam genug, auch die Schicht der Männer dort unten war zu Ende. Arnold erzählte Faverio von der morgendlichen Verspätung, wie Cornaz vor Zenruffinen die Schuld auf sich genommen habe und wie schnell er die Tücken der Arbeit erfasst habe.

»Er hat erzählt, er werde Vater.«

»Ja? Hoffentlich seilt er sich gut an, drüben am Felsfenster. Ich versteh es nicht!«

»Was?«

»Zenruffinen schickt einen Neuling. Bei diesem Sturm? Typisch.«

»Was meinst du?«

»Zenruffinen ist gefährlich. Er zählt die Meter, nicht die Menschen.«

»Und ich dachte...«

»Nein. Er gehört zu den andern. *Non ci capisce.*«

Schweigend aß Faverio weiter. Arnold stocherte nur in der Gamelle herum, stellte sie bald beiseite. Faverio nahm zwei halbwegs trockene Schalbretter und legte sie auf den Boden. Das gehe schon zum Schlafen, sei gar nicht so schlimm, es werde noch oft so sein während der Winterstürme. Sie würden an manchen Tagen froh sein, im Stollen schlafen zu dürfen. Beide legten die Helme und die Batterien der Helmlampen ab.

»Deshalb ist er zu spät gekommen, der Cornaz. Heute Morgen. Ich musste ihm mit der Batterie helfen.«

Faverio schwieg. Viel später, als Arnold schon glaubte, er sei eingeschlafen, begann er wieder zu sprechen. »Luciano hat es tatsächlich erwischt.«

»Sag nicht...«

»Doch. Die Lunge. Der Doktor schickt ihn ins Sanatorium. Nächste Woche. Du wirst ihn ersetzen, Noldo. Vorne. *Da noi.*«

Arnold richtete sich auf. Endlich! Früher hätte er über diese Nachricht gejubelt, doch das Mitleid mit Luciano erstickte seine Freude.

»Im Vortrieb gilt es übrigens erst recht«, sagte Faverio.

»Was meinst du?«

»*Attenti al lupo.* Aufpassen!«

»Auf Zenruffinen?«
»Denk immer dran. Wie sagst du: *Tüe di* . . .?«
»*Tüe di Gglezz üf.*«
»Genau. *Tüe di Gglezz üf!*«

Vielleicht dauert es länger, bis das Seegut untergeht. Nur auf der Furgg schreitet die Arbeit nach Plan voran, hier nicht. Nicht mehr. Hab ich es dir schon gesagt, Mutter? Die Arbeit stockt, seit einer Woche schon. Als hätte der Berg eine Falle gestellt. Faverio sagt, das gefällt ihm nicht.

Faverio hat vor nichts Angst.

Sonst.

Manchmal, bei den Sprengungen, spür ich es, Mutter: Wie der Berg aufbegehrt! Weshalb sollte er sich das gefallen lassen? Der Berg war schon immer da. Bevor wir kamen, ihn zu löchern. An fünf Stellen. Hundertvierzig Kilometer Stollen werden es schließlich sein, das Wasser aus drei Tälern, ein Jahrhundertwerk, sagt Zenruffinen.

Und: Wir sollen stolz sein!

Silvan gibt der Kellnerin das Zeichen, den Nachtisch zu bringen. Er weiß nicht, wie ihm geschieht. Noch bevor die Verhandlungen begonnen haben, ist er seiner stärksten Gegnerin verfallen. Im Moment amüsiert sich Lena Amherd köstlich mit Primo. Nach seiner taktischen Tischordnung müsste sie jetzt neben Silvan sitzen, doch sie hat sich keinen Deut um die Platzkärtchen geschert. Hasst sie ihn? Wahrscheinlich aus Prinzip, denn sie hat noch kaum ein Wort mit ihm gewechselt. Er empfindet das Gegenteil, das macht die Situation so absurd. Lena fasziniert und lähmt ihn gleichzeitig, weil sie jedes Vorurteil unterläuft. Mit der Art, wie sie sich kleidet, beispielsweise. Dabei ist ihre Freizügigkeit gespielt, Unsicherheit schimmert durch. Sie trägt offensichtlich nicht jeden Tag, was sie jetzt trägt, das beweisen die fast manischen Kontrollgriffe an die schmalen Träger ihres Kleides.

»Kann sich nicht zwischen Jute und Plastik entscheiden, die Zicke!« Pfammatters Atem riecht nach Rotwein. »Und hässlich wie die Nacht ist sie auch!«

»Nein. Ich bin eher überrascht.« Silvan zwingt sich, seinen Tischnachbarn anzublicken. »Ich habe sie mir anders vorgestellt.«

»Du hattest schon immer einen seltsamen Geschmack. Sie ist all das, was ich an einer Frau nicht ausstehen kann.«

Silvan entschuldigt sich. Er flüchtet ins Hotelfoyer. Betrunken ist Pfammatter noch unerträglicher. Als er etwas später von der Toilette zurückkommt, irritiert ihn der kühle Luftzug in der Halle. Ein Gepäckstück steht auf dem Eingangsteppich und hält die automatische Tür offen. Der Nachtportier ist nicht zu sehen. Silvan geht hinüber. Das Gepäckstück entpuppt sich als kleiner, kompakter Zeltsack. Er stellt ihn beiseite, die Tür schließt sich. Das Zelt erinnert ihn an den Taucher im Stausee. Ob der noch immer dort campiert? Silvan durchquert die Halle und öffnet gedankenversunken die Tür zum Bankettsaal. Lena stöhnt auf, als er auf ihren Fuß tritt.

Keine schlechte Idee vom jungen Bohrer, dieses Schaufenster. Entdeckt den Hammer, lässt ihn oben weiterlaufen und hier unten für sich werben! Raffiniert. In der Aneignung fremder Dinge waren sie schon immer begabt, die Ploner, meinst du nicht, Vater? Xeno wendet sich vom Schaufenster des Fotogeschäfts ab. Er möchte Silvan Bohrer einen Strich durch die Rechnung machen. Soll er nochmals ins Salflischer Tälchen hinaufsteigen? Der Merkhammer ist wichtig. Ihrer gerechten Strafe entgehen Sie trotzdem nicht, *Messieurs!* Sie nicht, meine Herren Politiker in der Kantonshauptstadt, nicht die Bankiers unten am Genfersee und schon gar nicht Sie, Pfammatter, Hauptverantwortlicher für das Erweiterungswerk Plonersee. Wie war das damals: Hat Ihnen das neue Seegut plötzlich nicht mehr gefallen? Oder hat Ihnen der Geist von Julia so zugesetzt, dass Sie das Haus niederreißen mussten? Glauben Sie mir, Pfammatter, das war noch gar nichts! Ihr Alptraum beginnt erst, und der Merkhammer wird ihn einläuten, ob das dem jungen Bohrer nun passt oder nicht.

Er schon wieder. Steht auf ihrem großen Zeh. Ist Bohrer so aufdringlich oder tut sie ihm Unrecht, weil sie ihn unsympathisch finden will? Muss? Verlegen wie ein kleiner Junge steht er da, eingeklemmt zwischen ihr und dem Türrahmen. Nicht nachsichtig werden, Lena! Er ist ein Bohrer, bleib auf der Hut!
»Sie gehen schon, Frau Amherd?«
»Wenn Sie mich lassen.«

Bohrer murmelt eine Entschuldigung und tritt beiseite.
»War das Essen nach Ihren Wünschen?«

»Ist das wichtig?«

Er schaut sie irritiert an.

Sein Vater ist schlagfertiger gewesen, denkt Lena.

»Ich mag Ihre Zehennägel.«

Na endlich! »Ach, deshalb sind Sie draufgetreten? Die Renovation wird auf Ihre Rechnung gehen.« Lena deutet auf das Schaufenster des Nailstudios. »Ade.«

»Gute Nacht.«

Lena geht zum Lift. Sie weiß, dass er ihr hinterherschaut und dreht sich nur halb um: »Was haben Sie eigentlich für ein Handicap, Herr Bohrer?«

Als sie seinen Gesichtsausdruck sieht, verflucht sie ihren Übermut, den sie sich ohnehin nur angetrunken hat.

Xeno beschleunigt seine Schritte. Und Silvan Bohrer? Der steht nicht auf seiner Liste. Noch nicht. Bohrers Vater war ein Freund der Familie. Er half der Großmutter nach dem Unglück, als sie beide alleine waren. Half ungefragt und selbstlos, im Gegensatz zu Pfammatter. Jetzt verrät der jüngste Bohrer Plon, verkauft das Dorf. Und? Ist nicht sein Problem, ist ihm egal. Möglich, dass die kommende Katastrophe Bohrers Pläne durchkreuzt. Sie wird mit Sicherheit die Plonebene und den Flischwald umgestalten. Zudem die ganze Bergflanke bis zu Fenster 3, bis zu den Maiensäßen hinauf. Danach dürfte diese Gegend die Investoren nicht mehr interessieren. Rein landschaftlich gesehen ... Xeno lächelt über seinen Scherz, sein Gesicht bleibt starr.

Handicap? Was meint sie damit? Weiß sie etwas? Primo! Ihr Getuschel den halben Abend über, ihre Blicke über den Tisch ... Egal, morgen oder übermorgen hätte sie es ohnehin erfahren. Besser, er provoziert sie ebenfalls, seine Gefühle kann er sich schenken.

»Handicap?«, ruft er ihr fragend hinterher. »Sprechen Sie von Golf?«

Lena Amherd bleibt stehen.

»Dann kann ich Sie gerne mal mitnehmen, in Saas-Plon betreiben wir eine Driving Ranch. Vielleicht würde Primo Sacripanti mitkommen?«

Zu seinem Erstaunen nimmt sie seine Provokation auf. »Lassen Sie Primo und seine Familie aus dem Spiel. Und jetzt entschuldigen Sie mich bitte, ich muss morgen bei der Führung ausgeschlafen sein. Sonst übersehe ich womöglich noch etwas!«

Sie weiß tatsächlich über den Golfplatz Bescheid.

»Die Freude war ganz meinerseits, Frau Amherd.« Es klingt weniger spöttisch, als er möchte. Immerhin hat er eine interessante Reaktion ausgelöst. Primos Familie hat er gar nicht erwähnt, weshalb sie? Was soll's, selbst wenn die beiden eine Affäre hätten, er würde nie Nutzen daraus ziehen. Aber sie vergleicht ihn wahrscheinlich mit seinem Vater, der in diesen Dingen weniger Skrupel gekannt hatte.

Lena verschwindet im Lift. Silvan eilt in den Bankettsaal, verabschiedet sich flüchtig von Pfammatter und Breitmoser, die weiterzechen, geht dann zum Aufzug, der eben herunterkommt. Lena tritt heraus, murmelt peinlich berührt etwas von vergessenem Zimmerschlüssel. Wenigstens ein bisschen scheint er sie verwirrt zu haben! Er lässt Lena vorbei, drückt sofort den Türschließer, wartet nicht auf sie. Es ist nicht nötig, dass sie ihn ins Nachbarzimmer gehen sieht. Noch nicht.

Besucht er sie nur in ihren Träumen oder steht er jetzt drüben hinter den Fensterläden? Sie hält die Spaghettiträger zwischen Daumen und Zeigefinger. Willst du ihn wirklich auf deiner

Seite des Trenngitters, Lena, herausgestanzt aus deinen Träumen? Wenn sie die Träger loslässt, sieht er sie halb nackt. Ein seltsames Gefühl ... der Macht. Wessen Macht? Im Fensterglas spiegelt sich ihr Zimmer. Die Zierkerzen auf der Kommode würden ein raffinierteres Licht erzeugen. Sie sucht Streichhölzer. Wahrscheinlich sind die Kerzen Ausdruck von Bohrers Bemühungen um den wichtigen Gast. Um sie. Sie stehen erst seit heute Morgen hier und gehören kaum zur Standardausrüstung des Zimmers. Lena zündet die Kerzen an, löscht das Nachttischlämpchen, legt sich auf das Bett.

Das Klopfen an ihrer Zimmertür schreckt sie Minuten später auf. *Hüereverflüechtundheilandsakrament!* Der Traumschwimmer! Hat er denn alles missverstanden? Es war aber auch alles missverständlich, Lena Amherd! Alles, was du getan hast. Für einen Mann. Sie wird nicht reagieren, das ist die einzige Lösung. Wenn sie jetzt die Tür öffnet, kann sie ihn nicht zurückweisen, nach allem...

Er klopft wieder.

Sie verflucht sich und lauscht. Entfernen sich Schritte oder poltert nur ihr Herz? Was wäre denn im schlimmsten Fall, fragt sie sich, um Methodik bemüht. Sie würde ... ja nun: Scheiße! Lena steht auf, bedeckt sich mehr schlecht als recht mit einem Frottiertuch. Sie geht leise zur Tür. Das nächste Klopfen.

»Wer ist da?«

»Bohrer.«

Lena glaubt nicht recht zu hören, spürt Wut und Erleichterung zugleich. Erleichterung, dass es nicht der Traumschwimmer ist, Wut aus demselben Grund. Entsprechend heftig reißt sie die Tür auf.

»Sind Sie noch zu retten?«

Er sagt nichts, er schaut nur.

»Moment!«

Lena schließt die Tür. Sie zieht das Laken vom Bett, wickelt sich von Kopf bis Fuß ein, ordnet ihre Gedanken, dann öffnet sie die Tür wieder.

»Ein Uhr dreißig. Wie gut ist Ihre Entschuldigung?«

Silvan fährt sich nervös durch die Haare. Nicht so gut, denkt er. »Sie haben ja recht, vielleicht ist es eine dumme Idee, aber ich wollte ... Ich meine, man kann sich ja manchmal täuschen, und das, was man sieht, ist nicht das, was es ist.«

»Sie scherzen wohl, Herr Bohrer? Was ich gesehen habe, ist genau das, was es ist. Und ich setze alles daran, dass nichts daraus wird. Woher haben Sie überhaupt meine Zimmernummer?«

»Ich ... ja, ich ... mir gehört das Hotel.«

»Natürlich.«

Sie schließt die Tür vor seinem Gesicht.

Er versteht sie nicht. Eben noch hat sie dagelegen, gut sichtbar im Kerzenlicht, und jetzt sagt sie, sie setze alles dran, das nichts daraus werde? *Well it seems like I've been playin' the game way too long / And it seems the game I played has made you strong / Because I'm trapped* ... Springsteen wieder. Er erwacht aus seiner Erstarrung, geht zu seinem Zimmer zurück, bleibt konsterniert stehen. Die Tür ist ins Schloss gefallen, und der Schlüssel liegt drinnen. Das nachsichtige Grinsen des Nachtportiers hat ihm jetzt gerade noch gefehlt.

Lena sitzt auf der Bettkante, gleich neben dem Fettnapf. Wieder mal typisch: Ihre Fantasie brodelt, und dann steht kein Traumschwimmer vor der Tür, sondern ... Bohrer! Mitten in der Nacht. Nicht dass er unattraktiv wäre, im Gegenteil, aber halt ein Bohrer! Nichts anderes im Kopf als seinen beschissenen Golfplatz. Was man sieht, sei nicht das, was es ist, man könne sich täuschen! *Hüereheilandsakrament,* was soll sie denn gesehen haben, unten im Flischwald? Sind die Bauprofile in Wirklichkeit Rastplätze für Zugvögel, oder was? Sie wird Bohrer einheizen. Sie mag es nicht, wenn man sie unterschätzt. Schon gar nicht, wenn ein Mann sie unterschätzt!

Sie blättert in ihren Unterlagen. Schlafen kann sie jetzt ohnehin nicht mehr, und den Traumschwimmer drüben auf seinem Beobachtungsposten hat ihr lautes Wortgefecht mit Bohrer bestimmt vergrault.

Am nächsten Morgen, auf dem Weg zum Frühstückssaal, wird sie vom Portier aufgehalten. Er winkt mit einem großformatigen Kuvert. »Für Sie, Frau Amherd!«

»Nein, nein, das ist ein Irrtum. Ich habe den Umschlag gefunden und im Massageraum auf das Sideboard gelegt, er gehört sicher Ihrer Masseurin.«

»Nein.«

»Tatsächlich? Na dann...«

Ihr Traumschwimmer? Schickt er ihr schon den Ehevertrag? Neugierig nimmt Lena das dicke Kuvert entgegen. Am Frühstückstisch wartet sie, bis ihr die Bedienung Kaffee gebracht hat, dann reißt sie es auf. Zuoberst auf dem Papierstoß liegt ein Zettel. Dank diesen Kopien der Briefe eines Mineurs an seine Mutter erfahre sie endlich die Wahrheit über ihren richtigen Vater, die Untersuchungsberichte könne sie nach der Katastrophe am Eröffnungstag gegen die Stausee-Gesellschaft einsetzen.

Katastrophe?

Hinter die Golfplatzpläne sei sie ja wohl schon gekommen, sie brauche sich aber nicht weiter den Kopf zu zerbrechen, das Projekt im Flischwald erledige sich bald von selbst.

Kein Name, kein Hinweis auf den Absender. *Hüereverflüecht!* Der Traumschwimmer? Muss nicht sein, es gibt Pfammatters und Bohrers genug, die ihr Verhalten in den nächsten Tagen beeinflussen möchten. Sie weiß nicht mehr, was sie denken soll, im selben Moment betritt Silvan Bohrer den Frühstückssaal. Hat der ein Timing! Wenigstens tut er so, als bemerke er sie nicht, und verschwindet durch die Schwingtür in die Küche. Ratlos blättert sie weiter. Die Wahrheit über ihren Vater? Da gibt es keine Geheimnisse. Nach der Scheidung der Eltern hat sie ihn noch ein-, zweimal im Jahr gesehen. Krankheit und Tod der Mutter haben sie für ein paar Monate einander nähergebracht, doch mittlerweile ist ihr Verhältnis wieder so distanziert wie früher, und sie sind beide nicht unglücklich darüber.

Das eine Wort irritiert sie: Ihr ›richtiger‹ Vater. Als gäbe es mehrere! Und... was hat das mit dem Kuvert und ihren Träumen im Massagezimmer zu tun.

Bevor sie sich weiter den Kopf zerbricht, will sie sich einen Überblick verschaffen. Sie pickt da und dort einige Überschriften heraus, betrachtet Bilder und Skizzen von irgendwelchen Haarrissen, liest in den Kopien der Briefe. Einige Passagen sind mit Leuchtstift hervorgehoben, sie findet gar den Namen Abderhalden, den Mädchennamen ihrer Mutter.

Der Termin für die Werkbesichtigung fällt ihr ein. Sie schaut auf die Uhr. Eine halbe Stunde bleibt noch, sie muss sich sputen.

»Nein, Paps, das Klopfen kommt nicht mehr aus dem Tälchen.«
»Ist es wirklich dasselbe, Albin?« Silvan balanciert in der einen Hand eine Tasse Kaffee, hält in der anderen das Handy, drückt sich zugleich durch die Schwingtür zwischen Küche und Frühstücksraum. Er bremst, um nicht mit Lena Amherd zusammenzustoßen. Sie schenkt ihm einen halben Blick. Besser als nichts.

»Hörst du es nicht? Ich halte mal das Telefon hinaus.«
Silvan vernimmt ein schwaches Klopfen.
»Es klingt genau gleich«, meldet sich Albin zurück. »Wahrscheinlich hat der Typ die Vorrichtung umplatziert und die Zeituhr verstellt. Nichts einfacher als das.«

»Logisch. Ich weiß auch, weshalb.«

Wer immer dahintersteckt, hat das Schaufenster gesehen und reagiert. Jetzt wäre eigentlich Silvan am Zug, aber die Geschichte wird ihm lästig. Mag der Hammer sonstwo schlagen. Die Leute wissen trotzdem, dass es ein Werbegag ist. Albins nächste Bemerkung lässt ihn allerdings zweifeln.

»Selma meint, der *Graatzug* irre umher.«

»Und weshalb tut er das?«

»Eine der armen Seelen wird zurückgehalten. Liegt in Fesseln, sozusagen. Irgendeine Sühnegeschichte, sagt Selma. Jetzt müssen die anderen im Umzug auf ihn warten. Du ... Paps?«

»Was?« Silvan lächelt. Albins bemühte Beiläufigkeit verrät ihm, dass er gleich eine väterliche Erlaubnis erteilen soll.

»Studers machen heute und morgen das Alpwochenende. Darf ich mit?«

»Im Heu schlafen, Albin? Weißt du noch, beim letzten Mal? Zugegeben, da bist du noch klein gewesen ... Und ... drüben auf dem Maiensäß: Wie willst du da deine Akkus aufladen?«

»Hängen alle schon am Strom. Wir würden bis Montag bleiben, bis dann reichen sie. Also, darf ich?«

»Willst du wirklich? Ich weiß nicht. Hast du das Handy auch aufgeladen?«

»Mach ich noch.«

»Ich will erst hören, was Selma sagt. Gibst du sie mir?«

Zuerst erklärt er ihr detailliert und vergeblich die Technik des Merkhammers, der das Toggen erzeugt.

»*Herrschaft, Büeb!* Du verlässt dich wieder nur auf das Äußere der Dinge.«

»Und du ignorierst das Offensichtliche, Mutter.«

»Ich bin nicht deine Mutter.«

»Eben.« Silvan wechselt das Thema, er fragt sie nach den Studers. Was sie erzählt, ist beruhigend. Ihn stört ja nur, dass nicht er es ist, der mit seinem Sohn auf die Alp geht. Früher hat sich Albin nicht getraut, jetzt traut er sich, will aber nicht mehr mit dem Vater gehen. Das ist in vielen Dingen so. Silvan unterdrückt die Sentimentalität, die ihn bei anderen Eltern stets nervt, und erlaubt Albin den Ausflug.

Xeno schaut zurück. Können Faverio und Arnold ihm folgen? Doch, doch, der Vater hinkt zwar ein wenig, aber Faverio stützt ihn wie immer, seit ihn die Kräfte verlassen haben.

Ich war stolz, Mutter, zu Beginn, du weißt es. Wollte mitarbeiten am großen, am gemeinsamen Werk. An der Zukunft, haben sie gesagt. Unsere Zukunft. Wollte Mineur werden, Kamerad unter Kameraden, im Schoß des Berges. Aber hier drin hör ich ihn wieder, den Merkhammer. Weshalb jetzt, da er nicht mehr schlägt? Die Wasserleitung ist versiegt, dein Garten verdorrt, unter dem Schnee begraben. Habe ich den Vater krank gemacht? Vielleicht hätte er das Zukünftige angenommen, wenn ich bei euch geblieben wäre, hätte dem Stausee Gutes abgewonnen, hätte dir einen neuen Garten angelegt, neue Kännel für die Wässerwasser.
    Im Frühling, Mutter. Im Frühling.

Keine Angst, Vater, ich geb dir deinen Stolz zurück, verlass dich drauf. Hör doch, der Hammer schlägt wieder! Xeno passiert die Maiensäße oberhalb von Fenster 3. Aus dem Kamin der mittleren Hütte steigt Rauch auf. Die beiden Männer käsen, vermutet er. Xeno schaut nur kurz ins Tal hinab. Er wird nicht mehr ins Dorf zurückkehren, hat nur herausfinden wollen, wie vertrauenswürdig Lena Amherd ist. Eine schöne Frau... Sie... sie hat jetzt, was sie braucht. Sie wird die Sache mit den Haarrissen gegen die Elektrischen verwenden und die Gesellschaft an den Pranger stellen. Auch für ihren Vater. Wenn alles vorbei ist. Suon heißt Sühne.

Ich komme fast nicht mehr zum Schreiben, Mutter, wir schlafen jetzt öfter im Stollen, bleiben manchmal lieber drinnen. Wirklich! Stell dir nur mal den Salflischer Stotz im Schneesturm vor, so ist das hier, der Wind orgelt durch jede Lücke.

Arnold nahm Faverios Messer und spitzte den Bleistift neu.

Bäächfiischter ist es draußen. So dunkel wie im Stollen. Nächste Woche bringen wir Licht hinein. Jeder wird eine Kerze mitnehmen, sagt Faverio. Für die heilige Barbara. Santa Barbara, unsere Schutzpatronin. Sie ist für die Mineure so wichtig wie die Muttergottes für dich. Bei jeder Stollenabzweigung ist eine Nische in den Fels gebrochen, steht die Barbara-Statue hinter einem Schutzgitter. Sogar der Pfarrer wird kommen und uns segnen. Am vierten. Bis dahin ist es noch dunkel im Berg, aber das macht uns nichts aus. Je länger man in der Dunkelheit arbeitet, umso mehr liebt man sie.

»Hast du von der Untersuchung gehört?« Faverio reichte Arnold die Bierflasche.
»Wegen Cornaz? Was sagen sie?«
»Wie nennt ihr das ... Tod aus eigener ... Schuld?«
Arnold starrte Faverio ungläubig an. »Durch eigenes Verschulden?! Nach allem, was passiert ist? Schon am ersten Tag bringt Zenruffinen den armen Teufel fast um, unten am Felsfenster! Dann schickt *Müssiö* Chefingenieur Cornaz in den Vortrieb, ohne Vorbereitung, fordert ihn zum Pickeln auf, obwohl der Sprengmeister protestiert hat!«

»Mir musst du das nicht erklären. *Cosa aspetti?* Sonst müsste die Gesellschaft ja zahlen.«

Sie schwiegen. Im Grunde erstaunte es sie nicht, dass Zenruffinen ungeschoren davonkam.

»Er muss mächtige Freunde haben in der Gesellschaft.«

»Braucht er gar nicht.« Faverio leerte die Flasche. »Ein Toter mehr oder weniger, was kümmert das die Direktoren?«

»Stimmt. Sie werden sagen, er habe sich nicht an die Vorschriften gehalten. Sie werden sagen: Wir fühlen mit der Familie. Und als Zeichen werden sie den Hinterbliebenen einen symbolischen Monatsbatzen schicken.«

Faverio nickte. »Schweigegeld. Und du siehst, wie viel ihnen ein Mineur wert ist. Am Ende. Einen Monatslohn.«

»Ohne Prämie.«

»Ohne Prämie.« Faverios Lachen endete in einem Hustenanfall, er zog ein Taschentuch hervor, wandte sich ab. Arnold beobachtete ihn besorgt. Er war noch nicht lange hier, aber er wusste bereits, dass es verschiedene Arten von Husten gab. Harmlos war selten einer. Nachdem er sich erholt hatte, sagte Faverio: »Die Prämie, Noldo, ist nur für die Lebenden. Also pass auf, wohin du trittst, da drinnen.«

Das tun wir alle, üfpasse, jeder schaut und jeder schaut auf den andern. Die Freundschaft, Mutter! Es sind alles Kameraden, auch wenn wir uns kaum verstehen und Faverio ständig übersetzen muss. Er hat recht. Wir fragen uns schon, wie viel wir ihnen wert sind, wenn so etwas geschieht wie mit Stefan Cornaz. Ich habe dir von ihm geschrieben. Nach jenem ersten Tag, nach dem Sturz am Felsfenster, beim Schuttabwerfen, als er sich falsch gesichert und keiner aufgepasst hat. Zufällig nur hat einer das Seil erwischt. Hat ihn gehalten, obwohl das Tau ihm die ganze Hand verbrannte. So sind sie, die Mineure. So sind wir. Beim zweiten Mal hat keiner Cornaz helfen können. Wenn eine Sprengladung schläft und dir ins Gesicht springt, bleibt nicht mal Zeit für ein Gebet. Er wäre Vater geworden, der Stefan Cornaz, hat er mir erzählt. Sprechen sie darüber, unten im Dorf? Die Tochter des Plon-Schmieds ist es, die Anna Abderhalden, wer weiß, vielleicht wird's ein Christkind. Oder ist es schon da?

»Faverio ...«
 »*Si.*«
 »Werden deine Sachen rechtzeitig ankommen?«
 »*Chissà?* Bei unserer Post in Italien brauchen wir jede Weihnachten ein paar Wunder. Die Kinder sind das Warten gewohnt.«
 Er wickelte die Blechspielzeuge sorgfältig in Seidenpapier. Der Werkzeugmacher hatte sie nach Faverios Plänen gebaut, angemalt hatten sie die Autos selber. Wann immer sie Kraft und Zeit gefunden hatten.
 »Und deines?«
 »Ist unterwegs. Ich hoffe, es gefällt Xeno. Seine Spielzeuge sind sonst immer aus Holz.«

Pius durchwühlte den Schrank mit den Familienheiligtümern. Zuhinterst fand er die Vorlage für das Wappen. Sie lag in einer mit schwarzen Stoffbändern verschnürten Schachtel. Er zögerte. »Lass es. Lass gut sein.« Das Vieh wartete, der Käse, *Schtaggeetä* für die Weidenzäune mussten gespitzt und vieles andere geflickt werden, *s ganzi Inschtrumänt*. Das Brennholz reichte nicht ewig, Julia verlangte nach einem neuen Zuber, wollte einen Christbaum...
 Er horchte in sich hinein. Endlich klemmte er die Schachtel unter den Arm, schloss den Schrank, ging durch das Haus. In der Stube blieb er wie angewurzelt stehen: Julia beugt sich über ein Weihnachtsgebinde, Greth sitzt daneben. Sie hilft ihr zum ersten Mal, bündelt Tannenzweige so, dass Julia sie mit Stroh zusammenschnüren kann. Die Frauen sprechen nicht,

sind konzentriert, in ihren Gesichtern schimmert weihnachtliche Vorfreude. Vielleicht ist es auch nur der warme Widerschein der Kerze auf dem Tisch. Pius atmet den Duft des Bienenwachses ein... Dann verstrubbelte er Xenos Haare: Die hätten dringend eine Schere nötig, jetzt habe er fast gemeint, er sei eine Frau! Xeno lachte, Pius nicht. Julias sorgenvollem Blick ausweichend, stapfte er aus der Stube.

Im Schuppen legte er die Schachtel auf den Sargdeckel. Er schnürte sie auf. Sein Großvater hatte die Holzschablone gefertigt, um zu verhindern, dass sich das Wappen durch ungenaues Abzeichnen über die Jahrzehnte veränderte. Pius legte die Schablone auf das Holz, sorgfältig zeichnete er die Linien nach. Zum ersten Mal hatte er dies für die Haustür gemacht, nachdem er das Seegut neu aufgebaut hatte. Wie viele Jahre waren seither vergangen? Seit dem *Louwenawinter* und dem Frühling danach? Damals hatte er die Schneeschmelze nicht abwarten können, und die Bretter, die Balken und alles, was möglich war, vorbereitet, damit er das Haus zügiger wieder aufbauen konnte.

Die Zuversicht und Kraft der Jugend.

Er nahm die Schablone. Sein Finger umfuhr die gekreuzten *Sägessä* und die windzerzauste *Tääla*. Die feinen Verästelungen der Föhrenäste bereiteten beim Schnitzen jeweils Probleme. Die letzten beiden Male hatte er es gegen die Regeln getan... Der Sarg seiner Tochter war der erste Verstoß gewesen, sie war nicht getauft. Aber der Herrgott hatte es ja so gewollt! Bei Greths Tod der zweite Verstoß: Angeheiratete hatten eigentlich kein Recht auf das Wappen. Zur Sicherheit hatte er beide Male in der Ploner Kirche etwas *Tüfelschprenggi* mitgehen lassen und auf die Särge gespritzt. Mochte der da oben von ihm denken, was er wollte, es scherte ihn nicht. Die Wappentradition starb ohnehin aus. Arnold war fort. Hatte die Familie verlassen. Nun musste Pius Xeno erklären, was er schreinerte. Was der Familienbrauch vorgab, wenn ein Rothen spürte, dass die Zeit gekommen war. Xeno müsse es für sich behalten, es sei ihr Geheimnis. Ob ein knapp Vierjähriger die Tradition des Wappenschnitzens allerdings so gut verstand, dass er sich am Ende seines Lebens daran erinnern würde, bezweifelte Pius. Er suchte im Werkzeugschrank nach dem abgewetzten Lederetui und zog das schmalste Schnitzmesser heraus. Mit dem Daumen prüfte er seine Schärfe. Als er zum ersten Schnitt ansetzen wollte, stockte seine Hand.

Julia nahm das Strohband, das Xeno geschnürt hatte. Behutsam flocht sie es in die Tannenzweige.

»Reichst du mir eine der getrockneten Silberdisteln? *Obacht*, sie stechen!«

Xeno ging zu den Trockenblumen hinüber. Die Hälfte davon waren Silberdisteln, die in den Wiesen rund um das Seegut wuchsen. Julia liebte sie, weil sie ihre Schönheit erst auf den zweiten Blick offenbarten.

»Kommt Vater an Weihnachten heim?«

Xeno gab ihr die Distel. Julia hatte die Frage schon lange erwartet, jetzt wusste sie trotzdem nicht, wie sie es ihm sagen sollte.

»Reichst du mir eine der Drahtklammern, Xeno?«

»*Groossmüetter?*«

»Er kann nicht, Xeno, bei dieser Arbeit kann er nicht weg.«

»Warum nicht?«

»Du weißt doch, er baut diesen Tunnel. Mit all den anderen Männern.«

»Durch den Berg.«

»Genau. Und der Tunnel ist noch nicht fertig. Und wenn jetzt alle fortgehen, weil Weihnachten ist, stürzt er womöglich noch ein. Das willst du doch nicht.«

»Warum können nicht die anderen Männer aufpassen?«

»Die haben auch Kinder zu Hause, manche sogar in Italien, die sind schon viel länger von zu Hause weg und müssen trotzdem auf der Baustelle bleiben.«

»Was ist Italien?«

Julia lächelte mit Tränen in den Augen. Sie begriff Arnold ja selbst nicht. Ein paar Ferientage hatte er mit Sicherheit! Schaufelte trotzdem in diesem dunklen Loch, verkroch sich im Berg, während sein Sohn ... *Är planget, Maria gebenedeijuti!* Monat für Monat, vergeblich, selbst an Weihnachten! Wegen des Streits mit dem Vater traute sich Arnold nicht mehr nach Hause. Zudem fürchtete er die Gespenster der Vergangenheit, während der Festtage war niemand vor ihnen sicher. Überhaupt war Arnold immer weggerannt, wenn er seinen Gefühlen nicht Meister geworden war, schon als Kind. Das eine Mal, er war kaum sieben Jahre alt gewesen, hatten sie ihn erst nach zwei Tagen wiedergefunden. Auf der Alp! Was um alles in der Welt er gerade hier suche, hatte sie ihn gefragt, noch halb ohnmächtig vor Angst. Lida!, hatte er geantwortet. Das Kalb war zwei Wochen zuvor gestorben. Was seither im Kopf ihres Sohnes vorgegangen war, konnte sich Julia nur zusammenreimen. Die Schwiegermutter musste dem Kind den Floh ins Ohr gesetzt haben, mit einer ihrer hundert Sagen vom *Graatzug*, der hinaufzog ins ewige Eis, über den Salflischer Stotz, dann scharf an der Alphütte vorbei, bevor er zu den ersten Firnfeldern und zum Gletscher fand, wo sie dann ausharren mussten, die armen Seelen, im Eis, für alle Zeit. Kein Wunder, hatte Arnold sein Lieblingskalb irgendwo dort oben vermutet. Gesprochen hätte er darüber allerdings nicht! Dass ihn der Tod des Kälbchens übermäßig beschäftigte, war Julia deshalb nicht mal aufgefallen, sie hatte sich das alles erst dort vor der Alphütte zusammengereimt, als sie den Bub in die Arme schloss. Geweint hatte er damals so wenig wie Xeno jetzt. Rothen-Männer fressen alles in sich hinein.

»Vielleicht bekommst du dafür ein Geschenk vom Vater!«
In Xenos Blick mischten sich Ratlosigkeit und Hoffnung.
»Aber das geht doch nicht!«
»Warum nicht?«
»Wenn er nicht da ist, kann er mir ja nichts schenken.«
»Dafür gibt es die Post. Die bringt das Geschenk.«
»Was ist die Post?«

Julia erklärte es ihm, in der Gewissheit, dass Xeno fortan den halben Tag am Stubenfenster hocken und auf den Mann mit dem Geschenk warten würde. Herrgott, wenn Arnold ihn bloß nicht noch mehr enttäuschte! Wenigstens geschrieben hatte er von einem Geschenk, an dem sie basteln würden, er und sein neuer Freund, dieser Faverio. Sonst hätte sie Xeno nichts gesagt.

Sprengmeister Karl Albisser malte das letzte Kreuz auf den Felsen und nickte Zenruffinen zu.

»*Also Manne!*«, tönte dieser. »Ihr habt es gehört: Eure Kameraden aus dem Gmuttertal haben in der Tagesschicht das Soll übertroffen. Um einen ganzen Meter diesmal! Da könnt ihr euch schlecht lumpen lassen. Oder sollen die das Doppelte von eurer Prämie kassieren?«

Arnold blickte zu Faverio hinüber, der unmerklich den Kopf schüttelte. Faverio war wohl der Einzige im Gamplüt, den der ständige Wettbewerb zwischen den verschiedenen Arbeitstrupps nicht interessierte. Obwohl auch er wusste, dass ihn jeder Franken Zusatzprämie ein bisschen früher zu den Kindern zurückbringen würde. Er sah die Gefahren des unheilvollen Wettbewerbs und nannte sie auch beim Namen, wenn er und Arnold unter sich waren. Es könne doch nicht sein, sagte er, dass man über seine Kräfte arbeite, seinen Körper kaputtmache, seine Lunge mit Staub fülle, nur um ein bisschen schneller zu sein als die Männer aus dem Nachbardorf, aus dem Nachbartal, aus dem Nachbarland! Die wiederum ruinierten sich genauso. Dafür brauche man doch bessere Gründe als Geld!

»Was hat Luciano jetzt davon, sag mir das mal! Er ist noch nicht mal verheiratet, und jetzt liegt er im Sanatorium, *porca miseria!*«

Der Schnellste war Faverio trotzdem, ohne besonderen Effort, nur durch seine Geschicklichkeit. Auch heute. Gerade bohrte er dem Fels das Herz an. So nannte Albisser das Zentrum eines Abschnittes. *Ds Häärz!* Dieses muss zuerst explodieren, hatte er Arnold erklärt. Wenn die anderen Mineure Pause machten und warteten, bis Albisser jeweils die neuen Sprenglöcher angezeichnet hatte, blieb Arnold als Handlanger bei Karl. Er wollte alles übers Sprengen erfahren, was es zu wissen gab. Weil bald, vielleicht im nächsten Frühling schon, würde er selber sprengen. In der Blanken Platte! Die Wasserleitung des Vaters umbauen. Wenn er es tun würde und nicht irgendwelche Arbeiter der Stausee-Gesellschaft, würde der Vater mitmachen ... Nein, das vielleicht nicht, aber er würde es dulden. Zugleich sollte das zweite Seegut entstehen. Ein richtiger Neuanfang. Wenn der Vater den Tritt wiedergefunden hatte, würde er noch ein, zwei Jahre im Stollen arbeiten. Oder, im anderen Fall, auf das Seegut zurückkehren. Im Frühling. Bis dann hatte er die Gespenster vielleicht vertrieben. Greth ... Sie besuchte ihn hier in der Dunkelheit, *allpott*, und er erzählte ihr, wie es war ohne sie. Wie bodenlos einsam. Über alles sprach er mit ihr, selbst über Xeno. *Sessa!*, sagte Greth, das schlechte Gewissen plagt dich. Aber ich mache dir keine Vorwürfe, es ist, wie es ist, und du hast nicht anders damit umgehen können, denn du bist, wer du bist. Es war richtig, das Seegut zu verlassen. Nur ... geh nicht zu weit und geh nicht zu lang.

Arnold wusste, dass sie recht hatte. Wenn Xeno nicht wäre, würde er sich wahrscheinlich schon bald für eine nächste Baustelle bewerben. An einem anderen Ort. Weiterflüchten. Vielleicht war es besser, dass er diese Wahl nicht hatte! Sonst würde das Weglaufen nie enden... Manchmal gestand er sich ein, dass er den See und den Hof und die Eltern vermisste. Sein Plan war schon richtig. Und so stand Arnold jedes Mal daneben, wenn Albisser sein Sprengschema auf den Fels malte. Fragte, weshalb er das Herz dorthin setzte, warum er die anderen Löcher so oder so anordnete, und was das mit der Felsbeschaffenheit zu tun habe. Die werde schlechter, hatte Albisser letzthin stirnrunzelnd gemurmelt, bald beginne der Berg nachzugeben, so weich sei er teilweise.

Das will hier keiner, Mutter, dass der Berg nachgibt. Wir müssen seinen Widerstand spüren. Es ist mehr Sport als Arbeit, deshalb lieben die Mineure, was sie tun. Das kannst du nicht verstehen, Mutter: Es ist eine stete Herausforderung, ein Kampf, der alles abverlangt. Auch im Kopf. Keine Sekunde dürfen wir die Konzentration verlieren. Oder den Blick für den Kameraden, den wir gefährden könnten. Dann wieder, wenn wir die Sprenglöcher bohren, ist rohe Körperkraft gefragt.

Manchmal mussten sie den Bohrer zu zweit halten, weil sich der Fels widersetzte und der Bohrer ausschlug, oder heiß lief im Granit, nicht mehr zu kühlen war mit der Wasserzufuhr, so wenig wie ihre Köpfe, die nur eines wollten: ihn brechen, den verfluchten Berg.
    Bevor er sie brach.

Aufgeregt kam Xeno ins Haus gerannt. Der Schnee von seinen Stiefeln fiel auf den Boden. Sein Gesicht war rot vor Kälte, er strahlte.
    »*Lozz verüs!*«
    »*Was?*«

»Dr Poschtma bringt mis Gscheich!«

Julia trat ans Fenster. Dem Seeufer entlang bahnte sich jemand einen Weg durch den Schnee. Sie erkannte ihn an seiner Haltung und am Gang.

»Das ist der Pfammatter von den Elektrischen, Xeno. Der wird unser neues Haus bauen.«

Sie konnte die Enttäuschung in seinem Gesicht nicht ertragen. »Wer weiß, er kommt aus Plon, vielleicht hat der Pöstler ihm etwas mitgegeben.«

Ihr Staunen hätte nicht größer sein können, als Pfammatter ihr tatsächlich ein Paket überreichte.

»Von Arnold.«

»Aber weshalb bringen Sie es?«

Julia konnte sich Xenos kaum erwehren. Er sprang an ihr hoch und bestürmte sie, bis sie ihn heftig zurechtwies. Das Paket sei für ihn, es stehe ja drauf, aber bis Weihnachten müsse er sich gedulden. Pfammatter indes wischte sich mit dem Besen den Schnee von den Schuhen.

»Wir haben unser eigenes Postsystem. Und weil ich sowieso zwei, drei Sachen mit Ihnen besprechen muss...«

Er kam in die Diele herein, schälte sich aus dem *Kapputt*. Der Anblick des Militärmantels erinnerte Julia an die Zeit, als ihr Mann noch zu den Wiederholungskursen hatte einrücken müssen. Zugleich fiel ihr auf, dass Pfammatter sie nur besuchte, wenn Pius nicht daheim war. Als hätte er einen sechsten Sinn. Als wüsste er, dass Pius oben im Seewald Holz schlug und ihm hier keine Gefahr drohte. Nicht dass er etwas Ungehöriges von ihr gewollt hätte, *bhüet di Gott!* Wie sie hörte, machte er Selma oben auf der Furgg den Hof. Der Ärmsten...

»Mein Mann ist aber nicht da.«

»Das macht nichts. Hier bitte!« Pfammatter reichte ihr einen halb gefrorenen Zweig.

»Ich verstehe nicht ganz...«

»Ein Apfelzweig. Heute Morgen unten in Plon geschnitten. Es ist der vierte Dezember.« Er schaute sie bedeutungsvoll an.

»Ja?«

»Der Barbaratag. Die heilige Barbara ist die Schutzpatronin der Mineure.«

»Was hat das mit dem Zweig zu tun?«

»Am Barbaratag stellt man einen Zweig ins Wasser, und wenn er zu Weihnachten blüht, kommt es gut. Ein Zeichen für Ihr neues Haus. Die Legende sagt, dass Barbara kurz vor ihrer Hinrichtung einen Kirschzweig mit Tropfen aus ihrem Trinknapf benetzt hat. Im Angesicht des Todes fand sie Trost an dem aufblühenden Zweig.«

»Dann suche ich schnell einen Krug. Setzen Sie sich doch an den Tisch. Möchten Sie etwas trinken? Ich mache gerade Milch warm für Xeno.«

»Milch? Warum nicht? *Isch güet*, Xeno?«

Xeno erschrak, als der Mann ihn plötzlich ansprach. Endlich nickte er mit gesenktem Blick.

»Komm, Xeno, du kannst mir in der Küche helfen.«

Als sie mit der Milch in die Stube kamen, hatte Pfammatter den Tisch mit Bauplänen bedeckt. Sie schoben die Papiere hin und her, bis die Milch und Xenos Zeichenblock samt Bleistiften Platz hatten. Pfammatter nahm einen großen Schluck, wischte sich mit dem Handrücken den Milchschnauz weg und räusperte sich bedeutungsvoll.

»Das da«, er deutete auf die Papiere, »das ist es!«

Julia schaute ihn fragend an.

»Die fertigen Pläne! Genehmigt von oberster Stelle. Alles, was Sie sich gewünscht haben, Frau Rothen. Alles, was Sie sich überhaupt vorstellen können. Schauen Sie hier, die elektrische Zuleitung, die wir dem See entlangführen. Sie wissen, was das bedeutet?«

»Sie werden es mir gleich erzählen.«

»Elektrisches Licht im ganzen Haus und sogar im Stall, Frau Rothen. Hier, schauen Sie, der Plan der Küche: ein elektrischer Herd. Was sagen Sie jetzt?«

»Ich weiß nicht. Das mit dem Licht ist ja gut und recht, wenn nicht alles zu hell und grell wird. Aber ich habe immer nur auf dem offenen Feuer gekocht. Sogar bei den welschen Herrschaften damals... Ich weiß nicht, ob ich damit zurechtkomme.«

»Großmutter? Was ist lektisches Licht.«

Pfammatter lachte. »Das wird jetzt ein bisschen schwierig«, sagte er und verstrubbelte Xenos Haare. »Aber ich probiere es: Mit dem Wasser vom Stausee werden wir unten in Plon Strom machen. So eine Art Feuer. Den Strom bringen wir, gefangen in Drähten, wieder herauf, auf die Furgg erst, dann weiter bis zum neuen Seegut. Da kommt der Draht ins Haus.« Er sprang auf und zog Xeno mit sich quer durch die Stube. »In die Mauer hinein, dann hinab, schau: hier durch den Boden, durch die Wand ins nächste Zimmer, und hier bei den Türzargen werden die Schalter angeschraubt.« Er klopfte auf Schulterhöhe an die Wand neben der Tür. »Wenn du am Schalter drehst, wird eine Lampe angezündet, die in der Mitte der Stube von der Decke hängt!«

Gebannt hatte Xeno zugehört. Versuchshalber streckte er einen Arm aus.

»*Z'hoo!*«

»Dann machen wir den Schalter etwas weiter unten«, sagte Pfammatter. Er kauerte sich neben Xeno nieder. Wenigstens mag er Kinder, dachte Julia, die leicht verwundert zuschaute.

»Und du versprichst mir, dass du ganz schnell wächst. Einverstanden?«

»Ja.« Man sah Xeno an, wie sehr ihn Pfammatters Schilderung beschäftigte. Er drehte sich zu Julia um. »Und wer trägt dann den Strom wieder hinaus? Aus dem Haus.«

Julia lächelte. »Ich weiß nicht. Eines deiner *Wildmannli* vielleicht? Sag, zeichnest du mir auch einen Plan? Vom neuen Haus? Und von deiner neuen Kammer. So wie diese Pläne hier?«

»Mit dem Strom?«

»Ja, mit dem Strom.«

Julia musterte Pfammatter, der sich wieder hingesetzt hatte. »Und weshalb ist plötzlich alles möglich?«, fragte sie ihn unvermittelt. »Das Elektrische, der Herd, das muss doch ein Vermögen kosten! Weshalb sollte die Gesellschaft uns das zahlen?«

»Frau Rothen, Sie werden wieder misstrauisch. Natürlich will die Gesellschaft so viele Häuser wie möglich elektrifizieren. In der ganzen Schweiz, auch hier. Daran habe ich meinen Direktor erinnert, und es hat ihm eingeleuchtet.«

Julia betrachtete nachdenklich die Pläne. Wie sie es auch drehte und wendete, sie wurde den Verdacht nicht los, dass etwas nicht stimmte. Pius hatte sie wohl mit seiner Schwarzmalerei angesteckt. Aber... irgendwie war alles zu schön und zu groß und zu teuer. Drei Schlafkammern, Herrgott, kein Mensch im ganzen Tal hatte drei Schlafkammern! Überhaupt: Weshalb lag Pfammatter so viel am neuen Seegut? *Däm heimlifeistä Kärli?* Was lag ihm an ihnen, den Querschlägern vom Plonersee? Oder hatte er in der Gesellschaft einfach zu früh geprahlt, das Problem Rothen löse er dann schon?

»Weshalb sind Sie eigentlich gekommen?«

»Wegen der Pläne! So wie es hier gezeichnet ist, so wird gebaut, Frau Rothen. Das ist ein großer Moment, Herrgott! Keine Abstriche mehr. Und dann... müssen wir die Bauzeit endgültig festlegen. Sobald wir uns geeinigt haben, beginne ich meine Planung. Ich muss schon im Winter alle Arbeiten genau einteilen, das Material bestellen, all das Holz in der Zimmerei, die Geräte: *Ä änz Moorgsärii.*«

Wir hier hingegen arbeiten ja gar nichts, ging es Julia

durch den Kopf, aber sie verkniff sich eine entsprechende Bemerkung. »Sie haben sicher schon eine genauere Zeitvorstellung.«

»Wenn wir nach Ostern, zur Schneeschmelze, beginnen, und der Boden schnell genug auftaut, können Sie den Ersten August im neuen Garten feiern.«

»Im Frühling schon ...«

»Genau. Im Frühling wird alles neu. Auch das Seegut.«

»Ich werde es meinem Mann sagen.«

»Tun Sie das. Mit besten Grüßen von mir.«

Pfammatter stemmte sich hoch. Bevor er ging, bestaunte er ausgiebig Xenos Stromzeichnung. Bedrückt begleitete Julia ihn hinaus. Die Vertrautheit zwischen den beiden erinnerte sie daran, wie sehr Arnold fehlte. Als sie in die Stube zurückkam, fragte Xeno, ob er das Geschenk nicht doch öffnen dürfe.

»Noch nicht.«

»Warum nicht?«

»Erst am Weihnachtstag. Das macht man so.«

Xenos Augen füllten sich mit Tränen. »Aber der Vater kommt ja doch nicht an Weihnachten!«

Julia kannte diesen Gesichtsausdruck. Sie nahm ihn in den Arm, bevor er zu toben begann.

Pius beobachtete Pfammatter, der endlich das Seegut verlassen hatte. Gut hundert Meter unter ihm stapfte er dem Seeufer entlang durch den Schnee. Wenn Sommer gewesen wäre, kein Schnee gelegen hätte ... vielleicht hätte er dann einen seiner Baumstämme ins Rollen gebracht. Ein bedauerlicher Unfall. Jeder kannte die Gefahren beim Holzschlag, solche Dinge passierten. Pius lächelte grimmig. Die Wut auf Pfammatter und auf die Elektrischen war kein Lodern mehr, nur noch ein leises Glimmen. Er hätte ja hingehen und den Pfammatter hinauswerfen können. Aus seinem Seegut. Stattdessen war er hier oben im Wald sitzen geblieben, die Füße halb erfroren, denn ... Julia brauchte die Zeit, um die Zukunft zu planen.

Ohne ihn.

Er betrachtete die *Holzschleipfe*. Den ganzen Morgen über hatte er Keile gesetzt, den Spalthammer geschwungen, die Ausbeute war lächerlich, gemessen am Aufwand. Mit Arnolds Hilfe hätte er in derselben Zeit das Doppelte geschafft und das Holz bereits gescheitet. Aber ... das war vorbei. Er zog den Schlitten zum zugeschneiten Bachbett, das ihm als *Schleif* diente. Gleich neben der Abstoßstelle hatte er den ausgegrabenen Wurzelstock deponiert. *D Mazza*. Sein Mazzazug würde ein einsamer Protestmarsch werden. Aber immerhin der Erste seit bald fünf Jahrhunderten, so weit zurück lag der letzte Walliser Volksaufstand.

Mit einem kräftigen Fußstoß brachte Pius den Schlitten ins Gleiten, er gewann an Fahrt, Schnee stob auf, die *Schleipfe* schaffte glücklicherweise auch die enge Kurve auf halbem Weg und verschwand aus seinem Blickfeld. Bedächtig begann Pius den Abstieg.

Sobald alle Löcher gebohrt waren, kam Albisser wieder zum Zug. In Kartonschachteln hatte er den Sprengstoff mitgebracht. Wie harmlos das Zeug doch aussieht!, dachte Arnold, fasziniert wie jedes Mal. Als hätte einer unreifen Käse in Stangenform gegossen. Albisser stopfte die weißen Würste mit langen Stangen in die Löcher, die Zündschnüre gleich mit. Wild durcheinander hingen sie dann an der Wand herunter. Nur Albisser fand sich im Gewirr der Schnüre zurecht. Er verband sie miteinander, betrachtete das Geflecht in aller Ruhe nochmals, selbst wenn Zenruffinen drängte. Als ginge es um seine Prämie!

Ging es wahrscheinlich auch, indirekt. *Awanssiere*, das wollte er. Nicht nur im Stollen, vor allem bei den Elektrischen.

Endlich erklang das Signalhorn. Die Mineure und Zenruffinen gingen nach hinten. Albisser zündete umständlich seinen Stumpen an, der wie immer kalt in seinem Mundwinkel gehangen hatte, hielt ihn an das erste, das zweite, das dritte Schnurende, sie brannten zischend und doch gemächlich los. Zwei, höchstens drei Minuten blieben. Albisser winkte Arnold, sie beschleunigten ihre Schritte. Rund hundert Meter mussten sie zurück. Genügend Zeit. Knapp die Zeit. Manchmal blitzte es Arnold durch den Kopf, was geschehen würde, wenn einer von ihnen stolperte, sich das Bein brach, liegen bliebe zwischen den Gleisen der Stollenbahn? Zwanzig, dreißig Meter weit schleuderte die Explosion die Steine, das sahen sie jeweils, wenn sie zurückkehrten. Sie erreichten die Seitenkaverne, wo Faverio, Renzo, Giuliano und die anderen saßen und rauchten, als ob sie die Luft ohne Zusätze nicht mehr atmen könnten.

»*A posto?*« Faverio reichte ihm eine Wasserflasche.

»Ja.«

Sie schauten zu Albisser hinüber.

»Versuch's, Albisser.«

Er ließ sich nicht lange bitten, wahrscheinlich hatte er schon beim Anbrennen mit Zählen begonnen. Er wartete noch einige Sekunden, zählte dann laut zurück: Sieben, sechs, fünf, vier, drei, zwei, eins...

»*Eh?*« Faverio grinste.

»*Waart nur!*« Albisser hatte die Hand erhoben, ließ sie fallen: »Jetzt!«

Die erste Explosion. Ein dumpfer Knall, die Druckwelle im Stollen.

»*Il cuore...*«

»*E rotto.*«

»Ruhe.« Albissers Hand ragte wieder in die Luft. Die folgenden Explosionen gingen ineinander über, unmöglich herauszufinden, ob wirklich alle Sprengsätze hochgegangen waren. Albisser versuchte es trotzdem. Wenn er unsicher war, waren alle unsicher. Arbeiteten behutsamer, aus Angst vor der schlafenden Ladung irgendwo im Schutt da vorn.

Diesmal nickte Albisser zufrieden.

»Gut. Oder was meinst du, Arnold?«

Arnold blickte erstaunt auf. Albisser hatte noch nie nach seiner Meinung gefragt.

»Ja.« Etwas unsicher klang er.

Adriano sprang auf, ungeduldig wie jedes Mal. *»Andiamo?«*

Zenruffinen sagte, sie würden die Vorschriften ja kennen. Obwohl alle wussten, dass er der Letzte war, dem die Einhaltung der Regeln wichtig war, aber der Erste, der den Tagesfortschritt in Zentimetern maß und in Franken und Rappen umrechnete. Weil es dabei um seine Zukunft ginge, meinte Faverio. »Der will schon bald im... was ist euer Wort für Anzug?«

»*Tüünig.*«

»... im *Tüünig* zur Arbeit, *esato*.«

Jetzt schauten alle Faverio an. Auch wie jedes Mal. Er nickte, schicksalsergeben fast. Sie machten sich auf den Weg nach vorn, in den Rauch hinein, in die Gase.

Pius ließ die Schultern sinken, sein Rücken beugte sich. Er legte die Schablone beiseite, das Schnitzmesser fiel ins Etui. Wieder nicht. Es war einfach nicht... nicht der Moment. Er war bereit und doch nicht. Vielleicht weil bald Weihnachten war. Er starrte die halbfertigen Geschenke an, die auf dem *Waärchtisch* neben dem Sargdeckel standen. Das Wasserrädchen für Xeno hatte er zusammengesteckt. Alles gedübelt, keine Nägel und Schrauben, ein Prachtstück. Fehlte nur noch der Merkhammer. Stiel und Kopf lagen bereit, roh und ungeschliffen noch. Das war das eine unvollendete Geschenk, der

Gewürzkasten das andere. Seine Hand strich über das feinpolierte Birkenholz. Es stammte vom Baum, den die Lawine damals umgerissen hatte. Jetzt war es zu einem Gehäuse für zwölf Schubladen gefügt. Sechs große, sechs kleine. Die Vorderseiten musste er noch beschriften, aber er wusste nicht, wie. Oben wahrscheinlich Salz, Mehl und Zucker. In der Mitte... Gries, Gerste und Reis, genau. Darunter, in den kleinen, die Gewürze. Was brauchte Julia am häufigsten? Zum tausendsten Mal zog er jede Schublade auf, stieß sie zu, zog sie wieder auf, prüfte bei jeder, wie gut sie lief, und ob sie auch auf den letzten zehn Zentimetern nicht klemmte. Taten sie nicht. Er hatte die Arbeit schon im Sommer begonnen. Je länger er daran saß, umso klarer war es geworden: Es war sein letztes Geschenk. Etwas Besonderes musste es also werden. War es auch geworden. *Z Ggrächtum!* Ein kleines Meisterwerk. Etwas, das Julia fortan begleitete, egal, wo sie ihre Küche einrichtete, etwas, das sie erinnern würde.

Die Flamme des Gaskochers entzündet sich mit einem Ploppen. Die Hälfte der Milch, die Xeno frühmorgens beim Maiensäß aus der Kanne der Hirten genommen hat, leert er in seinen verbeulten Metallbecher, erhitzt sie, gibt zwei Löffel Instantkaffee dazu. Es waren immer zwei Löffel gewesen. Milchkaffee nach Art des Großvaters, hat ihm die Großmutter erzählt, erinnern kann er sich nicht mehr. Die Erinnerungen haben die Elektrischen ihm genommen. Jene an den Großvater, Pius Rothen, an den Vater, Arnold Rothen. Nur manchmal blitzt unverhofft Vergessenes auf. Flirrende, unscharfe Bilder. Eines davon immer wieder und kaum erkennbar: Das Wasserrad, das sich im Bächlein dreht, den Hammer schlägt. Oder der Wurzelstock. Und Großvater, der ihm Hammer und Nagel reicht.
Er nimmt den Milchkaffee vom Kocher, trinkt, verbrennt sich die Zunge. Wie jedes Mal. Großvater auf der Ofenbank lacht, Xeno rennt heulend in die Küche. Zur Großmutter, die schon gewusst hat, was passieren wird. Was immer passiert, wenn er den Großvater nachahmt... Hoffentlich merken die Hirten auf dem Maiensäß nichts von der fehlenden Milch. Xeno versteht nicht, was sie um diese Jahreszeit hier wollen. Mitte Sommer müssten sie oben auf der Alp sein. Und weshalb haben sie nur drei Kühe hierhergetrieben? Drei Menschen, drei Kühe... wie viele Tiere werden sonst noch sterben? Schützt ihr Instinkt die Wildtiere in solchen Situationen? Er kann sich nicht erinnern, dass nach Rutschen und Bergstürzen jemals über verschüttete Rehe und Kaninchen berichtet worden ist. Weil es keinen interessiert oder weil die

Tiere zu schlau sind? Vielleicht spüren sie Erschütterungen im Erdreich schon früher. Er weiß nicht viel über Tiere. Das Jagen war bei den Rothens ein notwendiges Übel gewesen. Drei Gämsen pro Herbst hatten reichen müssen. Für das Metzgen der geschossenen Tiere war Nachbar Bohrer besorgt gewesen, nur die Sau hatte Großvater jeweils selber geschlachtet. Immer in der Vorweihnachtswoche, das war Brauch. Die Gämsen aber waren Großvaters Lieblingstiere gewesen. Stundenlang hatte er auf den Felsen just oberhalb des Salflischer Stotzes gekauert und sie beobachtet. Es werden schon keine Gämsen umkommen, Großvater! Xenos Stimme wirft kein Echo im Stollen. Sie sind weiter oben, Großvater, kraxeln durch die Geröllhalden der Plonspitze, fern von den Wäldern hier.

Xeno packt die Zigarre aus. Eigens für diesen Augenblick hat er sie gekauft. Villiger-Stumpen, nichts Ausländisches oder Teures. Mehr hast du dir ja auch nicht leisten können, Albisser. Damals. Als du deinen letzten Stumpen angezündet hast. Albisser zwinkert ihm zu. Der Sprengmeister, von dem Vater so viel gelernt hat.

Umsonst.

Er pafft einige Male, geht hustend zum Stollenende, das Licht seiner Helmlampe zuckt über die nass glänzenden Wände. Xeno hat die alten Bücher eingehend studiert. Auch diese letzte Sprengung ist vorbereitet wie die damaligen. In Schleifen hängen die Zündschnüre von der Vortriebswand. Die Zigarre glüht auf. Zündung!, warnt er den Vater und die Kameraden. Zu gern hätte er das Signalhorn geblasen, das vor Albissers Brust hängt, aber die drei drüben auf dem Maiensäß dürfen auf keinen Fall Verdacht schöpfen, müssen den Knall als harmlos abtun. Die Schnur, die zum Herzen der Sprengung führt, brennt zischend ab. Schnell entzündet er die übrigen sechs Enden, rennt nach vorn, in die Eingangskammer des Stollens. Er schiebt das Tarnnetz zur Seite, schreckt zurück:

Eine Familie quert die Lichtung unterhalb seiner Felswand. Zwei Erwachsene, zwei Kinder. Buben. Sie springen vorneweg, einer schaut hoch. Xeno lässt das Tarnnetz fallen. Sie sind zu nah, er muss die Sprengung stoppen. Die Zeit wird reichen. Er rennt die paar Meter in den Vortrieb zurück. Die Lunten brennen schon in den Bohrlöchern. Seine Hand zuckt hoch, fasst die erste Lunte, er überlegt, ob er sie herausreißen soll. Nein, unmöglich! Er wirft sich herum, rennt wieder zum Stollenausgang, traut sich aber nicht aus der Höhle. Die Explosion ist erstaunlich leise, klingt harmlos, weitere folgen, er fühlt die Erschütterung, die Druckwelle, hört zugleich das Aufschlagen der fortgeschleuderten Steine. Sie landen rund um ihn herum, der jähe Schmerz an seinem Hinterkopf erstaunt ihn ein bisschen.

Als Letzte der Gruppe tritt Lena in die Halle. Wie schlafende Walrösser ruhen die drei gigantischen Turbinen in der Mitte der Kaverne. Sie ist riesig, das Dreifache einer Turnhalle, schätzt Lena. Pfammatter gibt den jovialen Reiseleiter, der geduldig seine Schäfchen zusammentreibt.

»Nehmen Sie doch bitte hier vor der Leinwand Platz«, lädt er sie mit rudernden Armbewegungen ein. »Bevor ich Sie durch die Anlage führe, zeigen wir Ihnen den kurzen Film *Operation Tunnel*. Danach werden Sie sich erst richtig vorstellen können, was alles geschehen musste, bis es hier so aussah.« Mit der Arroganz eines besserwisserischen Lehrers deutet er zur Kavernendecke hinauf. »Lassen Sie sich überraschen. Film ab!«

Primo Sacripanti reagiert etwas widerwillig auf Pfammatters Kopfbewegung, geht dann doch durch die Halle und bedient eine Schaltergruppe des Steuerpults. Das Neonlicht erlischt mit einem kurzen Flackern. Die Notbeleuchtung taucht die Halle in oranges Licht, gleichzeitig beginnt der Film. Bei den ersten Sätzen des Sprechers stöhnt Lena innerlich auf. Wenn sie eines nicht verträgt, dann Pathos! Der Mann in der ersten Reihe denkt wohl ähnlich, im Gegensatz zu ihr geht er sofort Richtung Ausgang. Lena schaut ihm neidisch hinterher. Sie kann so was nicht: Einfach gehen, wenn alle sie beobachten... Es ist Bohrer, sieht sie jetzt, als er die Notlampe passiert. Nun gut. Vielleicht muss er draußen noch schnell die Qualität der Rasensamen für den Golfplatz prüfen. Ihr Gesicht bleibt ernst. Gar nicht so einfach, sich über jemanden lustig zu machen, den man im Grunde sympathisch findet. Trotzdem: Silvan Bohrer wird sich heute Nachmittag wundern, wie eckig sein runder Tisch ist.

Sie lehnt sich im Stuhl zurück, die Architektin in ihr lässt sich nun doch von den Aufnahmen fesseln. Sie zeigen, wie die Bohrerkrone ein Loch in die Ploner Staumauer frisst, im Zeitlupentempo fallen ganze Mauerstücke spektakulär in den See. Der so geschaffene zusätzliche Abfluss hat einen Durchmesser von vier Metern, erfährt Lena. Von dort aus muss das Wasser quer durch die Flanke der Plonspitze geführt werden. Ein leicht abfallender Stollen von rund zehn Kilometern Länge ist mit modernsten Bohrgeräten durch den Fels getrieben worden. Auf ungewöhnliche Weise entstand das Wasserschloss oberhalb der Druckleitung zum Flischwald: Stückweise wurde der syphonartige Stollen abwärts gesprengt, nach jeder Sprengung stieß man den Schutt in einen früher fertiggestellten Hilfsschacht, unten wurde das Geröll durch einen weiteren, horizontalen Stollen entsorgt. Gleichzeitig begannen unterhalb des Wasserschlosses die Arbeiten am Diagonalstollen für die Druckrohre. Der Sprecher wird poetisch. Lena hätte schwören können, dass er früher Sportresultate im Fernsehen verlesen hat und erst seit neuestem Irrwege als Teilzeitpolitiker begeht. Im Film beschwört er all die Schwierigkeiten herauf, die der Berg den Ingenieuren bereitet habe, aber kraft ihres Willens hätten die Verantwortlichen den Kampf mit der Natur letztendlich gewonnen...

Lena wird ein bisschen übel. Sie gibt Primo ein Zeichen, der verständnisvoll grinst, und schleicht sich hinaus. An der Tür holt sie der lokale Korrespondent vom *SonntagsBlatt* ein.

Ihre Andeutung während der Busfahrt hat Wirkung gezeigt.

»Ich will Ihnen etwas zeigen«, flüstert sie ihm ins Ohr. »Wir müssen irgendwie aus der Anlage herauskommen.«

»Kein Problem.«

»Wo ist Ihr Fotograf?«

»Ich bin beides.« Er klopft mit der flachen Hand auf die Fototasche, die an seiner Schulter hängt. Gemeinsam suchen sie den Weg zum Ausgang. Der Wachmann am Eingang zwinkert Lenas Begleiter zu. »Mein Cousin«, beantwortet der Journalist Lenas fragenden Blick. »Ich heiße übrigens Hubert. Hubert Borelli.«

»Ich weiß. Breitmoser hat es mir gesagt. Lena Amherd von der *GreenForce*.«

»Ich weiß. Auch Breitmoser. Wohin gehen wir?«

»Ein paar Meter weiter in den Flischwald. Ich zeige Ihnen, auf welche Weise die Stausee-Gesellschaft ihren Umweltverpflichtungen nachkommt.«

Er hat Albin anrufen wollen, jetzt steckt Silvan das Handy wieder weg. Die Frau, die man auf dem Überwachungsmonitor die Anlage verlassen sieht, ist Lena Amherd. Und der Typ an ihrer Seite ist ihm am Morgen von Breitmoser gezeigt worden: Borelli vom *SonntagsBlatt* verdiene besondere Aufmerksamkeit, er sei der einzige Korrespondent einer nationalen Zeitung. Silvan verlässt Pfammatters Büro. Der Wachmann am Eingangstor blickt kurz auf, nickt, betätigt den Türöffner. Silvan eilt über den Parkplatz, nimmt den Weg in den Flischwald, schlägt sich nach rund hundert Metern in die Büsche. Er ahnt, was Lena vorhat.

Tatsächlich hört er Stimmen, als er sich den Bauprofilen nähert. Vorsichtig schleicht er sich an, jedes Geräusch sorgsam vermeidend. Lena Amherd sitzt auf einem moosüberwachsenen Felsbrocken. Der Fotograf kauert neben ihr. Sie gestikuliert, zeigt, deutet mit den Händen die Umrisse eines Hauses und dessen Anbau an. Es ist nicht schwer zu erraten, dass sie vom Clubhaus samt den angebauten gedeckten Abschlagplätzen spricht. Silvan unterdrückt einen Fluch. Sie ist intelligent, diese Lena Amherd. Und vom Fach. Aufgrund der Profile hat sie sich zusammengereimt, was hier geplant ist. Der Journalist zumindest scheint überzeugt von ihren Ausführungen, er beginnt mit Fotografieren. Für eine Aufnahme dirigiert er Lena ins Bild. Sie deutet auf die Bauprofile. Silvan sieht die Bildlegende schon vor sich: Umweltschützerin Lena Amherd im legendären Naturschutzgebiet des Flischwaldes, wo schon bald Golf gespielt und Champagner getrunken werden soll. Er staunt, wie ruhig er ist. Kann es sein, dass er insgeheim auf diesen Artikel wartet? Vielleicht braucht er einen Anstoß von außen, um selbst... Sein Handy vibriert in der Hosentasche. Glücklicherweise ist es stummgeschaltet. Er zieht sich zurück, geht quer durch den Wald bis zum Ufer der unteren Plon. Dort liest er die Kurzmitteilung und wählt sogleich Albins Nummer. Der antwortet nach dem ersten Klingelton.

»Paps! Wo steckst du?«

»In der Falllinie wahrscheinlich genau unter dir. Im Kraftwerk. Und du? Seid ihr schon da?«

»Ja, wir haben gerade unsere Betten im Stroh gemacht.«

»Hast du meinen Schlafsack mitgenommen?«

»Ja. Es war alles bei Selma auf dem Dachboden: der Schlafsack, der Rucksack und die Lampe.«

»Gut. Und... die Wanderung?«

»Todlangweilig. Seb und ich haben ständig abgekürzt, so konnten wir wenigstens manchmal klettern. Übrigens haben wir den Merkhammer viel besser gehört als auf der Furgg, gesucht haben wir aber vergeblich. Wir konnten ja nicht zu weit vom Weg abweichen. Dann ist das Geräusch wieder verschwunden. Und, du ...?«

»Was?«

»Arbeiten die immer noch an der Druckleitung?«

»So kurz vor der Eröffnung?«

»Dann war es wahrscheinlich ein Erdbeben, Paps! Hat Seb auch gesagt.«

»Wovon redest du?«

»Kurz bevor wir hier angekommen sind, hörten wir ein unheimliches Geräusch. Und dann hat's einen Moment lang geschüttelt! Der Boden. Fast gruselig.«

»Bist du sicher?«

»Mann! Die Hirten auf dem Maiensäß haben es auch bemerkt. Aber seither ist alles ruhig.«

»Ich werde mal Pfammatter fragen, vielleicht war da wirklich noch etwas zu tun im Druckschacht. Und ... benimm dich anständig. Filmt ihr weiter?«

»Klar. Die Alphütten haben mich auf eine Idee gebracht. So ähnlich wie in *Blairwitch Project*, nur hat Seb den Film nicht gesehen, jetzt muss ich ihm erst alles erzählen. Bis später...«

»Albin ... ruf mich wieder...«

Ein Summton antwortet. Silvan steckt das Handy in die Hemdtasche, erstaunt über das, was er gehört hat. Er wird mit Pfammatter sprechen. Lena Amherd und der Journalist sind ohnehin Anlass für eine Krisensitzung. Was würde diese Frau am runden Tisch bloß lostreten?

Xeno kommt zu sich. Für Sekunden weiß er nicht, wo er ist. Geschieht ihm öfter. Vorsichtig betastet er seinen Kopf. An einer Stelle sind die Haare verklebt. Der Helm liegt neben ihm. Er schüttelt ihn, die Stirnlampe flackert. Xeno leuchtet auf seine Finger: Sie sind blutverschmiert. Er rappelt sich auf, klopft seine Kleider aus, Felssplitter fallen zu Boden. Im Rucksack findet er ein schmutziges T-Shirt, er tupft seinen Kopf ab. Nein, nein, es blutet kaum, Vater, und Schmerzen habe ich ja nie, keine Sorge! Wahrscheinlich hat die Explosion einen Stein weggeschleudert, der ihn knapp unterhalb der Helmkante getroffen hat.

Fast unwillig geht er in den Vortrieb zurück. Er wäre gern noch länger bewusstlos gewesen. So wie er es stets bereut, wenn er aufwacht, nicht länger in seinen Träumen ruht. Genau dieses Gefühl von Widerwillen und Ohnmacht hat auch der Vater gekannt, an jenen Wintermorgen, nach den klammen Nächten auf den schmutzigen Brettern im Stollen. Hat er ihm erzählt. Er und Faverio. Oder wenn sie frühmorgens die wenigen Meter zwischen Baracken und Stolleneingang hinter sich brachten, im Schneegestöber, dem Sturm ausgesetzt, der einen ganzen Winter und länger dauerte. Bis der Frühling kam.

Bis kein Frühling kam.

Jetzt ist Sommer. Das Wasser, das die Stollenwände nässt, gefriert nicht. Xeno bahnt sich einen Weg. Er betrachtet den Schuttkegel der Explosion, dann gleitet der Lichtkegel seiner Handlampe über die Vortriebswand. Nein, er hat sich nicht getäuscht! Eilig kämpft er sich ganz an die Wand heran, tastet über die hellere, handtellergroße Stelle, die sich hinter dem Herz der Sprengung aufgetan hat. Sie verrät eine andere Beschaffenheit des Gesteins: Beton! Kein Zweifel. Xeno ballt die Faust. Die Betonummantelung des Druckschachtes! Seine Berechnungen sind richtig gewesen! Er lässt die Arme sinken. In Chile sind in solchen Momenten des Triumphes die Indios vor ihm auf die Knie gesunken. Damals, als sich die beiden Zugriffe des Stollens am Lonchimai zentimetergenau trafen... Der Tunnel hier ist von der Größe her nicht mehr als ein schlechter Witz, aber ein Tänzchen kann ihm keiner verwehren. Faverios Kopfschütteln zum Trotz stellt er die Lampe auf den Boden, beginnt sich langsam im Kreis zu drehen, hört das hohle Trommeln wieder und die Gesänge der Indios, er fällt ein, sein grotesk verzerrter Schatten zuckt im stets gleichen Rhythmus über die Wand des Stollens. Arnold, Adriano und der Rest des Trupps gesellen sich zu ihm.

Lena sagt Borelli, er solle sie bei Pfammatter entschuldigen, und nimmt ihm das Versprechen ab, die Golfplatz-Geschichte bereits im morgigen *SonntagsBlatt* zu bringen. Er werde alles dafür tun, und die Chancen stünden gut, seine Artikel seien in der momentanen Nachrichtenflaute begehrt. Das müsse er ausnützen, in zwei Wochen würde schon wieder alles anders sein, erfahrungsgemäß. Das Schicksal des Lokalkorrespondenten...

Borelli geht, Lena findet ein Moospolster und legt sich auf den Rücken. Lange horcht sie in den Wald. In der vermeintlichen Stille akzentuieren sich Klangschattierungen. Das ferne Rauschen der Plon untermalt kaum wahrnehmbar das Summen einiger Bienen und das eher verzweifelte Zirpen einer Grille, die sich hierherverirrt hat, in das bisschen Gras zu Lenas Füßen. Der Wind raschelt in den Blättern der wenigen Laubbäume, gelegentlich knackt trockenes Holz, zwei Elstern streiten sich in giftigen Tönen. Lena steht auf, bevor ihr die Augen endgültig zufallen. Einige Male springt sie hoch, bis die Mattigkeit aus ihren Gliedern gewichen ist. Wenn du deine Nächte stilvoller verbringen würdest, Lena Amherd, wärst du tagsüber wacher! Sie zieht den großen Briefumschlag aus der Tasche. Wer hat ihn ihr zukommen lassen? Wer ist der Traumschwimmer? Die technischen Unterlagen zu den Haarrissen, die Gutachten und die Zeichnungen legt sie beiseite. Futter für die Spezialisten der *GreenForce*. Sie bezweifelt, dass die Dokumente Neues zutage fördern werden. Es ist ein offenes Geheimnis, dass das Erweiterungswerk nicht ohne Misstöne zwischen der Herstellerfirma der Rohre und der Stausee-Gesellschaft gebaut worden ist. Wie immer, wenn zwei sich streiten, ist die *GreenForce* mit Informationen gefüttert worden. Über rätselhafte Druckabfälle etwa, bei den Belastungsproben vor vier Monaten, worauf die Eröffnung prompt verschoben wurde, Spezialisten sich im Druckrohr abseilen ließen und an verschiedenen Stellen Haarrisse in den Schweißnähten zwischen den Rohrteilen feststellten. Alle Probleme seien behoben, hat Pfammatter heute Morgen bei der Begrüßung beteuert. Was sonst, die Gesellschaft steht unter Zeitdruck. Jeder Tag, an dem das Werk stillsteht, kostet die Elektrischen rund hunderttausend Franken. Jetzt, drei Monate nach der geplanten Eröffnung, sind das schon fast neun Millionen. Eine unvorstellbare Summe. Weitere Verzögerung will sich niemand leisten.

Sie blättert in den Kopien der Briefe, braucht einige Anläufe, bis sie sich an die ungelenke Schrift und an die altmodischen Formulierungen gewöhnt hat, liest sich ein, liest immer schneller, blättert zwei-, dreimal zurück, weil sie nicht glaubt, was sie da erfährt. Minutenlang starrt sie ins Leere, dann schleudert sie die Papiere in einer Geste ohnmächtiger Wut von sich.

Was hat sie? Silvan traut sich etwas weiter aus seinem Versteck. Selbst aus dieser Entfernung wirkt Lena Amherd erschüttert. Es muss etwas Neues sein, er kann sich nicht vorstellen, dass Enthüllungen bezüglich des Golfplatzes bei ihr einen solchen Gefühlsausbruch zur Folge haben. Jetzt fällt sie in sich zusammen, verbirgt ihr Gesicht in den Händen. Einmal mehr fühlt er sich als Voyeur. Diesmal... will sie mit Sicherheit keine Zuschauer. Obwohl es ihn zu ihr hinzieht, geht er. Zurück zum Plonufer, dem Wasser entlang und am Kraftwerkausfluss vorbei. Erst dort, wo die Natur unberührt ist, bleibt er stehen. Auf beiden Seiten der Plon reiht sich Föhre an Föhre, ihre Äste verschränken sich, ihre Wurzeln verlieren sich im lichten Grün von Moos und Gras. Der Waldboden in den Bergen ist ganz anders als im Flachland. Hier lädt er zum Liegen ein, unten höchstens zum Joggen.

Und all das ... gefährdet er.

Mit einem Golfplatz, verdammt.

Was hat Lena aus jenen Papieren erfahren?

Private Schwierigkeiten? Ein Brief ihres Mannes?

Soll er die Pläne begraben und auf das Geld der Deutschen verzichten?

Lena würde es freuen.

Großartig! Er versteht sich selbst nicht mehr. Weshalb bringt er überhaupt seine Pläne mit Lena in Verbindung? Finanzierte etwa sie während der nächsten Jahre die Hotels, die Bahn, das ganze Dorf? Vielleicht ... ja, sie erinnert ihn daran, wie er früher selbst gewesen ist. Wenn sein schlechtes Gewissen sich meldet, klingt es wie Lena Amherd. Unsinn, nochmals anders: Lenas nächtliches Schauspiel hat ihn so verwirrt, dass er erotische Träume mit Gefühlen verwechselt. Er weiß doch, wie gefährlich lebhaft seine Fantasie ist.

Als könne er sich so allen Problemen entziehen, springt Silvan mit einem Satz auf einen Felsblock, der aus der Plon ragt. Das Tosen des Wassers übertönt für eine Weile alles andere. Ganz in der Nähe hat er seinen ersten Kurzfilm gedreht, basierend auf der alten Erzählung *Herz am rechten Fleck* von Adolf Fux. Selmas Lieblingsschriftsteller. Der Film hat eine kleine Karriere bei den europäischen Filmfestivals gemacht. Heute würde er die Geschichte vom Richtspruch in der Sache Matthä zen Rohrachern gegen Hanspeter in den Kipfen weniger verschroben, sondern getreu der Vorlage umsetzen. Der Streit zwischen den beiden Kontrahenten hatte begonnen, nachdem Hanspeter den Matthä aus der Vispa gerettet hatte. Dieser war aus nicht ganz geklärten Gründen ausgerutscht und vom Wasser mitgerissen worden. Hanspeter hatte im Kipfenwald seine Schreie gehört. Er war ans Ufer geeilt, wo er einen Flößhaken verwahrte. Mit bloßen Händen hätte er den herantreibenden Mann nicht herausziehen können, also behalf er sich mit dem Haken, rettete Matthä, stach ihm dabei allerdings ein Auge aus. »Und erst noch das bessere!«, bezeugte Jakobea, die spitzzüngige Verlobte Matthäs, vor Gericht. Was ihr halbblinder Zukünftiger denn noch wert sei, so zugerichtet? Matthä und vor allem Jakobea wollten vor Gericht eine Entschädigung erstreiten. Die Richter sahen sich in einer ersten Verhandlung außerstande, ein Urteil zu fällen. Sie baten deshalb zum Lokaltermin an der Vispa. Hanspeter war entsetzt. Er wusste: Wenn er für das Auge bezahlen müsste, würde ihn das die beste Kuh im Stall kosten. Abgesehen von der himmelschreienden Ungerechtigkeit... Richter Lochmatter von St. Niklaus und seine Kollegen wunderten sich an der reißenden Vispa einerseits, dass hier überhaupt jemand lebend herausgekommen war, fanden andererseits noch immer kein Urteil. Da mischte sich der zufällig vorbeikommende Geißhirt Martini ein. Der Matthä solle sich noch einmal in die Vispa fallen lassen, schlug er vor, genau an der gleichen Stelle wie das erste Mal! Falls er sich ohne Hilfe aus dem Wasser retten könne, müsse ihn Hanspeter für das verlorene Auge entschädigen. Gelänge ihm die Rettung aus eigenen Kräften aber nicht, ertrinke er also, so sei es wohl egal, ob er mit einem oder mit zwei Augen absaufe. Den Richtern imponierte der weise Vorschlag, Hanspeter stimmte zu und Jakobea forderte ihren Verlobten auf mitzumachen, dann gewännen sie den Prozess. Matthä aber schrie, ob sie noch bei Sinnen sei, ob sie wisse, wie es einem da ergehe, herumgewirbelt wie ein Stück Holz im gletscherkalten Wasser! Er würde auf keinen Fall springen und das Ganze sei sowieso ihre Idee gewesen. Er hätte seinen Lebensretter doch niemals verklagt. Worauf der Streithandel entschieden war und die Richter – beeindruckt von Martinis Weisheit – dafür sorgten, dass der Geißhirt vom Bischof zum »Meier und Richter von Kipfen« ernannt wurde.

Das sind Geschichten, die sich lohnen, erzählt zu werden. Die kaum einer noch kennt. Verdammt! Was zum Teufel schlägt er sich hier mit Pfammatters und Golfplätzen herum! Selma ... in Selmas Buch gibt es Dutzende solcher Begebenheiten, die nur auf eine Verfilmung warten. Wenn er schon glaubt, er müsse dem Dorf und dem Tal etwas zurückgeben, dann so! Doch nur so! Das Alte neu interpretieren, zum Beispiel in seinen Filmen, bevor sich die selbsternannten Hüter und Bewahrer der Traditionen alle Mythen unter den Nagel gerissen und für ihre Zwecke zurechtgebogen haben.

Er sollte sich endlich auf die Talente verlassen, die er tatsächlich hat. Die Reste des Bohrer-Imperiums kann auch ein anderer verwalten, wahrscheinlich erfolgreicher als er. In den letzten Monaten und Jahren hat er nichts anderes getan, als in den übergroßen Schuhen seines Vaters herumzustolpern, bis er sich mit dem unseligen Golfprojekt vollends verrannt hat. Sein Blick wandert wieder über die Plon. Erstmals seit Wochen fühlt er sich besser. Als hätte ihm einer eine Riesenlast von den Schultern genommen. Dabei ... dabei stehen ihm die schwierigsten Momente noch bevor.

Als er zum Werk zurückkommt, eilt ihm prompt Pfammatter entgegen und will wissen, wo diese grüne Tante stecke, es gehe doch nicht an, dass die sich einfach abseile.

»Keine Ahnung, Franz«, erwidert Silvan. »Sie wird am Nachmittag auftauchen und dir noch früh genug Probleme machen, verlass dich drauf.«

»Mir?« Franz Pfammatter tritt so nahe an Silvan heran, dass dieser seinem schlechten Atem nicht mehr ausweichen kann. »Wir sitzen alle im selben Boot, Silvan, vergiss das nicht. Komm mal mit!«

Er schleppt ihn zum Eingangstor des Werkes.

»Da!«

»Was ist das?«

»Was das ist? *Ä Mazza!*«

Entgeistert betrachtet Silvan den Wurzelstock, der mitten auf der Straße steht. Auf der einen Seite sind Nägel eingeschlagen. Sieben Stück, in einem Kreis, etwas entfernt davon ein achter. An jedem hängt ein Stoffstückchen, nur das eine in der Kreismitte und das achte, etwas weiter entfernte, haben dieselbe Farbe.

Pfammatter deutet darauf: »Groß ist die Gefolgschaft des Rebellen ja nicht gerade, an den Nägeln gemessen.«

»Wer hat die *Mazza* hierhergebracht?«

»Keine Ahnung. Aber mit Sicherheit hat die Amherd ihre Finger im Spiel. Erst der Merkhammer, nun das: Die wollen uns ins Mittelalter zurückschießen.«

Silvan antwortet nicht. Nach dem Merkhammer ein zweites, geschickt gewähltes Symbol. Wer zum Teufel steckt dahinter? Albins Anruf kommt ihm wieder in den Sinn.

»Noch was, Pfammatter: Albin macht auf dem Maiensäß das Alpwochenende mit. Oben beim Fenster 3. Eben hat er angerufen. Sie haben ein komisches Geräusch gehört, dann habe der Boden gebebt. Arbeitet ihr an der Leitung?«

»Jetzt noch? Wo denkst du hin?«

»Was haben die denn gehört und gespürt? Hoffentlich kein Erdbeben!«

»Dann hätte man uns benachrichtigt. Abgesehen davon sind unsere Bauten erdbebensicher.«

»Die Druckleitung? Das glaubst du doch selber nicht.«

»Wenn mit der was wäre, stellt alles automatisch ab. Wie alt ist eigentlich dein Sohn?«

»Was hat das damit zu tun?«

»Ein Kind ist er. Vergiss es, Silvan! Wir haben andere Sorgen, deshalb suche ich dich ja: Das *SonntagsBlatt* will mit uns sprechen.«

Lena Cornaz. Müsste sie so heißen? Ratlos schaut sie auf die Papiere, die verstreut am Boden liegen, sie verschwimmen vor ihren Augen zu weißen Flecken.

Die Tochter des Plon-Schmieds ist es, die Anna Abderhalden, wer weiß, vielleicht wird's ein Christkind. Oder ist es schon da?

Die Tochter des Plon-Schmieds ist ihre Mutter gewesen. Anna Amherd, geborene Abderhalden. Und sie, Lena Amherd, hat am zehnten Dezember Geburtstag.

Nur ein Quatemberkind ist sie geworden, kein Christkind.

Sie nimmt die Hand aus ihrem Mund, sie ist zur Faust geballt, die Bissspuren auf den Knöcheln hat sie sich zugefügt, ohne es zu merken. Dein Vater ist nicht dein Vater, Lena Amherd! Lena Cornaz. Sie hat diese Erkenntnis noch nicht wirklich aufgenommen. Einen klaren Gedanken bringt sie nicht zustande. Weshalb erfährt sie jetzt, was ihr fast vierzig Jahre lang verheimlicht worden ist? Welches Interesse hat der Traumschwimmer an dieser Enthüllung? Eigentlich müssten die Briefe des Mineurs etwas mit den übrigen Dokumenten zu tun haben. Aber wer immer dieser Mann im Gamplüter Stollen war, Lena, er hat über dich geschrieben, das schleckt keine Geiß weg! Über dich und deine Mutter. Er hat mit deinem Vater zusammengearbeitet und gesehen, wie er gestorben ist. Er ist tot, dein Vater. Er war tot, bevor du zu denken begonnen hast, Lena. Schau den Tatsachen ins Auge, so absurd sie erscheinen mögen! Und lass die Heulerei, du hast den Mann nie gekannt, weshalb weinst du jetzt?!

Um ihn?

Sie schnäuzt sich energisch, wirft einen Blick auf die Uhr. *Verflüecht,* man erwartet sie im Hotel. Sie muss das Duell eröffnen. Einige Minuten werden reichen. Sie wird ihre Erklärung abgeben und die feinen Herren dann ganz einfach sitzenlassen. Ohne Diskussion wird sie den Raum wieder verlassen ... und im Ploner Telefonbuch nach dem Namen Cornaz suchen. Vielleicht hat sie noch Verwandte hier. Aus der Familie ihres Vaters. Ihres richtigen Vaters. Moment, Lena: Ist alles erfunden? Nein, auf eine solche Idee kommt keiner. Schon eher darauf, eine lange verheimlichte Dorfgeschichte zu einem günstigen Zeitpunkt öffentlich zu machen. So was traut sie einigen hier oben zu. Dann wären die technischen Dokumente eine falsche Fährte, mit der sich Lena blamieren soll. Ausgerechnet heute ist der Umschlag bei ihr gelandet. Irgendwer, am Ende gar ihr Traumschwimmer, hofft, sie gebe die Dokumente an die Presse weiter. Um die Aufmerksamkeit von den Umweltsünden im Flischwald abzulenken? Noch einmal überfliegt sie den Begleitbrief. Rätselhaft! Wenn alles fingiert wäre – was faselt der Mann dann von einer Katastrophe?

Hör auf, hör bloß auf, Lena! Pack zusammen, stell ihnen am runden Tisch die Zündung ein, dann ziehst du dich zurück und überlegst dir in aller Ruhe, wer hier was und weshalb veranstaltet, oder ob du nur Gespenster siehst.

Xeno stellt den Pickel beiseite, tupft Blut vom Kopf. Dann holt er das Stemmeisen, setzt es an einer wandtafelgroßen Felsplatte an, wirft sich gegen das Werkzeug. Sein Vater hat der Großmutter nicht immer die Wahrheit geschrieben. Oder nur zwischen den Zeilen. Dort hat Xeno vom Kampf des Vaters gelesen. Den Kampf, den er später selber geführt hat, in Chile:

Das Kräftemessen zwischen Mensch und Berg. Bei Vater war es im Grunde ein Ringen mit Gott gewesen. Er hat Gott nie verziehen, davon ist Xeno überzeugt. Ihn selbst hat die Großmutter immer getröstet, der Tod von Mutter und Vater und Großvater sei Gottes Wille gewesen. Daran habe niemand Schuld. Gott habe es so gewollt.

Dann ist Gott schuld!, hat er jeweils geantwortet, während die Großmutter bei ihrer Maria Trost fand.

Nein, am Tod des Vaters ist nicht Gott schuld. Aber er hat zugeschaut. Tatenlos. Wer die wirklich Schuldigen waren, ist erwiesen. Zenruffinen beispielsweise. Er hat Vater getötet. Dann jene, für die Zenruffinen steht. Die sich hinter den Zenruffinens verstecken, das Wohl der Allgemeinheit beschwörend, bigott, hemdsärmlig, anbiedernd, während sie Villen bauen an all den Goldküsten dieses Landes, von Herrliberg bis Montreux. Heute noch. Und jene verrecken lassen, die ihnen den Tisch decken. Xeno nimmt den großen Hammer, schlägt das Stemmeisen unter die Felsplatte und spürt, wie sich tief innen etwas rührt. Er wirft sich mit aller Macht gegen das Eisen. Kurz bevor sich die Platte löst, ruft Faverio eine Warnung, reißt ihn und seinen Vater zurück. Gerade noch rechtzeitig, die Platte fällt, zerspringt zu ihren Füßen. Die freigelegte Betonfläche muss größer werden, damit er die Presse ansetzen kann. Jetzt ist die Rache nicht mehr dein, Erbärmlicher, du hast zu lange zugeschaut und zu oft weggeschaut.

Eine einzige Blüte trug ihr Barbarazweig. War das nun ein gutes oder ein schlechtes Zeichen? Julia goss frisches Wasser in die Vase. Ihr Vater hatte einen ähnlichen Brauch gepflegt, war ihr nach Pfammatters Besuch wieder eingefallen. Wenn er bei Wintereinbruch das Vieh in den Stall getrieben hatte, nahm er Zweige von den Bäumen auf der Weide mit und stellte sie ins Wasser. Am Weihnachtstag sollte dann die Anzahl Blüten verraten, wie fruchtbar das neue Jahr würde. Gelegentlich hatte Vater die geschlossenen Knospen mitgezählt, damit die Zukunftsaussichten etwas rosiger wurden. Julia trat ans Fenster. Pius und Xeno werkten drüben am Bach. Wenigstens heute, am Stefanstag, war es still, so wie vor Baubeginn. Pfammatter hatte sie ja gewarnt. Die Arbeiten würden selbst im tiefsten Winter nicht eingestellt! Noch über die Jahreswende seien zweihundert Arbeiter auf der Furgg und bereiteten alles für den Baubeginn nach der Schneeschmelze vor. Dann gehe es richtig los, viertausend Kubikmeter Beton wolle man an einem Tag verbauen, das entspreche vier großen Gebäuden, das müsse sie sich mal vorstellen, dann verstehe sie auch, wie... wie schnell der Bau des neuen Seegutes vorangehen werde. Er hatte kurz gezögert, und Julia war überzeugt, dass er sich beinahe versprochen hatte.... wie unwichtig der Bau des neuen Seegutes daneben sei, hatte er sagen wollen. *Ggläfjer!*

Sie ging in die Küche. Der Gewürzkasten, Pius' Geschenk, stand neben dem Herd. Sie traute sich fast nicht, die Schubladen zu füllen, das Holz war so fein geschliffen, dass es sich samten anfühlte. Sie konnte sich an kein schöneres Geschenk erinnern...

Mit Ausnahme der Wiege vielleicht.

Nooni, nooni, Puppi schlaaffii ...

Pius hatte den Tod ihrer Tochter nicht verwinden können. Sein Glaube war rissig geworden, nach Greths Tod erst recht. Er zweifelte an Gott und am Sinn von allem. Den sah auch sie nicht immer, schon gar nicht, wenn sie der zu früh Verstorbenen gedachte, doch ihr Vertrauen blieb ungebrochen, ihr Glaube unerschütterlich. Dafür brauchte sie keine Kirche. Wenn sie beichten wollte oder einfach Zwiesprache halten, ging sie zur Muttergottes, die half mehr als der Ploner Pfarrer. *Dr Üsserschwizer Larifari!* In Plon galt sie deshalb als eine Gottlose. Was scherte sie das? Gott sah, was sie tat, und wusste, weshalb sie es tat, das genügte.

Die Eisdecke zersprang unter der Pickelspitze. Pius räumte mit der Schaufel die Brocken weg. Durchaus keine vertane Zeit, beschwichtigte er sich, Julia konnte hier Wasser schöpfen. Xeno hätte keine Ruhe gegeben, bis das Rad und der Hammer ausprobiert waren. Insgeheim hatte Pius sich ja genau das erhofft. Nachdem er das Geschenk von Arnold gesehen hatte, freute es ihn doppelt, dass sein Enkel trotz des neumodischen Blechzeugs sein handgemachtes hölzernes Spielzeug nicht liegen ließ. Im Gegenteil.

»Nachher müssen wir es aber wieder abbauen, sonst friert das Rad ein!«

Xeno hampelte herum, stand zwei Sekunden auf dem einen Bein, zwei Sekunden auf dem andern. Aus Ungeduld und wegen der Kälte. Es war einer dieser Wintertage, wie sie Pius liebte. Die ihm langsam ausgingen ... Die Luft so trocken kalt, dass sie in der Lunge knisterte, während der Schnee unter jedem Schritt gierte. Im Schatten schimmerte er bläulich, in der Sonne schoss er blendende Glitzerpfeile ab. Sie hatten ihre Strickmützen tief in die Stirn gezogen. Der richtige Tag, um

Heu zu holen, hatte er Xeno in aller Herrgottsfrühe erklärt. Sie beide würden es schaffen, das werde eine rassige Fahrt. *Üf em Hooreschlitte!* Julia hatte protestiert, das ginge doch nicht, am heiligen Stefanstag, und er allein, mit seinem Arm. *Das sig Gott versüecht!* Seine Handbewegung hatte sie verstummen lassen. Es gab keine andere Möglichkeit, Punkt. Arnold war nicht hier. Wenn er nicht mal zu Weihnachten heimkam, wann dann? Pius steckte die Schaufel in den Schnee.

»Reichst du mir die Aufhängung?«

Xeno schaute ratlos um sich.

»Die beiden Bretter neben dir. Siehst du, hier sind vier verschiedene Einschnitte für die Nabe des Rades. *Lozz!*«

Er steckte die Bretter beidseits des Wassers in den Schnee, schlug sie mit dem Hammer tiefer hinein. Ihre oberen Enden verband er mit einer Holzklammer, die er zu diesem Zweck geschnitzt hatte.

»Das reicht. Im Sommer kannst du die Bretter dann direkt in den Boden schlagen. Oder noch besser, du befestigst sie an zwei Balken, die du parallel ans Ufer legst, dann faulen die Bretter nicht. So. Jetzt das Rad!«

Pius nahm es Xeno ab, setzte es vorsichtig ein. Er zeigte seinem Enkel, wie er es höher oder tiefer hängen konnte, je nach Wasserstand. Diese Neuerung war ihm erst kürzlich eingefallen. Eigentlich wollte er sie am großen, am echten Wasserrad umsetzen, unterhalb der Blanken Platte. Er wandte sich ab, damit Xeno seine feuchten Augen nicht sah. Es waren diese kleinen Dinge, die das Gehen schwierig machten.

»*Warum bläärusch, Groossvatter?*«

»*Blääre? Ggwiss nit, Xeno! Was fäält no?*«

»*Dr Hammer!*«

»Genau. Schau her!« Er hatte die Hammerhalterung samt Kippachse auf eine Bodenlatte montiert und diese fest mit dem tönenden Brett verbunden, auf das der Merkhammer schlagen sollte. So würde Xeno die Einrichtung allein aufbauen können. Pius hob sie hoch.

»Siehst du, Xeno, du brauchst nur die richtige Stelle zu finden, stellst das Rad auf, richtest die Höhe ein, dann legst du die Einrichtung über den Bach und ziehst sie langsam näher – ja, genau so. Bis die Schaufeln des Rades den Hammerstiel anheben und Achtung: fallen lassen. Anheben ... fallen lassen.«

»Togg, togg, togg.« Xeno sang mit, sprang im Rhythmus des Hammers auf und ab. Obwohl ein Vielfaches kleiner als echte Merkhämmer, tönte dieser ganz gehörig, fand Pius. Sein Klang flog über den vereisten und schneebedeckten See, hallte bald von der anderen Talseite herüber.

Eine halbe Stunde später bauten sie die Vorrichtung wieder ab.

»Aber du hilfst mir dann beim Aufstellen, *Groossvatter!* Im Frühling.«

Pius antwortete nicht. Es waren die kleinen Dinge ...

»Wir fühlen uns geborgen in den Wiederholungen.«

Manchmal verstand Arnold Faverio nicht. Dann beschäftigte ihn eine Schicht lang, was sein Freund während einer Pause ganz beiläufig gesagt hatte. Vielleicht weil es Dinge waren, an denen Faverio selbst schon ewig herumgedacht hatte. Ähnlich wie früher der Vater, drüben auf dem Seegut. Nur hatte Faverio ein ganz anderes Leben geführt, war von Ort zu Ort gezogen, bis ins Ausland. Hierher. Nicht, weil er wollte, bewahre! Zu gerne wäre er zurückgekehrt in sein kleines Bergdorf, und bald würde er es tun, verkündete er, mit etwas Glück würde das ersparte Geld für die Jahre reichen, die ihm blieben. Sagte er das, weil er wusste, dass sein Husten nicht mehr harmlos war? Der ungestüme Adriano glaubte ihm kein Wort. Faverio wolle doch gar nicht mehr zurück, er sei der Arbeit als Mineur verfallen. So elegant Faverio den Kampf gegen den Berg führe, so verloren wäre er draußen, am Licht, in der Luft, im Leben! Spöttisch und doch voller Hochachtung hatte Sacripanti ihm dies hingeworfen, war zurück in den Vortrieb geeilt, wie immer der Erste. Faverio hatte nur gelächelt, sich vor der heiligen Barbara bekreuzigt und sein Amulett geküsst, wie er es immer tat, bevor er Adriano folgte. Bald stand auch Arnold vor den Schuttbergen im Vortrieb. Er beobachtete, wie Adriano und Faverio den Fels mit Wasser besprengten. Nur langsam band es den Rauch und schlug den Staub ab.

Zenruffinen war neben ihn getreten.

»Feriengeld gibt es hier keines, Rothen!«

Blagghund! Das ist es, was ich nicht verstehe, Mutter! Manchmal könnte ich aus der Haut fahren. Zenruffinen kennt die Vorschriften genau, dennoch drängt er, giftelt, spöttelt. Är kujoniert alli. Aber sobald etwas passiert, wäscht er seine Hände in Unschuld. Verstehst du, Mutter? Dabei ist er doch ein Ingenieur, ein Studierter, er weiß doch, weshalb die Regeln sind, wie sie sind. Aber er ist ein Feigling, Mutter, dir kann ich es ja sagen. Ä Hesler. Und ein Lump! Denk nur daran, was er mit Stefan Cornaz gemacht hat!

Arnold ließ Zenruffinen ohne Antwort stehen, gesellte sich zu Faverio und Adriano. Renzo und Giuliano attackierten mit ihren Eisen bereits eine Granitplatte auf der linken Vortriebsseite. Mario Mela, ihr Einzelgänger, der in der Freizeit mit dem Sortieren seiner Kristalle beschäftigt war, brachte den kleinen Bagger in Position. Ein erstes Mal fraß sich die Schaufel in die herumliegenden Steinbrocken. Weiter hinten standen die Schuttwaggons bereit. Das lose Geröll war schnell fortgeschafft, nun kam der anstrengende Teil. Arnold prüfte einen Felsvorsprung, der etwas seltsam aus der Vortriebswand ragte, suchte ihn Zentimeter für Zentimeter ab. War eine Ladung nicht losgegangen oder das Gestein hier härter? Er konnte keine Spuren eines Bohrlochs finden, legte alle Bedenken ab und ging mit dem Pickel auf den Fels los.

Was Faverio sagt, macht schon Sinn, Mutter! Wir fühlen uns geborgen, weil sich alles wiederholt. Was man immer wieder tut, kennt man, was man kennt, fürchtet man nicht. Wir bohren die Löcher, füllen sie mit Sprengstoff, zählen die Sekunden bis zur Explosion, gehen vor, räumen weg, was sich mit Manneskraft, mit vereinter Kraft, wegräumen lässt ... und dann bohren wir die nächsten Löcher. Immer zu siebt, wenn man Albisser dazuzählt, immer zusammen.

Allein waren sie nur, wenn einer schnell um die Ecke ging, wie sie es nannten. Obwohl es keine Ecken gab und sie sich irgendwo im Stollen erleichterten, die meisten vom Durchfall geplagt. Ein Gestank mehr.
Immer Seite an Seite sonst, in der Feuchte, in der Zugluft, im Schlamm. Die Welt draußen, von der Adriano gesprochen hatte, existierte nicht. Das Unberechenbare, das draußen als reizvoll galt, war hier lebensgefährlich. Wenn im Stollen etwas Unerwartetes passierte, starb meistens einer. Steine und Felsplatten lösten sich, Sprengladungen explodierten zur Unzeit, Stützhölzer barsten, Waggons entgleisten, Bohrer schlugen aus ... Ich habe die Särge schon am ersten Abend gesehen, Greth! Sie sind hinter den Baracken aufgestapelt. Auf Vorrat. In den Briefen ans Seegut habe ich sie immer verschwiegen. Wozu Mutter unnötig ängstigen! Aber ich habe sofort an dich gedacht und fast ein bisschen gehofft ... Weil auch Faverio gesagt hat, dass im Gamplüter Stollen Leben und Tod näher beieinanderliegen als anderswo. Also müsste ich dir auch näher sein, Greth! Ich weiß, du willst solche Gedanken nicht hören, aber was soll ich denn machen? Sie kommen mir einfach. Was Wunder, er ist hier immer präsent, *dr gääjiu Tod*. Jeder von uns

geht mit der Bedrohung anders um. Adriano zum Beispiel schläft seine Räusche in einem der Särge aus, wenn er in der Kantine wieder über die Stränge gehauen hat. Zumindest tut er das, wenn es draußen warm ist. Einmal... habe ich mitgemacht. Im Sommer. Richtig betrunken war ich nicht, ich bin trotzdem mit ihm zur Gerätebaracke gegangen. Habe mich in einen Sarg gelegt, so wie er. So wie du, Greth...

Damals, als das Kalb gestorben ist, bin ich davongelaufen, hinauf zur Alp, weil ich dem Kalb noch einmal zuwinken wollte, wenn es im *Graatzug* an mir vorbeizieht. Hab ich dir davon erzählt, Greth? Vielleicht... ach was!

Ich hab sogar den Sargdeckel geschlossen, in jener Nacht. Versteh doch, Greth, ich wollte dich sehen. Wollte wissen, wie es ist! Wie es für dich ist. Aber man kann es nicht wissen. Egal was man tut. Bis es so weit ist. *Item*. Ich spüre dich, wenn ich hier arbeite. Im Berg, bei der Arbeit drehe ich mich manchmal um, in der sicheren Gewissheit, dass du hinter mir stehst und mir zuschaust... Aber ich sehe niemanden und schaue zur Decke. Weil Engel ja schweben! Nichts. Dann hämmere ich den Pickel, das Eisen, was immer ich in der Hand halte, in diese dreimal verfluchte Wand zwischen uns und will sie aufbrechen. Schlag um Schlag um Schlag. Sie wird brechen... Hier und hier und da: Nichts, nichts, nichts...

Faverio fiel Arnold in den Arm. Es sei genug, er müsse nicht die ganze Plonspitze von Hand auseinanderschlagen, ein bisschen Sprengstoff habe der Albisser noch übrig. Er lächelte, doch seine Augen schauten ernst.

Faverio wusste Bescheid.

»Und die Pause könnten wir ja machen, wenn die Löcher gebohrt sind, oder was denken die Herrschaften?«

Bei Zenruffinens Worten pressten sich Faverios Finger in Arnolds Oberarm. Hielt er Arnold oder sich selbst zurück?

Julia legte Arnolds Briefe in die Reisschublade des Gewürzkastens. Pius mochte Reis nicht. Wenn er sie trotzdem fände, wäre das auch kein Schaden, dann würde er seinen Sohn vielleicht besser verstehen. Was Arnold in diesen Stollen getrieben hatte! Sie nahm das Holzmesser und ein schmales Scheit *Bräholz*. Hochkant setzte sie es auf den Boden, schnitzte mit schnellen Bewegungen Späne ein. Drei- bis viermal am Tag machte sie das, war ihr letzthin aufgefallen, als Xeno sich beklagt hatte, er könne das nicht. Eintausenddreihundert Mal pro Jahr ungefähr. Weit über sechzigtausend Mal in ihrem Leben. Da muss ich es doch können, Xeno! Das Geheimnis war, wie bei allem, rechtzeitig aufzuhören mit Schneiden, damit die Späne nicht abgetrennt wurden. So standen sie aufgefächert vom Scheit ab, rollten sich leicht ein. Sie legte das Scheit auf die Glut im Herd und blies hinein. Sofort züngelten Flammen auf, das Föhrenharz fing Feuer. Sie schnitt ein weiteres Scheit in kleine Stücke.

»Nein, das kommt nicht ins Feuer, Xeno! Die Stückchen legen wir in die Kleiderschränke, gegen Motten und Ungeziefer!«

Minutenlang starrte sie danach in die Flammen, bis ... die Sprossen der Wiege vollkommen verglüht waren und zerfielen. *Äscha zu Äscha.* Julia gab sich einen Ruck, schloss die Eisentür des Ofens. In der Vergangenheit zu leben bekam keinem, weder Arnold noch ihr. Der kommende Frühling versprach Besserung, an diesem Gedanken musste sie sich aufrichten. Arnolds letzter Brief wollte ihr nicht aus dem Kopf. Was er schrieb, löste zwiespältige Gefühle aus: Zum einen machten ihr seine Schilderungen Angst. Dieser Zenruffinen ... Er würde die ganze Gruppe noch ins Verderben jagen. Die Arbeit oben im Gamplüt war gefährlich genug, weshalb lag der Gesellschaft nicht mehr daran, die Mineure zu schützen? Sie war doch auf ihre Arbeiter angewiesen! Zum anderen schöpfte sie neue Hoffnung aus den Briefen. Arnolds Begeisterung erlosch, das war deutlich zu spüren. Er dachte nach. Über die Elektrischen, über die Mineure. Vielleicht hatte er nach einem Winter ja genug und kam heim. Wenn er sich nur nicht zu spät besinnt, *Maria du gebenedeijuti!* Die Geschichte von Stefan Cornaz und Anna Abderhalden ließ ihr keine Ruhe. Lena hieß das Mädchen, dass Anna vor zwei Wochen zur Welt gebracht hatte. Die Gerüchte unten in Plon grassierten. Einer stünde schon bereit, um zu erben: der Amherd, ein Knecht. *Äs rappigs Mannji.* Jeden Fünfer drehe der zweimal um. Eine jämmerliche Gestalt im Vergleich zum vifen und blitzgescheiten Cornaz. Julias Cousine in Plon kannte seine Mutter, die Witwe Cornaz. Beim Weihnachtsbesuch auf dem Seegut hatte die Cousine mit Reden nicht mehr aufgehört: Ein Gewitzter sei er gewesen, der Stefan, listig wie ein Fuchs. *Än Fäger.* Aber auch einsichtig, deshalb habe er doch diese gefährliche Arbeit angenommen, oben im Gamplüt! Er habe schnelles Geld verdienen wollen, um Anna vor den Traualtar führen zu können. *Dr Tüful hät är wellu!* Dank Arnolds Briefen wusste Julia mehr als die im Dorf unten, aber sie hatte geschwiegen. Keiner musste wissen, dass Cornaz, Gott hab ihn selig, sich nicht geändert hatte. Die Schmiedtochter dauerte sie. Am Ende war es besser, wenn sie den Amherd nahm. Es war nicht gut, wenn ein Kind nur bei der Großmutter aufwuchs, das sah sie bei Xeno. Oder lag es an ihr? Sie hatte nie das Gefühl, sie könne Xeno die Mutter ersetzen. Sie liebte den Bub über alles, aber etwas fehlte dennoch. Die vollkommene Innigkeit. Nur eine Mutter hätte verstanden, was sie meinte. Jene Verbundenheit, die ihren Sohn dazu brachte, plötzlich Briefe zu schreiben. Eigentlich war das ein schlechtes Zeichen, dass er schrieb, und auf diese Weise Trost suchen musste.

Faverio und Arnold lehnten sich gemeinsam gegen den Bohrer, wie sie es gewohnt waren. Im selben Moment verloren sie das Gleichgewicht, fingen sich mit einem schnellen Schritt nach vorn auf.

»Was war das?«, rief Arnold durch den Lärm.

»Ich weiß nicht. Ein Hohlraum. *Vedremo!*«

Er packte den Bohrer fester, Arnold prüfte, ob genug Kühlwasser zufloss. Schon nach wenigen Zentimetern suchte Arnold erneut Faverios Blick. Faverio schüttelte beschwichtigend den Kopf. Arnold hielt sich nicht länger zurück. Sollte ihm nur recht sein, wenn sich der Bohrer mal schneller ins Gestein fraß! Immer öfter wurde ihm klar, dass seine Kräfte nicht unerschöpflich waren. Ein ungewöhnlicher Gedanke in seinem Alter, aber so war es. Die Arbeit hier forderte ihren Tribut. Kein Vergleich mit dem Bauern auf dem Seegut... Die Bohrstange steckte mittlerweile bis zum Gewinde im Gestein. Mit vereinten Kräften zogen sie den Bohrer heraus. Mario und Adriano schauten erstaunt herüber, sie hatten noch nicht die Hälfte ihres Loches geschafft. Faverio winkte Albisser heran, beide beugten sich über die Bohrstange. Albisser sah das Steinmehl in den Spiralrundungen sofort, er zerrieb es zwischen den Fingern, prüfte auch den Bohrstaub zu ihren Füßen. Faverio erwiderte seinen Blick mit einem Nicken.

»Verfluchter Mist.« Herzhaft fluchend verließ Albisser den Vortrieb. Faverio blickte zur Stollendecke hoch, als fürchte er, dass sie ihm gleich auf den Kopf falle.

»Was ist?«

»*Carbone*«, anwortete Faverio. »Jetzt beginnt die Arbeit erst.«

Der *Heuwschleif* zog sich als dunkles Band von der Triste unterhalb des Salflischer Stotzes durch den Schnee zu Julias Garten hinab und dann in einer zweiten Kurve zum Seegut, wo die Bahn auslief. Sie war beinhart gefroren, stellte Pius fest, als er mit Xeno hochstapfte. Er war unschlüssig, ob ihnen das eher half oder zum Verhängnis werden konnte. Der Schlitten würde ein Höllentempo erreichen. Ob er ihn einarmig steuern konnte? Irgendwie musste er Xeno beibringen, dass er nicht mitfahren durfte. Eine unmögliche Aufgabe, das wusste er schon jetzt. Als sie bei der Heutriste ankamen, ließ er sich nach Luft ringend dagegen fallen. Bei jedem tieferen Atemzug spürte er ein feines Stechen tief in der Brust. Es kündigt sich an, dachte Pius. Wahrscheinlich war das bei den meisten so, aber kaum einer achtete darauf.

»*D Gabbla!* Ich habe sie beim letzten Mal irgendwo an die Triste gelehnt, such da drüben, unter dem Schnee.« Bis Xeno sie gefunden hatte, konnte er die Ruhepause verlängern. Er schaute ins Tal hinaus. Der Plonersee ruhte zwischen den Talwänden, gefangen unter Eis und Schnee. Gefangen? Beschützt. Der See erlebte seinen letzten natürlichen Winter. Drüben bei der Mauer sah man Arbeiter wie Ameisen über die Baustelle wuseln. Nicht mal die Feiertage ehren sie, dachte er unwillkürlich, zugleich fiel ihm ein, dass er nicht besser war. Er hätte das Heu auch morgen holen können, aber er ertrug die feierliche Ruhe nicht, so wenig wie die Weihnachtsarrangements, den geschmückten Baum, das Gebäck. Getränkt von Rührseligkeit waren diese Tage. Und für ihn untrennbar verbunden mit dem Tod seiner Mutter. Mit letzter Kraft hatte sie sich damals am Leben festgeklammert, *anno* vierundfünfzig, bis Weihnachten und Stefanstag vorbei gewesen waren. In der Nacht auf den siebenundzwanzigsten war sie dann entschlafen. Ohne ein weiteres Wort. An Silvester hatte er sie beerdigt. Es müsse im alten Jahr sein, hatte er Julia erklärt, wie könne er sonst das neue beginnen?

»*Gfunne, Groossvatter!*« Xeno schleppte mit vor Stolz leuchtendem Gesicht die Heugabel und auch die Schaufel herbei.

»*Güet. Jetz d Leitra.*«

Sie stand noch immer eingeklemmt zwischen der Triste und dem steil ansteigenden Hang. Nur war der Zwischenraum jetzt von Schneeverwehungen fast ausgefüllt. Pius zerrte die Leiter hervor. Mit der Schaufel schlug er das Eis von den Sprossen, dann lehnte er sie gegen die Triste. Die Leiter war nur drei Meter lang, sie reichte nicht ganz hinauf. Xeno wollte sich zum Schlitteln in die Heubahn setzen. Pius rief ihm zu, dort werde es zu schnell, er solle doch daneben eine eigene Bahn bauen. Mit Feuereifer machte sich der Bub an die Arbeit. Pius legte das *Füetertüech* für das erste *Burdi* in den Schnee und kletterte hoch bis zum Leiterende. Er schaufelte den Schneehut auf der Triste weg, warf anschließend Gabel um Gabel Heu hinunter. Als sich das Binden lohnte, kletterte er von der Leiter, wuchtete das erste Fuder auf den Schlitten, legte sogleich Tücher für ein zweites und drittes aus.

Zenruffinen plusterte sich auf. Er habe damit gerechnet, jetzt hätten sie die problematische Zone erreicht. Sonst hörte ihm jeweils kaum einer zu, jetzt hingen ihm die Männer beider Schichten an den Lippen. Es ändere sich nicht viel für sie, Vorsicht sei ohnehin geboten, man käme einfach langsamer vorwärts. Ja, ja, beschwichtigte er sogleich, die Vorgaben für die Prämien würden angepasst. Er werde das mit der Direktion diskutieren. Später. Wenn absehbar sei, wie breit die Zone war und wie schnell sie unter den neuen Bedingungen vortreiben könnten. Eine Sedimentschicht sei das, setzte er von oben herab hinzu, heikel zwar, aber durchaus machbar, eine Mischung aus Mergel, Sandstein und Kohle.

»*Burro*«, kommentierte Faverio Zenruffinens Worte leise. »*Santa Maria*, sag doch einfach: Weich wie Butter.«

Später in der Kantine setzte sich Albisser zu ihnen, was er selten tat. In wenigen Worten erklärte er, wie er mit der neuen

Situation umzugehen gedachte. Vielleicht könne man sich bald das eine oder andere Bohrloch sparen, käme mit der halben Menge Sprengstoff aus, es sei sogar möglich, dass zeitweise nicht gesprengt werden müsse, weil die Baggerschaufel für das weiche Gestein genüge.

»Zeit sparen werden wir deswegen aber nicht«, fügte Faverio hinzu. »*Comincia una nuova partita!* Was wir beim Vortreiben an Zeit gewinnen, verlieren wir beim Abspießen wieder. Ich frage mich nur, woher wir die Baumstämme nehmen, mitten im Winter. Der Vorrat da drüben«, er deutete mit dem Kinn zum Fenster, »wird schnell weg sein.«

»Wer sagt, dass wir die brauchen?« Albisser interessierte sich eingehend für sein Bierglas.

Faverio starrte ihn mit offenem Mund an. »Baumstämme sind das Mindeste. *Così!*« Er spannte die Arme auf. »Dick wie Weinfässer müssen die sein, das weißt du genau! Ausgießen mit Beton müssen wir zudem, Stützbogen brauchen wir, aus Granitblöcken. Und du zweifelst, ob wir überhaupt absichern werden! Weißt du mehr als ich?«

Albisser ließ den Verschluss einer neuen Bierflasche aufschnappen. »Ich kenne Zenruffinen.«

»*Vuol dire?*« Faverio schaute wie alle anderen gespannt auf Albisser. Der seufzte. »Er versteht ja etwas von der Sache. Im Grunde wäre er ein guter Ingenieur. Aber der Ehrgeiz treibt ihn bei jeder Entscheidung auf die riskante Seite. Er will Erfolg und er will ihn schnell, egal um welchen Preis.«

»Er kann das Loch nicht in den Berg zaubern«, warf Arnold ein. »Und die Gesellschaft wird ihn zur Ordnung rufen, wenn es gefährlich wird.«

Albisser schaute Arnold an, als sei der gerade erst aus der Wiege gefallen.

»*Titsch und titli:* Bevor du in diesem Stollen einen Granitbogen siehst, fließt die Plon aufwärts. Oder noch klarer:

Bevor in diesem Stollen auf sichere Weise gebaut wird, sind wir tot.«

»Verschüttet.«

»Genau. Frühestens dann wird die Stausee-Gesellschaft reagieren.« Albisser leerte sein Glas und rückte seinen Stuhl zurück. »Vergesst nicht, wir sind nicht an der Mauer. Wenn hier etwas passiert, müssen ein paar von uns Arbeitern über die Klinge springen. Das ist nicht weiter schlimm für die. Damit rechnen sie sogar, *d meeru Heeru*. Wenn aber an der Mauer etwas passiert, horchen alle auf und fürchten sofort um ihre Stabilität. Denn die ganze Schweiz weiß, dass Nachlässigkeiten dort zu einer riesigen Katastrophe führen können. Auch später noch, in zehn, zwanzig Jahren. Das würde sehr, sehr teuer für die Gesellschaft, deshalb schaut sie auf der Furgger Baustelle zu den Arbeitern.«

Und bei uns nicht, verstehst du, Mutter? Kanonafüeter, das sind wir! Aber wir halten die Augen offen, Faverio und ich. Wir haben sogar Zenruffinen gestellt. Man müsse abwarten, hat er gesagt, das seien nur schmale Karbonschichten, eingeschlossen in festen Granit. Die Bohrungen geben ihm recht. Im Moment stoßen wir immer wieder auf Granit und sind dankbar dafür. Es ist unheimlich, Mutter, wenn der Bohrer in den Fels dringt wie in Butter. Zum ersten Mal macht er mir Angst, der Berg. Er ist nicht mehr hart und abweisend, hier gibt er nach, scheint es. Aber wir wissen es besser.

Pius und Xeno banden das letzte Tuch gemeinsam auf den Hornschlitten. Brusthoch stapelte sich jetzt die Last. Pius' Blick folgte dem *Heuwschleif*. Das erste Drittel fiel steil ab, aber der Zwischenboden bei Julias Garten bot eigentlich Auslauf genug. Er musste den schlimmen Arm vergessen. »Weißt du, Xeno«, lenkte Pius sich ab, »vor langer Zeit, als ich selbst noch ein Kind war, kam mein Cousin Res aus der Stadt zu Besuch.

Seine Eltern liefen Ski, und Res hatte etwas ganz Neues mitgebracht: *Ziibschüe!*«

»Was ist das?«

»Schuhe auf Eisenkanten, mit denen kann man über das Eis rutschen. Ganz schnell sogar, wenn es Schwarzeis hat. Damals aber lag der Schnee meterhoch auf dem See. Res war natürlich enttäuscht. Bis er die vereiste Heubahn gesehen hat! Er kam auf die verrückte Idee, er könnte hier hinuntersausen. Schau: diesen Hang und den nächsten, bis hinab zum Haus.«

»Und de?«

»Wier heis versüecht.«

»Und de?«

»Es hat uns hingeschlagen, ein ums andere Mal. Am Abend waren wir voller blauer Flecken. Und am anderen Morgen konnten wir kaum mehr laufen. Jetzt aber los!«

Pius wusste plötzlich nicht mehr, weshalb er die Geschichte erzählt hatte. Er zeigte Xeno, wie er sich hinten auf dem Heu an den Seilen festklammern musste, gab dem Schlitten einen Stoß. Nur mit Mühe konnte er selbst noch aufspringen. Sie rasten Julias Garten entgegen, immer schneller, die eiskalte Zugluft trieb ihnen Tränen in die Augen. Wie Pius es sich erhofft hatte, kamen sie auf dem Zwischenboden zum Stillstand, gerade noch vor dem nächsten Abhang. Pius verließ der Mut. Hier konnte er den Schlitten unmöglich steuern. Was ... was also würde passieren, wenn er ihn einfach fahren ließ? Die erste Kurve würde er wahrscheinlich machen, dann hätte er bereits die Richtung zum Seegut eingeschlagen. Die verbleibende Kurve kurz vor dem Stall war eng, da würde er hinausgetragen werden, aber der Tiefschnee müsste bremsen.

»Du, Groossvatter, machsch du mir Ziibschüe?«

Pius lachte. »Schraubendampfer höchstens. Solche, die man an die Werkschuhe schnallen kann. Hör zu: Wir lassen den

Schlitten allein hinuntersausen und rutschen auf dem Hosenboden hinterher!«

Xeno fand den Vorschlag glücklicherweise lustig. Fast gemächlich nahm der Schlitten die ersten paar Meter, folgte gehorsam der Heubahn um die Kurve, wurde dann schnell, schneller, als Pius gedacht hatte. Er stolperte und rutschte hinter Xeno her, ließ den Schlitten nicht aus den Augen und beobachtete, wie er über die letzte Kurve hinausraste. Nur blieb er nicht stecken, wie Pius gedacht hatte, sondern glitt auf dem dort wohl glasigen Schnee weiter, bis er mit Getöse in die Stallwand krachte. Bretter splitterten, und Pius nahm aus dem Augenwinkel Julia wahr, die vors Haus trat. Dieses Bild brachte die Erinnerung zurück: All das war schon einmal passiert. Vor zwanzig Jahren oder mehr hatten sie sich krummgelacht, er und der kleine Arnold, und Julia hatte sie ausgeschimpft. Doch damals hatten sie den Schlitten aus reinem Übermut gehen lassen, hatten ihn oben gar angestoßen.

Pius begutachtete den Schaden am Stall und wich Julias Blick aus. Er wollte kein Mitleid.

Alle Blicke sind abschätzig, stellt Lena fest. Nur der von Bohrer nicht. Wenn der bloß ... Nicht ablenken lassen, *hüereverflüecht!* Sag, was du zu sagen hast, und verschwinde dann.

»Ich bin nach Plon gekommen, um von der Stausee-Gesellschaft das einzufordern, wozu sie sich verpflichtet hat. Erst dreißig Prozent der vereinbarten flankierenden Umweltschutzmaßnahmen zum Erweiterungswerk sind umgesetzt worden. Nein, Herr Pfammatter, Sie sagen jetzt einen Moment lang nichts! Dann besteht die kleine Chance, dass man in Plon für einmal die Wahrheit hört.«

Pfammatters Gesicht sieht aus, als hätte ein Schönheitschirurg die Haut zu sehr gespannt. Auch die übrigen Anwesenden scheinen geschockt ob ihrer Unverschämtheit. Mit Ausnahme ... von Bohrer, der sich ein Lächeln verkneift. Abwarten!

»Ich wollte zusammen mit Ihnen eine Lösung finden. Allerdings nur, bis ich erfahren habe, was wirklich geplant wird. Welches Projekt diese beiden Herren, der Dorfkönig junior und der Dammkönig senior, klammheimlich aufgegleist haben! Sie, Herr Grichting, haben als Gemeindepräsident dabei wie immer keine Rolle gespielt, und genau das werfe ich Ihnen vor. Mich würde interessieren, mit welchen Mitteln sich diese beiden Herren alle Bewilligungen erschlichen haben. Das herauszufinden, ist jetzt Sache der Presse, der unabhängigen, nationalen Presse wohlgemerkt! Parallel dazu wird die *GreenForce* eine entsprechende Protestbewegung organisieren. Wir werden sämtliche uns zur Verfügung stehenden rechtlichen Mittel nutzen. Haben Sie wirklich geglaubt, Sie könnten mitten in das berühmteste Naturschutzgebiet der Schweiz einen Golfplatz bauen, und alle schauen zu? Hoffen Sie bloß nicht, dass wir uns auf Kompromisse einlassen, diesmal nicht! Was Sie tun, ist so bodenlos verkommen, dass ich kein weiteres Wort verschwende. Ich empfehle Ihnen nur eines: Lesen Sie morgen die Zeitung...!«

... *Heilandsakrament!*, schließt Lena lautlos, während sie mit einer einzigen Handbewegung zusammenrafft, was vor ihr auf dem Tisch liegt. Breitmosers beschwichtigendes Armwedeln ignoriert sie, erst in der Hotelhalle bleibt sie stehen. Was jetzt? Raus aus dem Hotel! Sie will nicht länger auf deren Kosten logieren. Die gemütliche Pension unten am Dorfrand, die sie von früher kennt, wird wohl noch freie Zimmer haben. Allerdings... ohne Balkon!

Interessiert nicht mehr, ihr Schwimmer ist ohnehin abgereist, alle Träume geplatzt, Zeit zu packen.

Zeit für einen Blick ins Telefonbuch. Cornaz. Lena Cornaz.

Der Portier ist erstaunt, als er hört, dass sie ihr Zimmer sofort freigebe. Ob es nicht ihren Wünschen entspreche? Es sei das beste im ganzen Haus, exakt dasselbe wie das des Hotelbesitzers, der ja stets...

Lena unterbricht ihn. Das Zimmer sei in Ordnung, sie wolle nur wissen, was sie zu zahlen habe.

»Alles geht auf Kosten des Hauses, Frau Amherd.«
»Die Minibar, die Massagen, das Nailstudio?«
»Alles inbegriffen.«
»Na dann. In einer halben Stunde habe ich gepackt.«

Sie geht zum Lift. Soll sie Vater anrufen? Den Mann, den sie vierzig Jahre lang für ihren Vater gehalten hatte. Unsinn, sie muss erst mehr herausfinden.

Xeno schreckt aus dem Schlaf auf. Im Traum hat er Kinderstimmen gehört. Unmöglich, er träumt nie von Kindern. Vorsichtig schleicht er zum Stolleneingang und wirft einen Blick durch den Spalt zwischen Fels und Tarnnetz. Zwei Buben stehen unten auf der kleinen Lichtung zwischen Waldrand und Felswand. Der eine hält eine kleine Filmkamera in der Hand, gibt dem anderen Anweisungen. Der zweite trägt eine Art Kostüm aus Föhrenzweigen. Es sind die beiden, die ihn bei der Sprengung gestört haben. Xeno betastet seinen Hinterkopf. Er hat die Wunde schon vergessen, so sehr ist er an Schmerzen gewöhnt. Was wollen die Jungen hier?

». . . dann gehst du vom Waldrand aus quer über die Wiese und kletterst die ersten paar Meter die Wand hoch.«

Xeno wird hellhörig.

»Ich kann mit dem Zweigzeugs nicht klettern, Albin, wie oft muss ich dir das noch sagen!«

»Ich weiß, aber ich brauch das als Übergang beim Schnitt. Tu einfach so als ob. Stell dir nachher die geschnittene Szene vor: Du bist der vorderste Zombie im Gratzug, auf mein Zeichen drehst du dich zum Jungen am Waldrand hin und winkst ihm zu! Mit einem üblen Grinsen, wenn's geht.«

»Zu welchem Jungen?«

»Zur Kamera, Mann! Die Kamera zeigt die Perspektive des Jungen.«

»Das ist behämmert!«

»Ist es nicht. Wenn wir all die Zombies reinkopieren und die dann hinter dir herwanken lassen! Auf Musik geschnitten: verzerrte Metallgitarren, Elektrobeat, so wie wir es ausprobiert haben.«

»Aber ich spiele die Gitarre!«

»Ja, Seb. Wir nehmen dich auf und mischen die anderen Instrumente dazu. Nichts leichter als das mit meinem neuen Sound-Programm. Dann bist du ein kleiner Ennio Morricone.«

»Wer ist das?«

»Vergiss es, jetzt wird gefilmt.«

Sollen sie doch tun, was sie wollen, solange sie den Stollen nicht entdecken! Sonst wird er die beiden wirklich in den *Graatzug* einreihen. Er beobachtet, wie der verkleidete Junge die Befehle des anderen ausführt, marschiert, stoppt, zurück zur Ausgangsposition geht, wieder losläuft, mal schwebend, mal stolpernd vor Erschöpfung, dann betrunken wankend. Endlich scheint dieser Albin zufrieden. Er reicht die Kamera seinem Freund, stellt sich vor dem Waldrand in Position. Der andere tritt dicht an ihn heran, filmt irgendwas in seinem Gesicht.

Das Auge, murmelt Xeno verstehend. Der Blick des Jungen, der dem Gratzug zuschaut!

Der Gefilmte bricht plötzlich in Panik aus, flüchtet in die Büsche.

Falsch!, erklärt Xeno Faverio, der hinter ihm steht. Wenn du einer armen Seele direkt in die Augen schaust, ist es zu spät für eine Flucht. Dann wirst du mitgezogen in die Verdammnis des ewigen Eises.

Der Junge zeigt plötzlich zu ihm hoch. Xeno weicht aus reiner Gewohnheit zurück. Aber das Tarnnetz ist nicht mal dann zu erkennen, wenn man weiß, wonach man sucht. Xeno schielt hinab. Die beiden Jungen verschwinden zwischen den Bäumen des Föhrenwaldes.

Weshalb sind sie hier? Erst die drei auf dem Maiensäß, dann diese Familie. Verwandte der Hirten? Die beiden Buben tragen Stadtkleider, das ist offensichtlich. Wie lange bleibt die Familie? Geht dahin zurück, wo ihr hergekommen seid, Kinder, sonst holt euch der schwarze Mann, buh!

Breitmoser schaut erst Silvan, dann Pfammatter fragend an. »Die Gäste warten. Was soll ich tun?«

Silvan schweigt.

»Sag was!«, fährt Pfammatter ihn an. »Steh nicht herum wie

eine Salzsäule, dein Vater hätte die Sache schon lange geradegebogen, Bohrer!«

»Du verlierst den Blick für die Realität, Franz...«

»Den du nie hattest.« Er dreht sich zu Breitmoser um. »Lass dir was einfallen. Ersatzprogramm für die Leute da drin. Wellness im Hotel zum Beispiel. Telefonier mit dem Rößlihof: Reitausflug auf Kosten der Gesellschaft. Oder Gleitschirmfliegen von der Furgg herab oder das Zeugs im Canyon, weiß der Teufel was! Wir treffen uns alle wieder zum Abendessen, dann gehen die Gespräche weiter, mit oder ohne *Green-Force*.«

»Unmöglich.« Silvan lässt die beiden stehen, geht durch die Hotelhalle.

Pfammatter holt ihn ein. Er hält ihn am Arm zurück. »Was soll das heißen? Beim ersten Lüftchen, das dir entgegenweht, gibst du auf? Natürlich, ich sehe es dir doch an, Weichei! Lässt dich einschüchtern von dieser grünen Schlampe. Die müsste es doch bloß mal richtig besorgt kriegen, dann käme sie auf andere Ideen, als uns ständig ins Handwerk zu pfuschen.«

Silvan will sich losreißen, Pfammatter verstärkt seinen Griff. »Wer ist denn die schon? Niemand wird auf die hören! Klartext, Bohrer: Du reißt dich jetzt am Riemen, sprichst mit den Leuten und nochmals mit Borelli. Vor allem aber: Stopp endlich diese Nutte, dein Vater hätte das schon längst getan!«

Silvan packt Pfammatter an den Aufschlägen des Anzugs. Zugleich fährt ihm durch den Kopf, dass er das schon lange hat tun wollen.

»Nenn die Nutten, Pfammatter, die jeden Samstagabend zu dir ins Werk kommen.« Er lässt ihn los. »Scheiße, was mach ich mir hier die Hände schmutzig! Wer ist denn an all dem schuld? Wenn deine Gesellschaft mir nicht aus heiterem Himmel die Kredite gekündigt hätte, wäre der Golfplatz nie ein Thema gewesen! Dann hätte sich bald auch ein Käufer gefunden und alle Arbeitsplätze wären erhalten geblieben. Das hast du von

Anfang an gewusst, aber du hattest andere Pläne. Du hast als Erster von diesem Golfplatz gesprochen.« Silvan bricht ab. »Sag mal... steckst du am Ende mit dieser Hotelkette unter einer Decke?«

Pfammatter weicht seinem Blick eine Sekunde lang aus. Silvan ist perplex.

»So ist das also... Wenn der Golfplatz gebaut wird, kassierst du eine Provision, hab ich recht? Wie viel, Pfammatter? Eine halbe Million? Eine ganze? Zwei?«

Während er noch spricht, begreift Silvan endlich. Die Deutschen haben ihn über den Tisch gezogen! Haben ihn durch Pfammatter und die Elektrischen so unter Druck gesetzt, dass er irgendwann zum Verkauf gezwungen war. Und... und dann spielt er für die auch noch den nützlichen Idioten, der die Drecksarbeit macht!

»Bohrer, du leidest an Gehirnerweichung, seit du diese Schlampe zum ersten Mal gesehen hast. Du willst etwas von ihr, meinst du, ich hätte das nicht gemerkt.«

»Die Bohrer-Hotels werden nicht verkauft, Pfammatter. Den Golfplatz kannst du vergessen.«

»Das entscheidest nicht mehr du.«

»Abwarten.«

Silvan lässt Pfammatter stehen. Der Rezeptionist winkt ihn zu sich. Lena Amherd verlasse das Hotel, sie räume gerade ihr Zimmer. Silvan lässt sich in einen Sessel fallen, seine Wut verraucht, macht Leere Platz. Das ist die Realität. Nicht Träume bestimmen sein Leben, nur die Zahlen, die nach allen Subtraktionen in der Buchhaltung aufscheinen. Er wird die Hotels nicht mehr verkaufen können, nach dem, was er eben gesagt und vor allem herausgefunden hat. Seinen Spielfilm... wird er nie drehen. Die Hauptfigur am Boden, das Ziel außer Reichweite: *Turning point* nennen die Drehbuchschreiber das... Bedeutet aber auch, dass es nur noch aufwärtsgehen kann. Die Erleichterung über das Zerwürfnis mit Pfammatter ist letztlich größer als seine Ernüchterung! Er hat lange genug gegen seine innersten Überzeugungen gehandelt – seit er nach Plon zurückgekommen ist, genau genommen. Er hat sich verhalten, wie sich ein Bohrer eben verhält. Wie der Vater. Und sich vorgemacht, der Zweck heilige die Mittel...

»Worum ging es da eben, Herr Bohrer?« Hubert Borelli hat sich neben Silvan gestellt.

»Das möchten Sie wohl gern wissen.«

»Ich habe noch eine Stunde Zeit, bis ich den Artikel nach Zürich mailen muss. Nur falls es neue Entwicklungen gibt.«

Silvan starrt ihn an. Die Idee, die ihm gerade kommt ... Ist sie so gut, wie sie im ersten Moment wirkt? Egal, er hat nichts mehr zu verlieren. Vielleicht kann er so Lena ...

»Eine Stunde ist genug, Herr Borelli.«

Die Kinder erinnern Xeno an die Zeit, als alle starben. Er nimmt das Spielzeugauto vom Felsvorsprung, bläst den Staub vom Blech, lässt die Räder kreisen. Der Vater zuerst. Dann der Großvater.

Es war kein Frühling, hat die Großmutter danach immer gesagt.

Keinem hat sie offenbart, welche Gewissensbisse sie Tag und Nacht plagten. Xeno hat trotzdem gewusst, was in ihr vorging. Nach all den Jahren hat sie noch immer gedacht, sie sei schuld am Tod ihres Mannes. Sie, nicht die Elektrischen! Er hat es ihr nicht ausreden können, bis zum Schluss nicht. Sie hat die großen Zusammenhänge eben nie verstanden. Letztendlich habe sie ihren Pius verraten, sagte sie. Sie habe mit Pfammatter verhandelt, sie habe das neue Seegut geplant ...

Natürlich für unsere Zukunft, Vater. Für dich und für mich.

Aber sie hat nicht vorhersehen können, dass Vater sterben und das neue Haus deshalb automatisch an Pfammatter übergehen würde. Großmutter hat deinen Vertrag mit den Elektrischen ja nicht gekannt, Vater! Hat ihn nie gesehen. Pfammatter hat dafür gesorgt, hat sein wahres Gesicht stets verborgen gehalten ...

Xeno stellt das Blechauto zurück auf den Vorsprung, schaltet die Stirnlampe ein. Er hat das neue Seegut nur einmal besucht, Jahre nachdem er mit der Großmutter in die Plonebene hinuntergezogen war. Kurz vor seiner Abreise nach Chile. Pfammatter wohnte bereits nicht mehr dort, er hatte die Abreißtruppen bestellt. Das Haus verfiel, Julias Brunnen zwischen Stall und Haupthaus war versiegt, die Beete im Garten verkamen. Xeno weint, seine Augen bleiben trocken. Julia hatte den Ehemann verraten müssen, um dem Sohn und dem Enkel eine Zukunft zu geben. Vielleicht hatte sie daran gedacht, wenn ihr Blick jeweils abwesend wurde, meist dann, wenn sie in ein Feuer starrte. Gegen Ende ihres Lebens tat sie das stundenlang. Dabei lag die Schuld ausschließlich bei der Stausee-Gesellschaft, bei den Zenruffinens und den Pfammatters.

Zenruffinen ist tot. Seit Xenos Rückkehr aus Chile. Ein nächtlicher Unfall auf der Flischer Straße, unerklärlich für die Behörden. Xeno lächelt. Er hat das Fernlicht im richtigen Moment eingeschaltet, die Augen geschlossen, dann ein kurzer Schwenker über die Mittellinie ... Den Zusammenprall selbst hat er gar nicht mitbekommen, so hell war das Licht plötzlich. Blendendes Weiß überall.

Jetzt wird Pfammatter, wird die Gesellschaft büßen, sie ist nicht mehr weit vom Ruin entfernt. Ein paar Zentimeter Stahl nur. Xeno streicht über die Außenhaut des Druckrohrs. An verschiedenen Stellen ist es bereits freigelegt, den idealen Ansatzpunkt für seine Presse hat er noch nicht. Wenn er sicher sein will, dass das Rohr wie geplant platzt, muss er eine Schweißnaht finden. Die einzelnen Teilstücke können doch nicht so lang sein!

Geduld, Xeno!, beruhigt Arnold hinter ihm. Das Rohr rennt dir nicht weg, verdirb nicht unseren Plan! Xeno nickt. Sie haben lange genug gebraucht bis hierher, in den Stollen bei Fenster 3. Faverio reicht Xeno Hammer und Meißel. Vorsichtig spitzt er ein nächstes Loch in den Fels, bemüht, mit dem Meißel nie direkt auf das Metall des Rohres zu stoßen. Er weiß nicht, ob die Druckleitung auf Erschütterungen überwacht wird und wie empfindlich ein solches System reagieren würde.

Lena wirft einen letzten Blick auf den Balkon. Der Traumschwimmer ein Handlanger der Elektrischen – diese Theorie hält sie für die Wahrscheinlichste. Den Briefumschlag hat sie auf den Koffer gelegt. Nicht ein einziger Telefoneintrag auf den Namen Cornaz gibt es in Plon. Das muss nicht heißen, dass die ganze Geschichte erfunden ist. Sobald sie hier raus ist und ein Zimmer gefunden hat, wird sie weiterforschen.

»Tut mir leid, Frau Amherd, voll bis unters Dach.« Am Telefon enttäuscht die Pensionsbesitzerin ihre Hoffnung auf einen schnellen Hotelwechsel.

»Warum denn das?«

»Der Strahlerkongress in der Turnhalle.«

Renate Tuch gehört zu jenen Menschen, die nur auf ein Startsignal für ihre Wortkaskaden warten. Der Kongress ziehe Kristallsucher aus der ganzen Schweiz an. Ein spezielles Völkchen übrigens. Einer davon sei sogar aus Italien angereist, ein komischer Kauz, aber ein Bild von einem Mann, das könne sie Lena schriftlich geben. Etwas schweigsam vielleicht, die einzigen Worte, die er ihr gegenüber verloren habe, sei sein Name gewesen. »So schön übrigens wie der Mann selbst: Matteo Mela, was für ein...«

»Moment!« Lena unterbricht sie. Ist sie nicht vor kurzem über diesen Namen gestolpert? Sie blättert schnell durch die

Papiere des Traumschwimmers, sucht einen Brief heraus. Da: Mario Mela!

»Wie hieß der Mann, Frau Tuch?«

»Matteo Mela. Mela wie Apfel. So rund wie sein ... aber das gehört nicht hierher. Falls Sie ihn kennen, haben Sie Pech gehabt, er ist bereits wieder abgereist. Gestern. Er habe in kürzester Zeit alles verkauft, erzählen seine Strahlerkollegen. Wunderbare und wertvolle Stücke, die man üblicherweise nur in tiefliegenden Felsschichten finde, und zwar hier bei uns, nicht in Italien. Seltsam, nicht? Aber deshalb ist er wohl so früh abgereist, der hat seine Schäfchen ins Trockene gebracht. Wissen Sie, Frau Amherd, im Grunde verstehe ich ja nichts von der Sache, man schnappt halt zwischendurch ein bisschen was auf und ...«

Lena unterbricht sie. Ihre Redseligkeit ufert aus.

»Ich hab nicht viel Zeit, Frau Tuch, nur noch eine Frage: Sie kennen hier doch Gott und die Welt, haben Sie den Namen Cornaz schon gehört?«

»Sagt mir was, sagt mir was! Aber nur sehr dunkel. Das müssen Sie verstehen: Ich bin ja eine Zugezogene und noch immer ein bisschen fremd in Plon, trotz all den Jahren, man erfährt lange nicht alles und doch so einiges, auch Absonderliches, erst kürzlich hat Petra, die Kassiererin vom Lebensmittelgeschäft, mir erzählt, ihnen seien die Kondome ausgegangen, vielleicht wegen des Kongresses, so viel hätten sie ...«

Lena bedankt sich hastig für die Auskünfte und bricht das Gespräch ab. Jemand klopfe gerade an die Tür.

Silvan setzt seinen Fuß sofort zwischen Tür und Rahmen.

»Bitte, Frau Amherd! Es ist nicht so, wie Sie denken. Ich bin mit Herrn Borelli hier.«

Der Druck auf seinen Fuß lässt nach.

»Ich möchte, dass Sie dabei sind, wenn ich mit dem *Sonntags*Blatt rede.«

Einen Moment lang schweigt sie. Wahrscheinlich überlegt sie, mit welch neuer List er sie hereinlegen will.

»Warum?«, fragt sie dann.

»Bei Gesprächen mit der Presse kann eine Zeugin nie schaden. Sie dürfen mich auf alles behaften, was ich sagen werde.«

Die Tür geht auf. Mit einer Handbewegung winkt Lena die beiden hinein. Silvans Blick wandert unwillkürlich vom zerwühlten Bett Richtung Balkon. Lena bietet dem Reporter einen Stuhl an, setzt sich selber auf die Bettkante, ein zweiter Stuhl bleibt frei. Silvan setzt sich.

»Ich weiß nicht recht, wie wir jetzt vorgehen wollen, Herr Borelli. Vielleicht stellen Sie mir die Fragen von heute Mittag einfach noch mal, denn ich widerrufe alles, was ich in unserem ersten Interview gesagt habe.«

Borelli und Lena wechseln einen Blick.

»Sie geben es also zu?«, fragte Borelli.

»Ich gebe was zu? Stellen Sie die Fragen neu!«

»Meinetwegen.« Borelli öffnet sein Notizbuch »Wofür sind die Bauprofile im Flischer Wald?«

»Dort ist das Clubhaus für einen Golfplatz geplant, mit angebauter Driving Ranch.«

»Wer sind die Investoren für diesen Golfplatz?«

»Die Stausee-Gesellschaft und die Gemeinde Plon.«

»Und Sie?«

»Ich habe das Projekt geleitet und wollte ursprünglich eine unbedeutende Summe investieren.«

»Ursprünglich?«, fragt Lena dazwischen.

»Ich steige aus.«

»Wir sprechen hier von einem Golfplatz, der in eines der wichtigsten Schweizer Naturschutzgebiete gebaut werden soll. Wie ist das möglich?«

»Da muss ich ein bisschen ausholen. Sie wissen, dass der

Bund unser Gesuch für einen Nationalpark abgelehnt hat. Daraufhin habe ich dieses Golf-Projekt initiiert. Zumindest habe ich gedacht... Zumindest sah es für die Ploner so aus. Ein Fehler von mir, den ich heute bereue. Zu Ihrer Frage: Eine solche Umzonung oder Umnutzung ist in diesem Kanton nicht schwer zu erreichen, wenn man die entsprechenden Kontakte hat.«

»Deuten Sie damit an, dass die Bewilligungen erkauft wurden?«

»Ich deute gar nichts an. Fragen Sie Herrn Pfammatter, er hat das mit dem Kanton geregelt.«

»Heimlich und widerrechtlich!«, fügt Lena hinzu.

»Das sind Ihre Worte.«

»Denen Sie nicht widersprechen.«

Silvan schweigt, ein Zwinkern kann er sich aber nicht verkneifen, worauf sie lächelt. Ihn zum ersten Mal anlächelt...

»Weshalb steigen Sie plötzlich aus?«, fragt Borelli unverändert misstrauisch.

»Die Entscheidung scheint nur für Sie plötzlich. Tatsächlich ist sie über Wochen gereift. Seit ich in dieses Projekt involviert bin, überlege ich täglich, weshalb ich dafür all meine Grundsätze über den Haufen geworfen habe.«

»Sie haben Grundsätze?«

Ist ihre Bemerkung ein klein wenig neckisch gemeint?

»Wenn Sie wüssten, wer ich bin, würde Sie das nicht erstaunen, Lena Amherd. Einige Linke waren schon grün, bevor es die Grünen gab.«

»Weshalb haben Sie dann mitgemacht?«

»Weshalb?« Silvan lacht. »Schreiben Sie: Weil ich einen Fehler gemacht habe. Die simple Wahrheit ist: Weil ich wieder Filme drehen wollte.«

Xeno riskiert einen heftigeren Hammerschlag. Die Betonschicht, die das Stahlrohr der Druckleitung umgibt, zersplittert. Endlich! Deutlich sieht er die Schweißnaht, dort, wo zwei Rohrteile zusammengefügt sind. Ich habe es euch gesagt. Hab ich es euch nicht gesagt? Strahlend dreht er sich um. Alle haben sich für den großen Augenblick versammelt. Sein Vater natürlich, Faverio, wie immer etwas bleich, Adriano, der Stürmische, Giuliano, Renzo, Mario und etwas im Hintergrund Albisser. Der Moment der Rache ist gekommen. Stimmt ein, singt für mich, so laut ihr könnt! Er dirigiert mit beiden Händen ihren Chor:

Mineur, dein Glück ist im Berg verborgen.
Du musst kämpfen,
du musst leiden,
um dein hartes Brot zu verdienen.
Mineur, dein Glück ist tiefer als der Berg...

Mit schräggelegtem Kopf und einem Lächeln auf den Lippen horcht Xeno dem vielstimmigen Echo nach.

Borelli packt seinen Notizblock ein, drückt Lena die Hand zum Abschied, Bohrer tut dasselbe. Er zögert, bevor er hinausgeht. Lena hat ihn beobachtet und gibt sich einen Ruck.

»Herr Bohrer?«
»Ja.«

Weshalb schaut er gleich so erwartungsvoll?

»Ich muss noch etwas anderes wissen, bleiben Sie doch einen Moment.«

Borelli winkt ihnen zu, Bohrer schließt die Tür hinter ihm.

»Ich bitte Sie, jetzt wirklich ehrlich zu sein.«
»Versprochen.«
»Haben Sie oder Pfammatter veranlasst, dass ich diese

Dokumentation erhalte?« Sie nimmt den Briefumschlag von ihrem Koffer.

»Was ist das?«

»Technische Dokumente über den Zustand der Druckleitung. Die alte Geschichte mit den Haarrissen. Und einige Briefe...«

»Ich habe nichts damit zu tun. Mein Ehrenwort, sofern Sie etwas darauf geben. Für Pfammatter kann ich nicht sprechen, aber ich habe nie gehört, dass er so was plant. Wenn wir schon dabei sind: Sagen Sie mir doch, was Sie über den Merkhammer und die *Mazza* vor dem Werk wissen. Übrigens beides raffinierte Ideen...«

Verflüecht, lenkt er ab? Sie weiß nicht mal, wovon er spricht. Aber sie hat jede Regung in seinem Gesicht beobachtet. Bohrer weiß wirklich nichts. Was heißt, dass sie der Sache weiter nachgehen muss.

»Merkhammer? Ich verstehe kein Wort. Ehrlich! Aber etwas ganz anderes: Gibt es hier in Plon eine Familie Cornaz? Oder gab es mal eine?«

Die Beiläufigkeit, mit der sie fragt, passt nicht zu ihrer Stimme, in der Angst vor der Antwort mitschwingt.

»Cornaz? Es gab meines Wissens nur eine Frau Cornaz, sie ist gestorben, kurz nachdem ich zurückgekommen bin.«

»Und weshalb erinnern Sie sich an sie?«

»Man hat sie immer nur Witwe Cornaz genannt, noch Jahrzehnte nach dem Tod ihres Mannes. Sie muss über siebzig geworden sein.«

»Ihr Gedächtnis ist ja phänomenal!«

»Ich verstehe Ihr Misstrauen, Frau Amherd, aber es ist ganz einfach: Die Witwe Cornaz war eine Freundin meiner Tante Selma. Diese wiederum hat mich aufgezogen. Wenn Sie also etwas über die Familie Cornaz wissen wollen, müssen Sie mit Selma reden.« Silvan lächelt. »Überhaupt: Wenn Sie irgendwas über dieses Dorf wissen wollen, müssen Sie mit Selma reden.«

»Diese Selma?« Lena deutet auf das Buch, das neben ihrer Handtasche auf der Kommode liegt.

»Sie lesen es? Dann können Sie sich ja vorstellen, dass niemand mehr über das Tal weiß als sie.«

»Und wo finde ich Ihre Tante?«

»Selma? Auf der Furgg.« Unversehens redet Silvan schneller, als er denkt. »Wissen Sie was? Ich lade Sie ein! Als kleine Entschädigung. Auf die Furgg, meine ich. Bleiben Sie so lange oben, wie Sie mögen. Wandern, Boot fahren, klettern. Gepackt haben Sie ja schon, ich verstehe auch, dass Sie nicht hierbleiben wollen, also...«

Lena zögert.

»Es wäre mir eine Ehre, Frau Amherd. Und ich kann Ihnen auch sagen, dass Selma ohnehin nicht herunterkommen wird. Das tut sie nur noch für Beerdigungen. Was hatten Sie denn vor, wollten Sie abreisen?«

»Nein.«

»Dachte ich mir. Unabhängig von der ganzen Golfplatzgeschichte müssen Sie von Pfammatter die ausstehenden Umweltleistungen einfordern.«

»Jetzt nehmen Sie mir noch das Denken ab. Ihre Hilfsbereitschaft wird mir unheimlich.«

»Ich meine ja nur. Mein Angebot gilt. Und viele freie Hotelzimmer gibt es derzeit in Plon nicht. Der Kongress...«

»Ich weiß.«

»Überlegen Sie es sich. Falls Sie kommen, treffen Sie mich in einer Stunde an der Luftseilbahn, in Ordnung?«

Da oben gibt es auch Balkone!, hätte er fast hinzugefügt. Er lässt es. Sein Gefühl sagt ihm, dass er die Sache nicht erwähnen sollte. Außer... sie käme darauf zu sprechen.

Lena tut sich schwer mit der Entscheidung. Was ist schon dabei, dort oben wimmelt es von Rotsocken! Ein Berggasthaus wie andere auch. Nein, du machst dir wieder was vor, Lena Amherd, mögliche Cornaz. Ziehst direkt in die Höhle des Löwen! Oder ist Pfammatter der Löwe und Bohrer das Schaf? Im Wolfspelz?

Nein, sie glaubt Bohrer.

Schon sein Vater hatte bei aller Schlitzohrigkeit jene Ehrlichkeit gehabt, die man oft bei Leuten mit gesundem Selbstvertrauen findet. Geschwindelt hat König Bohrer des Öfteren, gelogen nie. Ein großer Unterschied. Wirkliche Lügen hatte er ganz einfach nicht nötig gehabt. Und sein Sohn ähnelt seinem Vater vielleicht mehr, als er glaubt. Nur eine Vermutung, sie kennt ihn zu wenig. Vorhin, beim Interview, hat ihr seine Selbstironie gefallen. Überhaupt gefällt er ihr. Auf eine seltsame Weise. Verguckst du dich in den nächsten Traumschwimmer, Lena Amherd? Nein, diesmal ist sie auf der Hut. Das sind bloß Gedanken, die querschießen, dafür kann sie nichts, es sind keine Gefühle. Geht wohl jedem Single in ihrem Alter so: Jede neue Bekanntschaft ist ein potenzieller Anwärter...

Bis man erfährt, dass er eben zum zweiten Mal geheiratet hat.

Aber deswegen muss sie nicht auf die Furgg verzichten. Ein, zwei Tage oben in den Bergen – das wäre reizvoll. Und sie möchte Selma Bohrer nur zu gern kennenlernen, sie liebt ihre Geschichten. Ein letztes Mal tritt Lena auf den Balkon. Die Glasscheiben der Bergstation reflektieren die Sonnenstrahlen, hier unten in Plon ist es schon schattig. Da hinauf? *Heilandsakrament*, wenn das alles eine einzige große Inszenierung von Bohrer und Pfammatter ist? Nein. Die beiden passen nicht zusammen. Das war beim alten Bohrer und Pfammatter anders gewesen, da hatte sie immer gemerkt, wie der eine dem anderen aufgrund irgendwelcher alten Geschichten verpflichtet gewesen war. Sie geht ins Zimmer zurück. Und zudem ist der Aufenthalt da oben nicht gewagter als ihre Balkonspielereien. Dieser Gedanke beruhigt sie auf absurde Weise.

Beim Stolleneingang zieht Xeno die hydraulische Presse aus der Schutzhülle. Bald kommt dein Einsatz!, flüstert er ihr zu, seine Hand streichelt das schimmernde Metall. Er trägt sie in den Stollen hinein. In einer Biegung verkeilt sie sich. Mit einem ungeduldigen Ruck zieht Xeno an ihr. Es knirscht. Als er sie mit der Stirnlampe anleuchtet, sieht er den Empfänger für die Funksteuerung am Boden liegen. Er geht zum Ende des Stollens, setzt die vordere Aufliegespange der Presse an die Röhre. Alles richtig berechnet: Sie schmiegt sich exakt an die Rundung. Das Endstück der Presse manipuliert Xeno so, dass diese zwischen Röhre und Stollenwand passt. Wir werden ja sehen, wer nachgibt, der Plonergranit oder der Stahl der Elektrischen, was meint ihr? Er wartet die Antwort seiner Zuschauer nicht ab, sondern eilt nach hinten, wo er das verlorene Stück der Funksteuerung aufhebt. Der Schaden sollte zu flicken sein. Sonst rennst du einfach etwas schneller!, ruft ihm Sprengmeister Albisser lachend zu. Keine Angst, die Explosion selbst ist klein und kontrolliert, sie setzt nur die Hydraulik der Presse in Gang. Also bleiben dir ein paar Sekunden im schlechtesten, ein paar Minuten im besten Fall, bevor das Rohr platzt. Xeno lacht. Die Sprüche, die Arnolds Freunde machen, kennt er nur zu gut und seit ewig. Doch jetzt sind sie Ausdruck ihrer Bewunderung. Weil er wagt, was sie damals nicht gewagt haben.

Arnold sah die besorgten Blicke von Faverio und Albisser. Der Sprengmeister zuckte gottergeben mit den Schultern. Ein richtiger Einsturz war es nicht, doch die Felsmassen, die im Vortrieb herumlagen, hätten gereicht, um zwei, drei von ihnen zu verschütten.

Zenruffinen schaute nach oben.

»Nichts. Das ist nichts! Eine kleine Kuppel, rundum ist wieder festes Gestein. Harmlos.«

»Müsste das nicht ein Geologe untersuchen?«, fragte Faverio.

»Der kommt mit der Nachtschicht.«

»Und bis dahin?«

»Bis dahin, Buonfatto? Bis dahin ist hier alles fortgeräumt. Und abgesprießt.«

»Das Holz geht aus«, sagte Arnold.

»Dafür wird es noch reichen, Rothen. *Hü!* Wir haben bereits einen halben Tag verloren.«

»Wir haben fast Männer verloren.«

Zenruffinen fuhr herum wie von einer Tarantel gestochen. Arnold hielt seinem Blick stand. »Das ist der Beruf, Rothen. Ihr seid Mineure. Wenn es dir zu gefährlich ist, musst du es sagen. Vielleicht brauchen sie in der Kantine noch einen für den Abwasch. *Ä Züüdler!*«

Arnold fühlte Faverios Hand beschwichtigend auf seinem Arm.

»Es hat keinen Wert, wenn du dich mit ihm anlegst, Noldo. So wirst du nichts erreichen.«

»Bevor wir weitermachen, muss der Geologe kommen.«

»Müsste. Aber in einem hat Zenruffinen recht: Nur dieser weiche Kern hat nachgegeben. Schau hinauf, du siehst den Unterschied im Gestein. Wir werden absprießen, hier und dort und da, das stabilisiert die Decke, bis sie Holz nachliefern.«

Sie eilten den Stollen zurück zum Holzdepot. Adriano und Giuliano hatten den ersten Stamm bereits auf die richtige Länge gesägt. Nur drei lagen noch im Depot.

Verstehst du das, Mutter? Zenruffinen behauptet, er habe die weiche Zone vorhergesehen. Weshalb hat er dann den Holzbedarf nicht besser berechnet, dr Müssiö Ingenieur? Im Winter verzögert sich die Lieferung, keiner weiß, wann der Helikopter Nachschub bringen kann. Ein Zenruffinen, sagt Faverio, wird nie einen Fehler zugeben. Und die Gesellschaft gestattet nicht, dass Fehler gemacht werden, also verdeckt Zenruffinen den einen Fehler mit dem nächsten. Faverio durchschaut alles, Mutter! Was würden wir ohne ihn tun? Er hat den Einbruch kommen sehen, hat ihn gewittert, hat uns zurückgerufen, Sekunden bevor der Fels heruntergekommen ist...

Die Ploner waren scharenweise zur Beerdigung von Karl Bohrer auf die Furgg gekommen. Alle hatten seit Wochen gewusst, dass es mit dem Furggbauer zu Ende ging. Manch einer kam wohl gar nicht zu Ehren des Verstorbenen, davon war Julia überzeugt. Sie spielte ruhelos mit dem Rosenkranz zwischen ihren Fingern. Viele nutzten einfach die Gelegenheit, um erstmals in ihrem Leben mit einer Luftseilbahn zu fahren und gleich noch die famose Baustelle auf der Furgg zu besichtigen. Die Elektrischen hatten allen Wünschen von Bohrers Sohn entsprochen: Die Materialbahn fuhr außerplanmäßig und so oft man sie brauchte, das *Liichmahl* im Furgger Grandhotel war von der Gesellschaft spendiert. »Sie lassen sich nicht lumpen, die Elektrischen«, hatte Pius gemurrt. »*S schlächte*

Ggwisse trikkt schi.« Als wolle er seinen Abscheu kundtun, verabschiedete er sich, sobald der Pfarrer verstummt war. Er kondolierte Josef Bohrer und seiner Welschen flüchtig und ohne die beiden anzuschauen. Er müsse zurück aufs Seegut, die Arbeit warte.

»Du kennst ihn ja!«, entschuldigte Julia ihren Mann bei Josef, der Pius verdutzt hinterherschaute. Hüftsteif humpelte dieser über den Vorplatz des Grandhotels und schlug den Geißweg Richtung Seegut ein. Dem großen Bauwerk auf der Furgg gönnte er keinen Blick. Weil er sich nicht davon beeindrucken lassen will, dachte Julia. Sie drückte Xeno an sich. Der ließ sich das nicht lange gefallen, wand sich aus ihrem Arm, rannte ins Hotel. Julia blieb einen Moment lang vor dem Grandhotel stehen. Sie versuchte sich die Furgg mit der Mauer und dem aufgestauten See vorzustellen. Unmöglich! Beeindruckt betrachtete sie den Seilkran über ihr, in schwindelerregender Höhe. Das Fundament der Mauer zeichnete sich selbst unter der meterdicken Schneeschicht ab. Was da entstand, überstieg ihre Vorstellungskraft. Nur schon das Grandhotel! Sie betrat den Speisesaal. Er hatte nichts gemein mit den wenigen dämmrigen, meist niedrigen Gaststuben, die sie kannte. *Kei Firlifanz*. Nur einige Fotografien an den Wänden, der Raum dreimal, nein, viermal so lang und hoch wie das ganze Seegut. Die milchweißen, kugelrunden Deckenlampen schwebten hoch über ihrem Kopf. Unwillkürlich fragte sie sich, wie sie die anzündeten. Mit Leitern etwa? *Chabis!* Das waren jetzt eben diese elektrischen, so sah sie aus, die neue Welt! Imposant, aber... ein wenig seelenlos, dünkte es sie. Die Außenwände des Grandhotel waren aus Aluminium, ihre Innenseiten in kühlen Farben gestrichen. Und keiner, der gesagt hatte, zu viele Fenster würden die Kälte ins Haus lassen! Sie zogen sich über die ganze Länge des Gebäudes, über alle Stockwerke. Sieben waren es, Julia hatte sie natürlich zählen müssen, von unten nach oben, den Kopf ins Genick gelegt. Schade, hatte Arnold nicht länger hier wohnen dürfen. Sie erinnerte sich, dass er in einem früheren Brief vom Grandhotel geschrieben hatte. Von den Viererzimmern, dem fließenden Wasser, der Heizung, von all dem Luxus ... Und jetzt schlief er auf einem schmutzigen Holzbrett im Berg, mitten in den Pfützen, in der Nässe!

Jemand rief zischelnd ihren Namen, überrascht schaute sie sich um. Natürlich, die Cousine! Agnes verpasste keinen warmen Teller. Einen ausgedehnten Schwatz schon gar nicht! *Tampi.* Widerwillig bahnte sie sich einen Weg durch die Trauergesellschaft, für die im hinteren Teil des Saales weiß aufgedeckt war.

Erst am Seeufer blieb Pius stehen. Er blickte zurück, hinauf auf die Furgg. Als Kind war er diesen Weg oft gegangen, hatte Sachen vom Seegut zur Furgg getragen, hatte mit dem Karl gespielt, und danach die Tauschwaren der Bohrers zu den Eltern zurückgebuckelt. Oft war die *Tschifra* auf seinem Rücken bis weit über den Kopf beladen gewesen. Damals hatten sie nicht gewusst, wohin mit ihrer Kraft, der Karl und er. Die Ungeheuer vom Plonersee, hatte sein Vater sie genannt. Karl war ruhiger gewesen als er, überlegter und vorsichtiger. Er hatte Pius immer vorausgeschickt, wenn Mut oder gar Leichtsinn verlangt war. Oben an der Blanken Platte war das Pius einmal fast zum Verhängnis geworden: Er hatte beweisen wollen, dass der Felsabsturz dank einiger Rillen durchaus zu queren war. Karl hatte auf dem Seil bestanden, hatte ihn nach dem Sturz auffangen und hinaufwuchten müssen, in den sicheren Stand.

Jetzt war ihm Karl zum ersten Mal vorausgegangen.

Pius trat das Wasser in die Augen. Unwillig schnäuzte er sich. Es war nur ein Übergang, der Tod. Von diesem ins andere Leben. *Üsschnüüfe*. Oder sah er irgendwo einen *Graatzug*, aus dem ihm Karl verzweifelt zuwinkte? Mitnichten. Bis zum Schluss, noch im Sterben, hatte Karl die Ruhe bewahrt, hatte bewusst den Jungen Platz gemacht, Josef rechtzeitig alles überlassen, für Selma gesorgt. Pius hatte Karl vorgeworfen, er gäbe zu früh auf. Jetzt sah er das ein bisschen anders. Er und nicht Karl war mit seinem Sohn verkracht, er und nicht Karl hatte alles verdorben. *Ä Schtieregrind*, er änderte sich nicht mehr. Pius fröstelte. Sein Sonntagsgewand war zu dünn für diese Kälte, hier in den blauen Schatten am Seeufer. Er stapfte weiter, in derselben Spur, die er und die Frau am Morgen in den Schnee gedrückt hatten. Doppelt so viele Schritte!, fiel ihm plötzlich auf. Julia musste stets doppelt so viele Schritte machen wie er. Bei allem. Nicht nur weil er hetzte, sie musste auch immer für zwei schauen. Erst für sich und Arnold, jetzt für sich und Xeno, der stets an ihrem Rockschoß hing. Wenn sie Lärchennadeln gegen die Schnecken in ihrem Garten streute, wenn sie Früchte trocknete oder einmachte, den Brotteig knetete, das Butterrad drehte, die Kleider flickte oder am See die Wäsche ausschlug.

Die doppelte Anzahl Schritte, und ihr zierlicher Fußabdruck passte gleich zweimal in seinen. Die von Xeno dazwischen, noch kleiner.

Er schnäuzte sich wieder. Julia war zäh, beruhigte er sich, sie würde auch ohne ihn alles meistern. Im schlimmsten Fall, wenn sich Arnold verweigerte, musste sie halt einen Knecht kommen lassen.

Pius hatte die Hälfte des Sees hinter sich gebracht. Einige Holzlatten, halb im Schnee versunken, deuteten an, dass hier eine weitere Baustelle abgesteckt war. Er wusste wofür: Der Ausfluss des Gamplüter Stollen. Hier würde das Wasser, das sie ennet der Plonspitze stahlen, in den Stausee geleitet. *Fantaschte!* Einer von ihnen, dort tief im Berginnern, war sein Sohn. Er konnte den Gedanken nicht ertragen. Sein Blick wanderte über die bewaldeten Hänge zur Plonspitze hinauf. Einige Wolkenfetzen waren am Gipfel hängen geblieben. Mit einem Ruck wandte er sich ab. Arbeit wartete. Bevor er in den Holzschuppen konnte, musste er die Bretter in der Stallwand beizen. Fünf neue hatte er nach dem Schlittenunfall eingesetzt.

Faverio macht mir Sorgen, Mutter. Er ist bleicher geworden. Hustet immer stärker, muss manchmal die Arbeit unterbrechen, bis er wieder zu Luft kommt.

»Natürlich Silikose, was hast du denn gedacht?« Faverio reagierte fast belustigt auf Arnolds Schrecken.

»Aber dann ... du ... was sagt der Arzt?«

»Was wohl! Ich solle mit der Arbeit aufhören.« Faverio streckte sich auf seiner Matratze aus. Arnold setzte sich auf die gegenüberliegende. Sie waren allein in der Baracke, alle anderen hatten Schicht oder tranken in der Kantine. Sie schwiegen. Der Wind zerrte an der Baracke und heulte gelegentlich empört auf, als begreife er nicht, weshalb die Bretter seinen Angriffen standhielten.

»Und?«

»Was?«

»Wann hörst du auf?«

Faverio stützte sich auf einen Ellbogen und musterte Arnold kopfschüttelnd.

»Vielleicht musst du alles neu denken!«, kam Arnold einer spöttischen Bemerkung zuvor. »Vielleicht gibt es ja doch eine Arbeit bei dir zu Hause, im Dorf. Etwas, was du machen kannst, bis du wieder gesund bist.«

»Kinder hüten?«

»Es kann doch nicht sein, ein Mann wie du ...«

»Ein Fisch auf dem Trockenen.«

»Du willst gar nicht hinaus. Zurück in die Welt. Sagt Adriano.«

Faverio ging auf die Provokation nicht ein. Er starrte auf den Lattenrost des oberen Bettes, in Gedanken schon wieder weiter! Arnold hatte stets das Gefühl, Faverio hinterherzuhinken, weil dieser schneller und sprunghafter dachte.

»Ist es nicht verrückt?« Faverio zog den faustgroßen Kristall, den er nach der letzten Sprengung gefunden hatte, unter dem Kissen hervor. Er wollte ihn Mario Mela zum Geburtstag schenken. Der bewahrte jeden Quarz auf, sie füllten bereits ein Regal, das er eigens zu diesem Zweck an die Wand hinter seinem Bett genagelt hatte. Die schönsten wollte er Matteo, seinem Sohn, überlassen. Im Laufe der Jahre würden sie an Wert gewinnen, davon war Mario überzeugt. Schon jetzt handelte er damit. Nach Sprengungen blieb er stets über den Schichtwechsel hinaus im Stollen, suchte nach Kristallen. Natürlich nur, wenn Zenruffinen nicht zu sehen war. Im Grunde mussten sie sämtliche Kristallfunde der Gesellschaft melden, was aber keiner tat.

Ob es nicht verrückt sei, hat Faverio eben gesagt. Alle denken, wir dringen in den Berg ein, dabei sei es genau umgekehrt! Ich solle mir vorstellen, man könne mit einer winzig kleinen Stollenbahn durch unsere Luftröhre fahren, hinab in die Lunge. Die bestehe aus Millionen von kleineren und größeren Tunnels, durch die die Atemluft ins Blut abgegeben wird. Da drin sehe es fast so aus wie bei uns im Berg, hat ihm sein Arzt erklärt.

»Und bei jedem Schnaufer im Tunnel atmen wir winzige Staubkörner ein.« Faverio hielt den Kristall jetzt an sein Auge und starrte durch den transparenten Teil. »Selbst dann, wenn wir glauben, die Luft sei sauber. So klein sind diese Körner. Wir wirbeln sie mit unserer Arbeit auf, in die Luft. Es sind Teilchen vom Fels, die sich in diesen Lungentunnels festsetzen und die Lunge irgendwann kaputtmachen. Manchmal erst Jahre nachdem sie eingedrungen sind. Siehst du, der Berg frisst sich in uns hinein, nicht wir in ihn. Und er bleibt in uns drin. Bei mir schon seit Jahrzehnten. *Cosa ci vuoi fare?* Soll ich jetzt aufhören, Arnold? In zwei Jahren? Oder in zehn Jahren. Ich habe ihn in mir, den Berg. Ich werde ihn nie mehr los, egal was ich tue.« Faverio schwieg einen Moment, bevor er hinzufügte: »Also überleg dir gut, Noldo, wie lange du diese Arbeit machen willst.«

Er meint, bei mir sei es noch nicht so weit. Was denkst du, Mutter? Manchmal habe ich wirklich das Gefühl, ich könne die Luft anfassen. Im Stollen. Als fließe der Berg durch uns hindurch. Er beherrscht uns in jedem Moment, den wir da drin sind, man fühlt es. Im Stollen packt immer wieder den einen oder anderen die Angst, dann stimmt er das Lied der Mineure an. Möchte die Angst übertönen.

Mineur, dein Glück ist im Berg verborgen.
Du musst kämpfen,
du musst leiden ...

Alle singen mit und ich ... fühle mich dann manchmal wie ein Sträfling, Mutter. Wie ein Gefangener. Wer hält uns gefangen? Der Berg? Oder die Stausee-Gesellschaft?

Von Lungenkrankheiten habe sie nichts gehört, beruhigte Cousine Agnes Julia. »Aber es kommen auch nicht viele aus den Stollen nach Plon. Man erfährt kaum etwas. Hier an der Mauer ist es im Winter ja ruhiger, auf den anderen Baustellen arbeiten sie anscheinend ohne Pause. Die wenigsten sind zur Weihnachtsmesse heruntergekommen.«

Hab Dank, Maria Mutter Gottes, *gebenedeijut sigsch!* Arnold hatte also nicht anders gekonnt, sie mussten so viel arbeiten! Der Gamplüter Stollen war ja nicht die einzige Baustelle, wo der Berg durchbrochen wurde. Franz Pfammatter, der heute am Tisch der Trauerfamilie saß, hatte es ihr erklärt. Sobald die Mauer eine gewisse Höhe erreicht habe, beginne man mit der Stromproduktion, würden die Schieber geschlossen. Bis dahin müssten einige der Zuleitstollen aus den anderen Tälern fertig sein, damit genügend Wasser in den Stausee fließe. Zu jeder Jahreszeit.

»Tiä!« Die Cousine riss sie aus ihren Gedanken. »Bohrers Heiratsgrund hat eine kräftige Lunge!« Julia schaute hinüber. Amélie Bohrer hob eben ein kleines Bündel aus dem Kinderwagen. Erst jetzt sah Julia, dass Xeno danebenstand, mit verschränkten Armen und verkniffenem Gesicht, wie jedes Mal, wenn er etwas angestellt hatte. Julia bahnte sich eilig einen Weg durch die Tische. Bevor Xeno sich davonmachen konnte, packte sie ihn am Arm.

»Das tut mir leid. Hat Xeno ihn geweckt?«

»Nein, nein! Silvain ist nur erschrocken, weil der Junge in den Wagen geguckt hat.« Wegen ihres welschen Akzents war Amélie schwer zu verstehen. Sie war es wohl gewohnt und sagte von sich aus alles gleich zweimal. »Kein Problem, wirklich. Er hat hineingeschaut, Silvain ist erschrocken. Er hat nichts gemacht.« Sie bückte sich, um Xeno den Säugling zu zeigen. Es schien Julia, als würden sich die beiden mit ihren Blicken messen. Bis Xeno sich abwandte und Silvans Weinen sich zum wahren Heulkrampf steigerte.

»*C'est rien*«, versicherte Amélie Julia, die dem Kleinen über die Stirn strich. »Bloß Hunger. Und es ist laut hier, ich muss hinauf.« Sie verließ den Speisesaal des Grandhotel durch eine Tür, auf der in großen Lettern »Privat« stand. »Ein hübscher Junge!«, gratulierte Julia Josef Bohrer, der zu ihr getreten war.

»*En lüte vor allem, tüet mir leid!*«

»*Das miess dr doch nid leid tüe!*«

»*Weisch: D'Amélie miess sich zeerscht ggwenne.*«

»Was hat das mit ihr zu tun, Josef? Alle Kinder schreien.«

»Schon. Aber sie weiß nicht... für sie ist noch alles neu. Die Furgg, das Grandhotel, all die Arbeiter und jetzt das Kind. Vielleicht war es doch nicht die beste...« Josef brach ab, als hätte er sich versprochen. Kurz, fast entschuldigend, legte er Julia die Hand auf die Schulter und kehrte an seinen Platz zurück. Julia schickte Xeno zum Ecktisch, wo einige Kinder aus Plon die Langeweile gemeinsam bekämpften. Dann ging sie zu den Toiletten. Was Josef gesagt hatte, und wie er es gesagt hatte! Ein brüchiges Glück, das der jungen Bohrers! Offenbar. Sie wusste, wie schnell alles kippen konnte. Kaum hatte die Frau sich von zu Hause gelöst und an das Leben zu zweit gewöhnt, fand vielleicht langsam Gefallen daran, je nachdem, kam so ein kleiner Schreihals und stellte noch einmal alles auf den Kopf. Machte die Nacht zum Tag und Träume zu Alpträumen. Wie schwer musste das eine Zarte wie Amélie ankommen! *Ä Fleiga*. Fast durchsichtig war ihr schmales Gesicht. Das Leben hatte sie in die Fremde verpflanzt, wo ihr weder Sprache noch Gebräuche vertraut waren. Wie Julia damals, im Haushaltsjahr im Welschland, im goldenen Gefängnis. Deshalb war sie empfänglich gewesen für die Annäherungsversuche von Pius, nur schon weil sie einander verstanden. In dem, was sie sagten, und in dem, was sie dachten, über das Leben in der Fremde, über die Welschen und ihre Sitten. Letztendlich einig in dem, was sie fühlten. Der eine hatte für die andere die Flucht aus der Einsamkeit bedeutet. Wäre es zwischen ihnen so weit gekommen, wenn sie nicht die gemeinsame Erfahrung des Fremdseins zusammengekittet hätte? Julia bekreuzigte sich. Das war wieder eine dieser Fragen, die sie sich nicht stellen wollte. Sie tat es trotzdem. Wenn sie den welschen Gärtner jenes Herrschaftshauses ermutigt hätte, und nicht Pius? Auch der hatte ihr schöne Augen gemacht. Dann hieße Arnold jetzt Jean oder Philippe oder noch französischer und würde nicht als Mineur arbeiten, *Jesses Maria!* Oder erst recht? Was wohl aus dem Gärtner geworden war? Etwas fürs Auge wäre er ja gewesen... Dafür nicht sein eigener Herr wie Pius. Das zählte doch auch! Ihnen auf dem Seegut hatte nie jemand etwas vorschreiben können. Bis heute, bis auf die Elektrischen... Man konnte es drehen, wie man wollte, der Weg war einem bestimmt, und wie es war, war es gut. Es hatte keinen Sinn zu werweißen, schon gar nicht in schweren Zeiten. Nach einigem Zaudern zog sie an der Leine der Toilette, das Spülwasser rauschte in die Schüssel und versiegte von selbst wieder. So etwas Nobles hatten sie dann auch, im neuen Seegut! Aber davon hatte man nicht gelebt.

... und überschreibe hiermit mein gesamtes Hab und Gut meiner Ehefrau Julia Rothen-Haltiner. Pius hatte die Abtretungsurkunde exakt nach der brieflichen Anweisung von Cousin Res verfasst, jetzt ergänzte er sie mit seiner Unterschrift und löschte die Tinte. Die Baupläne trug er in die Schlafkammer und legte sie in den Kleiderschrank zurück, dorthin, wo Julia sie versteckt hatte. Die Holzstückchen gegen Motten legte er sorgfältig darüber. Es gab nichts einzuwenden: Das neue Seegut würde ein stattlicher Hof werden. Nach neuester Mode eingerichtet, mit elektrischem Strom gar, wenn er die Pläne richtig deutete. Er fragte sich nur, wohin sie die Leitung von der Furgg bis hierher hängen wollten, ohne das ganze Tal zu verschandeln. Aber das waren Empfindlichkeiten, die einen Pfammatter kaum interessierten. An der Beerdigung hatte Pius ihm den Rücken zugedreht, bevor dieser seine umständliche Begrüßung überhaupt beendet hatte. *Schwiischwanzdrääjer!* Die Abtretungsurkunde musste reichen, ansonsten wollte er mit dem ganzen Handel nichts zu tun haben.

Er holte Arnolds Briefe aus der Reissschublade und ging damit zum Küchenfenster. Julia sollte ihn nicht bei der Lektüre überraschen. Obwohl ... ein schlechtes Gewissen hatte er nicht. Das durfte er sich herausnehmen. Er verstand seinen Sohn ja. Der Spur nach. Pius hatte einst selbst Jahre gebraucht, bis er sich bei seinem Vater für die Flucht ins Welschland entschuldigt hatte. Die Rückkehr sei Entschuldigung genug gewesen, alles andere nur *Glafer*, hatte dieser zu seiner Verblüffung gesagt. Die Weisheit seines Vaters erkannte er erst jetzt, da sie ihm selbst abging. Arnolds Briefe waren erst nur geschwätzig gewesen, seine Schwärmerei für alles Neue, Fremde hatte Pius maßlos geärgert. Aber jüngst ... jüngst drangen andere Töne durch. Schluss mit dem Lobgesang. Hoffentlich nicht zu spät. Dieser Faverio beispielsweise, von dem Arnold schrieb, war einer, der begriff. Er machte mit, seit Jahren schon, bei all den Verschandelungen, aber dieser Italiener sah auch die Kehrseite der Medaille. Spürte sie am eigenen Leib. Der wusste, wer schuld war an seiner Krankheit. Bloß, was nützte es ihm? Er würde sterben. S-i-l-i-k-o-s-e. Mühsam buchstabierte Pius das Wort. Einfach ein Wort mehr. Jene Leute, die am Alpdurchstich gearbeitet hatten, vor Jahrzehnten, am Lötschberg und am Simplon, waren am selben Leiden gestorben, nur hatte man damals noch keinen Namen dafür. Die hatten gewusst, weshalb, *d meeru Heeru*. Wenn etwas einen Namen hatte, konnte man nicht länger verheimlichen, dass es existierte, einen Auslöser dafür gab und hinter dem Auslöser einen Missstand, den irgendwer verschuldet hatte, der wiederum seine Verantwortung dafür abstritt. *Item*. Arnold war auf dem Weg zur Einsicht, Pius hoffte nur, dass er gesund blieb, bis er sich endgültig eines Besseren besonnen hatte. Er versorgte die Briefe in der Reisschublade. Die Idee mit dem Versteck war nicht dumm, er hatte Reis nie gemocht. Julia hatte nur nicht bedacht, dass er von Zeit zu Zeit prüfte, ob die Schubladen gut liefen oder ob sich das Holz verzog.

Als Pius durch den Schnee zum Schopf hinkte, war sein

Gesicht wieder steinern. Er würde Arnolds Rückkehr beschleunigen. So gut kannte er seinen Sohn. Wenn er vom Tod seines Vaters erfuhr, wäre er sofort wieder auf dem Seegut, würde der Mutter beistehen und sich – auch dessen war sich Pius sicher – seinem Sohn annähern. Der würde ihn nicht gleich herzen, der Kleine war eigen. Die Wutanfälle, die Julia Sorgen machten, würden sich geben. Aber Xeno war ein *Muffjig*. Nachtragend bis zum Letzten: Vor Wochen hatte Frieda den Kleinen mit dem Schwanz erwischt und noch heute weigerte er sich, das Tier zu füttern. In seinen Augen blitzte gar Hass, wenn Pius nur schon von der Kuh sprach. Ein Beispiel von vielen.

Wenn sich Xeno nicht änderte, würde er es schwer haben.

Der Sargdeckel lag noch so auf der Werkbank, wie er ihn hatte liegen lassen. Pius nahm das richtige Schnitzmesser aus dem Lederetui. Er verharrte lange, bis er es endlich, zum ersten Mal und mit einer fast feierlichen Bewegung, ansetzte. Tief fuhr die Klinge ins Holz.

Julia zuckte zusammen. Der grelle Schmerz in ihrem Rücken verklang so schnell, wie er gekommen war.

»Was ist?«, fragte Cousine Agnes.

»Es ist... nichts... schon wieder besser. Wahrscheinlich eine falsche Bewegung. Etwas hat sich verklemmt. Was hast du gesagt?«

»Dieser Amherd also, der heiratet sie jetzt tatsächlich. Die Anna Abderhalden. *Hettiisch du das gedeicht?*«

»Vielleicht... liebt er sie.«

»Das sagst du jetzt aber nicht im Ernst, Julia!«

»Wer weiß.«

»Du vergisst wohl den Besitz der Witwe Abderhalden. Der Schmied hat zeitlebens gut geschäftet, das Haus ist stattlich, das Grundstück riesig. Was kann sich ein Knecht wie der Amherd mehr wünschen? Obwohl ... man sagt schon, er werde alles schleunigst den Pfammatters verkaufen und hinab in die untere Plonebene ziehen, oder weiter, *id Üsserschwiiz*. Wer will es ihm verdenken, dort fragt keiner, weshalb die kleine Lena dem Vater so wenig gleicht.« Agnes platzte ob ihres eigenen Scherzes lauthals heraus. Julia war das Gespräch mit ihrer Cousine unangenehm, wie meistens. *Lütter Geplagier und Ggrätsch!* Vorsichtig bewegte sie Rücken und Gesäß. Der Schmerz blieb aus, stellte sie erleichtert fest.

»Schau mal vorsichtig zu Bohrers hinüber!« Schon wieder lag Agnes halb über dem Tisch. Jetzt flüsterte sie wenigstens. »Die Frau neben Josefs Schwester Selma: Das ist Heidi Cornaz, Selmas beste Freundin. Die Ärmste. Wurde Witwe, kaum war sie verheiratet. *Dr gää Tod, bim Faggse*. Und kaum war sie Witwe, kam der Sohn zur Welt. Stefan. Der ist jetzt im Stollen gestorben, und ihre Enkelin nimmt man ihr auch noch.«

»Unmöglich!«

»Was denkst du denn? Du glaubst doch nicht, dass irgendwer jemals öffentlich sagt, der Cornaz sei der Vater!«

»Ich dachte, das weiß jeder.«

»Wissen und wissen ist zweierlei.«

Julia sagte nichts mehr. Alle wussten es und alle schwiegen, wie immer bei diesen Geschichten. Wenn sie an Anna Abderhalden und das Kind dachte, war es wohl das Beste. Heidi Cornaz indes dauerte sie, wie sie drüben neben Selma saß, vom Schmerz vor der Zeit gebeugt.

Arnold wusste nicht mehr, was tun. Allein komme er gegen den Zenruffinen nicht an, hatte Faverio ihn gewarnt, und die Suche nach Verbündeten war ergebnislos geblieben. Zuerst hatte er es im eigenen Arbeitstrupp versucht. Wenn er nur andeutungsweise vom Verzicht auf die Prämie sprach, liefen sie ihm davon. Adriano ohnehin, Giuliano und Renzo ebenso.

Mario Mela gestand Arnold zumindest zu, er habe recht, doch das ändere nichts. »Du willst nicht im Ernst von uns verlangen, dass wir die Vorschriften einhalten? Ohne Prämien einen Drittel weniger verdienen und umso länger von zu Hause fortbleiben müssen?«

»Dafür kehrst du gesund heim!«

»*Dai!*« Marios Gesicht war grimmig. »Wegen diesen paar Minuten Wartezeit, in denen sich der Staub legen soll? Saubere Luft in einem Stollen ist unmöglich. Abgesehen davon: Schon morgen kann uns die Decke auf den Kopf fallen. Diese Gefahr ist viel größer.«

Garantien gab es bei dieser Arbeit keine, das hatte auch Arnold längst erkannt. So naiv war er nicht. Trotzdem: Wenn keiner dafür kämpfte, dass die Risiken kleiner wurden, erginge es bald jedem so wie Faverio und Luciano. Doch seine Appelle an die Kameraden blieben wirkungslos. Die Walliser Mineure der anderen Trupps lachten ihn gar aus. *Eela!*, sagten sie spottend, *iliime* wolle Arnold sie wohl, seinen Italienern einen Vorteil verschaffen! Mut habe er ja, für dumm verkaufen müsse er sie aber nicht.

Deshalb habe ich diesen Brief geschrieben, Mutter. Albisser hat mir gesagt, wie der Vorgesetzte von Zenruffinen heißt. Wozu ich das wissen wollte, habe ich ihm natürlich nicht gesagt. Den anderen erst recht nicht. Sie hätten es mir vielleicht verboten. Aber war das wirklich ein Fehler, Mutter? Vielleicht wissen sie ja nicht Bescheid, d meeru Heeru bei den Elektrischen. Vielleicht denken die ja, alle hielten sich an die Vorschriften, die Ingenieure, die Sprengmeister und die Vorarbeiter. Vielleicht sind sie dankbar, wenn sie einer darauf aufmerksam macht, dass es nicht so ist. Ich weiß, die interessiert die Baustelle an der Mauer. Vor allem die, hat Albisser gesagt. Es ist ihnen trotzdem nicht gleichgültig, was an den anderen Orten geschieht, oder was meinst du, Mutter?

Faverios Entsetzen war nicht gespielt. »Du hast eine Riesendummheit gemacht, Arnold!«

»Nein, hab ich nicht!«, sagte Arnold. »Ich hör jede Nacht deinen Husten.«

»Du hast einen Brief geschrieben? *Santa Barbara*, was stellst du dir vor, wird damit geschehen?«

»Ich weiß nicht. Sie werden ihn lesen ... und sich beraten. Vielleicht verschärfen sie die Vorschriften.«

Faverio raufte sich die Haare. »Oder sie nehmen sich Zenruffinen vor. Weshalb er seine Leute nicht besser im Griff habe, werden sie ihn fragen. Warum die Zeit hätten, Briefe zu schreiben? Wo es doch kaum mehr vorwärtsgehe im Gamplüter Stollen!«

Faverio packte Arnold am Hemdkragen, schüttelte ihn kräftig durch.

»Was meinst du, was er dann tut, der Zenruffinen?«

Er ließ das Hemd los und drückte Arnold entschuldigend an sich. »Hättest du mir nur etwas gesagt! Du hast es ja gut gemeint, aber mit diesem Brief hast du dir das Leben schwergemacht, Noldo, dir und uns allen.«

Was ist das für ein Geräusch?«

Sonnenreflexe spielen in Lenas schmalem Gesicht. Konzentriert lauscht sie über den See Richtung Plonspitze und Druckleitung. Unten im Tal hat Silvan den Merkhammer fast vergessen, kaum auf der Furgg angekommen, weist ihn ausgerechnet Lena darauf hin.

»Sie wissen doch, was das ist, ich habe Sie ja danach gefragt!«

»Ich weiß nicht, wovon Sie reden.«

»Vom Merkhammer. Früher zeigte er an, dass die Wasserleitungen einwandfrei funktionierten.«

»Stimmt, Sie haben mich danach gefragt. Und?«

»Seit einigen Tagen macht sich jemand einen Spaß daraus, den Merkhammer wieder erklingen zu lassen. Zugegeben, ein ganz lustiges Modell. Es verfügt über technische Schikanen: eine automatische Hebevorrichtung und eine Zeitschaltuhr! Das ganze Dorf spricht schon vom Hammer, der wieder schlägt und Unheil ankündigen soll. Ich habe angenommen, Sie hätten davon gehört.«

»Sie haben gedacht, ich hätte damit zu tun.«

Eine Richtigstellung in Form einer sanften Ohrfeige. Silvan fühlt sich ertappt. Denkt sie wirklich so schnell, oder weiß sie mehr? »Mittlerweile sind die Leute informiert. Es handelt sich jetzt um eine Werbeaktion der Bohrer-Hotels. Wir wollen so auf lokales Kulturgut aufmerksam machen.«

Silvan kann sich ein zufriedenes Lächeln nicht verkneifen. Er nimmt ihren Koffer.

»Kommen Sie, ich zeige Ihnen das Zimmer.«

»In Wahrheit haben Sie aber keine Ahnung, wer den Hammer installiert hat!«

Lena rührt sich nicht, zwingt Silvan, ebenfalls stehen zu bleiben.

»Es spielt ja auch keine Rolle mehr. Wollen wir?«

»Weder ich noch die *GreenForce* haben damit etwas zu tun, vielleicht hilft Ihnen das weiter.«

Erst jetzt geht sie los. Silvan holt sie ein, führt sie durch die Gaststube die Treppe hinauf. Er glaubt ihr – was das Ganze nur noch rätselhafter macht.

»Hier sind unsere besten Gästezimmer. Nummer zweiundzwanzig: *Voilà!*« Er hält ihr die Tür auf, sie drückt sich an ihm vorbei. Der Duft ihres Parfüms ist berückend.

Sie schaut sich um. Das Zimmer ist schlicht und zweckmäßig eingerichtet. Ihre Hand streicht über die Arvenkommode. Der Blick ins Badezimmer erinnert sie daran, dass eine Dusche fällig ist. Du riechst ein bisschen, Lena Amherd. Erschöpft lässt sie sich in den einzigen Sessel fallen. »Endlich ein Zimmer, wie man es sich hier vorstellt«, sagt sie mehr zu sich selbst.

»Gefällt es Ihnen nicht?«

»Im Gegenteil, es passt zum Ort. Nicht wie das Hotel unten.«

»Der Balkon ist hier etwas kleiner...«

Wie kommt er denn darauf? *Verflüechtundheilandsakrament*, nur du verbindest im Moment Balkons mit unanständigen Gedanken, Lena! Du und vielleicht noch der Traumschwimmer. Nein, kaum, der tummelt sich bereits im nächsten Pool... Bohrer verabschiedet sich. Er werde Selma von ihr erzählen und ein Treffen für den Abend arrangieren.

»Ein Essen zu dritt, ich meine... wenn Sie mögen. Ich kann Sie beide dann ja alleine lassen.«

Lena mag seine Schüchternheit, sie unterscheidet Silvan von seinem Vater. »Schon in Ordnung. Um welche Zeit?«

»Um sechs? Selma geht früh zu Bett.«

Sie nickt. Er schließt die Zimmertür hinter sich. Lena öffnet die Fenstertür zum Balkon. Der ist wirklich sehr klein! Umso überwältigender der Blick auf die Plonspitze und den Stausee.

Du glaubst mir nicht, Faverio, gib es zu! Xeno droht mit erhobenem Zeigefinger. Also, schaut alle her: ein Wunder der modernen Technik, gebaut nach meinen Plänen! Ich fasse zusammen: Mit der Fernbedienung werde ich eine kleine, kontrollierte Explosion im hinteren Teil der Presse auslösen. Der entstehende Überdruck setzt die Hydraulik in Gang. Der Vorgang ist unumkehrbar. Die Presse ist zwischen Druckrohr und Felswand eingeklemmt. Welche Seite nachgeben wird, muss ich wohl nicht erklären. Beifallheischend blickt er in die Runde, klatscht selber am lautesten. Die Zurückhaltung seiner Freunde wundert ihn nicht. Technische Details interessieren sie nicht. Nur der Moment der Wahrheit. Die Rache naht. Nein, Geduld, Vater, ich darf die Leitung nicht schon jetzt zerstören, das wäre ein Eigentor... Wir gehen mit Umsicht vor. Nicht wie damals, du weißt, was ich meine, Vater. Hättest du den Brief nicht geschrieben, sondern in aller Ruhe deinen nächsten Schritt überdacht... *Piano, Adriano, piano!* Morgen machen die Elektrischen noch einen Drucktest. Wäre das Rohr bereits beschädigt, würde der Druckabfall sofort die automatische Schließung der Schieber oben im Wasserschloss bewirken, und nichts würde geschehen. Der ganze Hang muss weg, Vater, das Rohr also in dem Moment platzen, wenn es unter größtmöglichem Druck steht! Nur dann erreichen wir die maximale Verwüstung. Das ist, was wir wollen, Freunde! Von dieser Katastrophe werden sich die Elektrischen nie mehr erholen. Ich sorge dafür, dass keine Fremdeinwirkung nachgewiesen werden kann. Alle Spuren werden verwischt sein. Xeno schließt die Augen, damit er klar sieht: Das Rohr platzt, das Wasser tritt mit ungeheurer Wucht aus. Auf einen Schlag, das ist entscheidend. Eintausendfünfhundert Meter hoch würde das Wasser schießen, er hat es berechnet. Wäre da nicht noch Fels im Weg! Das Wasser wütet also im Erdreich, unterspült in kürzester Zeit das ganze Gebiet, vom Fenster 3 bis hinauf zu den Maiensäßen. Der Sattel mit den Alphütten rutscht weg, Gestein, Bäume, Büsche – alles donnert ins Tal. Das wird keine Rüfene sein, mit Glück stürzt gar der Fels ab! Ein künstliches Vogelzirpen reißt Xeno aus seinen Träumen. Er hasst diese lächerlichen Handysignale.

Scheint, als kriegen wir Besuch, Freunde.

Silvan drückt ihr einen Begrüßungskuss auf die Wange. Selma tut wie immer, als wäre er nur zwei Minuten weg gewesen.

»Dieser Computer ist eine Gottesstrafe!«

»Ich hab dir gesagt, du sollst mit der Tafel arbeiten.«

»Er macht nie das, was man will. Im Gegensatz zum Merkhammer! Der schlägt regelmäßig, *wi ä Zibila!*«

»Unser Werbe-Hammer meinst du? Eben ist er wieder verstummt.«

»Du kannst die anderen für dumm verkaufen, aber mit so etwas scherzt man nicht, Silvan! Was machst du überhaupt hier? Du siehst grauenhaft aus.«

»Danke!« Er lässt sich erschöpft auf den Schreibtischstuhl fallen. Die Aufregungen des Tages machen sich bemerkbar. Sein Puls schlägt so unregelmäßig wie früher am ersten Drehtag eines Films, der Magen macht Kapriolen. In einer Kurzfassung erzählt er Selma, wie die Verhandlungen am runden Tisch geplatzt sind, wie er es mit Pfammatter verdorben hat und weshalb Lena Amherd mit ihm heraufgekommen ist.

»Ich habe es dir prophezeit: Der Merkhammer schlägt nicht einfach so. Die Vergangenheit holt uns ein.«

»Zumindest willst du das Albin weismachen.«

»Dein Sohn hat wenigstens ein bisschen Gespür, im Gegensatz zu dir. Der Merkhammer ist nur der Anfang, du wirst sehen.« Selma stützt ihre Arme schwer auf den Schreibtisch. »Und jetzt – dieser Blödsinn mit dem Golfplatz, was hat dir das gebracht? *Lütter Schergerii*.«

»Wühl nur weiter in offenen Wunden. Wirst du mit Lena Amherd reden?«

»Ich habe ihren Besuch schon lange erwartet.«

»Du hast – was?«

Vorne am Tresen klingelt die Glocke. »Wann essen wir?«, fragt Selma, Silvans erstaunte Frage ignorierend.

»Um sechs.«

Selma hastet los.

»Du hast immer gesagt, im Alter würdest du es ruhiger nehmen!«, ruft er ihr nach.

»Im Alter dann schon!«

Wie jedes Mal bringt ihn ihre Antwort zum Schmunzeln. Aber weshalb um alles in der Welt hat sie Lenas Besuch erwartet... Silvan schaut auf die Uhr. Etwas Zeit bleibt noch. Für eine Dusche, für die Ratlosigkeit vor dem Kleiderschrank. Und Albin wartet bestimmt auf seinen Anruf. Wohl nicht, korrigiert er sich, als er mit der Combox verbunden wird, doch kaum ist er seine Nachricht losgeworden, ruft Albin zurück.

»Du hast wohl wieder mal dein Vogelgezwitscher überhört.«

»Nö, ich hatte nur keine Hand frei!«, sagt Albin keuchend.

»Warum?«

»Ich bin am Klettern, gleich unterhalb der Maiensäße.«

Er brauche Aufnahmen aus der Höhe, und der Seb sei heute grippig, alles müsse er selber machen.

»Du kletterst allein?«

»Klettern ist übertrieben, eher kraxeln am Fels. Nicht der Rede wert.«

»Sei vorsichtig, ein Absturz in der Familie genügt.«
»Du warst damals etwas ungeschickter, als ich es bin, Paps!«
»Kaum, nur genauso überheblich wie du!«

Das lässt Albin unbeantwortet. Es gehe ja ums Filmen, das sei schnell erledigt. Bei der Hütte würden sie ihn zum Essen erwarten. »Ich schick dir das Baldrian-SMS, wenn ich dort bin, Paps. In Ordnung?«

Silvan ist nur halb beruhigt. Dieser Sebastian hätte wenigstens zum Sichern mitgehen können.

Xeno schlüpft aus dem Stollen und beobachtet den Jungen, der das Handy wieder einsteckt. Er wird es nicht schaffen, mit seinen Kletterkünsten ist es nicht weit her. Diesmal ist der Junge allein hier, keine Spur von seinem Freund, den er beim letzten Mal herumkommandiert hat. Wie hat der ihn genannt? Albin! Die Kamera hat er wieder dabei, sie klebt auf seinem Rücken, als habe er sie angeleimt. Nein, nein, nicht da rüber, Albin! Wenn du den Stollen entdeckst, holt dich der schwarze Mann! Du glaubst mir nicht? Wart nur, ich bring dich auf den richtigen Weg.

Stopp!, schreit er hinab.

Der Junge fährt zusammen. Um ein Haar verliert er den Halt. Bevor er herüberschaut, drückt er sich gegen den Fels.

Steig da nicht weiter, der Fels wird brüchig!

Im Gesicht des Jungen zeichnet sich Angst ab.

Komm runter, dann zeig ich dir eine bessere Route!

Der Junge klettert vorsichtig etwas zurück. So ungeschickt, wie Xeno zuerst gedacht hat, ist er nicht.

»Scheiße, wie mach ich das? Ich brauch diesen Gegenschuss.«

Verstehe!, antwortet Xeno. Hör zu, Bub, ich kenn die ganze Wand. Meter für Meter. Auf dieser Seite, Xeno deutet in den Bereich des Stolleneingangs, musst du stets damit rechnen, dass dir der Fels unter den Händen wegbröckelt. Ohne Sicherung ist das zu gefährlich, und du bist allein. Aber schau: Wenn du es auf den Absatz da oben schaffst, kannst du von dort aus filmen. Wär doch gut, oder nicht?

Albin prüft jede Variante, wiederholt wie ein Mantra den Satz: »Du bist allein, du bist ungesichert, sei vorsichtig!«

Schau, Albin, ich mach es dir vor! Xenos Blick fliegt die Wand hinauf. Er klettert los. Sofort hat er drei Meter Höhe gewonnen. Geht ganz einfach. Denk an die Spinne, wie sie ihre Fäden zieht und verleimt und ihre Fallen stellt! Ich habe die Viecher lange genug beobachtet, drüben, in Chile. Bereits erreicht er den Überhang unterhalb des Absatzes, auf dem er den Jungen haben will. Nach kurzem Tasten findet er den perfekten Griff. Ohne ein Zögern löst er seine Füße vom Fels, hängt nur noch an den Fingerbeeren. Er zieht sich mit einem Klimmzug höher, wuchtet das rechte Bein hinauf. Die Dohle, die er dabei aufschreckt, fliegt krächzend ein Stück höher. Sie zieht Albins Blick auf das Felsband.

»Da. Das ist es!«, murmelt er. »Schaff ich easy. *Fuck*, ich sollte schon bald auf dem Maiensäß sein. Los!«

Genau, Kleiner, komm! Die Spinne hat das Netz gespannt, jetzt darfst du keinen Rückzieher machen! Ja, so ist gut, langsam, Griff für Griff! Xeno kennt keine Fachausdrücke, die er als Anweisung hinunterrufen könnte. Seine Kletterkunst hat er nicht aus dem Lehrbuch. Albin nähert sich dem Überhang. Er wird langsamer, wischt sich den Schweiß aus der Stirn. Was denn? Noch immer Angst vor dem schwarzen Mann? Fürchtet er sich mehr vor ihm oder vor dem Überhang? Wer vertraut schon einem Fremden sein Leben an! Jeder, der in ein Flugzeug steigt, Faverio. Beispielsweise. Aber am Fels sieht es schon anders aus. Und im Fels drinnen? Du hattest keine Wahl, Vater, du musstest denen vertrauen.

Versuch's einfach, Kleiner!

Xeno sieht in Albins Zügen, dass er sich entschieden hat. Seine Finger suchen den perfekten Griff. Gut so, Albin, die Füße sind in der Luft... da hängst du nun, im Leeren, im Netz der Spinne. Was mach ich jetzt mit dir?

»Ich lese gerade Ihr Buch, Frau Bohrer. Es ist... es ist, als ob meine Großmutter mir wieder Geschichten erzählen würde.«
»Danke. Ein schönes Kompliment. Ich habe Ihre Großmutter gern gehabt. Ihre beiden Großmütter... Und damit sind wir wohl beim Thema.«
Selmas Direktheit imponiert Lena. Ohne Umschweife kommt sie zur Sache. Vielleicht sei es nicht die sensibelste Idee von Silvan gewesen, dieses Gespräch während eines Essens zu organisieren, sagt sie, kaum ist das Geschirr der Vorspeise vom Tisch geräumt. »Ich rede nicht gern um den heißen Brei herum, das machen andere hier, *gottegnüeg!* Ich weiß, dass Sie wegen Stefan Cornaz hier sind.«
Lena erwidert ihren Blick so ruhig wie möglich. »Er soll mein Vater... mein richtiger Vater gewesen sein.«
»Das stimmt.«
Lena spürt Selmas Hand auf ihrer, sie schließt die Augen und fragt sich, ob sie jetzt nicht etwas Stärkeres fühlen sollte. Verzweiflung, Leere, Verwirrung zumindest... Nicht mal das. Vielleicht hat sie nach dem Tod der Mutter so sehr gelitten, dass alles, was jetzt kommt, weniger zählt. Vielleicht wäre es anders, wenn dieser Cornaz, ihr Vater, noch leben würde. Oder jene andere Großmutter. Doch schon die wenigen Informationen von Silvan Bohrer haben ihr klargemacht, dass keine neue Verwandtschaft auf sie wartet. Ihr Leben wird nicht umgekrempelt, sie muss bloß einige der Erinnerungen, die ohnehin nur auf Erzählungen ihrer Eltern beruhen, neu besetzen. Dafür bist du hier oben auf der Furgg, Lena, deshalb sprichst du mit dieser Frau.

»*Geits?*« Selma blickt sie forschend an.

»Tut mir leid, das mit dem Restaurant...« Silvan bricht ab, nimmt einen zweiten Anlauf: »Ich habe ja nicht geahnt, worum es geht.«

»Schon gut. Seltsamerweise berührt mich das gar nicht so sehr. Das kommt wohl später.« Lena sind die Blicke der beiden unangenehm. »Im Moment bin ich bloß neugierig. Erzählen Sie, Selma!«

Die schickt als Erstes Rosa mit dem Hauptgang in die Küche zurück. Sie solle ihre Teller in die Wärme stellen. »Die Geschichte der Abderhaldens kennst du ja besser als ich, nehme ich an.«

Lena nickt. Dass Selma sie jetzt duzt, scheint ihr logisch.

»Beginnen wir also mit jenem Jahr, in dem hier alles anders wurde: Als der Bau der Staumauer begann. *Di verflüechti Müüra.* Wir Furggbohrers waren bis dahin arme Bergbauern wie alle anderen gewesen. Dein Großvater, der Dorfschmied unten in Plon, war gestorben, deine Großmutter lebte von den Pachteinkünften, die das Land einbrachte. Ihre Tochter, Anna Abderhalden, deine Mutter also, war ein schönes Mädchen und ständig umworben. Mag sein, dass ihr das ein bisschen den Kopf verdreht hat. Bei einem der Burschen war sie zu unvorsichtig: bei Stefan Cornaz. Auch ein Halbwaise, er hatte den Vater vor der Geburt verloren. Wie du. Stefans Mutter, die Witwe Cornaz, war zeitlebens eine Freundin von mir.« Selma schmunzelte. »*Zwei aalti Trikke, wo... item.* Vielleicht wäre etwas Tieferes aus der Verliebtheit zwischen Stefan und Anna geworden, wenn deine Mutter nicht schwanger geworden wäre. Dann hätte Stefan studiert, wäre irgendwann ruhiger geworden und zurückgekehrt, hätte Anna vielleicht geheiratet. So aber war alles verkachelt. Stefan war hitzköpfig, *ä Holdri... ä Hännupiaani!* Er ist mit der Verantwortung nicht zurechtgekommen, hat sein Studium in Gefahr gesehen und ist irgendwann geflüchtet. In den Gamplüt hinauf, in jenen Stollen, der so vielen Kindern den Vater genommen hat. Frag Primo.«

Lena glaubt, sich verhört zu haben. »Primo? Was hat denn der damit zu tun?«

»Adriano hieß sein Vater. Adriano Sacripanti. Der wildeste von denen im Stollen, wurde im Dorf erzählt. Kurz nach Stefans Tod ist auch er verunglückt. Er hat drei Kinder zurückgelassen, Primo war der Erstgeborene, wie sein Name sagt.«

Wieder etwas, das mich mit Primo verbindet, dachte Lena. Und wundert sich ein wenig, dass ihr der Name Sacripanti in den Briefen nicht begegnet ist.

»Zurück zu deinem Vater. In den ersten Monaten der Schwangerschaft hat er zu Anna gehalten. Dann ist er hinunter in die Stadt, hat studiert, bis ihm das Geld ausging. Der Gamplüter Stollen schien ihm der richtige Ort: Ein anderes Tal und Aussicht auf hohe Prämien. Er war keinen Monat dort, als der Unfall geschah. Zwanzig Jahre alt war er gerade mal ... *Aber es schteit halt nit i iischer Ggnaad.* Versetz dich in die Lage deiner Großmutter. Witwe Cornaz hat sie jeder genannt, weil sie, kaum verheiratet, ihren Mann verloren hatte. Der war ja dein Großvater, siehst du, das muss ich mir immer vergegenwärtigen.«

»So viel Leid ...«

»Das war so damals.« Selma streicht gedankenverloren über die Kerben in der Tischplatte. »Lasst euch von keinem weismachen, früher sei alles besser gewesen.«

Denkt sie jetzt an das, was ihr selbst widerfahren ist? Lena ist fasziniert von Selma. Fast schüchtern bricht sie das Schweigen.

»Entschuldigen Sie ... wie kam es, dass mein Vater mein Vater wurde. Ich meine, *verflüecht*, ich nenne ihn weiterhin Vater.«

»Das will ich hoffen. Stefan Cornaz ist ja nur der biologische, das Leben hat dir einen anderen gegeben. Hannes Amherd hat deine Mutter geliebt, das glaube ich wohl. Und meines Wissens hat keiner Anna zur Heirat mit ihm gedrängt. *Ewentwell müettersitsch*, aber... ich weiß es nicht. Annas Entscheidung für Hannes Amherd schien den meisten von uns einleuchtend. Die beiden passten zusammen, sie wollten von Plon weg. Sie wurden ja nicht aus dem Dorf gejagt. Die meisten fanden die Heirat vernünftig. Man hätte es genauso gern gesehen, wenn beide im Dorf geblieben wären.«

»Und was sagte die Witwe Cornaz?«

Selma stand mit einem leisen Ächzen vom Stuhl auf. »Das ist der schwierige Punkt der Geschichte, Lena, dafür werden wir einen Moment brauchen. Zuvor musst du mich kurz entschuldigen. Hirsigers aus Bern wollen noch zahlen, bevor sie schlafen gehen. Sie reisen morgen zeitig ab. Nein, du bleibst sitzen, Silvan! Kümmere dich um sie, ich bin gleich wieder zurück.«

»Ja, Mutter.«

»Ich bin nicht deine Mutter.«

Rasch geht sie durch die Gaststube zum Ecktisch, an dem eine Familie mit zwei kleinen Kindern sitzt. Lena schaut ihr verdutzt nach. Weicht sie jetzt aus?

Bohrer hat ihre Gedanken gelesen: »Sie ist immer auf dem Sprung.«

»Ich bin froh, dass ich das alles von ihr erfahre.«

»Warst du ... Entschuldigung, Sie waren ...«

»Lena. Wir sind ja wohl gleich alt.« Sehr geistreich, diese Bemerkung, Lena Amherd! »Was wolltest du fragen?«

»Nur, ob du mal etwas geahnt hast?«

»Dass mein Vater nicht mein Vater ist? Nein. Wobei ... ich hatte nie eine enge Beziehung zu ihm. Aber ich wäre natürlich nie darauf gekommen, *hüereverflüechtund*...« Sie schafft es eben noch, die Stimme zu senken.

»Wie bitte?«

»Nichts. Ich fluche halt. Manchmal. Ein bisschen. Und mehrstufig, je nach Situation. Ist so was wie eine Familientradition.«

Silvan legt ihr neues Besteck hin. Er verhält sich überhaupt sehr korrekt. Musst dich ja nicht gleich an seine Brust werfen, Lena, nur weil es die einzige männliche in der Nähe ist... *Hüereverflüecht*, diese Vatergeschichte geht ihr doch näher, als sie gedacht hat! Eine schlaflose Nacht steht bevor.

»Ich kann dich mit Selma allein lassen, wenn dir das lieber ist.«

Seine Tante kommt im selben Moment an den Tisch zurück. »Ach woher! Das schadet dir gar nichts, auch mal solche Geschichten zu hören. Das Leben besteht nicht nur aus Golfplätzen, und so wie im Film ist es schon gar nicht.«

»Was?«

»*Ds Läbe, Silvan. Ds Läbe geit ans Läbenda.*«

»Was hat es mit diesen Filmen auf sich?« Die Frage hat Lena sich schon während des Interviews von Borelli gestellt.

»Ich bin Filmer.«

»Er hat zumindest nichts anderes gelernt«, kommentiert Selma. »Schon als Junge ist er Tag für Tag mit der Kamera durch das Tal gezogen. *Weissgott*, was er damit alles angestellt hat.«

»Oh, Mist!« Silvan nestelt ein Handy hervor, kontrolliert das Display, steckt es wieder zurück.

»Alles in Ordnung?«, fragt Lena.

»Das Baldrian-SMS. Mir ist gerade eingefallen, dass Albin sich noch nicht gemeldet hat. Ist es schon dunkel?«

»*Demnägscht, warum?*«

»Nichts, er wird schon anrufen. Du brauchst... lass Lena nicht länger zappeln.«

Die Anstrengung verzerrt sein Gesicht. Ein letztes Mal versucht Albin, Fuß über Kopf, den Felsabsatz zu erreichen. Er schafft es nicht.

»Hilfe!«

»Halt dich fest!« Aus dem Wald kommt der zweite Junge gestürzt, er stürmt zum Fuß der Wand.

Keine Angst, ich halte dich! Albin blickt zu Xeno herauf, Xeno schließt die Augen. Ihm ist nie einer zu Hilfe gekommen. Er hat nie Freunde gehabt. Unten in der Plonebene. Vom ersten Schultag an ist er allein gewesen. Er hat nicht wie die anderen gesprochen, war nicht wie sie angezogen, aber er war kräftiger gewesen als die anderen. Damit hatte er sich keine Freunde geschaffen, nur Verbündete. Zeitweise. Wenn er gebraucht wurde. Für Bandenkämpfe und Racheakte.

»Dort, links von dir, halt dich dort fest, Albin!«

Xeno spürt Albins Gewicht in seinen Handgelenken. Behutsam lässt er ihn zwei Meter hinab, bis der Junge unter dem Überhang Stand findet. Zu seinem Bedauern löst Albin sich sofort aus seinem Griff und haucht in seine Hände, als seien sie vereist.

Du hättest es ohne meine Hilfe nie geschafft!, sagt Xeno trotzig.

Albin klettert weiter, will zu seinem Freund hinab. Zu hastig, denkt Xeno. Langsam!

Drei Meter über dem Boden rutscht der Junge prompt ab. Sein Freund schreit. Albin prallt unten auf.

Wart, ich komme, nicht bewegen!

Noch bevor Xeno helfen kann, wird Albin von seinem Freund hochgezogen.

»Da oben war etwas«, sagt Albin mit halberstickter Stimme.

»Eine Dohle«, beruhigt ihn sein Freund. »Ich habe sie auch gesehen. Sie hat dich wohl erschreckt.«

Die beiden schauen zu ihm herauf. Sehen durch ihn

hindurch, wie die Kinder damals auf dem Pausenhof der Schule.

»Mein Fuß!«

»Stütz dich auf mich!«

Die beiden kämpfen sich über die Lichtung. Albin hat den Arm um die Schultern seines Freundes gelegt, er humpelt stark. Am Waldrand bleiben sie stehen. Albin deutet mit dem Finger wieder auf Xeno, nimmt seine Kamera aus der Hülle und richtet sie auf ihn. Oh, welche Ehre für den schwarzen Mann! Hast du mich im Bild, Albin? Dann schau her: Buh!

»*Voilà*. Danke fürs Abräumen, Rosa, das Essen war wunderbar.«

Selma zieht aus einer Kartonschachtel ein altes Schwarzweißfoto.

»Mein Vater?«, fragt Lena unsicher nach und betrachtet das Bild. Silvan beobachtet sie.

»Ich habe vor dem Essen danach gesucht«, erklärt Selma. »Das Bild hat damals ein Fotograf aus der Stadt gemacht. Er wollte Bergbauern beim *Faggsen*, ich meine: beim *Wildheuwet* zeigen! Alles gestellt, in dieser Zusammensetzung waren wir nämlich nie auf dem Salflischer Stotz. Der Fotograf hat einfach ein paar Figuranten gebraucht. *Sessa*. Das hier bin ich, das ist die Julia Rothen, das die Witwe Cornaz, und da, der Mann neben dem mit der *Sägessa*: Das ist Stefan.«

»Er ... er gleicht mir nicht!«

Silvan hätte nicht sagen können, ob ihre Erleichterung oder ihr Bedauern größer ist. Zu gern hätte er die Szene aufgenommen. Ein Fest für jeden Dokumentarfilmer: Vierzigjährige Frau sieht erstmals im Leben ein Bild ihres Vaters ...

»Was die Witwe Cornaz betrifft, sie ... du wärst ihre einzige Freude gewesen. Wieder und wieder hat sie die Mutter Abderhalden bekniet. Sie müsse doch auch einen Kontakt zum Kind haben, *um Herrgottswille!* Aber das wollte niemand. Nach Annas Hochzeit erst recht nicht mehr. Dann seid ihr ja bald umgezogen und für die Abderhaldens war die Sache erledigt.«

»Und für... wie hieß meine Großmutter gleich wieder?«

»Heidi. Für Heidi Cornaz natürlich nicht. Sie hat damit gelebt wie mit all den anderen Schicksalsschlägen auch, aber sie hat es bis zu ihrem Tod nicht verwinden können. *Wola,* Silvan – das Leben ist kein Film!«

Lena lächelt mit Tränen in den Augen. »Heidi Cornaz' Geschichte macht mir fast mehr zu schaffen, das mit meinem Vater ist so unwirklich.«

Silvan glaubt zu wissen, was sie empfindet. Er hat seine Mutter nie wirklich vermisst. Wenn hingegen Selma etwas zugestoßen wäre...

Das Vibrieren des Handys auf der Tischplatte schreckt alle auf.

»Da, das wird Albin sein!«, sagt Selma.

Silvan ruft die Mitteilung ab. Verdammt, was hieß das jetzt?

»Was ist?«

»Er hat sich beim Klettern den Fuß verletzt. Aber es sei nicht schlimm. Ich ruf ihn an.«

Silvan entfernt sich einige Schritte. Albin antwortet schon nach dem ersten Klingeln.

»Es ist wirklich nicht schlimm. Frau Studer hat den Fuß untersucht, er ist kaum geschwollen.«

»Wie ist es passiert?«

»Das war wegen des... ach, *shit.*«

»Wegen was?«

»Mann, ich weiß selber nicht. Ein Tier vielleicht, eine Dohle... Ich hatte ständig das Gefühl, ich werde beobachtet. Deshalb habe ich im dümmsten Moment weggeschaut, habe den Halt verloren und bin abgerutscht. Zum Glück hat sich der Rucksack oder meine Jacke oder irgendwas an einem Vorsprung verheddert. Das hat mich aufgefangen. Einen Moment lang ging's, dann bin ich wieder ausgerutscht, hinuntergestürzt, mit dem Fuß schräg aufgekommen: Zack!«

»Wo seid ihr jetzt?«

»Auf dem Maiensäß. *Easy*, Paps. Seb ist noch rechtzeitig an der Felswand aufgetaucht, er hat mir geholfen.«

»Und was jetzt. Soll ich mit Studers reden?«

»Nicht nötig, es ist alles schon besprochen. Wir schauen, wie gut ich morgen früh gehen kann, dann rufen wir dich an.«

»Tut das. Und ... ach ja: Ich bin wieder auf der Furgg. Die Gespräche unten haben sich erledigt. Weißt du was: Ich komme morgen früh zu euch. In Ordnung?«

»Das ist nicht nötig.«

»Ich will aber. Solche Verletzungen schmerzen am Morgen danach meist mehr. Vielleicht sind auch die Bänder gerissen.«

Er verabschiedet sich und geht zum Tisch zurück. Selma schaut ihn forschend an.

»Wie schlimm?«

»Ich weiß nicht. Ich gehe morgen früh hinüber.«

»*Hüereverflüechtundheilandsakrament!* Oh, Entschuldigung!« Lena starrt auf das Foto, als traue sie ihren Augen nicht. »Die Frau da ... Tante Selma, ich meine: Frau Bohrer, wer ... ist das?«

»Greth Rothen. Die Ehefrau jenes Mannes, der die Briefe geschrieben hat, die du mittlerweile ja kennst. Seine Mutter ist hier: Julia Rothen. Pius, ihr Mann, fehlt, der war für Sperenzchen wie Fotoaufnahmen nicht zu haben. Die Rothens waren unsere Nachbarn auf dem Seegut drüben. Die Greth allerdings nur einen Sommer lang, sie starb bei der Geburt ihres Sohnes.«

»Der Mann im Pool ... ich meine im Hotel ... *verflüecht!* Der hat genauso ausgesehen. Ich fasse es nicht. Als ob die Zeit stehengeblieben sei. Der hat ihr Gesicht. Exakt ihr Gesicht!«

Lena verstummt. Was macht sie so sicher? Eigentlich hat sie das Gesicht des Traumschwimmers nie gesehen. Zumindest nicht aus der Nähe. Und nur... in ihren Träumen. »Dieser Mann, der hat mir die Unterlagen zukommen lassen!«

Selma lacht laut auf. »Das Kuvert habe ich dir ins Hotel bringen lassen!«

Lena starrt sie mit offenem Mund an. Silvan fasst sich zuerst wieder.

»Warum, Mutter?«

»Jetzt muss ich wohl beichten. Nun, aus dem Gefühl heraus, man dürfe dem Herrgott nicht zu sehr im Weg stehen. Es ist eine lange Geschichte, aber ich mach sie kurz. Du weißt, dass ich mit den Brockenhäuslern von Saas-Plon eine Abmachung habe, Silvan. Jedes Mal, wenn jemand stirbt und ein Haushalt aufgelöst wird, bringen sie mir die Papiere und Briefe, die keiner will.« Selma tätschelt Lenas Arm. »So sammle ich meine Geschichten. Irgendwoher müssen sie ja kommen, ich schreibe an einem neuen Buch! Dieses Kuvert, mitsamt deinem Namen drauf, habe ich in Xeno Rothens Nachlass gefunden.«

»Das kann doch nicht sein!«

»*Gschpässig ischs woll!* Anscheinend hat er dir das alles geben wollen.«

»Er hat mich doch gar nicht gekannt.«

»Ich weiß auch nicht. Vielleicht... nach seinem Tod haben einige erzählt, Xeno sei zeitweise nicht ganz richtig im Kopf gewesen.«

»Xeno Rothen ist tot?«, fragt Silvan.

»Hast du das nicht mitbekommen? Himmel, Silvan, du bist vor lauter Golfplätzen halb aus der Welt gefallen. Neun Monate sind es her seit der Nachricht aus Chile. Xeno ist dort beim Leitungsbau abgestürzt. *Dr gää Tod!* Auch er, der letzte Rothen. Man möchte meinen, ein Fluch habe die Familie ausgelöscht. Es war Schicksal, dass dieses Kuvert bei mir gelandet ist. Als ich hörte, dass du zur Eröffnung herkommst und dass der Hammer wieder schlägt, hielt ich die Zeit für gekommen. Einen solchen Hammer hatten hier oben nämlich nur die Rothens, mein lieber Silvan! Tut mir leid um das geheimnisvolle Getue, Lena, aber irgendwie hat mich das Ganze an meine Geschichten erinnert, und weil du ein *Tämperchind* bist, wie mir Heidi Cornaz gesagt hat, dachte ich, du könntest damit umgehen. Kannst du ja auch.«

Sie schmunzelt. Lena hat ihr gebannt zugehört, jetzt schaut sie wieder auf die Fotografie.

»Aber... wer ist dann der Mann, der genauso aussieht wie diese... diese Greth? Ich bin mir noch immer sicher, ich habe ihn mehrmals gesehen. Unten am Pool, dann auf dem Balkon...«

»Auf dem Balkon?«, fragt Silvan perplex.

»Er ist mein Zimmernachbar gewesen! *Hüere*... äh, ich meine, Silvan: Du musst ja bloß deinen Portier fragen, wer im Zimmer links von mir gewesen ist! Nummer 311 wahrscheinlich, ich hatte 310. Weshalb schaust du mich so an, habe ich etwas Falsches gesagt?«

Xeno schiebt Arnold zur Seite.

Steh nicht herum wie eine Salzsäule, Vater, jetzt sind wir am Zug!

Er legt die Hand auf den kühlen Stahl des Druckrohrs. Das Geräusch, das er im Halbschlaf wahrgenommen hat, ist keine Täuschung gewesen: Er spürt die Vibration deutlich. Das Wasser fließt, sie haben die Schleuse geöffnet. Verdammt, Faverio, welcher Tag ist heute? *Sabato!* Dabei soll der Betrieb erst am Montag... egal. Wahrscheinlich der letzte Drucktest, Vater. *Perché sabato*, Faverio? *Perché, perché*... Ich weiß auch nicht. Aber macht euch keine Sorgen, ich bin auf alles gefasst. Meiner Schönen hier – er klopft auf die Presse – ist der Wochentag egal! Arnold und Faverio verschwinden im Vortrieb. Xeno geht unruhig auf und ab. Das Auto! Es steht immer noch auf dem Felsvorsprung. Ein Glück, hat er es noch. In Chile wäre es ihm einmal fast abhanden gekommen. Ein Indiojunge hatte es ihm geklaut. Der konnte dann zwei Wochen lang nicht mehr gehen, so hat er ihn verprügelt.

Xeno setzt sich auf den Boden...

... im Rücken spürte er die warmen Kacheln des Ofens. Seine Beine waren angewinkelt, das Blechauto fuhr den rechten Oberschenkel hinauf, sprang vom einen Knie auf das andere, den linken Oberschenkel hinunter, machte auf den Hinterrädern kehrt.

Julia beobachtete ihn argwöhnisch. *Schpräzzlig* war er wieder, ihr Xeno. Man merkte es daran, dass seine Spiele fast manisch wurden. Manchmal zweifelte sie im Stillen am Verstand des Jungen. Natürlich, alle Kinder lieben diese ewigen Wiederholungen, die vermeintliche Sicherheit, die Vertrautheit, die sie daraus ziehen. Aber gleich stundenlang?

»Komm, Xeno. Xeno! Komm mit in die Küche. Doch! Ich will dich in der Nähe haben. Du kannst auch dort mit dem Auto spielen.«

»Wann kommt Vater zurück?«

Maria sig gebenedeijut! Die Frage traf Julia unvorbereitet. Seit Wochen, wahrscheinlich seit Weihnachten, hatte Xeno nie mehr nach Arnold gefragt. Weshalb gerade heute? Verspürte er dieselbe Unruhe wie sie? Hatte sie ihn mit diesem Gefühl der Beklemmung angesteckt, das sie seit dem Morgen nicht mehr loswurde. Es war, als müsse sie bald ersticken. Erst jetzt brachte sie die Schwere auf ihrer Brust mit Arnold in Verbindung.

»Bald, Xeno. Dein Vater kommt bald. Es wird Frühling, Xeno.«

»Nein...«

...Behutsam stellt Xeno das Auto auf den Felsvorsprung zurück. Ich hab recht gehabt, Großmutter, damals. Es wurde nicht Frühling. Er geht zum Druckrohr. Trotz des Schepperns von Großmutters Geschirr hat er richtig gehört: Die Vibration in der Stahlummantelung hat aufgehört, die Drosselklappe oben bei der Felsegg ist wieder geschlossen. Ein wenig wundert er sich über den Test. Fahren sie das Werk tatsächlich morgen früh hoch? Weil sie all den Ehrengästen etwas Besonderes bieten wollen? Das können sie haben, Vater, was meinst du? Xeno lehnt sich neben Renzo und Adriano gegen die Stollenwand. Und was sagt ihr? Gut, etliche der Gäste werden dann halt verschüttet, unten im Werk. Aber euch hat ja auch keiner gefragt, damals, wie es gewesen ist, lebendig begraben zu werden.

Silvan hat sich vom ersten Schock erholt. Lena hat einen anderen auf dem Balkon vermutet. Nicht ihn. Was das heißt, will er gar nicht wissen.

»Lasst uns mal überlegen, was wir aus diesen Unterlagen herauslesen können.«

»Genau.« Lena setzt sich in ihrem Stuhl auf. Selma bringt den Kaffee. Silvan nippt nur daran.

»Über neun Monate muss es her sein, dass Xeno Rothen diese Papiere zusammengestellt und schriftlich angekündigt hat, am Tag der Eröffnung des Erweiterungswerkes passiere eine Katastrophe. Dabei hat er anscheinend an die Druckrohre gedacht...«

»...sonst würde er nicht auf der Geschichte mit den Haarrissen herumreiten«, bestätigt Lena. »Und wenn er davon ausgeht, dass euer Golfplatzprojekt dann kein Thema mehr ist, rechnet er...ja, *Heiland,* womit?«

»Mit einem Bergrutsch.« Selma sagt es ganz ruhig.

Silvan schüttelt den Kopf, aber Lena pflichtet ihr bei. »Selma hat recht. Wenn das Rohr unter Druck platzt, ist absehbar, was passiert. Davor hat uns Biner, der verantwortliche Ingenieur, nämlich stets gewarnt. Es sei gefährlich, die Leitung unterirdisch zu führen. Und ich hab ihm nie geglaubt...«

»Wie zum Teufel hat Xeno Rothen vor seinem Tod, also vor bald einem Jahr, vom Golfplatz wissen können?«, platzt Silvan heraus. »Weshalb wusste er schon damals von den Haarrissen? Woher hat er all die Dokumente? Und weshalb sollen die Rohre platzen, wo man die Risse doch geflickt hat und sämtliche Sicherheitstests durchgeführt worden sind.«

Alle drei schweigen.

»*Kei Hoochschii*«, sagt Selma schließlich. »Vielleicht suchst du wieder zu viele Erklärungen, Silvan.«

»Die Dokumente muss er von einem Elektrischen bekommen haben. Und...« Silvan starrt nachdenklich ins Leere. »Der Golfplatz... davon wussten damals nur Pfammatter und ich und die Deutschen.«

»Vielleicht... hat er sich rächen wollen. Vergesst nicht, seine Familie hat alles verloren. Sie wurde enteignet, sein Vater und sein Großvater sind im Grunde wegen des Stausees gestorben.«

»Also können wir von Glück sagen, dass Xeno nicht mehr am Leben ist«, antwortet Silvan.

»Und der Merkhammer?«

»Bitte keine weiteren Geschichten, Mutter.«

»Ich bin nicht deine...« Selma bricht ab, weil Silvan aufgesprungen ist.

»Die *Mazza!* Unten vor dem Werk. Da steckten acht Nägel drin. Acht Rebellen. Xeno Rothen hat anscheinend Komplizen.«

»Ich versteh kein Wort.« Lenas Blick sucht bei Selma Hilfe.

»*Dr Mazza-Zug?*«, fragt Selma. »Stimmt, du bist nicht hier zur Schule gegangen. Eine Walliser Tradition aus dem Mittelalter. Bei einem Aufruhr gegen einen der Mächtigen wurde ein Wurzelstock ausgegraben und verkehrt herum auf einen langen Stab gespießt. Das sah dann aus wie eine Fratze mit Wurzelhaaren: *d Mazza*. Wer der *Mazza* seine Treue bezeugen wollte, musste einen persönlich gekennzeichneten Nagel hineinschlagen. Beim Protestmarsch wurde die *Mazza* vorangetragen. Ein Symbol dafür, dass die Verhältnisse auf den Kopf gestellt wurden. Wer an der Macht war, konnte nur noch hoffen, dass der Aufstand unblutig verlief.«

»Daran hat sich der erinnert«, fügt Silvan hinzu, »der gestern eine *Mazza* vor dem Werktor im Flischwald aufgestellt hat. Wisst ihr... wisst ihr, was ich denke: Xeno Rothen ist tot, aber irgendwer führt seinen Plan aus. Ich muss Pfammatter erreichen.«

Den ersten Anruf drückt dieser sogleich weg. Er hat wohl auf dem Display gesehen, wer ihn erreichen will.

»Sei nicht kindisch!«

Lena schaut ihn fragend an, Silvan winkt ab und wählt neu. Diesmal nimmt Pfammatter den Anruf an.

»Was ist?«, schnauzt er.

»Hör zu, Pfammatter. Nein, hör nur zu.« Er erklärt in groben Zügen, wie Lena in den Besitz der Dokumente über die Haarrisse gekommen ist.

»Und? Das ist ein alter Hut!«

»Ich weiß, Pfammatter. Aber es sollte dich interessieren, von wem die Dokumente kommen. Ich nehme an, der Namen Xeno Rothen sagt dir etwas!«

Am anderen Ende der Leitung ist es still. »Xeno Rothen?«, fragt Pfammatter schließlich zurück. »Du meinst, der Junge der Seegut-Rothens?«

»Genau der. Er hat vom Golfplatz gewusst.«

»Rothen ist tot.«

»Jemand ist in seine Fußstapfen getreten. Überleg mal: Erst

der Merkhammer, dann die *Mazza* und Lena Amherds Dokumente.«

»Bleib mir weg mit der Schlampe.«

»Pfammatter, ich glaube, Xeno Rothen hat die Leitung sabotieren wollen!«

»Blödsinn. Weshalb sollte er?«

»Einen Grund dafür wird er gehabt...«

»Was willst du damit sagen?«

Silvan stutzt. Pfammatters Stimme klingt grell, als fühle er sich persönlich angegriffen.

»Nichts. Mir ist nur eben wieder die Explosion in den Sinn gekommen, die mein Sohn gehört hat. Drüben beim Maiensäß.«

Pfammatter lacht spöttisch. »Selma hatte schon immer einen Dachschaden, weshalb soll es bei dir und deinem Sohn anders sein?«

»Die Hütten stehen genau über der Leitung. Oberhalb von Fenster 3.«

»Und? Falls es dich beruhigt, Bohrer: Wir haben gerade den letzten Drucktest gemacht. Alles in bester Ordnung. Morgen früh, punkt sieben Uhr, läuft das Werk an.«

»Morgen? Weshalb morgen?«

»Weshalb nicht?«

»Morgen ist Sonntag. Laut Programm...«

»Verdammt, Bohrer, das Programm hast du sabotiert!« Pfammatter verliert die Beherrschung: »Das Programm kannst du dir in den Arsch stecken. Ab sofort bestimme ich allein, was wann geschieht. Morgen früh, nein, weißt du was: Noch in dieser Nacht beginnt die Gesellschaft mit dem Geldverdienen, Bohrer. Ich muss ja bald einige Hotels mitfinanzieren, oder was meinst du?«

Bevor Silvan etwas erwidern kann, hat Pfammatter aufgelegt. Silvan wirft das Handy entnervt auf den Tisch. »Sie haben den Ablauf beschleunigt, morgen früh wird die Leitung in Betrieb genommen. Vielleicht sogar schon heute Nacht.«

Lena schaut auf die Uhr. »Es ist schon morgen.«

»*Jesses Maria*, so spät schon!« Selma steht auf. »Ich muss ins Bett. Und du, Silvan?«

»Ich ... ich geh Albin holen.«

»*Bis di dr Nachttschaagge nimmt!* Das ist eine Wanderung von vier, fünf Stunden!« Selma ist anzusehen, was sie von seiner Idee hält. Silvan lässt sich nicht beirren.

»Die Sache gefällt mir nicht. Ich kenn den Weg auswendig. Und für die ersten drei Kilometer nehm ich den Quad.«

»Ich komme mit!«, verkündet Lena entschlossen.

»Du? Besser nicht.« Silvan sagt das Gegenteil von dem, was er sich wünscht. Zum Glück bleibt Lena fest. Selma geht kopfschüttelnd in die Küche. Ohne genügend Proviant im Rucksack gehe hier niemand irgendwohin.

Ihre Hände umfassen Silvans Hüften. Geht nicht anders, Lena, sonst wirst du von diesem seltsamen Ding geschleudert! Der Quad ist nicht für zwei gebaut. Dafür findet sie heraus, dass der Mann zwischen ihren Händen ... nun ja: muskulös ist. Merkt sie immer dann, wenn Silvan abrupt bremst und sie gegen seinen Rücken knallt und einige Sekunden lang gegen ihn gedrückt wird.

»Tut mir leid, bremsen auf Schotter ist ...«

»Geht schon. Fahren wir nicht weiter?«

»Ab hier zu Fuß!« Silvans Taschenlampe leuchtet auf, ein schmaler Wanderweg zweigt vor ihnen ab.

»Nimm die zweite Lampe. Batterien haben wir genügend, also brauch sie auch!«

Er geht zügig los. Jetzt musst du einen Gang hochschalten, Lena Amherd — erwiesenermaßen Cornaz. Scheiße. Für solche Gedanken ist es später früh genug. Silvan macht sich Sorgen um seinen Sohn, auch wenn er es nicht zeigen will. Alles nur wegen ihres Traumschwimmers? Traumschwimmer, *hüereverflüechtundsakrament!* Du hast dir den bloß eingebildet! Hast wieder mal fantasiert. Deliriert. Hast deine Sehnsüchte mitsamt einem Gesicht in einen Unbekannten hineingeträumt... Weil sie so versessen darauf ist, endlich jemanden zu finden. Weil sie es so satt hat, allein zu sein! Sie seufzt unhörbar. Und jetzt? Jetzt ist sie nicht allein, wandert mit einem Mann, den sie vor kurzem noch gemieden hat, durch die Heidelbeerbüsche... Ein halber Mond taucht die Berge in fahles Grün. Ihre Augen haben sich an die Dunkelheit gewöhnt. Die Nacht ist erstaunlich mild für diese Höhe.

»Alles in Ordnung?«

»Alles bestens.«

»Nicht zu kalt?«

»Nein.«

»Nicht zu schnell?«

»Nein.« Sie unterdrückt ein Lachen.

»Was?«

»Wahrscheinlich hast du als Dokumentarfilmer die Leute so aus der Reserve gelockt.«

Sie läuft beinahe in ihn hinein, weil er stehen geblieben ist.

»Wie?«

»Eben. Mit Nachhaken. Nachfragen. Du blendest mich.«

»Entschuldigung.« Silvan senkt die Taschenlampe. Soll er gestehen, dass er nur schnell ihr Gesicht sehen wollte? Sich vergewissern, ob sie wirklich hier ist? Bei ihm. »Ich... ich habe nur gedacht... diese Vatergeschichte... und jetzt noch das!«

»Schon in Ordnung. Das ist das Gute dran. Stell dir vor, wenn ich jetzt im Hotelbett liegen würde, meinst du, ich würde auch nur ein Auge zutun? Ich bin froh um die Ablenkung, mach dir keine Gedanken um mich. Wir müssen weiter.«

»Ja.«

Trotzdem bleibt er stehen.

»Was?«, fragt diesmal sie.

»Ich denke jetzt mal laut: Wenn das Leben ein Film wäre, würde ich dich küssen.«

»Das ... würde auf den Regisseur ankommen!«

»Der Regisseur wäre ich.«

»Ach so.«

Er beugt sich vor, seine Lippen suchen ihre, sie wehrt sich nicht, erwidert den Kuss ein bisschen, indem sie kurz ihre Lippen kraust, bevor sie ihn sanft wegschiebt.

»Dafür ist es später früh genug.«

»Der Satz ist aber auch filmreif.«

»Nur nicht spontan. Ich habe ihn eben schon mal gedacht. In einem anderen Zusammenhang.«

»Verstehe. Und ... Entschuldigung!«

»Nicht nötig.«

Wenigstens keine Abfuhr.

Xeno blickt zum Stolleneingang. Durch die Ritze zwischen Plane und Fels sieht er den ersten zaghaften Schimmer des Tages. Er schaut auf die Uhr. Halb sechs, Vater, Zeit für einen kleinen Kontrollgang, was meinst du? Er wartet Arnolds Antwort nicht ab, geht nach vorn in den Vortrieb. Wie beim letzten Mal legt er die Hand auf das stählerne Rohr ...

»... das gefällt mir nicht!«

Faverio zog seine Hand zurück. Sie glänzte im Licht von Arnolds Stirnlampe schwarz und feucht. »Das ist kein Fels, das ist Mehl!«

»Umso besser!«, tönte Zenruffinen dazwischen. »Dann seid ihr schneller mit Ausräumen, und wir können noch eine zweite Sprengung machen!«

»Nein.«

»Wie bitte?«

Faverio hielt Zenruffinens Blick stand. »Das ist viel zu gefährlich! Bevor wir nicht alles abgesprießt haben, dürfen wir nicht räumen.«

Zenruffinen trat einen Schritt näher.

»*Tiä!* Willst du dich meinen Anordnungen widersetzen, Buonfatto?«

»Wollen Sie uns töten?«, fuhr Arnold dazwischen...

... das hast du wirklich gesagt, Vater? Xeno schaut seinen Vater bewundernd an.

Das hat dein Vater gesagt, bekräftigt Faverio. Du kannst stolz sein auf ihn!

Ich bin auf euch beide stolz, deshalb bin ich ja hier.

Wir haben uns abgesprochen, damals, sagt Arnold.

Genau, antwortet Xeno, ihr habt euch abgesprochen.

Ich habe Faverio gesagt, er soll seine Arbeit nicht riskieren und mich reden lassen, bei mir spiele es keine Rolle mehr...

»... Warum nicht?«, fragte Faverio.

Arnold senkte seine Stimme. »Ich werde aufhören. Zurückgehen aufs Seegut. Sobald es Frühling wird. Bis dahin halte ich Zenruffinens Schikanen aus. Das wird sich nicht mehr ändern. Seit er vom Brief erfahren hat, vergeht kein Tag, an dem der sich nicht dafür rächt, *dr Sekkelpeeter!*«

Faverio ließ sich nicht zurückhalten und marschierte wieder auf Zenruffinen los. »Nicht mal die Spinner von Schicht zwei arbeiten so unvorsichtig. Seit einer Woche haben die keine Prämie mehr verdient. Jetzt sind wir bald mitten in der Karbonschicht, da hält kein Stein auf dem andern, *ingegnere!*«

Faverio hielt Zenruffinens Blick stand. Einen Augenblick lang war es still im Vortrieb.

»Dieser Brei hat nichts mit Gestein zu tun!« Faverio drehte sich hilfesuchend um. »Albisser, sag etwas, du Feigling!«

Albisser setzte zum Sprechen an, Zenruffinens Blick ließ ihn stumm bleiben. Hilflos hob er die Schultern.

»Wir sprießen ab, sobald der Dreck hier fortgeräumt ist, Buonfatto.« Zenruffinens Gesicht wurde aalglatt. »Im ganzen Vortrieb. Heute noch. Das ist der Tarif: Wer von euch nicht sofort die Schaufel in die Hand nimmt, kann gehen. Auf der Stelle!«

»Der Verband sagt ...«

»Der Verband, Rothen, interessiert niemanden. Der Verband ist Dreck. Du bist Dreck. Wenn ich noch ein Wort höre, kannst du gehen. Kannst dann noch mal einen Brief schreiben, *du Chropfgöich!* Kannst uns ja nochmals zum Lachen bringen, wie beim letzten Mal! Der Direktor hat uns den Brief vorgelesen. Beim Abendessen. Zur Unterhaltung, Rothen! Wir haben uns alle bestens amüsiert. Und der Direktor hat mir nach der Lektüre das Du angeboten. Offensichtlich würde ich ja alles richtig machen, hat er gesagt, und dabei den Brief geschwenkt.«

Sein Gesicht war nur noch wenige Zentimeter von Arnolds entfernt.

»Und weißt du, was er mir nach dem Dessert im Vertrauen zugeflüstert hat, Rothen? Bei Cognac und Zigarre? Mit Verlusten müsse man ja immer rechnen, hat er gesagt, ich solle bloß schauen, dass dieser Schmierfink auch darunter sei. Er hat dich gemeint, Rothen!«

Zenruffinen stieß Arnold zur Seite.

»Ihr habt es gehört!« Er verließ den Vortrieb, ohne sich umzuschauen.

Aus den Augenwinkeln sah Arnold, wie Adriano und Renzo ihre Schaufeln holten. Albisser starrte ins Leere ...

... Xeno will hinter Zenruffinen her, will auf ihn einschlagen, aber er kann sich nicht rühren. Langsam nimmt er die Hand von der vibrierenden Druckleitung. Sie ist feucht vom Kondenswasser. Er streicht mit der Handfläche über Wand und Boden, schmiert sich den klebengebliebenen Dreck ins Gesicht, bis es schwarz ist ...

»... Herrgott, Xeno, was tust du da?«

Julia hätte sich die Haare raufen mögen. Keine Minute war sie aus der Küche gewesen, aber Xeno hatte die Zeit genutzt. Die Tür des Herdes stand offen. Der Kleine war von Kopf bis Fuß mit Ruß verschmiert, sein Gesicht so schwarz, dass seine Augen weiß strahlten. In der Hand hielt er ein angekohltes Stück Holz. Sie wand es Xeno aus der Hand. Asche stäubte auf den Küchenboden. Xeno tobte los. Julia tat das, was sie in letzter Zeit so oft tun musste: Sie drückte ihren Enkel ungeachtet des Rußes mit aller Kraft an sich, bis seine Schreie in ein Wimmern übergingen, sein Krampfen in ein Zucken. Minuten später hatte er sich beruhigt. Er rannte zum Großvater in den Holzschuppen.

Julia wischte Asche und Holzstücke zusammen. Wie jedes Mal kam ihr dabei die Krippe in den Sinn. Hätte Pius sie nur nie verbrannt. Nein, nein, dann hätte sie noch länger Nacht für Nacht neben der leeren Krippe gewacht! Ihre Tochter... Heute wurde sie die schwermütigen Gedanken einfach nicht los. Falscher Frühling. Einer dieser klebrigen Wintertage, *lang vor dm Üstag*. Der Schnee schmolz, färbte sich bräunlich und pappte zusammen. Schwer klebte er an den Stiefeln. Dem gezackten Gipfel der Plonspitze entlang schimmerte der Himmel gelb. Der Hauch der armen Seelen, hatte Pius am Morgen gesagt. Sie stiegen aus dem Firn, weil sie auf den falschen Frühling hereinfielen. Pius, der sonst über *Boozugschichte* und *Graatzig* nur lachte...

»Wenn jemand stirbt, Großvater, wohin geht er dann?«

»Wohin?« Pius Rothen blies einige Holzspäne vom Wappen, bevor er sich seinem Enkel zuwandte. »Die guten Menschen, sagt man, tanzen mit den Engeln im Himmel.«

»So wie die Mutter.«

»So wie Greth.«

»Und die anderen?«

»Die armen Seelen, die keine Ruhe finden, ziehen im *Graatzug* hinauf zu den Firnfeldern, zu den Gletschern. Dort müssen sie dann stehen, *im eewige Iisch*. Auf immer, sagt man.«

Xeno hatte ihm aufmerksam zugehört. »Und wenn der Gletscher noch mehr schmilzt?«, fragte er nach kurzem Nachdenken. »Wohin gehen sie dann?«

Pius fiel die gemeinsame Wanderung ins obere Salflischer Tälchen ein. Bis zur Moräne waren sie gekommen. Er hatte seinem Enkel gezeigt, wie weit der Gletscher zu Urzeiten gereicht und wie viel sich dieser nur schon in den Jahrzehnten zurückgezogen hatte, seit er selbst als Kind da oben gestanden hatte.

»Ich weiß nicht, Xeno. Ich weiß wirklich nicht, wo die armen Seelen dann hinziehen. Was meinst du?«

»Sie gehen ins Wasser.«

Pius schnitzte das Blatt der linken *Sägessa* ins Holz.

»Ins Wasser. Wie kommst du darauf?«

»Wenn der Gletscher und die Firnfelder schmelzen, gibt es Wasser.«

Pius nickte. Das machte Sinn.

»*Und de ersüüffe di aarme Seele alli im Schtausee, oder nit, Groossvatter?*«

»*Ertriiche chenne di nit, di si natiirli scho toot.*«

»Stimmt. Aber alles Wasser fließt in den Stausee.«

»Stimmt auch. Solange es Wasser hat.«

»Warum? Stirbt das Wasser auch irgendwann?«

Pius lachte nicht. Wieder blies er Holzspäne weg, bevor er antwortete. »Das meiste Wasser, das dereinst den Stausee füllen wird, Xeno, ist Schmelzwasser. Wenn das Wetter immer wärmer wird, die Winter so warm wie heute, dann bleiben Schnee und Eis gar nicht mehr liegen. Dann gibt es im Frühling und Sommer kein Schmelzwasser und dann, Xeno, nützt ihnen die Mauer grad gar nichts mehr, dann können sie schauen, woher sie ihren Strom nehmen.«

»Und dann wissen die armen Seelen wieder nicht, wohin. Wenn es kein Wasser mehr hat.«

»So ist es. Dann werden sie nur noch herumziehen. Es ist nicht nur der Kreislauf des Wassers, der durchbrochen wird. Aber so weit denkt keiner.«

Diese Auskunft musste der Kleine erst überdenken. Pius nutzte die Zeit, begann mit der zweiten *Sägessa*. An Tagen wie diesen fragte er sich, ob es wirklich Zufall war, dass das Werkzeug des Sensemannes gleich doppelt im Familienwappen der Rothens prangte.

»Nur gut, dass die Mutter bei den Engeln im Himmel ist und nicht bei den armen Seelen.«

»So ist es. Hast du den Stoffbändel am Nagel befestigt? Gut. Jetzt schlag ihn in die *Mazza*. Aber hau dir nicht auf die Finger.«

»Großvater?«

»Ja.«

»Wenn jetzt der Frühling kommt, können wir dann meinen Merkhammer in den Bach stellen?«

»Geduld, Xeno. Das heute ist ein falscher Frühling. In zwei, drei Tagen gibt es wieder Schnee.«

»Wann kommt dann der richtige Frühling, Großvater?«

»Bald, Xeno. Bald . . .«

. . . Xeno schaut sich suchend nach der Fernbedienung um. Großvater hatte gelogen, hatte geahnt, dass kein Frühling kam. In jenem Jahr. Spätestens an jenem Tag kurz nach Vaters Tod, als er das Wappen fertig geschnitzt hatte und mit der *Mazza* zur Furgg gezogen war. Zwei Nägel waren drin: für Pius und für Xeno Rothen.

Ein Greis und ein Kind die einzigen Rebellen!

Die *Mazza* hatte er auf der Furgg vor die Mauer gepflanzt, im Gedenken an seinen Sohn. Auf dem Rückweg hatte ihn der Schlag getroffen.

Und du, Vater, hast es doch auch kommen sehen! Oder hast du wirklich gedacht, du kämest aus dem Gamplüter Loch wieder raus? Nachdem du dir Zenruffinen zum Feind gemacht hast? Brauchst nichts zu sagen, Vater, das war schon richtig. Zenruffinen habe ich büßen lassen, jetzt bringen wir die Sache mit der Gesellschaft zu Ende. Komm zu mir. Nein, lass nur, das Gesicht wasch ich mir später! Es wird schon hell und die Schleusen sind offen. Sie haben ihr Werk in Betrieb genommen, jetzt führen wir unseres zu Ende. Reich mir die Fernbedienung. Sobald das rote Licht aufleuchtet, ist sie aktiviert. Verdammt, weshalb geht es nicht? Ruhig, Vater. Das werden die Batterien sein. Sind die Kontakte feucht? Sieht nicht so aus.

Mit einem Mal knallt Xeno das Kästchen gegen die Felswand, wo es zerschellt.

Die Fernbedienung brauchen wir nicht! Wo würde da die Spannung bleiben, Vater? Wie viel Zeit bleibt uns vom Moment an, in dem die Presse zu arbeiten beginnt, bis das Rohr platzt? Drei, vielleicht vier Minuten. Weniger, meinst du? Wir werden zählen, Albisser, wie bei deinen Sprengungen früher. Wirklich, Adriano, ich versteh deine Angst nicht! Im Gamplüter Stollen warst du der Mutigste von allen, jetzt willst du gar kein Risiko mehr eingehen. Ist dir vor lauter Sterben das Herz in die Hose gefallen? Xeno lächelt über seinen Scherz, sein Gesicht bleibt starr. Er nimmt einen Hammer und beginnt die zweite Sense in das Wappen im Fels zu meißeln. Was hast du gedacht, Großvater, ich hätte unseren Familienbrauch vergessen?

»Dort drüben sind die Hütten!«

Silvan bleibt stehen. Lena lässt sich ihre Erleichterung nicht anmerken. Wandern gehört nicht zu ihren üblichen Freizeitbeschäftigungen. Die letzte halbe Stunde ist eine Tortur gewesen, mehr als einmal hat sie sich gefragt, weshalb sie mitgegangen ist. Den Gedanken, wach und aufgewühlt im Hotelbett zu liegen, findet sie nicht mehr so abwegig, Hauptsache liegen!

»Meinst du, die sind schon wach?«

»Die Hirten vielleicht. Falls sie nicht schon auf die Alp gezogen sind.«

»Ich dachte, das wäre die Alp.«

»Wir nennen nur das Angebot ›Alpferien‹. Die drei Hütten sind alte Maiensäße. Die Druckleitung führt unterhalb dieser Felskanzel durch. Und dort, wo der Wald beginnt, liegt Fenster 3, von dort aus gelangt man zur Leitung.«

Einige Minuten später klopfen sie an die Tür der untersten Hütte. Keiner antwortet, sie gehen hinein. Der Raum ist leer. Bei der zweiten steht die Tür des Anbaus halb offen.

»Das Heulager!« Silvan zieht Lena mit sich. Die beiden Jungen sind so in ihre Schlafsäcke eingewickelt, dass Silvan sie im dämmrigen Zwielicht nicht unterscheiden kann. Er rüttelt an der Schulter des ersten, der sofort auffährt und sie erschreckt anstarrt.

»Keine Angst!«, beruhigt ihn Silvan. »Sebastian? Ich bin Albins Vater.«

»Mann!« Sebastian lässt sich zurückfallen und boxt in den zweiten Schlafsack. »Albin, dein Vater ist hier.«

»Okay.«

»Wach auf.«

»Nein.«

»Albin, komm schon.« Silvan kauert sich neben seinem Sohn nieder. »Wir sind die ganze Nacht gewandert.«

Albin schält sich langsam aus dem Schlafsack. Ebenso verschlafen wie erstaunt betrachtet er Lena.

»Lena. Eine Freundin. Bist du wach? Ja? Hör mal, es ist wichtig: Hast du gestern oder vorgestern Abend hier jemanden gesehen?«

Albin setzt sich gähnend auf. »Weshalb seid ihr schon da?«

»Die Zusammenhänge erklär ich dir später. Hast du jemanden gesehen.«

»Keinen Menschen. Nur dieses Gefühl, von dem ich dir erzählt habe, Paps.« Albin gähnt wieder ausgiebig. »In der Felswand. Da fühlte ich mich ständig beobachtet.«

Sebastian tippt sich bloß vielsagend an die Stirn. »Da war kein Mensch.«

»Und dein Fuß?«, fragt Silvan.

»Weiß nicht. Wenn ich liege, spür ich nicht viel. Jetzt sag schon, um was geht es hier eigentlich?«

»Aus verschiedenen Gründen haben wir den Verdacht, dass jemand die Druckleitung sabotieren will. Die wird in den nächsten Minuten in Betrieb genommen oder läuft schon.«

»Sabotieren, Paps? Sag mal, drehen wir hier einen Film oder du?«

»Eine Mega-Story!«, fuhr Sebastian dazwischen. »Überleg doch mal: Einer unserer Zombies hat genug vom ständigen Wandern über die Berggrate... doch dann wären wir hier definitiv am falschen Ort: Womm!«

Er deutet mit den Händen eine gewaltige Explosion an.

Albin schüttelt nur den Kopf.

Silvan schaut Lena an. »Was schlägst du vor?«

»Ich... ich weiß nicht. Die Jungs und Sebastians Eltern sollten auf jeden Fall sofort packen. Ist sonst noch jemand hier?«

»Die Hirten sind wieder auf die Alp hoch, die Frau ist ins Tal abgestiegen.« Albin wickelt die Bandage von seinem Fuß. »Da!«

»Ziemlich geschwollen, schau dir das an. Und schon blau.« Lenas und Silvans Blick treffen sich.

»Ich vermute, das ist ein Bänderriss«, sagt Silvan. »Er darf den Fuß nicht mehr belasten. Kannst du ihm einen Tape-Verband machen, Lena. Und du, Sebastian, weck deine Eltern.«

»Ich sollte Primo anrufen!«, wirft Lena ein.

»Gute Idee.«

Sie wählt die Nummer, das Band antwortet, sie hinterlässt die Nachricht, Primo solle sie sofort zurückrufen. Silvan hat mittlerweile Albin auf die Beine geholfen. Als er den Fuß belastet, stöhnt er auf. Silvan lässt ihn sanft wieder ins Heu nieder, drückt ihm einen Kuss aufs Haar. Tja, Lena, der Mann ist Vater, seine Zärtlichkeiten sind nicht exklusiv. Und sei auf der Hut. Da gibt es auch eine Ehefrau. Oder eine Exfrau. Oder, noch schlimmer: etwas dazwischen.

»Macht den Verband und wartet auf mich.«

»Was hast du vor, Silvan?«

»Wenn jemand etwas sabotieren will, wird er es übers Fenster 3 versuchen. Ich werde mich dort umschauen, danach verlassen wir diese Gegend schleunigst.«

»Sagt mal, übertreibt ihr nicht ein bisschen?« Albin stützt sich auf die Ellbogen.

»Kann sein. Trotzdem will ich es nicht darauf ankommen lassen. Ich bin in einer Viertelstunde zurück.«

Wieder küsst Silvan seinen Sohn, dann ist er verschwunden. Du kannst später reklamieren, Lena! Kannst ihm dann in Ruhe mitteilen, dass du dich nicht unbedingt in der Rolle der Krankenschwester siehst, während er sich um Wichtigeres kümmert. Sie wendet sich an Sebastian. »Wir machen es so: Weck deine Eltern, sag ihnen, dass es vielleicht ein Problem mit der neuen Druckleitung gibt, und wir deshalb von hier wegmüssen. Und dann sollen sie Albin einen Verband machen, so straff, dass er zur Not humpeln kann. In Ordnung?«

»Und wohin wollen Sie?«

»Ich denke, dein Vater sucht am falschen Ort. Wie finde ich die Felswand, wo du geklettert bist?«

Es war ein seltsamer Tag. Kam der Druck auf ihrer Brust wirklich nur vom Wetter? Möglich, als *Jenerchind* fühlte Julia sich in der Kälte wohler als in der Hitze, der falsche Frühling machte ihr deshalb zu schaffen. Es waren Tage, an denen Kopfschmerzen lauerten und unerklärliche Ängste sie plagten. Kochen war ihr bewährtes Ablenkungsmittel, am besten ihr Lieblingsgericht. Kurz entschlossen kletterte sie ins *Unnertach* und holte vom Schweinefett, das sie nach dem letzten Schlachten getrocknet hatte. Sie schnitt es in kleine Stücke. Während das Fett in der Pfanne schmolz, stellte sie das übriggebliebene Apfelmus vom Vortag bereit. Das flüssige Fett siebte sie ab, zurück blieben viele kleine Fleischstückchen, die mit dem Messer nicht zu lösen gewesen waren. Sie leerte das Fett in einen Topf, um es später zum Kochen zu brauchen, die Fleischstückchen vermischte sie mit dem Apfelmus. Draußen rief sie nach Xeno und Pius. Nur der Kleine kam aus dem Schopf. Großvater habe keinen Hunger.

Bekümmert nahm Julia ihren Enkel mit in die Küche. Nicht mal regelmäßig essen mochte Pius. Aber darüber würde sie an einem anderen Tag nachdenken.

»Was gibt es?«

»*Greibe.*«

Xeno setzte sich an den Küchentisch. Er beobachtete stumm, wie sie den Tisch deckte.

»Du bist so still«, sagte Julia, als sie ihm den Teller hinstellte.

»Ich habe ein schlechtes Gewissen im Herz.«

»Was hast du?«

»Ein schlechtes Gewissen im Herz.«

Julia lächelte. »Du meinst ein komisches Gefühl... Hier drin?« Sie klopfte mit dem Knöchel ihres Zeigefingers auf Xenos Brust.

»Ja.«

»Das macht das Wetter, Xeno. Oder sitzt es weiter unten, im Bauch? Vielleicht hast du bloß Hunger. Iss, dann wird es besser...«

...es ist nicht besser geworden, Großmutter, du weißt es. Seit jenem Tag, dem Tag, an dem Vater starb, ist es nicht besser geworden. Kuriert werde ich erst jetzt. Xeno kontrolliert ein letztes Mal die Auflageflächen der Presse. Schau, Großmutter: Alle sind da. Der Vater, der Großvater, die Italiener, Albisser – alle sind gekommen. Wollen dabei sein, wenn ich uns räche.

Es hat lange gedauert, bis es heute geworden ist.

Ja, ja, Vater, ich komme schon! Ohne Hast geht Xeno zum Stollenausgang, dort bleibt er überrascht stehen: Lena! Ausgerechnet jetzt. Xeno ist unschlüssig. Soll er sich bemerkbar machen? Sie warnen? Kaum wendet sie ihren Blick ab, zwängt er sich auf das schmale Band, das vom Eingang in die Wand führt. Sein Fuß stößt gegen einen losen Felsbrocken.

Silvan wartet und beobachtet. Es ist niemand zu sehen. Vorsichtig schleicht er zum Häuschen, das den Eingang zu Fenster 3 versteckt. Von einem früheren Besuch mit Pfammatter weiß er, dass die Hütte bloß ein Unterschlupf für die Arbeiter ist, falls sie durch Unwetter festgehalten werden. Er versucht durch das blinde Fenster etwas zu erkennen, sieht nur die Notpritschen, die beim letzten Mal schon da waren, und das große Eisentor zum Stollen. Es ist geschlossen und scheint ebenso unversehrt wie das Türschloss zum Häuschen. Mit Gewalt ist hier keiner eingedrungen. Das muss nichts heißen! War Xeno nicht bei der Gesellschaft angestellt gewesen? Selma hat sich mal darüber ausgelassen, jetzt wünscht er, er hätte damals besser zugehört. Durchaus möglich, dass Xenos Handlanger, die hinter dem Merkhammer und der *Mazza* stecken, auch einen Schlüssel zu diesen Türen haben. Egal, besser, er zügelt seine Fantasie und kehrt zu Albin zurück.

Der sitzt abmarschbereit mit Sebastian und den Studers vor der Hütte.

»Wo ist Lena?«, fragt Silvan etwas außer Atem.

»Sie ist runter zur Felswand.«

»Zur Felswand? Was will sie denn da, verdammt? Egal... Ich habe nichts Verdächtiges entdeckt, aber vorsichtshalber sollten wir so weit wie möglich hinaufsteigen. Ich hole Lena, ihr geht schon mal mit Albin los.«

»Ist das wirklich nötig?« Sebastians Vater ist deutlich anzusehen, dass er von der Sache nichts hält.

»Sie können mit Ihrer Familie ruhig hierbleiben, wenn Sie die Verantwortung übernehmen. Ich will nichts riskieren, Albin muss von hier weg.«

»Wohin?« Sebastians Mutter erstickt die Diskussion im Keim.

»Hier sind wir genau über dem Leitungsschacht. Wenn wir annehmen, zwischen der Explosion, die ihr gehört habt, und dem, was wir wissen, besteht ein Zusammenhang, dann wäre hier in der Nähe die Leitung beschädigt. Wenn sie platzt, sind wir nur weit oberhalb der Bruchstelle in Sicherheit. Wir müssen damit rechnen, dass diese Seite des Hanges bis hinüber zum Kamm Richtung Furgg gefährdet ist. Also sind jene Felsen dort oben, unterhalb des Salflischer Stotzes, auf der abgewandten Seite des Kammes, das Ziel. Geht, wir werden euch einholen!«

Lena ist nicht überrascht, als sie Xeno über sich knien sieht. Sie erkennt ihn sofort.

Du gleichst deiner Mutter aufs Haar!

Ich weiß. Und du hast die Augen deines Vaters. Er ist auch hier. Oben im Stollen.

Was will er hier?

Xeno antwortet nicht. Hör nur! Mit schräggelegtem Kopf lauscht er dem Hammer nach.

Eine gute Idee, der Merkhammer. Warst du der Mann im Pool?

Großvater hat mir den Hammer geschenkt. Damals.

Wofür?

Was?

Wofür hat er dir einen Hammer geschenkt?

Zum Spielen.

Ist das hier auch ein Spiel, Xeno?

Ein Spiel?

Ja. Der Hammer.

Nein, das ist kein Spiel.

Seine Gestalt flimmert vor ihren Augen. Sie schließt sie und sieht gleich besser.

Was ist es dann? Was machst du hier?

Xeno lächelt. Selbst jetzt noch will sie ihn aushorchen.

Ich? Ich klettere gern.

Silvans Sohn auch. Nur hat er sich den Fuß angeknackst. Kürzlich.

Das war der jüngste Bohrer? Tut mir leid. Er hat sich nicht helfen lassen. Aber es hätte schlimmer ausgehen können. Für ihn.

Hast du auch Kinder, Xeno?

Was für eine Frage! Kein Einziges und in Chile hundert. Willst du jetzt Konversation machen, Lena Amherd? Ja, ich komme gleich, Vater! Xeno steht auf.

Du könntest das Spiel beenden, Xeno. Aus dem Golfplatz wird ohnehin nichts mehr. Silvan ist ausgestiegen.

Das ist dein Verdienst, Lena. Aber es bedeutet nichts.

Was bedeutet dir etwas? Was würde etwas ändern?
Er antwortet nicht.
Warum willst du dich rächen?
Dich doch auch! Deinen Vater auch.
Ich will keine Rache.
Xeno wird blasser. Weshalb nicht?
Es würde nichts ändern. Mein ... er ist tot. Er bleibt tot.

Hör dir die an, Vater! Sie hat nichts begriffen, die Kleine von Cornaz. Soll ich mir überhaupt die Mühe machen? Ja, ja, ich weiß, sie warten alle! Ich komme gleich. Du sagst, es wird nichts ändern? Für Zenruffinen hat sich alles geändert, als er mich gesehen hat, Lena. Kurz bevor sich sein Auto überschlug. Er ist tot. Für Pfammatter wird sich auch alles ändern. Und für die Elektrischen.

Du bist ein Träumer, Xeno. Was kannst du schon ausrichten? Willst du die Leitung sprengen? Und dann? In zwei Wochen oder in zwei Monaten ist alles wieder geflickt. Nichts wird anders.

Xeno lächelt.

Abwarten!

Sie erfährt nichts. Er verblasst immer mehr, seine Gestalt wird durchscheinend.

Weshalb willst du dich an Pfammatter rächen? Adriano Sacripanti war doch auch im Stollen. Damals.

Und?

Er ist mit deinem Vater gestorben. Aber sein Sohn sprengt keine Rohre. Primo arbeitet sogar mit Pfammatter zusammen.

Xeno winkt ab. Die Müdigkeit zehrt seit Monaten an ihm, er kann ihr nicht mehr lange standhalten. Und der Vater zieht ihn zurück in den Stollen.

Was Primo tut, ist seine Sache. Adriano jedenfalls ist hier. Bei mir. Jeder muss selber wissen ... wie er Ruhe findet. Kommst du mit, Lena?

Er streckt ihr die Hand hin, sie nimmt sie, ergibt sich einen Moment lang dieser tröstlichen Ermattung. Dann schüttelt sie den Kopf.

Nein.

Dann geh, Lena. Und nimm die Kinder mit. Die Hütten werden nicht stehen bleiben, glaub mir. Ihr habt noch fünf Minuten. Moment!

Er dreht den Kopf zur Seite, als flüstere ihm jemand etwas ins Ohr.

Eher vier Minuten, sagt Vater.

Xeno lächelt und verschwindet, Lena öffnet die Augen, sie sieht nur leuchtende Blitze.

»Lena? Lena, komm zu dir!«

Silvan zieht sie hoch.

Lena blinzelt, sie hat direkt in die Sonne gestarrt. In ihrem Hinterkopf pocht es dumpf.

»Du blutest. Bist du gestürzt?«

»Ich weiß nicht ... geht schon. Ein Schlag, irgendwie ... Wo ist Xeno?«

»Xeno ist tot, vergiss ihn endlich.«

»Vier Minuten ...«

»Was?«

»Er hat gesagt, wir hätten noch vier Minuten.«

»Natürlich, Lena, das hat er gesagt. Komm, stütz dich auf mich, die anderen sind schon unterwegs.«

Xeno eilt in den Vortrieb. Sie warten bereits.

Vater und Faverio, Adriano, Renzo, Giuliano, Mario, Albisser, Cornaz ...

... und Zenruffinen stürmte herbei, als wäre der Teufel hinter ihm her.

Faverio deutete auf den Geröll- und Dreckhaufen. »Heruntergestürzt vor zehn Minuten, *Müssiö ingegnere.* Wenn wir die vorbereitete Sprengung zünden, kommt der ganze Rest.«

»Das werden wir sehen.« Zenruffinen schaute sich suchend um. »Albisser? Alle Löcher gestopft und die Zündschnüre bereit?«

»Ja.«

»Gut. Zünden und ab mit euch nach hinten!«

»Auf Ihre Verantwortung?« Albisser blickte Zenruffinen an. Zu unterwürfig, fand Arnold.

»Natürlich, mein Bester. Geschieht hier irgendetwas nicht auf meine Verantwortung?«

Er verließ lachend den Vortrieb.

»Hoffen wir bloß, dass der ganze Mist gleich bei der Explosion herunterstürzt«, murmelte Faverio, während sie in den Stollen zurückstolperten. Kurz darauf kauerten sie im Unterstand. Albisser war einige Meter von ihnen entfernt. Sie sahen an seinen Lippen, dass er tonlos zählte. Dann zog er seinen Kopf ein wenig ein. Sie machten sich auf die Druckwelle gefasst ...

... Der Knall ist kaum hörbar.

Hab ich es euch nicht gesagt?, triumphiert Xeno. Eine kontrollierte Explosion, schon beginnt die Presse zu arbeiten! Dafür hat ein Kabel gereicht, dafür braucht es keine Fernbedienung. Und jetzt raus hier. Schnell!

Er hört ein Knirschen und fragt sich, ob der Stahl des Druckrohres schon nachgibt, oder ob es nur Steinchen zwischen Presseplatte und Rohr sind. So genau muss er das nicht wissen. Er rennt zum Stollenausgang. Brav, Lena: Kein Mensch ist mehr zu sehen! Eilig macht er sich an den Abstieg. Mitten im Fels merkt er, dass er das Blechauto vergessen hat. Sofort steigt er zurück.

Studers und die beiden Jungen sind noch nicht weit gekommen. Silvan sieht ab und zu ihre Kleider zwischen den Bäumen über dem Maiensäß aufscheinen, vielleicht fünfzig Meter vor ihnen.

»Sie kommen wegen Albin nur langsam voran!«

»Ich bin auch nicht gerade eine Gazelle«, sagt Lena. »Lass es mich allein versuchen, ich glaube, es geht wieder.«

»Bist du sicher?«

Lena klettert ohne Hilfe weiter, auf den ersten Metern wacklig, dann wird sie sicherer. Xenos Entschlossenheit! Er wird bis zum Äußersten gehen.

Silvan blickt zurück, obwohl zwischen den Bäumen nichts zu sehen ist. Manchmal fühlt es sich an, als würde der Boden unter seinen Füßen schon zittern.

Bald holen sie die anderen ein.

»Alle Fragen später«, keucht Silvan. »Albin, wir tragen dich.«

Er winkt Sebastians Vater herbei, sie laden sich den Jungen auf die Schultern. Lena treibt die anderen an.

»Wo sind wir sicher?«, fragt Sebastians Mutter ängstlich.

»Weiß nicht. Einfach so weit hinauf, wie wir können!«

Lena, Sebastian und dessen Mutter kommen schneller voran als die beiden Männer mit Albin. Die Föhren lichten sich. Lena zwingt sich zu einer Pause, sucht die Umgebung ab. Eine steile, rund fünfzig Meter lange Geröllhalde zieht sich vor ihnen bis zur Schulter der Bergflanke hinauf. Eine hohe Böschung, mehr ein Erdabriss, begrenzt sie gegen oben. Darüber eine Felsformation. Wenn sie Glück haben, ist die stabil!

Reicht das, Xeno? Sind wir da oben sicher?

»Da oben sind wir sicher!«

Überrascht schaut Lena zurück. Albin ist es, der für Xeno geantwortet hat. Er deutet hinauf zu den Felsen.

»Das denke ich auch. Kommt, wir schaffen es!«

Aber nicht sehr schnell, stellt sich bald heraus. Bei jedem

Schritt rollen Steine unter ihren Schuhen weg, lassen sie wieder zurückrutschen.

»Ein beschissenes Kugellager!«, flucht Sebastian.

Er erreicht als Erster den oberen, lehmigen, aber ebenso rutschigen Teil der Halde. Dann bleibt er stehen. Der Erdabriss unter den Felsen ist viel höher, als er von unten gewirkt hat.

»Ich mach dir die Leiter. Versuch es!«

Mit Lenas Hilfe erreicht er die ersten Felsen. Lena überlegt fieberhaft. Alles falsch, der Größte muss unten bleiben!

»Wart! Ich zuerst! Dann hilfst du deiner Mutter und holst das Seil bei deinem Vater.«

Mit Sebastians Hilfe ist sie sofort oben. Kein Baum in der Nähe, stellt sie fest. Sebastian wirft seine Mutter fast hinauf, Lena muss kaum helfen.

»Das Seil!«

Es ist am Rucksack von Sebastians Vater festgemacht. Der steckt mit Silvan und Albin noch in der Halde. Lena schaut zur Felswand. Sie ist von hier aus noch zu sehen. Alles wirkt ruhig und unverändert. *Hüereverflüecht,* was war das gewesen? Hat sie komplett durchgedreht? Das Gespräch mit Xeno... Sie hat doch mit ihm gesprochen, oder nicht? Wieder tastet sie nach der Beule am Hinterkopf, die Wunde blutet leicht.

»Weiter hinauf!«, ruft Silvan.

»Nein, weiter geht es erst, wenn ihr oben seid. Allein schafft ihr das nicht.«

Oder ist sie bewusstlos gewesen? Träumt man, wenn man bewusstlos ist?

»Das Seil!«, verlangt Sebastian. »Rauf damit!«

»Und dann du!«

Er wirft das Seil hinauf, Lena schlingt es um die Taille, bedeutet Sebastians Mutter, dasselbe zu tun. Sebastian klettert blitzschnell daran hoch.

»Jetzt Albin!«

Silvan bindet Albin das Seil um die Taille. Lena atmet erstmals etwas ruhiger. Hier oben sind sie wirklich sicher! Das sind die Ausläufer des Salflischer Stotzes, Granit, Gneis, was auch immer. Woher kommt dieses seltsame Geräusch?

Von unten schaut Silvan hinauf, er sieht Fassungslosigkeit in ihrem Gesicht, dann Grauen.

Wenigstens an Weihnachten hättest du kommen müssen, Vater! Xeno nimmt das Blechauto vom Felsvorsprung. Den Vorwurf kann ich dir nicht ersparen. Trotz des Geschenkes. Nein, ich lass es nicht stehen, was denkst du! Er schiebt das Spielzeug unter die Jacke, die Berührung mit dem kalten Blech lässt ihn erschauern, das metallische Knirschen im Vortrieb schmerzt in den Ohren...

... »Kommt jetzt!«

Zum ersten Mal war es Mario, nicht Adriano, der drängte, sich auf den Weg machte, fiel Arnold auf. »Hört ihr schlecht? Es hilft nichts, wir müssen nach vorn!« Faverio hob die Hand, er legte den Kopf etwas zur Seite. Lauschte. Arnold wusste, weshalb. Der Berg stelle ihnen eine Falle, er fühle es, hatte Faverio schon vor Tagen gesagt. Er gebe nach, doch ein Berg gebe nie nach.

Zenruffinen stand plötzlich neben ihnen. »Los, weiter! Ihr kennt den Tarif.«

Arnold schaute zu Adriano hinüber, der immer noch am selben Ort stand, wie angeschweißt. Adriano erwiderte seinen Blick.

»Wir warten!«

Zenruffinen nahm den Helm ab. »Buonfatto! Sacripanti! Doppelte Prämie. Heute doppelte Prämie für jeden Zusatzmeter, solange wir in der Karbon-Zone sind! Oder ihr könnt gehen. Verdammt, kapiert ihr es nicht? Wir müssen diese verfluchte Kapelle hinter uns bringen!«

Arnold wusste nicht, was er mit Kapelle meinte. Faverio hingegen nickte plötzlich, setzte sich in Bewegung. Alle folgten ihm vorsichtig. Der Rauch der Explosion waberte vor ihnen, formte graue Gestalten, sie nahmen die Mineure stumm in ihren Reihen auf. Eben noch hatte Arnold sein Herz schlagen hören, jetzt... den Merkhammer! Mitten im Aufheulen der Bohrer, im Zischen des Wasserstrahls, zwischen den ersten Pickelschlägen, hörte er das Toggen des Merkhammers. Unablässig. Gleichmütig. Tröstlich. Es ist ein Zeichen, Mutter! Alles wird ins Lot kommen. Mein Entschluss, im Frühling auf das Seegut zurückzukehren, ist richtig. Ich werde mich beim Vater für den Verrat entschuldigen. Wir bauen die Mauer nicht zu unserem Wohl. Nicht zum Wohl der Rothens. Auch nicht zum Wohl der Buonfattos. Der Melas. Der Sacripantis!

Er hatte die Elektrischen durchschaut, nun galt es, aus der Situation das Beste zu machen. Immerhin konnte er jetzt mit Sprengstoff umgehen. Das würde er als Erstes tun: *D Wasserleitu* in die Blanke Platte sprengen. Und damit den Vater aus der Schwermut reißen, von der die Mutter geschrieben hatte. Zusammen würden sie eine neue *Süen* bauen, auf dass sie länger halte als je zuvor. Eine neue Leitung für das neue Seegut.

Dein Garten, Mutter, soll noch einmal blühen. Julias Garten.

Und Greths Blumen.

Es wird Frühling, Mutter! Ich habe Frieden gemacht mit mir. Ich will Xeno sehen. Er hat Greths Gesicht, *Gott sig Daich*.

Faverios Blick schweifte über die freigesprengten Abschnitte an den Wänden und an der Decke.

»*Porcha miseria*«, murmelte er leise. »*Maledetto burro.*«

»Was hat Zenruffinen mit Kapelle gemeint?«

»Ein Gewölbe, das sich entleert. Tödlich.« Faverio hebt die Stimme. »Wir räumen nur den losgesprengten Schutt weg. Und einige der Platten, wenn sie nicht zu gefährlich sind. Danach wird abgesprießt, *Müssiö ingegnere!*«

Zenruffinen hatte schweigend zugehört. »Ein Kompromiss? Gut. Soll keiner sagen, ich ... Ich schaue nach dem Holz.«
Er verschwand.
»*Hesler!*«, warf Arnold hinterher. Faverio begann mit Räumen. Arnold tat es ihm nach, dann auch die anderen. Vorsichtig erst, bald fiebrig wie immer. Faverio setzte das Stemmeisen an einer Platte über Kopf an. »Hilf mir, Noldo! Hilf hier.«
»Bist du sicher?«
»Das wird gehen. Schau: Granit auf Granit!«
»Vorsicht, sie bewegt sich!«
Sie wuchteten ihre Körper gegen die Eisen, gleichzeitig, im selben Takt ... Als höre auch Faverio den Merkhammer. Wie lange arbeiten wir jetzt schon so, Mutter? Schulter an Schulter, Walliser und Italiener? Wochen, Monate. Zehn Nächte am Stück, ein oder zwei Tage Pause, dann zehn Tagschichten, ein halbes Leben lang – ich hätte euch besuchen sollen, Mutter. An jedem freien Tag. Ich hätte es getan, du weißt es. Aber der Vater! Er hat mich nicht sehen wollen, nie mehr, das hat er dir sicher gesagt.
Pius starrte verstört auf den Sargdeckel. Blut tropfte auf das Holz, die Zweige der *Tääla* im Wappen färbten sich zuerst, dann die eine Sense.
Hat er es dir gesagt, Mutter?
Ein schmatzendes Geräusch über ihnen. Faverio blickte hoch.
»*Qualcosa non va!*«
Wovor fürchtest du dich bloß, Faverio? Xeno schaut über die Schulter zurück. Die Presse funktioniert einwandfrei, schau doch! Wir haben alles richtig gemacht, Vater. Die Rache ist unser. Von jetzt an bleiben wir zusammen. Jetzt können sie uns nicht mehr trennen. Siehst du sie auch, Vater? Die Mutter! Sie wartet, dort im Licht. In Großmutters Garten.

Julia stützte sich schwer auf den Küchentisch und kriegte kaum mehr Luft. Wegen Arnold? Was ist mit ihm? Ihr war, als trüge sie seine Angst.

»Großmutter?«

»Ruhig, Xeno. Iss. Nur die Wärme, sie nimmt mir die Luft.«

Es klang, als zerplatze ein riesiger Weichkäse um sie herum. Ähnliches hatte Arnold noch nie gehört, dieses Entsetzen in Faverios Augen noch nie gesehen.

»Einsturz!«, schrie Albisser.

Xeno breitet dankbar die Arme aus. Das Wasser ist eine gläserne Wand.

Die Platte fiel herab, Brocken hinterher. Zu viele. Und noch mehr Staub, Steine, Felsen. Faverio schrie nicht. Er gibt doch nach, der Berg, dachte Arnold verwundert. Aber selbst wenn er nachgibt, zwingt er uns in die Knie, erdrückt uns, presst mir die Brust zusammen. Diese Stille plötzlich! Zu spät, Vater, der Hammer ist verstummt. Der Schmerz... ich kann nicht mehr atmen, Mutter, versteh doch, es wird kein Frühling werden.

Als ob eine Puppe mit schlackernden Armen und Beinen durch die Luft katapultiert würde!

»Nein, Xeno!«

Auf Lenas Schrei schaut Silvan zurück. Er sieht nur Wasser. Einen schlammbraunen, wahnwitzigen Springbrunnen, er hört Tosen und Donnern, plötzlich, als breche über ihnen der Himmel auf.

»Nicht hinschauen, Albin«, ruft Lena. »Vorwärts!«

Ihr Schrei reißt Albin aus seiner Erstarrung. Lena zerrt am Seil, Albin hilft mit einem Bein nach, Sebastian packt seine Hand, sobald er in Reichweite ist.

Lena wirft das Seil sofort zu Studer hinunter, er klettert blitzschnell hinauf. Silvan schaut hinab zur Felswand. Ganze

Platten lösen sich, fallen. Dann hören sie einen zweiten, dumpfen Knall tief in der Erde, mehr ein Beben als ein Geräusch.

»Um Himmels willen!«

Sebastians Mutter hält sich die Hand vor den Mund, ihre Augen sind weit aufgerissen. Ein Grollen übertönt ihren Schrei. Die Felswand ist plötzlich nicht mehr da, und die Bäume des Waldstückes darunter gleiten talwärts, als stünden sie auf einem gewaltigen Fließband. Einige kippen, andere brechen, zersplittern, dann gerät die gesamte Flanke der Plonspitze in Bewegung. Eine braungraue Masse bahnt sich ihren Weg hinab zur Plonebene, Richtung Flischwald. Gemächlich, scheint es, wie in Zeitlupe, dabei geschieht alles in Sekundenbruchteilen, begleitet von Lärmkaskaden, die in Silvans Körper nachbeben, während sich der Boden unter seinen Füßen bewegt. Er schaut hinab und sieht verwundert, wie vor und hinter ihm breite Risse aufklaffen. Er steht auf einer Erdscholle, wird ihm klar.

»Weg mit euch! Höher hinauf!«, schreit er. Bereits entfernt er sich von ihrer Felsplatte.

»Das Seil, Papi! Bind es fest!«, schreit Albin und wirft es ihm zu.

Mit zwei Bewegungen, schon im Fallen, fängt Silvan es auf und schlingt es um sich.

»Helft mir. Alle!«, ruft Lena. Das Seil ist rutschig, ihre dreckverschmierten Schuhe finden keinen Halt auf dem Felsen. Silvans Gewicht wird sie hinunterreißen. Sebastian wirft sich als Erster auf sie, sein Vater kriegt das Seil zu fassen. Es strafft sich.

Silvan schreit auf.

Er wird mehrmals um die eigene Achse gewirbelt.

Das Seil schneidet wie ein heißes Eisen ins Fleisch.

Dann fühlt er ein Rucken. Hält der Knoten? Er packt das Seil über seinem Kopf, will helfen, seine Füße finden keinen Boden mehr.

»Halt still!«

Ist das Lenas Stimme?

Er wird hochgezogen, prallt gegen die nun überhängende Böschung, liegt auf der Felsplatte.

»*Hüereverflüecht...*«

»*...undheilandsakrament!*«, setzt er Lenas gejapsten Fluch fort. Er stemmt sich hoch, fingert am Knoten herum. »Wir müssen weiter!«

»Dieser Fels hat sich doch gar nicht bewegt.« Sebastian ringt nach Luft.

»Willst du noch ein bisschen bleiben? Schau doch mal!«

Sie blicken hinab. Das, was eben noch eine Geröllhalde gewesen ist, ist bloß noch eine schlammige Schneise. Der Wald, die Maiensäße, die Felswand – alles verschwunden.

»Wohin?«

»Einfach höher!«, keucht Silvan. »Salflischer Stotz. Schnell.«

Sie verlassen den Felsen, stolpern wie betäubt einen Wiesenhang hoch, durchqueren ein Föhrenwäldchen. Silvan und Sebastian stützen Albin, der fast nicht mehr gehen kann. Sebastians Eltern halten sich bei der Hand, helfen sich gegenseitig.

Lena geht zuhinterst. Sie fühlt, wie die Angst Oberhand gewinnt und sie lähmt, sie wartet nur darauf, dass auch hier die Bäume zu gleiten beginnen. Schritt für Schritt, Lena. Schritt für Schritt! Endlich kommen sie aus dem Waldstück heraus, vor ihnen liegen wie hingeworfen die letzten, sanft auslaufenden Wiesen des Salflischer Stotzes. Dort, wo sie zwischen den obersten Felsstufen zerfasern, lässt sich Silvan neben Albin zu Boden fallen.

»Jetzt sind wir endgültig auf der anderen Seite des Kammes. Wenn wir hier nicht sicher sind...«

Lenas Beine zittern, ihr Pulsschlag hämmert in der Kopfwunde. Sie bleibt stehen. Eigentlich ein wunderbarer Sommertag!, fällt ihr jetzt auf. Tiefblauer Himmel, klare Sicht, die Berge auf der gegenüberliegenden Seite der Plonebene sind zum Greifen nah. Es wird heißer. Ungewöhnlich ist nur die Stille. Keine Windgeräusche, keine krächzenden Dohlen ...

»Ist es vorbei?« Albin schaut Silvan fast flehend an.

»Ich weiß nicht. Ich ... ich hoffe es.«

»Was ... ist passiert?« Sebastians Mutter steht offensichtlich unter Schock. Ihr Gesicht ist kreideweiß. Sebastian hilft ihr, sich hinzusetzen.

»Die Druckleitung des neuen Kraftwerkes ist explodiert. Xeno Rothen ...« Lena stockt. Ihre Erschöpfung ist grenzenlos, das Denken bereitet ihr gewaltige Anstrengung. »Ob Unfall oder Sabotage, das Wasser ist wohl durch Erde und Fels geschossen und hat eine Schlammlawine ausgelöst.«

»Das war ein Bergsturz, Lena.« Silvan setzt sich auf. »Die ganze Flanke ist abgerutscht. Die braune Schneise reicht bis zum Flischwald.«

»Das Kraftwerk!«

»Wahrscheinlich verschüttet. Aber es ist in den Fels gebaut.« Silvan holt Albins Kamera aus dem Rucksack.

Lena spürt, wie die letzte Energie sie verlässt. Sie verbirgt ihr Gesicht in den Händen. Haarscharf, *verflüechtundverdammt*, haarscharf dran vorbei! Wenn sie einige Sekunden später zur Felsplatte gekommen wären ... Sie zuckt zusammen, doch es ist nur das Handy, das in ihrer Jacke vibriert.

»Primo! Primo? Endlich! Ich hör dich kaum ... Wo bist ... Ja, ja, uns geht es gut. Bist du nicht im Werk?«

Silvan sieht die Erleichterung in ihrem Gesicht. »Sag ihnen, wir brauchen einen Helikopter! Am Salflischer Stotz.«

Lena erklärt Primo, wo sie sind, hört ihm kurz zu, verabschiedet sich.

»Es sind mehrere Helikopter unterwegs, einen schickt Primo zu uns. Er war zu Hause, nicht im Werk. Die Leute dort sind eingeschlossen, aber die Notsysteme funktionieren. Vermisst wird im Moment nur einer.«

»Pfammatter!«

»Genau. Wollte anscheinend vom Werk ins Dorf fahren. Gerade als der Berg gekommen ist.« Lena zieht fröstelnd die Schultern hoch. Xenos Rechnung ist aufgegangen. In allen Punkten.

Silvan kämpft sich auf die Füße. »Ich gehe hinüber zum Steinmannli, dort sehen sie uns besser. Bleibt nur hier.«

Lena will mit. Er legt den Arm um sie, sie will dasselbe tun, er zuckt zusammen. Sie zieht ihm die Jacke hoch. Das Seil hat seine Haut aufgescheuert.

»Wird eine interessante Narbe geben!«

»*Bloss ä Hütbläzz!*, würde Selma sagen.« Silvan lächelt. Er zoomt mit Albins Kamera ins Tal hinab, sie beugen sich über das Display. »Die Drecklawine ist bis auf die andere Talseite gerutscht! Ein Riegel quer durch das Tal. Weißt du, was geschieht, wenn die nicht sofort etwas unternehmen?«

»Wir haben bald einen zweiten Stausee.«

Silvan schaut auf die Uhr, bevor er den Quad startet. Bis zur Sprengung des Schuttriegels am Flischwald bleibt eine Stunde. Er biegt in den Schotterweg Richtung Plonfälle ein. Wenn er dabei sein wolle, müsse er rechtzeitig bei der Zivilschutzanlage sein, hat ihm Primo nahegelegt. Katastrophentouristen seien genug da. Und die Sprengung sei nicht ohne Risiko, wenn das Loch im Damm zu groß würde und zu viel Wasser auf einmal abfließe, stürze eine Flutwelle in die untere Plonebene. Silvan wird sich hüten, Primos Anweisungen zu missachten. Der leitet den Krisenstab mit einer Umsicht, die ihm Bewunderung einflößt.

Der Grund für seinen Ausflug ist nicht die Sprengung. Er braucht etwas Zeit für sich. Lena verwirrt ihn, seit er sie zum ersten Mal gesehen hat. Draußen auf dem Balkon... Jetzt kennt er sie, die Verwirrung bleibt. Sie habe Xeno gesehen! Mit ihm gesprochen... *Boozugschichte*, wie er sie von Selma kennt! Er selbst kann sich nicht mal an eine Explosion erinnern. Nur zweimal dieser dumpfe Knall, mehr ein Beben, mit dem erst die Felswand, dann der ganze Hang in Bewegung geraten war. Das Wasser musste zu diesem Zeitpunkt schon mit irrwitzigem Druck durch die Erdschichten geschossen sein. Für einen solchen Unfall gibt es Dutzende von Gründen. Schlamperei der Rohrhersteller beispielsweise! Vielleicht haben sie die Haarrisse gar nie richtig geflickt, und die Elektrischen haben ihre Aufsichtspflicht vernachlässigt, oder die Geologen schlecht geplant, die Statiker falsch gerechnet... Oder doch die unwahrscheinliche Möglichkeit, dass tatsächlich irgendwer Xenos Plan umgesetzt hat. Dafür spricht die *Mazza* mit dem Verweis auf acht verschworene Rebellen. Selbst diese Interpretation ist glaubwürdiger als Lenas Begegnung mit einem Toten.

»Sie hätten sich doch einfach über den neuen Hof freuen können, Selma!« Lena redet sich ins Feuer. »Das war doch eine neue Chance für die Rothens. Du sagst ja selber, dort wäre alles schöner und moderner gewesen!«

Selma lächelt. »Man hing sehr an dem wenigen, das man hatte. *Düezmaal*. Heute hat man mehr, umso leichtfertiger gibt man es weg.«

Lena schweigt. Ein Urteil über die Rothens steht ihr nicht zu. Über Julia schon gar nicht.

»Was ist das eigentlich?« Lena schaut zu, wie Selma einen Kloß auf den Küchentisch kippt. Er sieht nicht sehr appetitlich aus.

»Getrocknetes Fett. Ein altes Rezept.«

»Und was stellst du damit an?«

»*Greibe* sagen wir dem. Im Fett hat es noch Fleisch, siehst du? Ich schmelze das Fett, siebe das Fleisch heraus und brate es mit Apfelmus.«

»Mit Apfelmus?«

»*Waarts ab*. Was hat Silvan gesagt?«

»Sie wollen sprengen. Um vier Uhr. Dann wird das Wasser abfließen.«

»Meinst du, es klappt?«

»Ja. Es sei denn...«

»Was?«

»Die Detonation würde neue Rutsche auslösen.«

»Was denkst du?«

»Keine Ahnung.«

»Du bist doch Architektin!«

Lena lächelt. »Das heißt nicht... Nein, ich glaube nicht.

Deshalb haben sie so lange gewartet, obwohl das Wasser weiter gestiegen ist. Sie haben sogar eine Überschwemmung riskiert.«

»*Ä ba!* Ein bisschen feuchte Füße schadet den Plonern nicht.«

Lena schmunzelt. »Mir scheint manchmal, du gönnst es ihnen fast!«

»Sie haben seit Jahren nur profitiert vom Wasser. Haben vergessen, wie es war, als alles davon abhing und wir zu jedem Liter Wässerwasser Sorge tragen mussten. Über Generationen hinweg. Heute drehen sie den Hahn auf und zu, nach Belieben. Xeno hatte schon recht mit seinem Hammer. Der hat sie vielleicht erinnert. Der und Pfammatters Schicksal. Wer weiß, vielleicht werden sie jetzt etwas demütiger.«

»Du glaubst es mir wirklich, das mit Xeno!«

»*Natiirli. Du bisch äs Tämperchind!*«

»Ich habe mit ihm gesprochen!«

»Eben. Und er hat sich gerächt.«

»Er war also ... schon tot?«

»Weiß das jemand? Wann man es wirklich ist? Tot, meine ich. Weiß jemand, ob es *Graatzig* gibt?«

»Vielleicht hat er seinen Tod in Chile nur vorgetäuscht.«

»Möglich. Aber überleg mal: Was würde das ändern, letztendlich?«

»Nichts, du hast recht.« Lena zieht einen Stuhl an den großen Küchentisch. »Sag mal, Selma, all die Geschichten in deinem Buch, die hast du doch nicht in Nachlässen gefunden?«

»Aus Erzählungen, aus anderen Büchern, und doch: aus Nachlässen. Wie bei Xeno. Jemand muss sie sammeln!« Selma siebt jetzt das Fleisch aus dem flüssigen Fett. »Sonst gehen sie vergessen. Und dann wundern wir uns beim nächsten Schicksalsschlag, weil wir nicht damit umgehen können. Berghänge rutschen, Wasserleitungen gehen kaputt, Menschen sterben.

Dr gää Tod. Was heute geschieht, ist damals auch schon geschehen. Die Geschichten sind Gleichnisse, nicht mehr, sie geben dir die Möglichkeit, einen zweiten Blick auf das Geschehene zu werfen. Eine Geschichte ist mir übrigens bis heute die liebste geblieben. Von Adolf Fux, wie so viele: die vom Brunnenwunder.«

»Erzähl sie mir.«

»Es geht darin um einen Studenten in einem Bergdorf. Jede Nacht sieht er ein Windlicht zum ›Goldenen Brunnen‹ wandern. Das ist eine Quelle, der die Dorfbewohner heilende Kräfte zuschreiben. Wer trägt das Licht? *Ä Nachttschaagge?* Der Student wird neugierig. Er folgt in der nächsten Nacht dem Licht und sieht, dass es die Holderbäuerin ist. Sie badet im Brunnen. Dessen Wunderwasser ist nämlich ihre letzte Hoffnung, noch schwanger zu werden. Der Holderbauer ertränkt seinen Kummer über den ausbleibenden Stammhalter immer häufiger im Alkohol und wirft ihr ihre Unfruchtbarkeit vor. In jener Nacht entsteigt sie dem Brunnen erst, als sie sieht, dass der Schatten im Gebüsch nur der harmlose Gaststudent ist. Auf dem Heimweg geht ihrem Windlicht dann das Öl aus. Sie lässt sich vom Studenten an der Hand durch die Dunkelheit führen. Prompt verliert sie einen Schuh und vertritt sich den Fuß. *Dr Schtudent figureetlet a däne Schüenischel umcha...*«

»*Und de?*«, fragt Lena gespannt, wie früher bei ihrer Großmutter. Selma schabt ruhig erst das Fleisch und das Apfelmus in die Bratpfanne.

»Es sei eine schwache Stunde vergangen, erzählt Fux, bis der Schuh wieder gebunden gewesen war... Es ist der letzte Gang der Holderin zum Brunnen gewesen. Wie also im Hochwald die Tannen das nächste Mal blühen, kommt der Holderbauer zum Pfarrer gerannt und meldet die Geburt seines Sohnes. *In eim Hochmüet!* Es gibt ein riesiges Tauffest, alle werden geladen, der Bauer verspricht seinen Gästen und seiner Frau das Blaue vom Himmel. Und tatsächlich, der Wirtshaushocker wird wieder zum umsichtigen Bauern, und die Holderleute ziehen ihren Sohn in ›gemeinsamer‹ Liebe groß. Seinen Namen hat übrigens die Frau gegen alle Widerstände durchgesetzt: Albinus.«

»Albinus? Das war auch der Name des Gaststudenten, stimmt's! Und... nein, nein: Euer Albin ist nach dieser Geschichte benannt?!«

»Der Student in der Geschichte war Albinus später und zeitlebens ein heimlicher und hilfreicher Pate. Und du hast recht, ein bisschen Einfluss habe ich damals bei der Namenswahl schon genommen. Das war nicht schwer, Silvan hat diese Geschichte ebenso geliebt. Er wollte sie sogar verfilmen, doch weil er damals nur auf die Pointe aus war, verstand er den tieferen Sinn nicht. Wenn er die Geschichte aus der Sicht des Bauern erzählt hätte, hätte der Zuschauer an die wundersame Wirkung der Quelle geglaubt. So wie einige Leute an Gratzüge glauben. Aus der Sicht der Bäuerin ist das Wunder sehr viel irdischer... Und trotzdem ein Wunder, nur damit wir uns richtig verstehen. Es geht auch um Hochmut und Demut, um die Vorzüge der Verschwiegenheit, um List ohne Arglist... *Item.* Was bleibt, über Generationen, ist die Geschichte selbst. Jeder kann hineinlesen, was er will. Dir hilft sie vielleicht bei deinem Vater, die Parallelen sind ja offensichtlich. Manch eine andere wird in der Zwischenzeit hingegangen sein und es der Holderbäuerin nachgemacht haben. Das Bad im Wasser meine ich...«

»Das andere vielleicht auch!«, sagt Lena anzüglich.

»Pfuch!«

»Was heißt das jetzt wieder?«

»Schäm dich!, heißt das«, erklärt Selma lachend. »Schau, ob Xeno hinter dem Leitungsbruch steckt, oder ob eine andere Macht für späte Gerechtigkeit gesorgt hat – das sind nur zwei Versionen derselben Geschichte, wichtig allein ist ihr Kern.

Und ob jene vom Brunnenwunder erfunden ist oder nicht, spielt ebenso wenig eine Rolle.«

»Mich erstaunt trotzdem, dass sie Silvan gefällt. Er ist doch sonst so, ich meine... realistisch. Er hat mir kein Wort von der Begegnung mit Xeno geglaubt.«

»Silvan? Er versteckt nur, dass er in vielen Dingen abergläubischer ist als ich. *Däm schii Abergglöübe*...« Selma lacht hell auf. »Frag ihn doch mal, weshalb er die Luftseilbahn immer mit dem linken Fuß zuerst betritt! Oder weshalb er im Hotel stets das Zimmer mit seiner Glücksnummer verlangt! So etwas versteh dann ich wieder nicht, wer hat schon eine Glückszahl! Liebst du ihn eigentlich?«

Die unvermittelte Frage überrumpelt Lena.

»Wen?« Unter Selmas forschendem Blick läuft sie rot an. »Ich... ich meine... vielleicht?«

»Du musst es schon selbst spüren. Ich würde sagen: ja!«

»Du weißt doch, wie es ist, Selma! Mit vierzig denkt man etwas länger nach...«

»... bevor man denselben Fehler wieder macht...«

»... weil man mit fünfzig zu alt dafür ist.« Lena lacht. »Weshalb hast du nie geheiratet?«

Selma mustert sie lange, als wolle sie herausfinden, ob sie ihr trauen könne. »Ich habe den Falschen geliebt. Zu lange. Als ich das herausgefunden habe... war ich vierzig. Also denk du nicht zu lange über deinen nächsten Fehler nach.«

»Wer war bei dir der Falsche?«

»Pfammatter. Franz Pfammatter *sälig*. Nein, nein, das ist lange her, kein Grund für Tränen. Und jetzt mach den Mund wieder zu, das bleibt unter uns Frauen.«

Primo erwartet ihn an der Treppe der Turnhalle. »Hast du unterwegs jemanden gesehen?«

»Nein, die Straßen sind menschenleer.«

»Ich will bloß nicht, dass einer im dümmsten Moment in der Gefahrenzone auftaucht. Komm mit.«

Silvan folgt Primo in die Einsatzzentrale im Zivilschutzkeller. Nicht zum ersten Mal hat er das Gefühl, mit seinem Befehlston zahle ihm Primo ein bisschen heim, was er sich in ihrer Jugendzeit zuschulden hat kommen lassen. Oder ist es nur sein schlechtes Gewissen? Er hört, wie Primo alle Beobachtungsstationen bis tief hinab in die Plonebene anfunkt. Sie würden die Sprengungen staffeln, hat er ihm am Morgen am Telefon erklärt, damit der Wasserabfluss kontrolliert bleibe. Primos knappe Fragen werden ebenso militärisch beantwortet. Silvan kommt sich vor wie im Film. In seinem eigenen Film. Gar nicht so dumm, die Idee, einen besseren Stoff findet er nicht! Er grinst in sich hinein. Den einen Schauspieler hat er bereits: Primo! Heute ist er Charles Bronson und Sergio Leone in einem. Der Oberbefehlshaber. Nicht wie damals im Salflischer Tälchen, als Primo vor der Kamera alles machen musste, was Silvan einfiel.

Fast hätte er den Befehl zur ersten Sprengung verpasst. Sekunden später hallt sie wie ein ferner Donner das Tal herauf.

»Meldung Posten eins!« Das Funkgerät knistert kurz, bevor sich der Mann im Flischwald meldet.

»Kleine Lücke, ein bisschen Wasser fließt. Reicht noch nicht.«

»Bist du sicher? Lass den Fluss noch ein wenig arbeiten.«

»Trotzdem.«

»Gut. Zweite Zündung!«

»Verstanden.«

Der zweite Donner. Der Beobachter unten an der Plon, der Stimme nach zu urteilen einer der jungen Abderhaldens, meldet sich ungefragt.

»Jetzt geht es los.«

»Heilige Scheiße!« Es ist eine andere Stimme, die flucht.

»Meldung, bitte!« Primo klingt plötzlich gestresst.

»Posten zwei. Himmel, hier ist der Wasserstand auf einen Schlag fast doppelt so hoch.«

»Was heißt das? Überschwemmung? Zu viel oder geht es?«

»Nein. Ja. Ich weiß nicht. Warte ... doch, die Wasserhöhe stabilisiert sich, glaube ich.«

Primo drückt einen Knopf am Gerät, knetet mit den Fingern seine Nasenwurzel. »Was haben die gedacht? Das Wasser verdunste bei der Explosion?«

Im Abstand von einigen Minuten kommen die Meldungen der Beobachtungsposten in der unteren Plonebene, sie klingen jedes Mal etwas unaufgeregter.

»Gratuliere. Es klappt!« Silvan klopft Primo auf die Schulter.

»Scheint so!«

»Brauchst du mich hier noch, Herr Zivilschutzchef?«

»Hab ich dich schon jemals zu etwas brauchen können?« Primo grinst. »Ab mit dir. Und grüß Lena!«

»Übrigens, du erfährst es als Erster: Ich verkaufe der Gemeinde meine Hotels. Und ich werde wieder filmen. Hab ich gerade beschlossen.«

Primo wehrt übertrieben entsetzt ab. »Herr, erbarme dich! Ohne mich! Die Wespen verzeihe ich dir nie.«

»Welche Wespen ...? Schade, grad hab ich gedacht, den Bronson würdest du glatt an die Wand spielen: ›Meldung, bitte!‹«

»Verzieh dich.«

Lena beugt sich über Albins Schulter. »Die sehen aus wie die Monster von Michael Jackson.«

Albin lässt sich in seiner Konzentration nicht stören, Sebastian springt ein. »Wir nehmen sie aus *Thriller* und ordnen sie in unseren Gratzug ein«, erklärt er.

»Wie macht ihr das?« Lena nimmt einen Stuhl und setzt sich zu den Jungen. »Chroma-Key?«

Albin blickt auf. »Kennst du dich aus?«

»Ein bisschen. Du solltest mal unsere Präsentationsprogramme sehen. Es gibt bei uns Spezialisten, die animieren ganze Menschenmassen und lassen sie durch virtuelle Räume marschieren.«

»Das könnten wir brauchen. Dann müssten wir denen nur noch die Geisterköpfe aufmontieren und...«

Albin bremst Sebastian. Er wolle erst mal sehen, was sie selber zustande brächten.

Verblüfft schaut Lena zu, wie Michael Jacksons Zombies plötzlich durch die Berge tanzen.

»Das ist doch... das ist die Felswand, nicht?«

»Ja!«, bestätigt Sebastian stolz. »Das war sie, besser gesagt. Und das da bin ich!«

»Tatsächlich. Aber wisst ihr... die armen Seelen sind doch eher transparent, fast durchsichtig.«

»Hab ich dir auch gesagt, Sebastian.«

»Und woher wollt ihr beiden Schlauen das wissen, bitte sehr? Kürzlich mal eine arme Seele zum Essen getroffen, oder was?«

»Das weiß doch jeder«, gibt Albin zurück. »Schau mal, Lena: Wenn ich hier am Schwellenwert schraube... ja, das müsste sie durchlässiger machen. So besser?«

Sebastian ist überflüssig geworden, er wendet sich eingeschnappt ab. Zu Lenas Erstaunen lenkt Albin sofort ein. »Ich brauche eine Pause, Sebastian. Übernimm du. Ich muss den Fuß hochlagern. Was macht deine Beule, Lena?«

»Solange ich keinen Kopfstand mache...« Sie schiebt Albin einen zweiten Stuhl hin. Dieser überlässt Sebastian den Computer. »Mach an der Musik weiter. Schneiden ist leichter, wenn wir den Rhythmus haben!«

»Die Musik macht ihr auch selber?« Jetzt ist Lena beeindruckt.

»Easy. Sebastian ist Gitarrist in einer Band. Mit meiner Software macht er das im Schlaf.«

Sebastian setzt die Kopfhörer auf.

»Wie geht es deinem Fuß?«, fragt Lena.

»Der schmerzt nur, wenn ich ihn lange nicht hochlege. Kommt vom Bluterguss, sagt der Arzt.«

»Und der Bänderriss heilt einfach so, mit dieser Schiene?«

»Zu Hause kriege ich vielleicht einen Gips. An der Kapsel sei wohl was gerissen. Aber frag mich nicht, ich weiß nicht mal, wo die Kapsel sein soll.«

Sein Handy brummt kurz. Mit blitzschnellen Daumenbewegungen ruft Albin die SMS ab.

»Von Paps. Das Wasser läuft ab, die Sprengung hat funktioniert.«

»Wenigstens das!« Lena lässt die beiden allein. Auf der Terrasse winkt sie den Studers am Ecktisch zu und stellt sich ans Geländer. Die letzten Sonnenstrahlen vergolden die Plonspitze. Die Wunde im Berg ist von hier aus nicht zu sehen. Als wäre nichts geschehen. Nichts? Und der neue Vater, Lena Amherd? Er beschäftigt sie zwar, aber ihre Gefühle bleiben abstrakt. Sie hat schon fast Schuldgefühle, weil die Sache sie nicht stärker aus der Bahn wirft. Vielleicht ist sie einfach zu alt, um sich noch mit einem neuen Vaterbild abzumühen. Die Beziehung zu Silvan hingegen ... wühlt sie auf. Gestern hat sie sich beim Gedanken ertappt, wie es wäre, nach Plon zu ziehen. Vermischt sie jetzt die Dinge? Vielleicht hat dieser plötzliche Wunsch etwas mit dem neuen Vater zu tun? Mit Selmas Geschichten? Oder siehst du dich schon wieder im weißen Kleid mit Schleier, Lena? Zum zweiten Mal in einer Woche. *Hüereverflüecht*, was willst du noch? Eine weitere Fantasieaffäre, auf einem Balkon, mit einem Gespenst?!

Nach dem Essen fühlt sich Lena tatsächlich verheiratet. Sie muss nur den Kopf drehen, schon zwinkert ihr der zukünftige Stiefsohn zu. Bereits in der zweiten Spielrunde macht sie mit Albin gemeinsame Sache gegen Silvan. *Elfer raus!* ist trotz seiner Computermanie Albins Lieblingsspiel geblieben. Neben dem blauen, dem roten und dem grünen Elfer liegen bereits die entsprechenden Seitenkarten, wachsen die Häufchen den Endzahlen entgegen. Nur beim orangen stockt das Spiel. Albin hält die Zwölf zurück, zum sichtlichen Verdruss seines Vaters, der wohl auf der Zwanzig sitzt. Lena deckt Albin und tut, als wäre sie die taktische Spielerin. Selma bringt die Meringues an den Tisch.

»Du bist ja verrückt, Selma. All die Schlagsahne, wie soll ich das runterkriegen?«

»Das wirst du schon schaffen, Lena. Aber wer immer die orange Zwölf sperrt, soll an seiner Meringue ersticken!«, verkündet Silvan.

»Etwas Oranges möchtest du?«, fragt Albin spöttisch. »Damit kann ich dienen. Hier: Die Sieben, die Sechs...«

»Und die Fünf und die Vier!«, ergänzt Lena. Sie schiebt den vollen Löffel in den Mund. »Deine Kochkünste, Selma, sind museumswürdig. Diese... diese, wie heißt es?«

»*Greibe!*« Albins Ploner Dialekt klingt perfekt. »Großmutter kocht am besten, sag ich immer.«

»Ich bin nicht deine Großmutter. Und du, Lena, findest wohl eher, ich sei selbst museumswürdig!« Wie zur Bestätigung brockt Selma etwas trockenes Brot in den Milchkaffee, den sie aus einer Schale trinkt.

»Übrigens werde ich die Hotels verkaufen«, sagt Silvan plötzlich und betont beiläufig. Überrumpelt schauen ihn alle an.

Albin fasst sich als Erster. »Ich habe gemeint, die will keiner!«

»Stimmt, Albin. Verkaufen ist auch das falsche Wort: Ich gebe alles, was wir unten in Plon besitzen, der Gemeinde! Zu einem symbolischen Preis. Wir behalten nur die Furgg.«

»Hoffentlich nicht wegen mir!«, sagt Selma.

»Das wäre Grund genug, Mutter.«

Silvan wartet vergeblich auf Selmas gewohnten Protest, Albin ballt die Faust. »*Yes!* Und ich helf dir. Beim Filmen, meine ich.«

»Zuerst mal beim Geldauftreiben, würde ich sagen. Vom Filmen sind wir so weit weg wie noch nie! Ungefähr achtzehn Golflöcher, würde ich schätzen.«

Lena beobachtet amüsiert, wie Vater und Sohn abklatschen. Nicht zum ersten Mal kann sie nur schwer entscheiden, wer von den beiden der Erwachsene ist.

»Aber diesmal ein Spielfilm, Paps!«

»Das wird noch unbezahlbarer. Allerdings, den Titel hätte ich schon: *Graatzug!*«

»Ein Film über Plon?«, fragt Lena.

»Kannst du dir einen spannenderen Stoff vorstellen?« Silvan wendet sich wieder Albin zu. »Aber damit beginnen wir erst, wenn *Der Merkhammer des Todes* fertig geschnitten ist. Und nur, wenn du auf der Stelle die Zwölf herausrückst!«

Albin grinst und legt vor die orange Elf die Drei. »Ich weiß gar nicht, worüber du dich ständig beschwerst. Schau, deine Glückszahl! Du kannst unmöglich verlieren.«

Silvan äfft Albins Grinsen nach und wartet auf Lenas Karte. Die starrt unverwandt auf die beiden orangen Zahlen. Glückszahl? Die Drei liegt vor der Elf. 311. Silvans Glückzahl. Seine Zimmernummer. Langsam legt sie irgendeine Karte auf den Tisch. Wie blöd, Lena Amherd, wie blöd darf eine Frau eigentlich sein? 311! Das Zimmer neben ihr, links von ihr, der Balkon... der Traumschwimmer war gar nicht der Traumschwimmer, das war Silvan! In ihrem Hals legt sich ein Stück

Meringue quer, sie entschuldigt sich, sprintet hustend auf die Toilette.

Etwas später hat sie sich erholt, das Gesicht im Spiegel gefällt ihr trotzdem nicht: Wie gemacht für Ohrfeigen. Deshalb hat er diese wirren Dinge gesagt, damals an ihrer Zimmertür! Silvan ist wegen ihr herübergekommen... und sie hat alles falsch verstanden. Was man sehe, sei nicht immer... *Hüereverflüechtundhüereheilandsakrament!* So wie sie nichts kapiert hat. Und jetzt? Sei doch froh, dass er es gewesen ist! Macht alles viel spannender, Lena! Nur... er hat es die ganze Zeit gewusst, hat sie gesehen, und sie hat... Peinlich! Ein bisschen fies auch von ihm. Nein, nur peinlich. Ändert doch nichts. Im Gegenteil, jetzt hat sie das gesamte Paket. Das Vertrauen und das Kribbeln in einem. Also reiß dich zusammen, Lena Amherd-Cornaz. Spiel mit. Spiel weiter mit!

Sie geht zurück in die Gaststube, beruhigt mit einem Lächeln die Wartenden, lacht mit, als Silvan frotzelt, das mit der Meringue und dem Ersticken habe er nicht so wörtlich gemeint, schaut zu, dass Albin das Spiel gewinnt. Dann schützt sie Müdigkeit vor. Silvan fordert Albin sogleich auf, die Karten zu versorgen.

»Es ist noch nicht spät.«

»Elf Uhr? Ich helfe dir die Treppe hoch. Widerrede zwecklos.«

Nachdem sie den neuen Einstieg zu Albins Film angeschaut und besprochen haben, wälzt sich Silvan vom Bett. »Ich... ich wollte es dir eigentlich nicht erzählen: Heute Abend, auf der Fahrt hier herauf, habe ich einen *Graatzug* gequert!«

»Du spinnst.«

»Dachte ich auch. Nein, wirklich, Albin, es war so unheimlich, wie Selma immer erzählt. Unten an den Wasserfällen, wo der Weg eine Biegung macht, fahre ich immer langsam. Heute weht es mir plötzlich eiskalt ins Gesicht. Am Rand des Weges ein grünliches Leuchten! Ich bremse, schaue hinüber, sehe Gestalten: blass, halb durchsichtig, die armen Seelen! Sie schleppen sich den Berg hoch, jammern, klagen, singen, einige schlagen Trommeln. Ich schaue nur kurz hin, erinnere mich an Selmas Worte... Man dürfe ihnen nicht in die Augen schauen. Und gerade als die ersten Gestalten verschwinden, erkenne ich ein Gesicht!«

»Wer war es?« Albin hat ihm gebannt zugehört.

»Xeno!«, raunt Silvan. »Xeno Rothen. Ich habe ihn deutlich gesehen, so wie Lena ihn beschrieben hat.«

»Und dann?«

»Dann hat mich wieder dieser kalte Hauch gestreift und der *Graatzug* war verschwunden!«

»Mann!«

»Ja. Aber eigentlich... bist du zu alt... für solche Märchengeschichten!«

»Mann, das... Ich hab's sofort gewusst!«

»Tu nicht so, du bist reingefallen. Du hast jedes Wort geglaubt. *Graatzug!*« Silvan tippt sich an die Stirn. »Rache ist Blutwurst, das war für den gesperrten Zwölfer.«

Im Korridor kommt er an Lenas Zimmertür vorbei. Sie steht einen Spalt weit offen. Eine Einladung, ausnahmsweise ist Silvan sich... fast sicher. Er zögert, hüstelt dann probehalber und zur Warnung, schiebt sich endlich durch den Türspalt. Sein Herz macht Sprünge. Vom Korridor fällt ein schmaler Lichtstreifen auf ihr Bett. Den String kennt er schon, aber ihre Stimme klingt anders als sonst.

»Gut, kommst du herein, auf dem Balkon würdest du dir nur wieder den Husten holen...«

Sie... sie weiß es! Woher zum Teufel? Oder... hat sie es stets gewusst und ihm etwas vorgeschwindelt?

Sie zieht ihn zu sich aufs Bett.

Seine Hände lernen fliegen.

»Das habe ich noch nie erlebt«, flüstert sie viel später in sein Ohr.

»Was?«

»Dass die Realität die Fantasie einholt.«

»Hoffentlich keine Enttäuschung.«

»Nicht wirklich.« Sie lächelt. »Da, hörst du?!«

In der Ferne beginnt der Merkhammer eben eine neue Serie Schläge.

»Togg. Togg. Togg.« Ihr Finger pocht den Rhythmus auf seinem Brustbein mit. »Klingt fast beruhigend, findest du nicht?«

»Nicht wirklich . . .«

Glossar

Aber es schteit halt nit i iischer Ggnaad – Aber es steht halt nicht in unserer Macht
ä änz Moorgsärii – eine riesige Arbeit
ä ba! – ach was!
ä Holdri... ä Hännupiaani – ein leichtfertiger Mann, ein Schlingel
ä hooreidä Zipfel – ein widerspenstiger Kerl
ä Komoode – ein Bequemer
ä Lamaaschi – ein Zauderer, ein Langsamer
ä schlächts Ggwisse – ein schlechtes Gewissen
ä schlächts Zeiche – ein schlechtes Zeichen
ä Wegg, ä mittlere – ein Keil, ein mittelgroßer
äba – eben
äbrüf – hinauf
är kujoniert alli – er schikaniert alle
är planget – er sehnt sich
äs Grüezi, vermüetli – ein Deutschschweizer, vermutlich
äs isch nid rächt – es ist nicht gerecht
äs rappigs Mannji – ein geiziger Mann
Äscha zu Äscha – Asche zu Asche
allpott – ständig
anno – im Jahr
awanssiere – vorwärtskommen
bäächfiischter – pechschwarz, dunkel
bhüet di Gott – Gott behüte dich
bigoscht! – wahrlich!
bis di dr Nachttschaagge nimmt – bis dich die Nachtgeister holen

Blagghund – Quälgeist
Bludra – Schwatzmaul
bolzggrad üssa – gerade heraus
Boozuloch – Loch, in dem ein Geist hockt
Boozugschichte – Geistergeschichten
Booze, Boozna – Spukgeist, Spukgeister
Bräholz – Brennholz
Burdi – Heubürde, Last
Chabis – Blödsinn
Cheerb – Körbe
chepfisch wie geng – stur wie immer
chinntu – künden, erzählen
Chüm volljäärig scho ä Elektrische? – Kaum volljährig, schon einer der Elektrischen?
däm heimlifeistä Kärli – diesem hinterhältigen Kerl
däm schii Abergglöübe – dessen Aberglaube
däm Üsserschwyzer Ribiise – diesem Deutschschweizer Reibeisen
das miess dr doch nid leid tüe – das muss dir doch nicht leid tun
das sig Gott versüecht – das sei Gott versucht
demnägscht – demnächst, bald
dische Plagööri – dieser Aufschneider
d Mazza – verkehrt herum aufgepflanzter Wurzelstock mit symbolischer Bedeutung
d meeru Heeru – die besseren Herren
d Schmiri – die Polizei
dr Liebgott – der liebe Gott
dr Poschtma bringt mis Gscheich – Der Postbote bringt mein Geschenk
dr Schtudent figureetlet a däne Schüenischel umcha – Der Student nestelt an diesen Schnürsenkeln herum
dr Tiiful hät är wellu – den Teufel hat er gewollt

ds Aarveholz – das Arvenholz
Ds Läbe geit ans Läbenda – Das Leben geht ans Lebendige
ds Wildmannli – Wicht, Wichtelmännchen
du Chropfgöich – Dummkopf
düezmaal – damals
eela – aufgepasst
embrüücha isch ds Alpfäscht gsii – hier oben war das Alpfest
en lüte vor allem, tüet mir leid – laut ist er vor allem, tut mir leid
en Schwiiger – ein Schweigsamer, ein Stiller
erhalt nisch gsund – erhalte uns gesund
Ertriiche chenne di nit, di si natiirli scho toot – Ertrinken können sie nicht, die sind schon tot
ewentwell müettersitsch – vielleicht mütterlicherseits
exakkt – genau
Fäger – Wildfang, Schlaumeier
faggsen – wildheuen, heuen auf öffentlichem Grund
Fantascht – Fantast
fiiwoll – jawohl, bestimmt
Fleiga – Fliege, schmächtige Frau
Füetertüech – Tücher, in die das Heu zum Transport gebunden wurde
Gabbla – Gabel
gebenedeijut sigsch – gebenedeit seist du
geits? – geht es?
gfunne – gefunden
Ggläfjer – Schwätzer, Großmaul
Ggwiss nit – Sicher nicht
gib de armu Seele d Rüe – schenk den armen Seelen Ruhe
Gibätt – Gebet
Glafer – Geschwätz
gottegnüeg – weiß Gott genügend
Graatzug – Zug der armen Seelen die Bergkämme hinauf ins ewige Eis

Graatzig – Gratzüge
Greibe – Gericht aus Fleisch und Apfelmus
Grindjig – Setzkopf, verstockter Mensch
Groossmüetter – Großmutter
gschpässig ischs woll – seltsam ist es schon
güete Tag – guten Tag
Häärz – Herz
Haglwätter – Hagelwetter, Sturm
Halungg – Halunke
hantli – schnell, geschwind
Hasi – Schlaumeier
Heilandsakrament – Fluchwort
Heimet – der eigene Hof
Herrgottstiiful – Fluch: Herrgottsteufel
Herrschaft, Büeb! – Herrschaft, Bub!
Hesler – Feigling
Hettiisch du das gedeicht? – Hättest du das gedacht?
Hewwschleif – Bahn, auf der das Heu Richtung Tal gestoßen wird
Hewwschleipfa – Heuschlitten
Holzschleipfe – Schlitten, um Holz zu transportieren
hü – vorwärts
hü jetz – los jetzt
hüere Mischt – verdammter Mist
hüereverflüecht – verflucht noch mal
Hüereverflüechtundheilandsakrament – heftiger Fluch
hüereverflüechtundsakrament – Fluchwort
Hütbläzz – Schürfung
Ich hä ja nid d Weli! – Ich habe ja keine Wahl!
iisches Tämperli – unser Quatemberkind
iliime – hereinlegen
im eewige Iisch – im ewigen Eis
in eim Hochmüet – hochmütig

Isch güet? – Ist das gut?
item – kurz und gut
jedi Nacht- und Tagesschtund – in jeder Nacht- und Tagesstund
Jenerchind – Januarkind
Jesses Maria – Jesus und Maria
Jüzzer – Juchzer
Kännel – hölzerne Wasserleitung
kappittlet – schimpfen, ausschimpfen
Kapputt – Militärmantel
Keersch, Vatter? – Hörst du, Vater?
kei Firlifanz – keine billige Ware, überflüssiges Zeugs
kei Hoochschii – keine Ahnung
kei Schläkk – kein Zuckerschlecken
konterggöör – widerwillig
lang vor dm Üstag – lange vor dem Frühling
Larifari – Schwätzer
Leitra – Leiter
Liichmahl – Leichenmahl
Liit und Vee – Leute und Vieh
Lowwenawinter – Lawinenwinter
Lowwine und Wassernoot – Lawine und Wassernot
Lozz verüs! – schau draußen!
lüt – laut
lütter Geplagier und Ggrätsch – nichts als Prahlerei und Geschwätz
lütter Schergerii – nur Schereien
ma verschteit sich eigete Woort nit – man versteht sein eigenes Wort nicht
Maria gebenedeijuti! – gebenedeite Maria
Maria sig Daich – Maria sei Dank
Mineschtra – Minestrone
Müssiö – Herr

Müüra – Mauer
Muffjig – Schweiger, Trotzkopf
natiirli – natürlich
nix, dummerwiis – nichts, dummerweise
Nooni, nooni, Puppi schlaaffii – Wiegegesang: Schlaf, schlaf, Kind schlaf ein
Obacht – Achtung
pass üff – pass auf
Pfuch – Schäm dich
piano – langsam, vorsichtig
po woll – aber doch
s ganzi Inschtrumänt – das ganze Werkzeug
s schlächte Ggwisse trikkt schi – das schlechte Gewissen drückt sie
Sägessa – Sense
sälig – selig
sakkerdies – sieh an
Sander – Verantwortlicher für die Instandhaltung der Wasserleitung
Schaafligji und Broot – getrocknetes Schaffleisch und Brot
schii isch nid blindi – sie ist ja nicht blind
schii verflüechti Hooreidi – sein verfluchter Starrsinn
schpräzzlig – unruhig
Schtaggeetä – Zaunpfähle
Schtieregrind – Dickkopf
Schwiischwanzdrääjer – lästiger, komplizierter Mann
Seetscha – Pfütze
Sekkelpeeter – hinterlistiger Mann
sessa – das ist es
sichru – sichern
Tääla – Föhre
tampi – ja nun, dann halt
Tüfelschprenggi – Weihwasser

titsch und titli – deutsch und deutlich
tiä – sieh mal an
Totzjini – kleine Holzstücke
Tretschboorti – Treschborte
Trischtbett – Kreis, auf dem der Heustock zu stehen kommt
Trischte – Triste, Heustock
Tschifra – geflochtener Rücken-Tragkorb
tüe di Gglezz üf – mach die Augen auf
tüe di laa veruberzie – lass die vorüberziehn
Tüünig – Anzug
tuschuur – immer
Tuzzwit – Durchfall
üf em Hooreschlitte – auf dem Hornschlitten
üsschnüüfe – sterben
Üstag – Frühling
um Gottswillu – um Gottes willen
um Himmlsherrgottsdonnerwillu – um Himmelsherrgottsdonnerwillen
und Choscht und Loschii derzüe – und Kost und Logis dazu
Und de ersüüffe di aarme Seele alli im Schtausee – Und dann ertrinken die armen Seelen alle im Stausee
und dr schrecklich gääjiu Tod – und auch der schrecklich jähe Tod
unner iisch – unter uns
Unnertach – Estrich
va barär Wüet – aus lauter Wut
Vertätscher – Verräter, Plauderer
vo dr Müüra – von der Mauer
voilà – da hast du es
waart nur – wart nur
Wäärchtisch – Werkbank
Warum bläärusch, Groosvatter? – Warum weinst du, Großvater?

Was fäält no? – Was fehlt noch?
Was hesch du gedeicht? – Was hast du denn gedacht?
Wasserleitu – Wasserleitung
watschnass – pitschnass
Weisch: D' Amélie miess sich zeerscht ggwenne – Weißt du, die Amélie muss sich erst daran gewöhnen
Wenn är mit Gwalt will wässere, so soll är halt wässere – Wenn er unbedingt wässern will, soll er wässern
wi ä Zibila – so stetig wie eine Uhr
wier brüüche jede Ma – wir brauchen jeden Mann
wier heis versüecht – wir haben es versucht
Wildhewwet – wildes Heuen, Heuen auf öffentlichem Grund
wola! – das ist es! seht doch!
Woort? – Versprochen?
Z' Alfonsch Botsch va Plon? – Der Sohn von Alfons aus Plon?
Zämmundhalt – Zusammenhalt (in der Dorfgemeinschaft)
z Ggrächtum – wie es der Brauch ist
Z' hoo – Zu hoch
Ziibschüe – Schlittschuhe
Züeggluffni – Auswärtige, Fremde
Züüdler – Zauderer
zwei aalti Trikke – zwei alte Schachteln

Inspirationen, Anschauung und Materialien zu ›Graatzug‹

Dokumentarfilme

Opération Beton (1954), Jean-Luc Godard, Production: Grande Dixence SA

Operation Tunnel (1999), Gerald Favre, Production: eos/ Grande Dixence

Zeit der Titanen (2004), Regie: Edgar Hagen, Produktion: Maximage, Zürich

Hinterrhein – Umbruch im Bergdorf (2004), Regie: Lisa Röösli

Sachbücher

Heilige Wasser, Ignace Mariétan, Verlag Paul Haupt Bern, 1948, Schweizer Heimatbücher Nr. 21/22

Wallis im Wandel, Mirjam Britsch, Zytglogge Verlag Bern, 1994

Altes Handwerk und Brauchtum im Oberwallis, Maurus Schmid, Rotten Verlag Visp, 2000

Wallissertitschi Weerter, Walliser Wörterbuch Band 1, Alois Grichting, Herausgeber: Radio Rottu Oberwallis und Walliser Bote, Rotten Verlag Visp

Belletristik

Gesang von der Grande Dixence, Maurice Chappaz, Limmat Verlag Zürich, 1986

Derborence, Charles Ferdinand Ramuz, Limmat Verlag Zürich, 2003

Der Stausee. Erzählung aus dem Glarnerland, Eugen Wyler, Druck und Verlag von Friedrich Reinhardt Basel, ca. 1922

Die Jungen von Grande Dixence, Walter Matthias Diggelmann, Benziger Verlag Einsiedeln, 1959

Die Originale der beiden respektvoll entlehnten, großartigen Geschichten von Adolf Fux, »Herz am rechten Fleck« und »Brunnenwunder«, finden sich unbeschädigt in:

Adolf Fux: Ausgewählte Erzählungen und Novellen aus dem Wallis, Rotten-Verlag Brig, 1984, Herausgeber: Adolf-Fux-Stiftung, Visp

Weitere Hilfe von Adolf Fux

Liebe zu Hobitzo, Herausgeber: Adolf-Fux-Stiftung, Visp, Vertrieb Rotten-Verlag Brig, 1986

Walliser Jahrspende, Herausgeber: Adolf-Fux-Stiftung, Visp, Vertrieb Rotten-Verlag Brig, 1989

›Graatzug‹ entstand mit der Unterstützung der Kulturstiftung Pro Helvetia.

Nach zehn Schreibjahren und fünf Romanen ist es Zeit für gebührenden Dank an:
Judith Zimmermann und Mara und Lina Augstburger; Ricco Bilger natürlich, und Ida Gut, Monika Schärer, wie immer; Gabriela Bloch Steinmann, die als Erste daran geglaubt hat; Büne Huber, der mir im richtigen Moment die richtigen Briefzeilen geschrieben hat, und Chrigel Siegenthaler; meiner Montags-Runde seit ungefähr zwanzig Jahren: Markus Koller, Felix Meier, Daniel Würsch und Beat Augstburger; Thomas Stuckenschmidt, der für mich gesprochen hat; Madeleine Hirsiger, Daniel Hitzig, Urs Fitze, Daniel von Aarburg und Yasmin Bahrami für fortgesetzte Rückendeckung im TV; Christoph ›Stoneman‹ Steinemann für seine Chrom-Bilder; Beat Häner, Bruno Deckert, Markus Bundi, Marina Villa; meinen Musikern bei Live-Geschichten von damals bis heute: Robbie Caruso, Claudia Piani, Hendrix Ackle, Simon Kistler, Philipp Küng, Eddie Walker, Patrick Dehmer, Hanspeter Stamm, Jean-Pierre von Dach und Gigi Moto; Simon Jacomet, dessen ›zai‹ das wahre Kunstwerk ist; Franziska Schwarzenbach für stets unterstützende Lektorate; Sven Furrer für wallissertitschi Einwürfe; Alois Grichting für die Dialektkontrolle.

T. C. Boyle im dtv

»Aus dem Leben gegriffen und trotzdem unglaublich.«
Barbara Sichtermann

World's End
Roman
Übers. v. Werner Richter
ISBN 978-3-423-11666-4 und
ISBN 978-3-423-21030-0

In der Nacht seines 22. Geburtstages rast Walter Van Brunt betrunken und bekifft mit seinem Motorrad gegen eine Gedenktafel. Die Vergangenheit holt ihn ein...

**Greasy Lake und
andere Geschichten**
Übers. v. Giovanni Bandini u. Ditte König
ISBN 978-3-423-11771-5

Geschichten voller Action, Witz und Überraschungen.

Grün ist die Hoffnung
Roman
Übers. v. Werner Richter
ISBN 978-3-423-11826-2 und
ISBN 978-3-423-20774-4

Drei schräge Typen versuchen in den Bergen nördlich von San Francisco Marihuana anzubauen, um endlich ans große Geld zu kommen. Doch das Leben in der Wildnis ist strapaziös...

**Wenn der Fluß voll
Whisky wär**
Erzählungen
Übers. v. Werner Richter
ISBN 978-3-423-11903-0

Willkommen in Wellville
Roman
Übers. v. Anette Grube
ISBN 978-3-423-11998-6

Zu Dr. John Harvey Kelloggs Tempel der Gesundheit wallfahrtet die gesundheitsbewußte Oberschicht Amerikas...

Der Samurai von Savannah
Roman
Übers. v. Werner Richter
ISBN 978-3-423-12009-8

Als der japanische Matrose Hiro Tanaka vor der Küste Georgias von Bord eines Frachters springt, ahnt er noch nicht, was ihm in Amerika blüht... Ein tragikomischer Roman über die dramatische Begegnung zweier Kulturen.

Tod durch Ertrinken
Erzählungen
Übers. v. Anette Grube
ISBN 978-3-423-12329-7

América
Roman
Übers. v. Werner Richter
ISBN 978-3-423-12519-2 und
ISBN 978-3-423-20935-9

»Ein Buch wie ein rasanter Film, in dem Erste und Dritte Welt aufeinander krachen.«
(Elke Heidenreich)

Bitte besuchen Sie uns im Internet: www.dtv.de